Heike Schroll

Goldregen

alto-Verlag Berlin

Die vorliegende Kriminalerzählung ist frei erfunden.
Jede Übereinstimmung von Personen und
Örtlichkeiten wäre rein zufällig.

Impressum

Schroll, Heike
»Goldregen – Ein Altmarkkrimi«
Judith Brunners fünfter Fall
Kriminalroman

Originalausgabe
alto-Verlag Berlin
Imprint: Independently published
ISBN 13: 978-1-5210-2221-4
ISBN 10: 1-5210-2221-6

Printed in Germany
by Amazon Distribution GmbH, Leipzig

Umschlaggestaltung und Fotos: Bernd Schroll

ISBN 13: 978-3-944468-09-9 (epub)
ISBN 10: 3-944468-09-0 (epub)

www.alto-verlag.com
fon: +49.(0)30.654 977 32
fax: +49.(0)30.654 977 33
info@alto-verlag.com

Heike Schroll

Goldregen – Ein Altmarkkrimi

Judith Brunners fünfter Fall

Kriminalroman

Altmark, Mai 1993

~ 1 ~

Er las die Namen der Toten.

Hatten sie zu lange gewartet? Ganz gleich, was sie jetzt taten, vermutlich konnte niemand mehr helfen.

Das wurde ihm schlagartig klar, als er die Liste auf dem jahrzehntealten Papier in das trübe Licht seiner Schreibtischlampe hielt und das fragile Blatt untersuchte. Er überflog die Aufzählung noch einmal.

Viktor Klose, Möbelhandlung
Anton Renz, Arzt
Emil Deutler, Angestellter
Richard Wolff, An- und Verkauf
August Bartsch, Kaufmann
Ludwig Schönborn, Kunstschlosser.

Sechs Männer, mit Vornamen, Namen und ihren Berufen. Er wusste, was sie vereinte, auch ohne zu lesen, was darüber geschrieben stand: »Beamte im Termin«. Die Druckerschwärze war seinerzeit so üppig aufgetragen worden, dass die Buchstaben noch heute reliefartig zu erfühlen waren, wenn man mit dem Finger über die Seite strich.

Fünf der Namen waren mit einem weichen Bleistift durchgestrichen und links davor war jeweils ein großer Haken gemacht worden. Der Grafit der Striche schimmerte ein wenig, wenn man das Papier leicht schräg in das Licht hielt. Es schien alt zu sein, im Gegensatz zu den roten Totenkreuzen, die mit dem feinen Strich eines Tintenrollers rechts neben die Namen gemalt worden waren.

Über die Bedeutung der jüngst hinzugefügten fünf Kreuze bestand kein Zweifel, denn Wubbo Wiesel hatte an den Gräbern all dieser Männer gestanden und sie aufrichtig betrauert.

Tief bewegt lehnte er sich zurück. Er konnte das Zittern seiner Hände nicht verhindern. Was sollte er bloß tun? Besonders ein Gedanke machte ihm Angst: Würde er auch den letzten Bruder nur als Toten wiedersehen?

~ 2 ~

Judith Brunner, Kriminaloberkommissarin bei der Polizei von Sachsen-Anhalt, staunte des Öfteren über sich selbst, wie problemlos sie die neuen Verhältnisse nicht nur hatte akzeptieren können, sondern an Vielem sogar ausgesprochenen Gefallen fand. Wie jeden Morgen fuhr sie von Waldau nach Salzwedel über die Bundesstraße 71 zur Arbeit. Mal dauerte es eine halbe Stunde, mal etwas länger. Der ständig wachsende Autoverkehr machte ein Überholen fast unmöglich. Da gab es für sie nur eine Strategie: Einreihen in die Fahrzeugschlange und völlig entspannt das Tempo von den anderen bestimmen lassen. Aus den Lautsprechern plätscherte das Violinkonzert von Brahms und sie musste wieder einmal voller Dankbarkeit daran denken, wie gut es ihr ging. Während eines Urlaubs im Oktober 1990 war sie ihren Posten als Leiterin der Gardelegener Polizeidienststelle nahezu beiläufig losgeworden – und im Nachhinein betrachtet, hätte ihr etwas Besseres kaum passieren können.

Die Wende hatte auch in ihrem eher klein zu nennenden Amt für ungewöhnliche Turbulenzen gesorgt. Ihr Bedarf an Neuorganisation, Besserwisserei und Denunziation war für immer gedeckt, wenn sie ein derartiges Verlangen überhaupt jemals verspürt haben sollte. Viele ihrer einstigen Mitarbeiter wurden ohne ihr Zutun versetzt. Ihr selbst wollte ständig jemand auf den Zahn fühlen, sehen, ob sie irgendwelche imaginären Tests bestand. Mehrfach wurde ihr angedeutet, dass auch sie wohl würde gehen müssen. In manchen Momenten erschien ihr das sogar als die sinnvollste Option. Am Ende hatte man sie während dieses Urlaubes vor zweieinhalb Jahren zu einem mehrmonatigen Anpassungskurs an die Polizeischule delegiert und damit en passant von ihrem Posten entbunden. Widerstand zwecklos, war es doch für ihren Verbleib im Polizeidienst und für ihre Ernennung zur Beamtin – zur Kriminaloberkommissarin – eine unbedingte Voraussetzung. Als man ihr danach eröffnete, dass sie in das größere Polizeirevier nach Salzwedel versetzt werden würde, war ihr das recht. Ohne von Personal- und Budgetquerelen abgehalten zu werden, ließ es sich erheblich befriedigender ermitteln und aufklären. Das war die Arbeit, die sie liebte. Das Verbrechen bekämpfen und die Täter überführen. Das tat sie für die Opfer, um ihnen Gerechtigkeit zukommen zu lassen, wenn es nicht anders ging, sogar nach ihrem Tod. Zu nicht mehr, aber auch nicht zu weniger, sah sie sich berufen.

Geschafft. Jetzt noch schnell die Schuhe gewechselt und in die eleganten Sandalen geschlüpft. Pünktlich konnte ein neuer Arbeitstag beginnen. Passend zum frühsommerlichen Wetter trug sie einen knielangen, eng geschnittenen Rock und eine luftige weiße Bluse. Der anerkennenden Blicke der Wachleute vom Eingang konnte sie sich sicher sein.

Das Revier in Salzwedel befand sich in einem großen Backsteingebäude, mit ausreichend Büros, Teeküchen, einem Fahrstuhl und genügend Parkplätzen. Letzteres war wichtig. Inzwischen hatte sich jeder, ausnahmslos jeder ihrer Kollegen, bis hin zum frischgebackensten Polizei-Anwärter, ein neues Auto gekauft. Alle waren froh, ihre Schmuckstücke unmittelbar in Reviernähe abstellen zu können. Das sparte Zeit. Oder auch nicht, wenn Judith an die nicht enden wollenden Diskussionen über Pferdestärken und Ausstattungs-Extras dachte.

Das Arbeitsumfeld hatte sich für sie in den vergangenen zwei Jahren komplett geändert. Dass sie nun wieder einen Chef vor der Nase hatte, war keine Herausforderung. Ohnehin arbeitete sie stets auf die Weise, die ihr die richtige schien. Und wenn sie das Gefühl hätte, keine gute Polizeiarbeit mehr leisten zu können, würde sie gehen und einen anderen Weg finden, sich nützlich zu machen.

Der zurückhaltende Knut Müller-Nordergreen war jedoch kein Problem. Er war gerade einmal 35, verheiratet und hatte zwei Kinder. Nur mittelgroß von Statur, mit lichtem rot-blondem Haar und etwas zur Fettleibigkeit neigend, war er nicht gerade das, wovon Frauen träumten. Zumindest aber war er das, was Schwiegermütter als »nett« bezeichnen würden. Was nicht bedeutete, dass Judith sich nicht schon mehrmals über diesen Mann geärgert hätte. An guten Tagen war sie geneigt, seine Kompetenz anzuerkennen. Auch war ihr bewusst, dass sie die ortsüblichen Vorurteile pflegte, wenn sie – an den weniger guten Tagen – nur einen Beamten aus dem Westen in ihm sah, der sein üppiges Geld dafür bekam, langjährig erfolgreichen Polizisten zu erzählen, wie man richtig arbeitete. Und überhaupt – nur durch ihn blieb der Laden am Laufen, war seine feste Überzeugung. Judith griente. Dachte nicht jeder Chef so? Bestimmt war sie ungerecht. Denn eigentlich kam sie hervorragend mit Müller-Nordergreen aus.

Ob er sich auch über so etwas den Kopf zerbrach? Immerhin hatte Judith selber einmal eine Polizeidienststelle geleitet. Ihre Personalakte hatte er gründlich gelesen, davon konnte sie ausgehen. Und wahrscheinlich hatte er auch angenommen, jemand mit einem Karriereknick würde nur Schwierigkeiten machen. Als das aber nicht geschah und sie sich aufgeschlossen und kooperativ zeigte, erinnerte er sich an die diversen Berichte und Einträge bezüglich ihrer kriminalistischen Arbeit. Er fing an, ihr Können zu nutzen. Praktisch bedeutete dies, dass sie in den seiner Auffassung nach wichtigen Fällen ermittelte, weil sie stets Ergebnisse lieferte. Gab es aktuell nichts mit hoher Priorität, konnte sie sich selbstständig ungelösten Altfällen widmen, für deren Aufklärung in der täglichen Polizeiarbeit keine Zeit mehr eingeplant war. Müller-Nordergreen schätzte ihre eigenständigen Ermittlungen und hielt sich weitestgehend aus allem heraus.

Judith ihrerseits gefiel die relative Unabhängigkeit ihrer Position innerhalb des Polizeireviers. Auch intervenierte sie nicht gegen das Gerücht, die rechte Hand des Chefs zu sein. Bekam sie doch dadurch den einen oder anderen Bericht bevorzugt oder eine Zuarbeit aus den Laboren ein wenig zügiger.

Auch wenn die Versetzung nach Salzwedel seinerzeit ganz gewiss keine Gefälligkeit war, stellte sich bald heraus, dass es bei diesem Arrangement nur Gewinner gab.

Judith huschte flink hinter ein paar Kollegen in den Fahrstuhl und kämpfte sich nach hinten. Bis ganz nach oben würde nur sie fahren.

Außer ihr und dem Archiv war im Dachgeschoss des Reviergebäudes nur noch ein ehemaliger Volkspolizist untergebracht, von dem man auch nicht recht wusste, in welche Abteilung man ihn sonst stecken sollte: Albert Modersohn, der noch zwei Jahre bis zur Rente hatte, gerne arbeitete und vom angebotenen Vorruhestand nichts wissen wollte. Er war der absolute Spezialist für Verkehrsunfälle. Durch seine jahrzehntelange Erfahrung konnte er entsprechende Spuren auswerten, wie sonst keiner. Modersohn sprach gerne platt. Wohl wissend, dass Judith damit Probleme hatte, neckte er sie immer etwas mit seinen Bemerkungen. »Jutn Tach, wi geit di denn hüt?«, lautete seine tägliche Begrüßung, wenn er Punkt neun auf dem Weg in sein Büro bei ihr vorbeischaute.

Heute konnte Judith nicht auf den Gruß ihres Büronachbarn warten. Sie hatte eine handschriftliche Nachricht auf der Tastatur ihres PCs vorgefunden und würde sich sputen müssen: *Probleme im Heimat-Museum. Bild geklaut. Bericht an KMN bis zum Dienstschluss.* So formlos lief das meistens. Judith und die Sekretärin von Knut Müller-Nordergreen verstanden sich aufs Beste. Mit großer Souveränität beherrschte Ingeborg Siegel das Vorzimmer des Chefs. Langjährige Erfahrung und gute Menschenkenntnis ließen sie genau wissen, bei wem sie persönlich Druck machen musste und wo ein Zettelchen reichte.

Diebstahl gehörte zwar nicht gerade zu Judiths Lieblingsermittlungen, trotzdem würde sie die Sache ernst nehmen. Sie mochte das kleine, traditionelle Altmark-Museum in Salzwedel. Aber was sollte es da schon zu klauen geben? Sie fand immer, das Museumsgebäude selbst sei das beeindruckendste Ausstellungsstück. Das malerisch gelegene, wunderschöne Fachwerkhaus aus dem 16. Jahrhundert war mit seinen zwei Volletagen und dem prächtigen Renaissance-Treppenturm ein Anblick, der sie jedes Mal spüren ließ, wie wohltuend und anheimelnd diese Architektur sein konnte. Damit verband sie mittlerweile ihre Heimat.

~ 3 ~

»Aus technischen Gründen bleibt das Museum heute geschlossen«, lautete die lapidare Mitteilung, die handschriftlich auf einem Pappschild an der Eingangstür zum Fachwerkbau prangte.

Eine Mitarbeiterin stand davor und versuchte, zwei frühe Besucher zu vertrösten. »Morgen ist sicher wieder geöffnet.«

»Wir sind nur auf der Durchreise, schade. Na was soll's.« Das enttäuschte Paar lief langsam zur Straße zurück.

»Auch Sie kann ich leider nicht reinlassen«, informierte die Wächterin schon von Weitem.

Judith trat dennoch näher. »Ich komme von der Polizei. Man hatte uns angerufen.« Im Freien wollte sie nicht deutlicher werden. Stattdessen zeigte sie ihren Dienstausweis vor.

»Ja, dann müssen Sie ja sogar rein.« Die Frau trat zur Seite, machte eine einladende Geste und ließ der Polizistin den Vortritt. Sorgsam verschloss sie hinter sich die Tür. »Ich bin Dr. Marianne Schneider. Ich leite dieses Museum. Gehen wir in mein Büro?«

»Gern. Ich bin Kriminaloberkommissarin Judith Brunner.« Noch während sie sprach, ließ sie ihren Ausweis wieder verschwinden und klärte weiter auf: »Ich werde in diesem

Fall ermitteln. Wenn Sie mir zunächst zeigen würden, wo das gestohlene Bild hing?«

»Natürlich. Entschuldigen Sie bitte. Da lang geht's.« Auffordernd wies Dr. Schneider zur Tür eines kleinen Durchgangszimmers im Erdgeschoss.

Judith folgte der Direktorin. Schon nach wenigen Metern hatten sie ihr Ziel, einen wunderschön eingerichteten Raum, erreicht.

»Das war das Musikzimmer der Familie, die im 19. Jahrhundert das Gebäude bewohnte. Wir haben versucht, es wieder so herzurichten. Ich dachte, in diesem eher behaglichen Ambiente kommt das Gemälde besonders gut zur Geltung«, erläuterte Marianne Schneider ihre Wahl, das Bild an der linken Wand über einem Cembalo aufzuhängen. Ihre Hand wies auf einen einfachen Metallhaken, der in die Wand geschlagen worden war. Sie beschrieb mit einer Geste die Entfernung zu den beiden Fenstern. »Hier hing es einigermaßen geschützt vor direktem Sonnenlicht. Und unsere Besucher wurden durch das Musikinstrument unauffällig auf Abstand gehalten. Bei nächster Gelegenheit wollte ich noch einen Spot unter der Decke anbringen lassen, damit es angemessen ausgeleuchtet wird.«

Die Rekonstruktion des alten Musikzimmers war wirklich gelungen. Der Raum war zeitgenössisch möbliert und durch die im Hof seitlich stehenden alten Bäume nur gedämpft lichtdurchflutet. »Ich kann mir ein Bild an diesem Platz gut vorstellen«, folgte Judith den Überlegungen der Museologin. »Lassen Sie uns anfangen, es zu suchen. Dann hängt es bald wieder da.«

»Das wäre schön. Na kommen Sie, besprechen wir alles.« Dr. Schneider machte kehrt. Ihr Büro befand sich gleich neben dem Kassen- und Eingangsbereich. »Bitte, nehmen Sie doch Platz.« Ein unsicheres Lächeln huschte über ihr Gesicht. Sie fragte: »Könnte ich Ihren Dienstausweis nochmals sehen?«

»Sicher«, bestätigte Judith, während sie in ihre Umhängetasche griff. »Ich bin von der Dienststelle hier in Salzwedel.«

Dr. Schneider prüfte den Ausweis und gab ihn dann zurück. »Tut mir leid, ich wollte nur sichergehen, wem ich was erzähle. Das ging vorhin alles so schnell. Entschuldigen Sie meine Nervosität. Der Diebstahl hat mich ziemlich mitgenommen.« Wieder kam ein schmales Lächeln. »Ich mache das hier noch nicht lange.«

»Keine Ursache«, versicherte Judith glaubhaft.

»Darf ich Ihnen etwas anbieten? Ich hätte noch frischen Kaffee in der Maschine.«

»Gerne. Schwarz bitte. Machen Sie sich nur keine Umstände.« Während das Geschirr herbeigeräumt wurde, hatte Judith Gelegenheit, Marianne Schneider zu mustern. Sie war ein paar Jahre jünger als sie, ungefähr Mitte dreißig. Die Frau trug mit halbhohen, weißen Pumps, dunklen Bluejeans und einer hellblauen Bluse eindeutige Freizeitkleidung. Trotzdem wirkte sie in keiner Weise unangemessen gekleidet. Vielleicht lag es an der aufwendigen Föhnfrisur, dass sie so professionell rüberkam. Als sie sich setzte und Judith direkt ansah, lag bereits eine vorsichtige Hoffnung in ihrem Blick. Marianne Schneider schenkte ein und sagte: »Ich muss mich erst einmal für Ihr schnelles Erscheinen bedanken. Wie kann ich Sie unterstützen?«

Die direkte Art der Frau gefiel Judith. Sie lächelte. »Am besten, Sie erzählen mir zunächst, wie und wann der Diebstahl bemerkt wurde.«

»Heute Morgen, kurz vor halb sieben. Unsere Putzfrau kommt immer zu dieser Zeit. Sie entdeckte ein offen stehendes Fenster im Erdgeschoss und rief mich an. Ich war zwanzig Minuten später hier und rannte durch die Räume. Sofort sah ich, dass das Bild fehlte. Mehr war nicht fort. Es ist mein Lieblingsstück. Ich hatte es erst vor zwei Monaten aufgehängt, nachdem ich es im Keller fand.« Marianne Schneider öffnete eine Mappe auf ihrem Schreibtisch. »Die Abzüge hatte ich für die Versicherung machen lassen.« Sie entnahm ein großformatiges Farbfoto und gab es Judith in die Hand. »Das ist das Bild. *Goldregen,* Maler unbekannt.«

Judith sah auf die Abbildung. Ihr blieb fast die Luft weg. Das Gemälde könnte ohne Zweifel von einem der englischen Präraffaeliten stammen, ihren absoluten Lieblingsmalern! Im letzten Jahr hatte sie London besucht und stundenlang in der Tate Gallery staunend vor solchen Bildern gestanden. Selbst unter Berücksichtigung der Tatsache, dass das Foto das Farbenspiel des Originals nicht annähernd wiederzugeben vermochte, war der künstlerische Effekt überwältigend. Das Motiv wirkte, als sei ein Ausschnitt aus der realen Welt gemalt worden, aber es war alles irgendwie ins märchenhafte verschoben: Der Blick des unsichtbaren Betrachters einer idyllischen, hügeligen Landschaft folgte einer maroden Mauer über sattgrüne Wiesen in die Ferne. Am Horizont war das Meer zu erahnen. Auf den blühenden Wiesen, die hier und da von einem Bäumchen bestanden wurden, tummelten sich Lämmer im hellen Sonnenlicht. Dieses Gemälde musste sich wahrlich nicht hinter Hunts *Verirrten Schafen* oder Browns *Hübschen Lämmchen* verstecken! Am rechten Bildrand endete die Mauer an einer charmant verwitterten Scheunenwand, vor der an einem hölzernen Gestell ein alter, hoher Goldregen lehnte. Der Strauch war übervoll mit leuchtend gelben Blütentrauben besetzt. Judith meinte fast, das Summen der Bienen zu hören, so intensiv war sie in ihrer sinnlichen Aufmerksamkeit gefangen. »Zauberhaft!«

Der Rahmen war verhältnismäßig schmal, leuchtete in leicht rotem Gold. Er passte mit seinen zart erhaben geschnitzten, ornamentalen Ranken hervorragend zu den Zweigen und Blättern des Goldregens. Judith hatte dieses Bild noch nie gesehen. Richtig. Konnte sie auch nicht. Ihr letzter Museumsbesuch lag mindestens ein Jahr zurück. »Wie groß ist es im Original?«, wollte sie wissen. Das ließ sich aus dem Foto nicht erschließen.

»Nun, es ist 34 x 65 Zentimeter groß, Ölfarbe auf Leinwand, in einem mit Blattgold überzogenen Rahmen.« Dr. Schneider seufzte. »Durch die ungewöhnliche Breite gewinnt die Darstellung eine extreme Weite und Offenheit. Das Gemälde ist einfach wunderschön.«

Einigermaßen schwierig für einen Dieb, das unter einer Jacke zu verstecken, konstatierte Judith im Stillen. »Und sein Wert? Sie sagten vorhin etwas von einer Versicherung?«

»Schon, aber wir schließen keine Versicherungen für einzelne Objekte ab. Das wäre zu teuer. Und zum Wert kann ich nicht viel sagen, das hängt von so vielen Dingen ab.«

»Welchen, zum Beispiel?«

»Nun, der Person des Malers, dem Zeitgeschmack, der Menge vergleichbarer Motive, dem Bedarf des Kunstmarktes. Da ist viel zu berücksichtigen. Aber ohne den Namen des Künstlers kann ich nur raten. Ich bin keine Kunstexpertin. Der Titel für das Bild steht hinten auf der Rückseite, in alter deutscher Handschrift, mit Bleistift. Es kann sich aber auch nur um einen Inventarnamen handeln. Auf dem Bild selbst jedenfalls ist kein Name, nicht einmal eine Signatur.«

Judith Brunner schaute nochmals auf das Foto. »Dieses Gemälde würde mir auch gut in meinem Wohnzimmer gefallen«, gab sie unumwunden zu. »Haben Sie noch mehr unbekannte Kunstwerke im Keller?«

Marianne Schneider schüttelte den Kopf. »Wahrscheinlich nicht. Ich bin erst seit vier Monaten im Amt. Ich habe Herrn Dr. Weigel abgelöst. Bisher habe ich es lediglich geschafft, mir einen groben Überblick über die Sammlungen zu verschaffen. Dabei ist mir zumindest kein weiteres Bild dieser Qualität untergekommen.«

»Woher hat Ihr Museum das Gemälde?«

»Auch da muss ich passen.« Dr. Schneider wirkte aufrichtig verlegen. »Natürlich hätte ich das gleich prüfen müssen, als ich mich im März entschloss, das Bild im Musikzimmer aufzuhängen, aber irgendwie bin ich seitdem noch nicht dazu gekommen.«

»Die genauen Umstände des Erwerbs wären auf jeden Fall nützlich für meine Ermittlungen. Wo könnte es denn herstammen?«

Dr. Schneider hob die Schultern: »Da gibt es zahlreiche Möglichkeiten. Museale Sammlungsstücke gelangen auf vielen Wegen in die Bestände. Unsere Sammlung wurde schon im letzten Jahrhundert begonnen und mit Legaten und Vermächtnissen, also Gegenständen aus Privathand, begründet. Dann gab es immer wieder Geschenke, Deposita oder ganz selten mal einen Ankauf. Auch Zuweisungen von anderen städtischen oder auch staatlichen Stellen sind möglich. Immerhin ist dieses Museum seit den Dreißigerjahren in öffentlicher Hand. Ich werde alles tun, um schnell herauszufinden, wie das gestohlene Bild in unseren Besitz kam.«

Judith Brunner stand auf. »Jeden Moment wird ein Kollege zur Spurensicherung eintreffen. Wenn Sie dem jungen Mann bitte alles zeigen würden? Ich müsste mich jetzt mit Ihren Angestellten unterhalten. Vor allem mit der Frau, die den Diebstahl heute Morgen bemerkt hat.« Judith hielt einen Moment inne und fragte sich, ob Putzfrauen wohl am häufigsten Verbrechen entdeckten.

~ 4 ~

»Sehen Sie mich nicht so an! Glauben Sie wirklich, mir ist nicht bewusst, dass wir nicht auf dem neusten Stand des Gebäudeschutzes sind?«, schimpfte Dora Kisch, die Verwaltungsleiterin des Museums. Im Gegensatz zur zurückhaltend wirkenden Direktorin strahlte sie ein enormes Selbstwertgefühl aus. »Dies hier ist ein Provinzmuseum. Und das bedeutet: Es gibt nie genug Geld für irgendwas. Alarmanlagen und gute Schlösser sind teuer. Aufsichtskräfte für die Ausstellungsräume erst recht; Nachtwächter fast unbezahlbar. Videotechnik können Sie gleich ganz vergessen. Selbst die zwei, drei Attrappen sprengen schon unser Budget. Wenn wir an den Wochenenden nicht Helfer vom Museumsverein oder der Schüler-AG hätten, könnten wir gar nicht mehr öffnen.«

Judith merkte, dass sie mit ihrer Frage nach der Sicherheitszentrale in ein Fettnäpfchen getreten war. »Verzeihen Sie, bitte. Ich wollte Ihnen keinen Vorwurf machen. Im Gegenteil. Ich mag dieses Museum ganz besonders. Mir geht es persönlich sehr nahe, wenn man hier einbricht und dann auch noch so etwas Schönes stiehlt. Bitte, klären Sie mich einfach über Ihre Sicherheitsvorkehrungen auf.«

Dora Kisch schob sich eine Strähne ihres dunkelbraunen Haares hinters Ohr und war bereit, das Friedensangebot anzunehmen. »Ist schon gut. Meine Nerven liegen heute Morgen etwas blank.« Sie zupfte unauffällig an ihrem schwarzen Kleid herum und begann zu erzählen: »Also, wir können uns für die Nacht nur einen Sicherheitsdienst leisten, der ein paar Mal vorbeikommt und das Gebäude innen abläuft – durch die Ausstellungsräume und die Büros. Ihre Kollegen vom Streifendienst haben das Museum auch auf ihrer Tour. Aber die sehen nur im Vorbeifahren nach dem Rechten. Meistenteils ist das Haus quasi unbewacht. Wir müssen uns eben darauf verlassen, dass die Mechanik an Türen und Fenstern stark genug ist, um ungebetenen Besuch abzuhalten. Die Mauer zur Straße suggeriert Schutz, nach hinten aber ist das Gelände offen. Uns bleibt nur die Hoffnung, dass die Alarmklingeln im Falle eines Falles genügend Lärm machen, potenzielle Diebe abzuschrecken. Unglücklicherweise kann man sie alle leicht manipulieren, wie man heute gesehen hat.«

»Was? Sie wissen bereits, wie der Alarm ausgeschaltet wurde?« fragte Judith überrascht.

»Kommen Sie, ich zeig's Ihnen.«

Judith folgte der resolut voranschreitenden Museumsmitarbeiterin. Dabei entdeckte sie Jurik Bellheim, der anfing, einzelne Flurbereiche abzusperren. Er war der Tatortspezialist ihres Reviers, arbeitete selbstständig und konnte dabei jederzeit auf die Ressourcen des Zentrallabors beim Landeskriminalamt zugreifen. Er war bestens ausgebildet und gut in dem, was er machte.

Am Hintereingang angekommen, wies die Frau nach oben in die Laibung einer soliden Eichentür. »Sehen Sie, so einfach ist das: Wenn man die Alarmklingel mit Bauschaum einsprüht und etwas wartet, ist sie im wahrsten Sinne des Wortes stillgelegt und die Diebe haben nichts mehr zu befürchten. Alle Fenster und Türen nach hinten raus können dann gefahrlos aufgebrochen werden. Die anderen beiden Alarmklingeln haben wir schon ausprobiert. Sie funktionieren tadellos. Und hier sehen Sie auch das Fenster, von dem aus man direkt zum Musikzimmer gelangt, ohne von der Vorderseite aus gesehen zu werden.«

Logisch, dachte Judith. Jeder Dieb würde vermeiden, von der Straßenseite her in das Gebäude einzudringen. Der offene Platz vor dem Haus war sicher nachts von den Gebäudestrahlern ausgeleuchtet. Wozu so ein Risiko eingehen? Das Fenster in der Nähe des Hintereingangs hingegen war ideal im Schatten der Bäume gelegen, selbst bei Vollmond nahezu uneinsehbar. Die kleine Bohrung im Holzrahmen fiel fast nicht auf. Judith konstatierte: »Das Werk eines Profis. Das gekonnte Stilllegen der Alarmklingel – und die Tatsache, dass sonst nichts entwendet wurde – lässt nur einen Schluss zu: Das war kein Gelegenheitsdiebstahl. Jemand hatte es genau auf dieses Gemälde abgesehen.«

»Das müssen Sie herausfinden! Aber ich kann Ihnen nur zustimmen.«

Judith nickte. »Wann könnte sich denn dieser Jemand an der Alarmklingel zu schaffen gemacht haben?« Ohne eine Leiter oder zumindest einen Stuhl war da nicht heranzureichen. Von der Verwaltungsleiterin bekam sie nur ein ratloses Gesicht und ein Achselzucken als Antwort. Sie fragte weiter: »Hatten Sie in letzter Zeit Handwerker im Haus?«

Dora Kisch verneinte.

»Wer dann?« Vielleicht war der Dieb für seine Vorbereitungen auch nur auf das Fensterbett gestiegen. Mit ein bisschen Geschick könnte man auf dem schmalen Brett einen Augenblick balancieren, überlegte Judith. Das Klingelblech abzuschrauben, den Bauschaum zu verwenden, alles wieder abzudecken und zu säubern, erschien ihr für einen Menschen, der etwas größer war, machbar. Sie bezweifelte, dass der Kollege von der Kriminaltechnik noch verwertbare Fußspuren fand, von Fingerabdrücken ganz zu schweigen. Die Manipulation der Klingel könnte Stunden, wenn nicht sogar Tage zuvor erfolgt sein. Aber vielleicht hatte der Dieb ja etwas übersehen. Jeder machte irgendeinen Fehler. Judith besah sich aufmerksam das Schloss der Hintertür. Es schien unbeschädigt zu sein. »Wie viele Schlüssel gibt es zum Gebäude?«

»Drei. Einen habe ich, einen die Chefin und einen die Putzfrau. Ach, und einen habe ich noch in meinem Büro in einer Kassette als Reserve.« Dora Kisch wandte sich um und deutete mit einem Kopfnicken an, dass sie wieder dorthin zurückkehren sollten. Sie kramte etwas in ihrem Schreibtisch und zeigte dann ihre beiden Schlüssel vor.

»Sie erwähnten vorhin einen Sicherheitsdienst?«, erinnerte Judith.

»Richtig, die haben auch noch einen«, kam zögerlich die Bestätigung.

»Schon gut«, wiegelte Judith ab. »Wann wäre der denn im Haus gewesen? Gab es da berechenbare Zeiträume?«

»Von um acht Uhr abends alle zwei Stunden, bis morgens um vier. Plus/minus zehn Minuten, glaube ich. Gute zwei Stunden später ist schon unsere Putzfrau im Haus.« Eifrig setzte die Verwaltungsleiterin hinzu: »Ich hab schon bei denen angerufen. Die haben aber letzte Nacht nichts bemerkt, sonst hätten sie schon Bescheid gegeben. Die Leute von der Nachtschicht hatten zwar schon Feierabend, aber im Schichtbuch gab es keinen Eintrag zu etwas Auffälligem.«

Judith holte ihren Notizblock hervor und fragte: »Wie viele Leute sind bei Ihnen angestellt? Ich muss mich mit dem gesamten Personal unterhalten.«

»Sicher. Außer mir und der Chefin haben wir noch einen Museologen, Wolfgang Scharne. Der ist für drei Wochen im Urlaub, seit letztem Montag bereits; hat also eine Woche schon rum. Er wollte für ein paar Tage nach Spanien, sagte er.« Ihr Mienenspiel ließ offen, ob sie ihn beneidete oder bedauerte. »Dann die Frau für die Kasse und den Museumsladen, der ich manchmal helfe, die aber auch mich vertritt, Elke Franke. Mehr feste Stellen haben wir nicht. Alles andere, von der Vorbereitung von Sonderausstellungen bis hin zu den Aufsichten, läuft über Leute, die über das Arbeitsamt kurzfristig zu uns vermittelt werden.«

Judith wusste, was das bedeutete. Da kamen zum Teil hoch qualifizierte Akademiker, die sich von Projekt zu Projekt hangeln mussten, auf die Stellen. Aber auch Leute aus prekären Verhältnissen, die Arbeiten erledigten, für die sie nicht ausgebildet worden waren. Könnte der Diebstahl durch diese Zeitkräfte begünstigt worden sein? »Wissen denn Ihre Hilfskräfte, was bei Sicherheitsproblemen zu tun ist? Worauf sie zu achten haben?«

»So richtig eigentlich nicht. Woher auch? Ich versuche, sie zu schulen, so weit es meine Zeit hergibt«, betonte Dora Kisch stolz. Wie zum Beweis zählte sie auf: »Was ist zu tun, wenn plötzlich der Strom ausfällt. Was mache ich, wenn die Alarmanlage anschlägt? Oder auch, wie muss ich regieren, wenn jemand einem Exponat zu nahe kommt? Wie beobachte ich größere Besuchergruppen? Und so weiter. Bis heute Morgen gab es – Gott sei Dank – auch noch keine Notwendigkeit, die Wirksamkeit meiner Bemühungen infrage zu stellen.«

»Ich benötige eine Namensliste all dieser Mitarbeiter. Vielleicht ist ja irgendeinem etwas aufgefallen.«

»Die Liste ist kurz! Es sind zurzeit nur drei, die sich die

Öffnungszeiten teilen. Andere beschäftigen wir gerade nicht. Unsere nächste Sonderausstellung wird erst ab Herbst vorbereitet. Hier!«, reichte sie einen hurtig geschriebenen Zettel mit Namen und Anschriften über den Tisch. »Ich glaube zwar nicht, dass es was bringt. Aber man weiß ja nie.«

Die Putzfrau wartete, eine Zigarette rauchend, vor dem Hintereingang des Museums. Seitdem die Museumschefin ihr die Befragung ankündigt hatte, stand sie hier draußen. Außerdem waren drinnen die Flure abgesperrt worden. Schon drei Kippen hatte sie in den sandigen Boden getreten. Die Frau war mager, regelrecht dürr. Finster blickend sah sie zu, wie die Polizistin die Tür hinter sich schloss.

Judith Brunner stellte sich vor und bedankte sich bei der Frau für ihre Geduld. »Darf ich Sie nach Ihrem Namen fragen?«

»Irma Wentzek. Mache hier schon seit Jahren sauber. Is' nie was passiert.«

»Das weiß ich. Sehr schade, dass jetzt dieses überaus hübsche Bild gestohlen wurde. Aber wenn Sie hier schon so lange arbeiten, kennen Sie sich im Museum bestimmt gut aus.«

»Was soll die Frage?« Wentzek sah Judith lauernd an.

»Oh, bitte verstehen Sie mich nicht falsch. Ich hoffte nur, von Ihren Ortskenntnissen profitieren zu können. Sie kennen jeden Gang und jeden Winkel. Was meinen Sie, welche Möglichkeiten gibt es, außer durch den Vordereingang, ins Haus zu gelangen?«

Die Frau entspannte sich etwas. Nach einem tiefen Zug aus ihrer Zigarette zuckte sie leicht mit den Schultern. »Der Eingang hier und drüben in den Keller. Von da wieder hoch in die alte Küche im Erdgeschoss. Ganz schön aufwendig. Ich denke, der Dieb kam da rein.« Sie nickte mit dem Kopf in Richtung des hinter ihr liegenden Fensters. »Ist der kürzeste Weg zum Bild. Es stand offen, als ich heute Morgen kam.«

»Sie haben wahrscheinlich recht.«

Irma Wentzek grinste. »Ich hab mich mal wieder über die Studierten geärgert. So klug und trotzdem immer schlampig.«

»Tatsächlich?«

»Ja. Das passiert nämlich nicht zum ersten Mal. Besonders der Scharne lässt im Sommer das Fenster in seinem Zimmer offen stehen; selbst das da«, sie zeigte wieder auf das Fenster neben der Tür, »schlug neulich morgens einfach auf. Ich mach die Tür auf und schon knallt's. War bestimmt nich' richtig zu.«

»Aber heute war das anders?«

»Genau. Da habe ich schon von Weitem gesehen, dass es offen stand. Und drinnen lag überall Dreck auf dem Fußboden. Also, denk ich so bei mir, irgendwas stimmt nicht. Ruf mal vorsichtshalber die Chefin an.«

»Da haben Sie genau richtig gehandelt. Sagen Sie, Frau Wentzek, wissen Sie noch, wann Ihnen neulich das aufgesprungene Fenster aufgefallen war?«

Nach kurzem Überlegen kam eine Antwort. »Anfang letzter Woche. Da war es stürmisch und ich kam kaum auf dem Fahrrad vorwärts. Und deswegen habe ich das auch nicht weiter erwähnt. Ich dachte, bei so einem Wind kann das schon mal vorkommen. War das falsch?«, fragte die Putzfrau verunsichert.

Judith beeilte sich, die Frau zu beruhigen. »Ich bin froh, dass Sie sich überhaupt noch daran erinnern und es erwähnt haben. Vielleicht hat es gar nichts zu bedeuten. Unter Umständen ist es aber ein wertvoller Hinweis.«

Elke Franke stand mit dem Rücken zur weit geöffneten Tür des kleinen Museumsladens. Sie füllte ein Regal auf, das breite Lücken zwischen diversen Gipsbüsten zeigte. Sie entnahm den Nachschub einem großen Karton, wickelte die Büsten vorsichtig aus ihrer schützenden Hülle aus Wellpappe und drapierte sie ordentlich in die Fächer.

»Guten Morgen«, grüße Judith.

Mit jemandem in der Hand, den Judith beim besten Willen nicht identifizieren konnte, drehte sich die Museumsangestellte zu ihr um und grüßte zurück. Sie hielt Judith die Figur entgegen und sagte freundlich, aber bestimmt: »Endlich sind sie gekommen!«

Judith wusste sofort, dass sie damit nicht gemeint sein konnte, sondern die Gipsköpfe.

»Ich habe gleich Zeit für Sie, muss nur noch drei von den Riedels auswickeln. Der olle Fritz fühlt sich schon seit Wochen ganz allein.«

Judith musste schmunzeln. Der Name des Porträtierten brachte ihr schlagartig eine Erinnerung ins Gedächtnis: den ersten unbelasteten Ausflug, den Walter mit ihr gemacht hatte. Kurz nachdem sie offiziell bei ihm eingezogen war, weil ihre Liebe nun nicht mehr vor Entdeckung geschützt werden musste. Es war Frühling gewesen, zur Zeit des Vogelzuges. Seit Tagen schnatterten Gänse am Himmel und trompeteten die Kraniche. Walter hatte ihr den Drömling gezeigt, eine ehemals sumpfige Waldlandschaft, die von eben diesem Heinrich August Riedel, den Elke Franke da mehrfach ins Regal stellte, urbar gemacht worden war. Im Auftrag von Friedrich II., dem Preußenkönig, hatte er Ende des 18. Jahrhunderts zahlreiche Gräben und Kanäle anlegen lassen. Der Ausflug würde Judith wegen der einzigartigen Landschaft und der Melodie der Vögel für immer in Erinnerung bleiben – und sie hatte bei dieser Gelegenheit von Walter eine Menge über Melioration und besagten Riedel erfahren.

Geduldig wartete Judith, bis Elke Franke meinte, mit ihrer Arbeit fertig zu sein.

»So. Geschafft. Nun haben die Busladungen wieder was zu kaufen.«

Ob das ironisch gemeint war? Judith hatte keine Vorstellung von den Besucherströmen in einem Altmark-Museum, bezweifelte aber, dass sich hier täglich mehr als ein Dutzend

Personen einfanden. »Schön. Ich müsste Sie kurz sprechen, wegen des Einbruchs heute Morgen.«

»Das habe ich mir schon gedacht. Deswegen habe ich auch gleich überall nachgesehen. Meine Kasse und auch sonst all das Zeugs im Laden, was womöglich für einen Dieb interessant gewesen wäre, ist noch da. Nicht einmal der Computer wurde geklaut. Hier im Laden fehlt jedenfalls nichts. Absolut nichts ist verschwunden!«, bekräftigte sie.

»Bis auf das Bild«, murmelte Judith und wusste nun mit Bestimmtheit, dass genau dieses Gemälde, der *Goldregen*, gezielt gestohlen worden war, und zwar zwischen vier Uhr morgens, als der Wachdienst das letzte Mal im Haus unterwegs war, und halb sieben, als Irma Wentzek das offen stehende Fenster bemerkte.

~ 5 ~

Walter Dreyer hatte gut zu tun. Das war nicht unbedingt zu erwarten gewesen. Eigentlich hatte er eine etwas gemächlichere Vorstellung von seinem zweiten Berufsleben gehabt, doch gab es erstaunlich viele Angelegenheiten, die Fremde bereit waren, diskret in seine Hände zu legen. Ein angenehmer Nebeneffekt seiner Arbeit als Privatdetektiv war das gute Geld, welches er damit verdiente; und inzwischen übertraf sein gegenwärtiges Einkommen das des ehemaligen Ortspolizisten von Waldau erheblich. Walter konnte sich seine Aufträge aussuchen, denn die Klienten, denen er seine Dienste zugesagt hatte, bekamen stets Ergebnisse geliefert und genau das sprach sich herum.

Dieses Jahr würde er sechzig werden. Er dachte immer öfter, wie seltsam sich das anhörte, denn er fühlte sich erheblich jünger, absolut fit und noch enorm tatendurstig.

Gerade hatte er einen Anruf bekommen. Es ging um Erbschaftsstreitigkeiten bei der Aufteilung einer alten Münzsammlung. Ein Bruder soll die anderen zwei Geschwister betrogen haben. Das Erfolgshonorar für den Fall, Walter könne dafür Beweise vorlegen, war üppig. Er hatte versprochen, darüber nachzudenken und bis morgen mitzuteilen, ob er den Auftrag annahm.

Neben dem Telefon saß Wilhelmina, ihren Schwanz um die aufrecht stehenden Vorderpfoten gelegt. Sie sah Walter so eindringlich an, als wolle sie ihn nötigen, unverzüglich mit der Arbeit anzufangen.

»Du brauchst gar nicht so zu schnurren, es gibt nicht schon wieder was zu fressen. Wo futterst du das bloß alles hin?« Walter schnappte sich die Katze vom Schreibtisch und setzte sie vorsichtig auf den Fußboden. »Los! Verschwinde in den Garten. Ich hab' zu tun.«

Die Uhr zeigte kurz nach fünf. Sein Vorhaben hatte nichts mit dem Erwirtschaften von Katzenfutter zu tun. Beschwingt ging er zur schönen Glasvitrine zwischen den beiden Fenstern seines Arbeitszimmers und goss sich einen guten Whisky ein. Die Bar, eigentlich ein neoklassizistischer Bücherschrank, war – wie auch der Schreibtisch und das wandgroße Bücherregal – ein Erbstück von seinem alten Lehrer, der vor knapp drei Jahren verstorben war. Walter nahm den ersten Schluck in dankbarem Gedenken an diesen Mann. Bis zum nächsten Termin lohnte es sich wohl kaum, noch mit etwas Neuem anzufangen. Er nahm genüsslich einen weiteren Schluck. Plötzlich fühlte er sich beobachtet. Wilhelmina hatte keineswegs daran gedacht, durch die offen stehende Terrassentür ins Freie zu laufen. Sie hypnotisierte ihn nun vom Teppich aus. Jetzt setzte sie auch noch ihre stärkste Waffe ein – ein stummes Miau. Walter kapitulierte. »Na los, gehen wir in die Küche.«

Während er zum Futternapf griff, hörte er ein vertrautes Motorgeräusch. Wie von selbst legte sich ein Strahlen auf sein Gesicht. War so viel Glück normal? Diese wunderbare Frau kam heim zu ihm! Wilhelmina musste warten. Er lief zur Haustür und ging Judith ein paar Schritte entgegen.

»Ich liebe es, so zu Hause empfangen zu werden«, versicherte sie ihm leise und man konnte ihr ansehen, dass diese Bemerkung der Wahrheit entsprach.

»Und ich liebe es, dass du ›zu Hause‹ sagst«, gab Walter zurück.

In diesem Haus lebte und arbeitete Walter schon länger. Als nach der Wende für einen Ortspolizisten keine Räumlichkeiten mehr benötigt wurden, kaufte er es günstig von der Gemeinde. Die junge Bürgermeisterin, eine pragmatisch denkende Frau, die für eine der neu gegründeten Parteien kandidiert hatte, war froh gewesen, dass Walter im Ort wohnen blieb. Die Einnahmen für die Gemeindekasse vergrößerten sich sogar noch, als er auch das danebenliegende, verfallene Häuschen kaufte und durch einen Abriss das Ortsbild verschönerte.

Er nahm Judith zärtlich bei der Hand und führte sie hinein. Im Flur küssten sie sich innig.

»Ich wohne schon mehr als zwei Jahre unter diesem Dach«, erinnerte sie ihn, als sie wieder reden konnte.

»Zwei Jahre, zwei Monate und siebzehn Tage«, wusste Walter und gab ihr erneut einen Kuss. »Für die genaue Stundenzahl müsste ich mal kurz rechnen. Aber wen interessieren schon Zahlen!«

Judith seufzte theatralisch. »Es gefällt mir hier! Der Service ist unglaublich. Das Personal ist äußerst zuvorkommend. Es wird einem jeder Wunsch von den Augen abgelesen. Egal, ob's um gutes Essen oder andere Bedürfnisse geht.« Sie schenkte Walter einen unmissverständlichen Augenaufschlag. »Und den Feierabend hast du auch schon eingeläutet«, neckte sie ihn und leckte sich über die Lippen.

»Ertappt!«, gestand er ohne eine Spur von schlechtem Gewissen, »doch wird es bei dem einen Drink bleiben müssen – wir bekommen nämlich noch Besuch.«

»Oho, verrätst du mir auch, wer kommt?« Judiths Stimme klang ein klein wenig enttäuscht. Sie wäre viel lieber mit Walter allein geblieben.

»Friedrich Renz hat angerufen. Er würde gerne vorbeikommen und etwas mit uns besprechen.«

»Wirklich? Mit uns?« Judith war überrascht. »Er hat uns doch noch nie besucht. Was ist passiert?«

»Er wollte nicht am Telefon darüber reden.« Walter sah auf seine Armbanduhr. »Es schien ihm wichtig zu sein. Jeden Augenblick sollte er eintreffen.«

Wilhelmina, deren existenziellen Bedürfnisse schnöde in den Hintergrund gestellt wurden, verlor die Geduld und mauzte sich lautstark in Erinnerung.

»Musstest du wieder den ganzen Tag hungern«, hockte sich Judith neben die Katze und streichelte tröstend ihr Fell, wohl wissend, dass die kleine Tyrannin heute bereits mehr als einmal verwöhnt worden war.

Als Walter ihr gerade ein Schälchen mit sahniger Milch hinstellte, klopfte es an der Tür.

Judith ging öffnen. »Willkommen. Schön, dass Sie den Weg zu uns gefunden haben. Kommen Sie doch bitte herein.«

Galant verbeugte Dr. Renz sich leicht und sagte: »Ich wünschte mir nur, dass es dafür einen erfreulicheren Anlass gegeben hätte.« Bedauernd hob er die Hände.

»Jetzt machen Sie mich aber neugierig«, gab Judith zu. Friedrich Renz sah wirklich besorgt aus. Und das schon bei der Begrüßung. So kannte sie ihn gar nicht. War jemand gestorben?

Der Rechtsmediziner, der in Gardelegen wohnte, befand sich schon seit fast einem Jahrzehnt im Ruhestand. Walter konsultierte ihn gelegentlich, wenn das im Rahmen seiner Recherchen nötig wurde, und auch Judith suchte ihn hin und wieder auf, wenn sie die Besonderheit eines Falles frei und vorurteilslos erörtern wollte. Friedrich Renz hatte die getuschelten Bemerkungen, dass Judith und Walter ein Paar waren, seinerzeit lediglich mit einem wissenden Schmunzeln kommentiert. Er freute sich für die beiden, hatte aber bisher auch keine Notwendigkeit gesehen, das Paar privat in seinem trauten Heim zu besuchen.

Judith führte ihren Gast ins Wohnzimmer. »Setzen Sie sich doch bitte. Kann ich Ihnen etwas anbieten? Ein Glas Wasser vielleicht?«

»Gern. Eine kleine Erfrischung kann ich gut brauchen.« Dr. Renz nahm auf einem der robusten Ledersessel Platz und verzichtete auf weiteres höfliches Geplänkel. »Ich habe ein Problem«, kam er sofort zur Sache, »und fürchte, ich brauche Ihre Hilfe.«

Judith setzte sich ihm gegenüber auf das Sofa und fragte erstaunt: »Als Polizistin?«

Renz wiegte den Kopf. »Ich denke, in diesem Fall möchte ich zunächst einmal Herrn Dreyer um Unterstützung bitten.«

Walter, der auf einem Tablett Wasser, Gläser und etwas Gebäck hereinbrachte, hörte die letzten Worte. »Ich werde alles tun, was ich kann«, versicherte er Friedrich Renz umgehend, ohne zu wissen, worum er genau gebeten werden würde. Das spielte keine Rolle, denn Walter betrachtete den Mann als engen Freund, der vor allem Judith jahrelang zur Seite gestanden hatte. Er setzte sich neben sie auf die Couch. »Was ist los?«

Nach einem ersten Schluck fing Renz an: »Nun, ich bin ein Freimaurer.« Er nippte nochmals am Glas. »Diese Tatsache spielt eine maßgebliche Rolle in der Angelegenheit, die ich Ihnen vortragen werde. Nur deswegen erwähne ich es, und nicht, weil ich mich interessant machen möchte.«

Seine Offenbarung setzte großes Vertrauen voraus und Judith fühlte, wie sehr sie sich über diese Geste von Friedrich Renz freute. Schließlich handelte es sich dabei um einen Jahrhunderte alten Geheimbund, dessen Mitgliedschaft man schon wegen des Verschwiegenheitskodex nicht herausposaunte. Angeberei hätte sie Renz auch nie unterstellt, aber dass er ein Freimaurer war, vermutete sie bereits länger. Ihr war einmal ein Ring an seiner Hand aufgefallen: Silber, mit breitem Ringkopf, der in einem feinen, goldenen Kranz das Winkelmaß und den Zirkel zeigte. Sie hatte ihn nie daraufhin angesprochen, zumal er den Ring zu keiner Zeit während seiner Arbeit im Labor oder am Seziertisch trug und es damit auch keinen Anlass für eine entsprechende Bemerkung gegeben hätte. Judith mochte Männerringe nur in Ausnahmefällen, nämlich wenn ihr Träger dazu passte – egal ob der Ring die Eleganz eines Laufstegmodels oder die Präsenz eines muskelbepackten Motorradrockers unterstrich. Der Ring, den Friedrich Renz heute wieder am kleinen Finger trug, hatte ihr schon beim ersten Betrachten gefallen, eine wunderbare Goldschmiedearbeit an einem guten Mann.

»In meiner Loge bin ich seit vielen Jahren einer der sogenannten Beamten, ein von den Brüdern gewählter Mann für bestimmte Aufgaben. Ich bin der Schatzmeister. Mir obliegen sozusagen unsere Vermögensangelegenheiten. Seit es durch den Beitritt 1990 möglich schien, das vor Jahrzehnten verlorene Eigentum meiner Loge zurückzuerhalten, kümmerte ich mich darum. Darf ich etwas ausführlicher werden?«

»Nur zu!«, versicherte Walter gespannt. Das schien ein äußerst interessanter Abend zu werden.

Friedrich Renz verlor etwas von der Anspannung, die ihm bisher deutlich anzusehen war. Er lehnte sich in den Sessel zurück und begann: »Meine Loge gibt es schon seit der Mitte des 19. Jahrhunderts. Damals traf man sich in Gardelegen in einem Wirtshaus am Salzwedeler Tor und überlegte sich einen Namen. *Drei Tore zum Licht* ist es dann geworden, unter Bezug auf die drei Stadttore, die Gardelegen einmal hatte. Obwohl wir vergleichsweise nur eine kleine Loge waren, haben ihr im Laufe der Jahrzehnte viele bedeutende Männer aus unserer Gegend angehört, Gelehrte, hohe Beamte, aber auch Handwerksmeister oder Kaufleute trugen zu unser aller Wirken bei. In unserer Alltagsarbeit spielte die Herkunft eines Mannes kaum eine Rolle. Nun, wenn eine Loge so lange existiert, bleibt es kaum aus, dass sich stabile Finanzverhältnisse herausbilden und auch ein gewisses Vermögen angehäuft wird. Viele Logenbrüder spendeten großzügig oder haben uns in ihren Testamenten bedacht. Wie Sie sich denken können, wecken solche Vermögen das Interesse verschiedener Seiten. Als die Nazis an die Macht kamen, wurde uns das zum ersten Mal zum Verhängnis. Die Freimaurerlogen wurden nach 1933 verboten und ihr Vermögen eingezogen. Unsere sämtlichen Sachwerte, einschließlich der Aufzeichnungen und Bücher, wurden uns weggenommen. Zwar wurden wir nicht als Gegner des Regimes verfolgt, dennoch haben viele Brüder diese Zeit nicht überlebt oder sind emigriert, und damit ist auch viel Wissen um diese Dinge verloren gegangen. Wie andere Logen beantragte auch unsere Loge nach dem Ende der NS-Zeit ihre Wiederzulassung. Die *Drei Tore zum Licht* hatte Erfolg. Sie erhielt sogar ihre Immobilie zurück; aber das übrige Vermögen war schwierig wiederzubeschaffen. Niemand wusste, wo die Dinge hingelangt waren. Jedenfalls verfügte meine Loge wenige Jahre nach dem Krieg vor allem durch Spenden aus Übersee und einigen Erbschaften wieder über Besitz: unser Logenhaus mit Inventar, Wertgegenstände – Bücher, rituelle Gefäße, Schmuck, Gemälde, Teppiche – und auch über ein geringes Geldvermögen auf diversen Konten. In den Fünfzigerjahren waren diese jüngeren Erwerbungen erneut in Gefahr. Wir hatten von anderen Logen erfahren, dass staatliche Stellen versuchten, die Logen aufzulösen und ihr Vermögen zu konfiszieren. Ich möchte mich nun nicht zur Zweckmäßigkeit der damals von meinen Brüdern ergriffenen Maßnahmen äußern, doch ein mir nicht bekannter Logenbruder hatte die Aufgabe bekommen, alles verschwinden zu lassen und damit die wertvollsten Stücke vor dem Zugriff der Behörden zu retten. So weit so gut. Das Problem ist: Wir wissen bis heute nicht, wo er sie versteckt hat.«

»Ich soll das alles für Sie wiederfinden!«, vermutete Walter begeistert.

~ 6 ~

Renz bestätigte dies mit einem Nicken, wirkte dabei jedoch recht zögerlich. »Wenn Sie es so nennen wollen. Das auch. Ja.«

»Was noch?«, forderte Walter aufgeregt. »Heraus damit! Wobei kann ich Ihnen noch helfen?«

Renz blickte zu Judith und räusperte sich. »Ich habe meinen Brüdern versprochen, dass ich mich in dieser Angelegenheit an die besten Leute wenden werde, die ich kenne. Eventuell würde sich die folgende Sache mit Ihrer Unterstützung schneller klären lassen. Sie sind doch eine herausragende Kriminalistin.«

»Jederzeit. Ganz gewiss«, versicherte ihm nun auch Judith ihre Unterstützung. Sie freute sich über das Lob. Dass sie die Angelegenheit vertraulich behandeln würde, war an diesem Tisch nicht nötig zu erwähnen.

Friedrich Renz entnahm seiner Ledertasche einen festen Umschlag und zog vorsichtig ein Blatt Papier hervor, ungefähr von der doppelten Größe einer Postkarte. Er legte es so zwischen Judith und Walter auf den Tisch, dass beide es gut sehen konnten.

Altmodische, schwarze Lettern hoben sich vom vergilbten Papier ab. Unverkennbar waren fünf Namen durchgestrichen und zusätzlich mit Totenkreuzen markiert worden.

Judith reagierte bestürzt, als sie den Namen *Renz* entdeckte. »Oh, ist das Ihr …?«, entschlüpfte es ihr leise.

Wie zur Bestätigung ließ Renz seinen Kopf fallen. »Das ist ein Blatt, welches aus einem Mitgliederverzeichnis meiner Loge von 1948 herausgerissen wurde«, erklärte er. »Und diese Männer« – er zeigte auf die Kreuze – »sind wirklich tot. Den letzten haben wir vor zehn Jahren zu Grabe getragen. Mein Vater war einer der ersten; er starb bereits vor über zwanzig Jahren; hochbetagt, nach einem nicht immer leichten Leben. Nun, wie Sie sehen, ist nur noch ein Name übrig.

Über diesen Mann, Emil Deutler, wissen wir leider so gut wie nichts. Wie wir schon herausbekamen, ging sein Kontakt zur Loge irgendwann in den Nachkriegsjahren verloren. Ich möchte Sie bitten, nach ihm zu suchen.« Renz, der zuerst Walter anblickte, ließ seinen flehenden Blick dann auf Judith verharren. »Wir würden gerne mehr über sein Schicksal erfahren. Wie Sie sich aufgrund meiner Ausführungen sicher schon denken können, steht diese Namensliste mit unserem verschwundenen Logenvermögen in Zusammenhang.«

»Inwiefern?«, fragte Judith und versuchte, nicht indiskret zu klingen.

»Dazu komme ich gleich.« Renz griff wieder in seine Ledertasche. »Hier, ich habe Ihnen ein komplettes Exemplar dieses alten Verzeichnisses mitgebracht. Vielleicht hilft das bei den Recherchen.«

Walter blätterte, überrascht, ein mehrseitiges Mitgliederverzeichnis der *Drei Tore zum Licht* in den Händen zu halten, ungläubig in dem dünnen Heftchen. Ein gedrucktes Verzeichnis? Er hatte angenommen, die Freimaurer machten ein größeres Geheimnis um ihre Existenz.

Als hätte Friedrich Renz seine Gedanken gelesen, erläuterte er: »Die Logen sind rechtlich gesehen Vereine. Wir wurden nach dem Zweiten Weltkrieg von den Alliierten wieder zugelassen, für Wohltätigkeitszwecke, wie andere Vereine auch, und mussten einen Eintrag im Vereinsregister mit entsprechenden Papieren beantragen. Wie jeder Verein bestimmten wir einen Vorsitzenden, unseren Logenmeister, hatten eine Satzung, ein Vereinsabzeichen und eben auch ein Mitgliederverzeichnis. Seinerzeit schien das kein Risiko darzustellen … Zu DDR-Zeiten wurde dann die Volkspolizei für die Zulassung von Vereinen und die Führung der Vereinsregister zuständig. Das änderte vieles, nicht zuletzt auch für meine Loge. Anfang der 1950er Jahre waren die Freimaurer immer wieder Überprüfungen ausgesetzt. Die Brüder bemerkten, wie sie oder ihr Umfeld Gegenstand von Ermittlungen der

Polizei wurden. Man konstruierte dann aus der Tatsache, dass die russische Kommandantur zwar von unserer Existenz wusste und seinerzeit unsere Zusammenkünfte und unser Wirken auch genehmigt hatte, aber de facto kein Eintrag ins Vereinsregister erfolgt war, die Notwendigkeit eines neuen Antrages. 1950! Die Aussicht auf Erfolg war eigentlich gleich null. Von den anderen Logen im Land hörten wir Ähnliches. In Berlin war die Situation wegen der Teilung der Stadt noch eigenartiger. Bei einem unserer überregionalen Treffen wurde ein Bericht unserer Berliner Brüder verteilt, der recht anschaulich wiedergab, wie dort die Logenveranstaltungen von Volkspolizisten besucht und überprüft wurden. Das Misstrauen des neuen Staates uns gegenüber war groß, und das, obwohl auch Partei-Mitglieder unseren Logen angehörten. Letztendlich entschied man sich, unsere Tätigkeit vorerst nicht zu unterbinden. Was aber nicht hieß, dass die Mitglieder und unsere Arbeit nicht weiterhin streng überwacht wurden.«

Walter hörte gespannt zu. Diese Seite an Friedrich Renz war ihm neu, obwohl Judith ihm vor ein paar Jahren von einigen Begegnungen mit Freimaurern erzählt hatte. Ihm imponierte, mit welcher inneren Verbundenheit Renz von seinen Brüdern sprach. »Und das wissen Sie alles aus eigener Erfahrung? Sie können damals kaum-«

»Ich war alt genug! Zudem war mein Vater ein wichtiger Mann in der Loge. Es ist nicht ungewöhnlich, dass die Mitgliedschaft über die Generationen einer Familie fortbesteht.« Renz richtete den Blick auf die herausgerissene Seite des alten Mitgliederverzeichnisses. »Zwei ihrer Söhne sind heute meine Brüder. Als wir die Liste sahen, beunruhigte sie uns natürlich. Ich habe versucht, in den wenigen Unterlagen, die wir noch besitzen, Anhaltspunkte zu finden, was es damit auf sich haben könnte. Ja, und ich bin dabei auf etwas gestoßen.«

»Na?«

»Alle sechs Männer gehörten demselben Ausschuss meiner Loge an: dem Wirtschaftsausschuss. Sie bereiteten alles vor, vom Vorschlag für Anschaffungen bis hin zum Begleichen von Rechnungen. Außerdem aber führte dieser Ausschuss – und das ist im Zusammenhang mit meinem Anliegen von Bedeutung – ein Inventarverzeichnis für das bewegliche Vermögen der Loge. Mit anderen Worten: Diese sechs Brüder wussten, was uns einstmals gehörte und sie wussten vielleicht auch, wo alles versteckt worden war.«

»Sie meinen, diese Männer hüteten das Geheimnis um Ihr ganzes Hab und Gut? Fünf von ihnen sind tot und der letzte wird vermisst?« Walters Ausdruck verriet, dass er auch ein unnatürliches Ableben der Logenbrüder in Betracht zog.

»Bei Ihnen hört sich das ja an, als müssten wir nach einem Serienmörder suchen«, staunte Renz, der an diese entfernte Möglichkeit allerdings auch schon mal gedacht hatte.

»Davon will ich nichts hören!«, wehrte Judith spontan ab. »Eure Lust auf Abenteuer in allen Ehren, aber es gibt sicher eine bessere Erklärung.«

Walter zwinkerte ihr zu. »Das wäre mir auch recht«, schien er einzulenken. Aber er wusste, dass Judith diese Idee nicht mehr beiseite schieben konnte. Spätestens, wenn er bei seinen Recherchen auf einen verdächtigen Hinweis stieß, würde sie eine tiefer gehende Prüfung der Todesumstände in Erwägung ziehen müssen. Für den Moment gab es allerdings keinen Grund, im Beisein von Friedrich Renz weiter in diese Richtung zu spekulieren.

Judith deutete auf die Namensliste und wandte sich an ihren Gast: »Ich gehe mal davon aus, dass Sie diese Liste erst kürzlich gefunden haben. Das schlussfolgere ich zumindest aus der Dringlichkeit, mit der Sie uns Ihre Geschichte erzählt haben.«

Renz antwortete: »Gestern Abend.«

»Wo?«

»Im Treppeneingang unseres Logenhauses, ganz in der

Nähe der Haustür.«

Judith beugte sich dicht über das alte Blatt Papier. »Ihnen ist sicher auch aufgefallen, dass zwischen den Markierungen mit Bleistift und denen in Rot einige Zeit vergangen ist.«

Renz nickte. »Wir haben darüber diskutiert. Für uns macht es den Anschein, als würde jemand unsere ehemaligen Vermögensverwalter suchen. Dann hat er festgestellt, dass die Brüder bereits verstorben waren und es entsprechend gekennzeichnet.«

Walter überlegte einen Moment. »Möglich, möglich.« Er stand auf und fing an, im Zimmer herumzulaufen. Ging es den anderen auch so oder hatte nur er das Gefühl, in ein richtiges Abenteuer geraten zu sein? Etwas nüchterner formulierte er dann: »Dr. Renz, Ihnen ist schon klar, dass ich nicht der Einzige sein werde. Ihre Liste lässt vermuten, noch jemand sucht im Moment nach dem sechsten Freimaurer. Und nach ...« Er machte eine Pause, um zu überlegen, wie er es professionell ausdrücken sollte.

Renz ließ das erste befreite Lachen hören. »Nun sagen Sie es schon: ... unserem Schatz!«

~ 7 ~

Maxim Kyrilenko war ein Mann der Schatten. Niemand sah ihn kommen, niemand sah ihn gehen. Man nutzte seine Fähigkeiten, wenn es galt, eine Person ohne das Einschalten der Polizei zu finden. Am liebsten arbeitete er allein. Übergab das Lösegeld und begleitete die meist traumatisierten Opfer zu ihren Familien zurück. Von Zeit zu Zeit musste er aber auch die Talente anderer Männer nutzen. Wenn er fürchtete, dass trotz Zahlung der oftmals riesigen Beträge das Leben der Entführten in Gefahr war, stellte er ein Team zusammen. Er brauchte nie mehr als drei oder vier und erledigte den Auftrag. Immer. Zuverlässig. Ohne Zeugen. Seine Dienstleistung war bei den Reichen dieser Welt sehr gefragt. Die

Bezahlung war stets exzellent und inzwischen konnte er sich durchaus selbst als wohlhabend bezeichnen.

Einer seiner zurückliegenden Aufträge hatte ihn zu dem Mann geführt, in dessen luxuriöser Ferienvilla er nun saß. Von der winzigen Mittelmeerinsel blickte er ins weite Sternenlicht und genoss einen exzellenten Brandy. Es kam ihm absurd vor, worum Dimitri Pomarenko ihn soeben gebeten hatte.

Maxim war es vor ein paar Monaten gelungen, Dimitris jüngste Tochter, Nastjenka, aus den Fängen übler Krimineller zu befreien. Dimitris Reichtum, den er mit der Erkundung von Bodenschätzen und dem Verkauf des Wissens über die Lagerorte erwarb, hatte eine Bande von skrupellosen Entführern zu maßlosen Forderungen verlockt. Ihnen war das Schicksal des fünfjährigen Mädchens egal und so verlangten sie immer höhere Summen ohne die Kleine freizugeben. Maxim erinnerte sich, als wäre es erst gestern gewesen. Wie sich ihre kleinen Ärmchen um seinen Hals schlangen. Er trug sie aus ihrem unterirdischen Versteck, eingehüllt in die weiche Kuscheldecke aus ihrem Bettchen von zu Hause, die er eigens für diesen Moment mitgenommen hatte. Leise flüsterte er ihr beruhigende Worte ins Ohr, lobte ihre Tapferkeit und achtete darauf, dass die Kleine ihre – nun toten – Entführer nicht noch einmal zu sehen bekam. Dieser Moment war ihm bis heute gegenwärtig. Er hatte es abgelehnt, sich für diesen Auftrag bezahlen zu lassen und das hatte ihn und Dimitri zu Freunden gemacht. Seit der Zeit weilte er regelmäßig auf der Insel, um nach Nastjenka zu sehen.

Maxim fragte seinen Freund erstaunt: »Du willst, dass ich nichts mache? Nur zusehe? Das ist alles? Mehr nicht?«

»Mein Lieber, auch wenn ich wahrlich schon größere Summen in die Hand genommen habe, so liegt mir diese Aktion ganz besonders am Herzen. Du hast Swetlana, meine Große, noch nicht kennengelernt, aber sie beginnt bereits, die Augen für mich offen zu halten. Sie studiert Kunstgeschichte in Berlin. Natürlich mit meinem Geld. Was soll's – Hauptsache ihr macht es Spaß.« Er blies eine riesige Rauchwolke in die Nacht, nahm einen großen Schluck aus seinem Glas und setzte mit ernster Miene hinzu: »Es muss klappen, aber ich kann mich nicht selber darum kümmern. Im Moment bin ich anderweitig gebunden. Ich kenne diese Leute nicht und traue ihnen auch nicht. Ich möchte nicht übers Ohr gehauen werden. Und Swetlana darf natürlich auch nichts passieren. Mir wäre es einfach recht, wenn ein Freund mit deinen Fähigkeiten ein Auge auf die Sache haben würde. Und da du dich sowieso öfter dort rumtreibst, ist es keine große Mühe. Hab' ich recht? Und wenn etwas schiefgeht, nun, dann habe ich genau den richtigen Mann vor Ort.« Er grinste. »Vielleicht hast du Glück und es springt so etwas wie eine Verfolgungsjagd für dich dabei heraus.«

»Haha. Glaub mir, langsam werde ich zu alt für solche Spielchen.« Maxim klang nicht begeistert. Sollte er da gerade in ein illegales Geschäft verwickelt werden?

»Außerdem kenne ich mich in Deutschland nicht so gut aus wie du«, argumentierte Dimitri weiter. »Also, was ist? Fährst du für mich hin und erledigst das?«

Nach Mogadischu, Kandahar und Mali ging es nun also für einen Job nach Deutschland, schmunzelte Maxim in sich hinein. Nicht, dass er nicht hinwollte – gerade die Altmark war ihm das liebste Ziel auf dieser Welt –, bloß schien ihm Dimitris Bitte dermaßen weit weg von den Risiken und Dimensionen seiner sonstigen Aufträge, dass sie ihm wie ein Witz vorkam.

Dimitri deutete sein Zögern falsch: »Ich weiß, dass ich dich mit Geld nicht mehr überreden kann, aber es soll ein Geschenk für Nastja werden, wenn sie eines Tages heiratet.«

»Du bist ganz schön raffiniert, weißt du? Jetzt kann ich natürlich nicht mehr ablehnen!«, schimpfte Maxim lachend.

Dimitri hob seinen Drink. »Schön, dass du das einsiehst. Hier, deine Flugtickets. Bald geht es los.«

~ 8 ~

Als Judith frisch geduscht aus dem Bad kam, hatte Walter bereits das Frühstück gemacht. Er wartete gemeinsam mit Wilhelmina, die neben seinem Teller auf dem Tisch hockte, dass sie sich zu ihnen setzte. »Ein paar Minuten hast du noch Zeit. Komm, erzähl uns beiden mal, was du heute so vorhast.«

Wilhelmina drehte sich einmal um sich selbst. Dann hockte sie sich wieder auf ihre Hinterpfoten und sah Judith auf eine Weise an, als wäre sie unbedingt an ihrer Auskunft interessiert.

»Tu nicht so«, beschied Judith, »dein ganzes Interesse gilt doch einzig Walters Leberwurststulle.«

Doch Wilhelmina entließ sie nicht aus ihrem Blick. Obendrein war ein leises Mauzen zu vernehmen.

»Na gut!«, gab Judith nach, »ihr gebt ja sonst keine Ruhe.«

Walter zwinkerte Wilhelmina zu und brachte Judith damit zum Lachen. Er liebte es, wenn ihm das gelang.

»Nun, was fällt dir zum Thema Goldregen ein, mein Lieber?«, fragte Judith und biss in ihr Brötchen.

Falls ihn die Frage verwundern sollte, ließ Walter sich das nicht anmerken. Er brauchte nicht sonderlich lange für eine Antwort: »Nun, das Märchen der Gebrüder Grimm von Frau Holle, wo zum Schluss über dem fleißigen Mädchen ein Goldregen niedergeht.«

»Das ist ja nett. Frau Holle und die Goldmarie!«

»Du klingst trotzdem nicht besonders zufrieden mit meiner Antwort.«

»Ganz im Gegenteil! Ich dachte dabei nur an ein Gehölz, aber deine Variante ist ja viel fantasievoller.« Gestern Abend war Judith gar nicht mehr dazu gekommen, Walter von ihrem neuen Fall zu erzählen, so sehr hatten sie sich mit Friedrich Renz' Geschichte beschäftigt. »Stell dir also einen blühenden Strauch vor. Heute werde ich nämlich nach dem Verbleib eines wunderschönen Gemäldes mit dem Titel *Goldregen* fahnden. Jemand hat es in Salzwedel aus dem Museum geklaut.« Judith versuchte mit leuchtenden Augen, Walter das Bild zu beschreiben. »Ich werde dazu mit vielen Leuten reden müssen: mit Wachmännern, mit Museumsaufsichten, mit Nachbarn, mit der Spurensicherung. Dann ergibt sich hoffentlich ein erster Ansatz. Und unbedingt muss ich irgendjemand auftreiben, der sich auf dem Kunstmarkt auskennt. Mit dem Chef muss ich auch noch sprechen. Den habe ich gestern Nachmittag nicht mehr erreicht. Was auch sein Gutes hatte, denn so konnte ich den ganzen Papierkram zu diesem Einbruch erledigen und er hatte pünktlich seinen schriftlichen Bericht. Ach ja: Außerdem muss ich für einen alten Freund unsere polizeilichen Quellen anzapfen. Du erinnerst dich noch? Der verschollene Emil Deutler. Das wär's dann auch schon.«

Wilhelmina fing dankbar an zu schnurren, was aber nicht an Judiths Antwort lag, sondern an einem Butterflöckchen, das Walter ihr zum Naschen vor die Füße legte.

»Hört sich gut an«, fand Walter und verkündete seinerseits: »Ich mache mich dann auf die Schatzsuche.« Der Geschwisterkrach um die Münzsammlung würde warten müssen. »Guck mal nach draußen! Das wird bestimmt wieder ein wunderschöner Tag und eine noch wundervollere Nacht«, zog er Judith auf, indem er begann, mit leichtem italienischen Akzent zu säuseln, »wenn wir beide im Mondenschein bei einem Glas Wein sitzen ... und leise über unsere Erfolge flüstern.«

»Du bist ein Blödmann!«, schmollte Judith und knuffte ihn im Vorbeigehen.

Nachdem sie sich angekleidet und Walter einen kurzen Kuss auf die Lippen gedrückt hatte, verabschiedete sie sich voller Energie in den Arbeitstag.

Walter räumte ein wenig auf. Dabei fiel sein Blick auf die Uhr. Höchste Zeit nach nebenan zu gehen und seine andere Liebe zu wecken. Es dauerte nicht lange, alles Erforderliche auf ein Tablett zu räumen. Mit frischen Brötchen, einem Glas Johannisbeergelee und einer fertigen Kanne Kaffee fühlte er sich gut gerüstet, die Langschläferin wach zu bekommen.

Walter kannte Laura Perch schon seit ihren Kindertagen und über die Jahre war ihr Verhältnis trotz des Altersunterschiedes von zwanzig Jahren immer enger und vertrauter geworden. Laura lebte, wenn es ihre beruflichen Verpflichtungen in Berlin zuließen, hier in Waldau. Ihr altes, von ihren Großeltern ererbtes Bauernhaus glich dem von Walter fast vollständig; es war nicht groß, verfügte aber mit den nach hinten zum Garten liegenden Räumlichkeiten – Küche nebst Speisekammer, Bad und Schlafraum – und den nach vorne, zum Dorfplatz gelegenen Wohn- und Arbeitsräumen über ausreichend Platz. Die Nebengebäude hatten ihre ursprüngliche Bestimmung zumeist verloren; lediglich die Scheite für den Kamin lagerte Laura noch im angestammten Holzschuppen. Durch Walters Zukauf hatten die Gärten an Größe gewonnen. Breite Wege verbanden jetzt die Grundstücke und führten direkt auf die im gleichen Stil ausgebauten Terrassen, sodass ein großzügiges Refugium entstanden war.

Wilhelmina begleitete Walter die paar Schritte bis zu Lauras Hintertür. Dann bog die Katze in Richtung des ehemaligen Hühnerstalls ab. Das Fenster zum Schlafzimmer stand weit offen und Walter lugte hinein. Das Bett war leer. Was hatte Laura zu einem so ungewöhnlich frühen Aufstehen veranlasst? Er klopfte an ihre Küchentür und trat ein. »Hallo, Laura! Wo steckst du? Ich habe Frühstück dabei«, lockte er und erwartete einen Zuruf aus ihrem Badezimmer.

»Ich bin hier, auf dem Dachboden.«

Walter hörte etwas poltern, gefolgt von einem gezischten Fluch. Rasch stellte er sein Tablett auf den Küchentisch und hastete zur schmalen Stiege, die aus der Speisekammer hinauf zum Dachboden führte. Ungestüm bewegte er sich nach oben. Die Stufen gaben unter seinem Gewicht leicht nach.

Warnende Knarzlaute ließen ihn langsamer werden. Als er dann aber in den Raum blicken konnte, blieb er wie angewurzelt stehen. Ihm bot sich ein Bild, das jeden Maler zum Pinsel hätte greifen lassen, so umwerfend war das Spiel aus Licht und Schatten: Laura kniete, barfuß, nur im weißen Seidenschlafanzug, vor einer alten Kiste. In der Luft flirrten feinste Staubpartikel. Vereinzelt drangen Sonnenstrahlen durch das alte Ziegeldach. Erst nachdem sich seine Augen an das diffuse Licht gewöhnt hatten, konnte er erkennen, dass es sich um eine ganz gewöhnliche, alte und ziemlich zerschrammte Munitionskiste handelte. Zwei weitere dieser robusten Holzkästen standen mit geöffneten Deckeln daneben. Im Hintergrund, an der Giebelwand des Dachbodens, waren Koffer, Bretter und irgendwelche Gestelle im Halbdunkel schemenhaft zu erkennen. Aber auf Laura lag ein breiter Sonnenstrahl, der direkt durch das kleine Dachfenster auf sie niederfiel. Ihr blondes ungekämmtes Haar glänzte golden, und ihr Lächeln, ihre Augen, ...Wie schaffte sie es bloß, dermaßen bezaubernd auszusehen? Diesen Anblick würde er in seinem Leben nicht wieder vergessen! Walter schluckte. »Guten Morgen«, grüßte er, als er seine Stimme wiederfand. »Was suchst du denn um diese Zeit hier unterm Dach?«

»Guten Morgen, Walter.« Laura straffte sich und antwortete völlig unbefangen: »Mir ist heute früh im Halbschlaf eine Idee für Danys Projekt gekommen. In der Schule sollen sie etwas zur Geschichte ihrer Familien machen. Ahnenforschung ist offensichtlich wieder in. Es sollte aber schon etwas mehr sein, als nur den Stammbaum bis zu den Großeltern aufzuzeichnen. Gar nicht so einfach, wenn man es recht bedenkt. Dany war vorgestern mit Leon hier und fragte, ob ich ihr da helfen würde. Immerhin wäre ich ja eine Geschichtsforscherin. Rührend, was!? Jedenfalls habe ich versprochen, ihr einen Vorschlag zu machen, schon am Wochenende. Und dank Wilhelmina, die mich wieder einmal im Morgengrauen geweckt hat, kann ich mein Versprechen halten. Ich gedenke,

Dany ein heraldisches Thema schmackhaft zu machen. Metalle. Blasonierungen. Knöpfe.«

Walter hatte es schon vor längerer Zeit aufgegeben, derartige Äußerungen von Laura beim ersten Hören zu verstehen. Das klappte einfach nicht. Wenn sie in ihren beruflichen Sphären als Archivarin versunken war, warf sie stets mit Fachbegriffen um sich und merkte nicht einmal, dass niemand ihr folgen konnte. Als Reaktion neckte er sie hin und wieder bezüglich ihres wenig Aufsehen erregenden Fachgebietes, aber andererseits staunte er, was Laura alles wusste und was man mit diesem Wissen alles anfangen konnte.

Jetzt bedachte sie die Holzkisten mit einem strafenden Blick. »Ich weiß genau, dass hier drinnen eine alte Blechschachtel sein muss, kann sie aber nirgendwo entdecken«, murmelte sie vor sich hin. »Der Deckel saß immer viel zu fest, und wenn Großmutter ihn aufmachte, flog schon mal ein Dutzend Knöpfe auf den Boden. Das mittlere Scharnier war gebrochen. Wo-«

Walter unterbrach sie: »Ich habe Kaffee mitgebracht und frische Brötchen.«

Sofort sprang Laura auf und bewegte sich in Richtung Treppe. Sie gab Walter einen leichten Kuss auf die Wange. »Verzeih, dass ich dich habe warten lassen. Habt ihr beide noch zusammen gefrühstückt? Ich konnte vorhin Judiths Auto hören.«

»Ja. Eine Tasse Kaffee trinke ich aber noch mit dir.«

Sie stiegen vorsichtig die steile Holztreppe vom Dachboden hinunter.

Laura verschwand kurz im Bad, um sich die Hände zu waschen und sich eine leichte Strickjacke überzuziehen.

Währenddessen schnitt ihr Walter die Brötchen auf.

Der Tisch war gedeckt und sie plauderte munter weiter, während sie eine Brötchenhälfte mit Butter bestrich: »Ach, ich werde einfach in den Zigarrenkästen von Tante Irmgard nachsehen. Die hat bestimmt auch noch solche Knöpfe.«

Die Schwester ihrer Großmutter war im letzten Herbst verstorben und Laura hatte alle Dinge, die sich als Familienandenken eigneten, in eine kleine Truhe getan, die nun in ihrem Schlafzimmer stand.

»Soll ich dir beim Suchen helfen?«

»Danke, aber so dringend ist das nun auch wieder nicht. Ich habe ja noch ein paar Tage Zeit. Ich krame nachher einfach weiter.«

»Und Knöpfe treiben dich so früh aus dem Bett?«

»Ja. Aber nur solche mit Wappendarstellungen.« Sie stellte das Kauen ein und tauchte laut redend in Erinnerungen ab: »Ich weiß genau, dass es im Haushalt meiner Großeltern mindestens drei Knopfschachteln gab. Es waren hübsche Blechbüchsen mit Deckeln: Knöpfe für die Bettwäsche, oft mit Stoff überzogen; feine Knöpfe für Blusen und Hemden und dann noch die gröberen für Mäntel und Jacken. Darunter müssten sich auch die mit den Wappen befinden. Manche von Uniformen, einige von Trachten. Wer weiß, wo die herstammten. Bevor ein Kleidungsstück weggeworfen wurde, hat die Oma stets die Knöpfe abgetrennt und aufgehoben. Man könne ja nie wissen, wofür man die mal gebrauchen konnte. Als kleines Kind habe ich oft damit gespielt, sie nach Größen oder Material sortiert oder zu einer Kette aufgefädelt. Das Knopfannähen habe ich von Opa gelernt, mit fünf. Ich durfte mir aus Hunderten Knöpfen einen für meinen Hosenbund aussuchen und er zeigte mir dann, wie man ihn annähte. Es war schwierig, denn der Knopf hatte vier Löcher. Fadenlänge, die richtige Nadel, Knopfgröße zum Knopfloch passend – es gab mehr zu bedenken, als ich ahnte. Ich schaffte es mit einigen Mühen, aber der Knopf hielt und ich war jedes Mal, wenn ich ihn berührte, stolz, dass ich ihn selbst angenäht hatte. Das konnte sonst niemand im Kindergarten. Verrückt, was?«

Walter nickte. Offensichtlich konnte er sich gut an das kleine Kind erinnern.

»Na, jedenfalls will ich die alten Wappenknöpfe durchsehen, ob ich einige für Danys Projektbeitrag gebrauchen kann. Sie könnte damit über Familienwappen und ganz speziell das der Ahlsens reden. Vielleicht fällt mir aber auch noch was Besseres ein. Und wie ich Dany kenne, hat sie auch ein paar gute Ideen.«

Da stimmte Walter ihr unumwunden zu. Dany Bauer war ein wunderbares Mädchen, klug, aufgeweckt, ehrgeizig und ihren beiden jüngeren Brüdern eine großartige Schwester. »Und was hast du heute noch so alles vor?«

»Nicht viel. Nur die Knopfjagd. Später muss ich mich noch etwas vorbereiten. Morgen früh ist doch der Termin beim Gutshaus wegen des Fußbodens. Ich bin schon gespannt, wie weit Astrid und Leon mit den Farbproben für die Orangerie gekommen sind, aber sonst …« Sie zuckte mit den Schultern.

Walter freute sich, als er ihren entspannten Gesichtsausdruck sah. Erleichtert, sie nicht all zu sehr zu beanspruchen, rückte er mit der Sprache raus: »Ich könnte deine Hilfe brauchen.« Und um es etwas spannender zu machen, setzte er flüsternd hinzu: »Als Privatdetektiv.«

Laura war sofort bei der Sache. Walter und sie hatten bereits des Öfteren bei Ermittlungen zusammengearbeitet, schon, als er noch der Ortspolizist von Waldau war. »Na los! Worum geht's?«

Walter goss Kaffee nach. »Es betrifft die Freimaurer.« Er erzählte Laura die Kurzform des Gesprächs mit Friedrich Renz.

»Oha. Das ist ja mal was wirklich Interessantes!«

»Ja. Und ich fürchte, es wird einfacher sein, den Verbleib von Emil Deutler aufzuklären, als den Schatz zu finden. Nicht einmal unser lieber Doktor, der Schatzmeister, weiß Genaueres: wie groß er war, woraus er bestand – geschweige denn, wo er stecken könnte. Und nun kommst du ins Spiel. Wozu wohnt man mit einer Archivarin Tür an Tür?«

»Du suchst nach Aufzeichnungen.«

»Richtig. Irgendwas muss es geben.«

»Du hast recht«, versicherte Laura und begann sofort zu überlegen, wo und wie sie alte Akten auftreiben könnte. »Es gibt immer was. Ich hab auch schon eine Idee. Dafür muss ich allerdings etwas herumtelefonieren. Heute Abend gebe ich dir dann Bescheid.

Walter stand auf und begann, das Geschirr abzuräumen. »Danke für deine Hilfe. Ich selbst werde mich heute nach dem vermissten Freimaurer umhören. Er könnte der Schlüssel zur ganzen Geschichte sein. Und im Übrigen hast du natürlich recht: Es gibt immer was! Aber nicht jeder kann's finden!«

~ 9 ~

Der erste Weg am Morgen führte Judith nicht ins Büro, sondern direkt ins Museum. Nichts brachte ihr so viele Informationen, wie mit den Leuten im unmittelbaren Umfeld eines Tatortes zu reden.

Elke Franke, die ihren Platz hinter der Kasse bereits eingenommen hatte, winkte der Kommissarin freundlich zu. »Gehen Sie ruhig zur Chefin rein. Anmeldungen sind in unserem kleinen Laden nicht üblich.«

Im Arbeitszimmer der Direktorin saß am runden Tischchen für Besucher ein älterer Herr. Sein Jackett war stark zerknittert. Der geöffnete Hemdkragen und der schwarze Schlips wirkten nicht leger, eher derangiert. Und der graue Dreitagebart war kein modisches Accessoire, sondern zeugte von Vernachlässigung. Vor ihm stand ein Glas Kamillentee. Das ganze Büro roch penetrant nach dem Aufguss. Langsam hob er den Blick von einer Karteikarte, die er mit offensichtlich großem Interesse studiert hatte.

Dr. Schneider kam, so schnell es ihre hohen Korkabsätze erlaubten, hinter ihrem Schreibtisch hervor. Ihre Haarpracht hatte gegenüber dem Vortag sogar noch an Volumen gewonnen. »Oh. Guten Morgen, Frau Brunner … Darf ich Sie mit Herrn Dr. Withold Weigel persönlich bekannt machen, meinem Vorgänger in diesem Hause. Ich habe ihn gestern noch gebeten, mich bei den Nachforschungen zur Herkunft des Bildes zu unterstützen. Er kennt das alles hier natürlich viel besser als ich.«

Judith Brunner stellte sich dem Mann vor. »Ich hatte mir ohnehin vorgenommen, Sie aufzusuchen. Schön, dass wir uns hier vor Ort treffen.«

Weigel stand auf und gab ihr fest die Hand. »Wissen Sie schon etwas mehr?« Seine kratzige Stimme deutete auf eine schlimme Erkältung hin.

Judith, die vom kräftigen Händedruck überrascht war, verzieh ihm den Kamillentee und das etwas verlotterte Aussehen. Sie antwortete: »Nein. Und Sie? Können Sie sich erinnern, wie lange sich das Gemälde schon in Ihrem Museum befunden hat? Und von Ihnen im Keller eingesperrt wurde!«, tadelte Judith voreilig, wie sich gleich herausstellen sollte.

»Leider nein«, gestand Dr. Weigel aufrichtig. »Das Bild ist mir überhaupt nicht präsent. Natürlich wäre mir ein Werk dieser Qualität aufgefallen, wenn ich es denn nur bemerkt hätte. Wie Frau Dr. Schneider mir mitteilte, hatte es sich in einem Karton mit der Aufschrift *Textilien* befunden. Da habe ich offensichtlich nie reingesehen, weil so etwas für keine meiner Ausstellungen relevant war. Tut mir leid, aber ich kann Ihnen vorerst nicht weiterhelfen.«

»Wir sind alle ziemlich ratlos«, sprang die Museumsdirektorin ihrem Vorgänger zur Seite. »Das Bild stammt wohl aus keiner der üblichen Quellen. Aber nehmen Sie doch bitte Platz«, bot sie Judith einen Stuhl am Besuchertisch an und setzte sich dazu.

»Ach!? Was meinen Sie?«

»Mehr lässt sich einfach nicht mit Sicherheit sagen. Wir haben in unseren Inventarbüchern nachgesehen, in denen sämtliche Zugänge seit Beginn der Sammlung verzeichnet sind. Zum Glück haben wir eine lückenlose Registratur. Aber sowohl in den Verzeichnissen als auch in der alten Korrespondenz gibt es keinerlei Hinweise auf das Bild. Auch nicht in der Kartei der Kunstgegenstände.« Dabei deutete sie auf den Holzkasten, der vor Dr. Weigel stand. »Es ist, als hätte es das Gemälde in diesem Museum nie gegeben.«

Judith überlegte einen Moment und sah Marianne Schneider dann an. »Das kann meines Erachtens nach nur zweierlei bedeuten: entweder Schlamperei in der Buchführung oder eine suspekte Herkunft des Bildes. Was meinen Sie?«

Dr. Schneider zuckte mit den Schultern. »Die Buchführung ist über all die Jahrzehnte korrekt geführt worden, soweit man das beurteilen kann. Es gibt keine Hinweise auf Nachlässigkeiten, zu keiner Zeit. Sogar einige eher fragwürdige Zugänge sind in den Unterlagen aufgeführt. Also, Schlamperei wäre hinsichtlich des *Goldregens* eine einmalige Ausnahme. Das kommt mir aber angesichts der Situation, in der wir uns jetzt befinden, als ein viel zu großer Zufall vor.«

Dieser Schlussfolgerung konnte Judith sich vorbehaltlos anschließen und hakte deswegen nach: »Fragwürdige Zugänge?«

»Haben Sie etwas Zeit mitgebracht?«, erkundigte sich Dr. Schneider. Dann sah sie auffordernd Withold Weigel an.

Der nickte kurz und nachdem er sich kräftig geschnäuzt hatte, versuchte er das Gespräch zu übernehmen: »Da müssten wir etwas weiter ausholen.«

Selbstverständlich nahm Judith diese Gelegenheit, an sachkundige Informationen zu gelangen, mit Vergnügen an. »Natürlich.«

»Gut. Ich hätte auch Kaffee da«, bot die Direktorin mit Blick auf ihren Filterautomaten an.

»Für mich bitte nicht, danke«, lehnte Judith ab.

Marianne Schneider schenkte sich ein. Dann setzte sie sich wieder, lehnte sich zurück und überließ Dr. Weigel das Reden.

Der Museumsdirektor ließ sich nicht nochmals bitten und begann, während er sein Teeglas mit beiden Händen umfasste: »Fragwürdige Zugänge«, wiederholte er. »Sie wissen vielleicht, dass während der NS-Zeit umfangreich Privatvermögen, vor allem von Juden, aber auch von anderen Verfolgten zugunsten des Deutschen Reichs eingezogen wurde. Nicht nur Kunstgegenstände, sondern auch Stil-Möbel, alte Musikinstrumente, sogar ganze Bibliotheken.«

Judith nickte bestätigend. Sie hatte vor einigen Jahren in einem Fall ermittelt, in dem es um wertvolle Bücher aus eben solch einer Bibliothek ging.

»Nun, leider ist diese Praxis keine Einmaligkeit in der Historie. Benötigten die Machthaber Geld, vergriff man sich gern an den Wertgegenständen derer, die sich nicht wehren konnten. Schon Cromwell plünderte die Klöster, die französischen Revolutionäre die Adelspaläste, da ließen sich unzählige Beispiele finden, besonders in der jüngeren Geschichte. Also, ich habe gestern zunächst die Erwerbungen dieses Museums während der NS-Zeit geprüft und auf den ersten Blick nichts, was uns helfen könnte, gefunden. Dann habe ich meine Recherchen auf die Nachkriegszeit ausgedehnt, und auch da habe ich nichts Fragwürdiges festgestellt, um bei dieser Formulierung zu bleiben.«

»Ich höre ein deutliches Aber«, warf Judith ein.

Dies war offensichtlich das Stichwort für Dr. Schneider. Sie stand auf, griff etwas vom Schreibtisch und kam um den Tisch zu ihr. »Der etwas heikle Punkt lautet: *Enteignungen*. Sehen Sie selbst! Nur ein Beispiel.« Sie drehte ein Inventarbuch so zurecht, dass Judith bequem Einsicht in die Aufzeichnungen nehmen konnte. Die Direktorin tippte mit dem Finger auf einen handschriftlichen Eintrag. »Diese beiden Stücke hier, Porzellane, entstammen einer privaten Sammlung, die mehr oder weniger enteignet wurde. Alles ist ordnungsgemäß eingetragen, das Datum vom Oktober 1973, die abgebende Stelle ›Staatlicher Kunsthandel der DDR‹ und dann die hiesige Inventarnummer. Die Zierteller stehen unten im Museumskeller; ich habe bereits nachgesehen.« Dr. Schneider setzte sich wieder auf ihren Platz und sah Judith ganz offen an, als sie sprach: »Nun, ich bin fest überzeugt, wenn das fehlende Gemälde auch aus so einer Aktion stammen würde, wäre es ebenfalls im Inventarbuch verzeichnet worden. Es gab damals einfach keinen Grund, so etwas zu vertuschen. Diese Machenschaften waren legal.«

Die Kommissarin blickte überrascht. »Legale Machenschaften – diese Worte passen in meinen Ohren nicht sonderlich gut zusammen.«

Dr. Weigel hüstelte vernehmlich in seine Faust. »Im Prinzip würde ich Ihnen da jederzeit zustimmen, doch in diesen Fällen ...«, hob er entschuldigend die Schultern.

»Fällen?« Judith bedeutete dem Mann, fortzufahren.

Mit Mühe sprach er weiter: »Wissen Sie, in der DDR gab es nur sehr wenige private Kunstsammlungen von Rang. Das war eine recht übersichtliche Szene, die es streng genommen noch nicht einmal hatte geben dürfen. Das Privateigentum, welches über den täglichen Bedarf hinaus ging, wurde diffamiert; Wohlstand oder gar Reichtum galten als dekadent und waren politisch unerwünscht. Also entwickelte man legale Strategien zur Überführung von wertvollen Privatsammlungen in Staatseigentum.«

»Wieso?« Judith erinnerte sich an zahlreiche Ausstellungs- oder Galeriebesuche. »Ich hatte nie den Eindruck, dass die Museen dringend einer Auffüllung bedurften. Die Ausstellungsräume waren doch voll mit Exponaten.«

»Sicher. Aber das war auch nicht der Punkt. Es ging dem Staat vorwiegend um die Beschaffung dringend benötigter Devisen. Zuerst wurde die Steuerfahndung aktiv. Dann tauchte die Polizei mit einem Durchsuchungsbefehl beim Sammler auf. Der Vorwurf lautete auf Steuerhinterziehung, und das anschließende Steuerstrafverfahren lief zielgerichtet auf eine Enteignung hinaus.«

»Und das schaffte man mit legalen Mitteln?«

»Nun, man nutzte einen ziemlich gemeinen Trick. Den Antiquitäten- oder Kunstsammlern wurde einfach ein Gewerbe unterstellt, also jeder Tausch, jeder An- oder Verkauf wurden rechtlich als gewerbliche Tätigkeit eingestuft und entsprechend besteuert. Nehmen wir ein einfaches Beispiel: Antiquarisch lag der Preis für einen kleinen Zwiebelmuster-Teller bei 3 Mark; die staatlichen Schätzer setzten dann bei den Durchsuchungen einfach 100 Mark an und letztlich war die Steuer auf die geschätzten Werte zu zahlen! Bei Privateigentum lag der Steuersatz bei 96 Prozent; bei Geschäftseigentum immerhin noch bei 86 Prozent! Antiquarische Möbel, die als gewöhnliche Wohnungseinrichtung genutzt wurden und eigentlich steuerfrei waren, wurden nicht zum Hausrat gezählt, sondern im Rahmen dieser Steuerverfahren als Luxusgegenstände eingestuft. Die private Wohnung inklusive ihrer ›normalen‹ Einrichtung wurde einfach zum Warenlager deklariert. Ich weiß von Sammlern, denen auf diesem Wege eine Steuerschuld von mehreren Millionen DDR-Mark konstruiert wurde und zur Begleichung wurde dann einfach die Sammlung vom Staat eingezogen. Wollten oder konnten sie nicht zahlen, landeten sie im Gefängnis.«

Judith war perplex: »Willkür. Was für eine perfide Methode!«

»Tja, diese Steuerstrafverfahren bewegten sich in einem quasi legalen Rahmen. Man konnte damals Kunst rauben, ohne dafür das Gesetz zu brechen. Die Betroffenen hatten keinerlei Einspruchsmöglichkeiten. Gemälde, Porzellane, Möbel – fast alles konnte vom Staat eingezogen und über den Staatlichen Kunsthandel im Westen zu Geld gemacht werden. Dort interessierte sich niemand für die Herkunft der Stücke. Kunst gegen Valuta war ein einträgliches Geschäft und hat Millionen von D-Mark erwirtschaftet. Nur wenige Einzelstücke, vermutlich die besonders wertvollen, oder der unverkäufliche Ramsch sind in den öffentlichen Museen gelandet.«

»Woher wissen Sie das alles?« Judith musste erfahren, wie belastbar diese Informationen waren.

Weigel verzog schmerzhaft das Gesicht. Trotz versagender Stimme beteuerte er: »Ich arbeite seit dreißig Jahren in diesem Metier. Was meinen Sie, wem man da alles über den Weg läuft. In den Pausengesprächen auf unseren Fachkongressen war das immer wieder ein Thema. Und nach der Wende haben sich viele von den kolportierten Geschichten als wahr erwiesen. Was ich Ihnen hier erzählt habe, stimmt, glauben Sie mir.«

»Oh, das tue ich, Herr Dr. Weigel ... Diese beiden Teller, die Frau Dr. Schneider erwähnte, die im Museumskeller liegen, gehören demnach vermutlich in die Ramschkategorie«, zeigte Judith, dass sie gut zugehört hatte.

»Ja. Selbstverständlich. Davon können Sie ausgehen. Sonst wären sie ja auch in der Ausstellung.«

»Und? Geben Sie die Stücke jetzt an die ursprünglichen Eigentümer zurück?«

Dr. Schneider hob die Hände. »Ich hätte damit kein Problem, im Gegenteil. Aber ob es tatsächlich zu Rückgaben kommt? Ich weiß es nicht. Das hat eher etwas mit Kulturpolitik und öffentlicher Vermögensverwaltung zu tun, verstehen Sie? Die damaligen Praktiken bewirkten eine latente Kriminalisierung der Kunstsammler. Und streng juristisch sieht man das in unserem Land bis heute nicht anders, auch wenn Sie das erstaunen mag.«

Judith war sprachlos. Nach ein paar Augenblicken der Sammlung fragte sie in die Runde: »Und da kann man nichts machen? Ich könnte mir vorstellen, dass die Betroffenen nicht glücklich darüber sind, dass diese fingierten Steuerverfahren heute nicht als das anerkannt werden, was sie im Grunde doch waren: reiner Diebstahl.«

Die Museumsdirektorin ließ die Schultern fallen und atmete tief aus und wieder ein. »Soweit mir bekannt, ist eine rechtliche Rehabilitierung dieser Sammler bisher nicht gelungen. Die Käufer im Westen halten sich selbstredend auch bedeckt, denn wer will schon als Hehler des DDR-Staates dastehen? Moralisch gesehen ist das natürlich Unrecht, da stimme ich Ihnen gern zu, aber zählt das vor Gericht?«

Alle schwiegen, bis Judith murmelte: »Legale Machenschaften trifft es irgendwie gut und nun habe ich auch ein Beispiel dafür kennengelernt. Nur, dass Sie es mir noch einmal bestätigen: Sie beide haben also bislang keine Idee, wie der *Goldregen* in Ihr Museum gelangt ist?«

Withold Weigel gab zu: »Nein. Aber es ist schon irgendwie seltsam, dass ausgerechnet das einzige nicht inventarisierte Stück gestohlen wurde.«

~ 10 ~

Ein paar Stunden später war Judith hinsichtlich der konkreten Umstände des Diebstahls keinen Deut schlauer. Ihre Gespräche brachten einfach nichts. Den Männern vom Wachdienst war nichts mehr eingefallen; aus der unmittelbaren Nachbarschaft des Museums schienen keine Beobachtungen gemeldet zu werden.

»Jutn Tach«, grüßte Albert Modersohn Judith durch die offene Bürotür, als sie um die späte Mittagszeit den Gang entlang kam. »Groete van de Chef, he will di sehn.«

Judith blieb stehen. »Guten Tag. Hat er gesagt, worum es geht?« Ihren Bericht hatte sie gestern pünktlich in seinem Vorzimmer abgegeben. Darum konnte es sich nicht handeln. Und viel mehr hätte sie inzwischen auch nicht hinzufügen können.

»Nee. Is woll hoochnödig.«

Judith eilte in ihr Zimmer und griff zum Telefon. Sie tippte die Direktwahl von Müller-Nordergreen ein, landete aber nur bei Ingeborg Siegel. Die teilte ihr mit, der Chef sei irgendwo im Haus unterwegs. Na schön, sie würde also warten müssen. Die Post war durchzusehen. Vielleicht schaffte sie es sogar, die Stapel auf ihrem Schreibtisch etwas zu verkleinern. Außer dem aktuellen hatte sie auch noch ein paar ältere Fälle abzuarbeiten; möglicherweise war was Hilfreiches dabei.

Richtig! Nicht zu übersehen und ohne ihr Zutun hatte sich ein neues Häufchen gebildet. Obenauf lag ein dünner Umschlag von Jurik Bellheim. Der junge Mann war wirklich schnell. Judith las den Bericht und fand ihre bisherige Hypothese bestätigt: Der Täter war ins Museum über das hintere Fenster eingestiegen, gezielt zum Bild gelaufen und mit seiner Beute auf demselben Weg zurückgekehrt. Draußen war er dann wohl in ein Fahrzeug gestiegen und davongefahren; brauchbare Spuren zum Fluchtweg außerhalb des Gebäudes gab es nicht. Der Diebstahl selbst konnte nicht mehr als 50 Sekunden gedauert haben. Der Unterzeichnende hatte das selber ausprobiert und war sogar etwas schneller. Es gab keine auswertbaren Fingerabdrücke, die Fußspuren – Größe 46 – deuteten auf einen gewöhnlichen Sportschuh der Marke Adidas, der eingesammelte Dreck unter dem Seitenfenster entpuppte sich als Sand vom Vorplatz des Museums; ein welkes Blättchen gehörte zu einem Forsythienstrauch, konnte also von überall her stammen. Judith seufzte. Das war wirklich nicht viel. Aber es ging ja noch weiter: »*Die Werkzeugspuren am Holzrahmen des Seitenfensters im Erdgeschoss, siehe Skizze, belegen die Verwendung eines Bohrers, um dann mithilfe eines durch das Bohrloch eingefädelten Drahtes den Haken der Verriegelung zu öffnen. Bei Auffinden des Tatwerkzeuges ist der Nachweis einer Verwendung für diesen Einbruch möglich ... die vermessene Schrittlänge lässt darauf schließen, dass der Täter sich zielstrebig und schnell bewegte … Kein Hinweis auf mehrere beteiligte Personen am Tatort.*« Der nächste Absatz widmete sich der manipulierten Alarmklingel, einem »*DDR-Modell, 24 Volt, Firma DUX*«. Keine Fingerabdrücke an der Glocke oder der Abdeckung; der Täter hatte vermutlich Handschuhe getragen und zusätzlich das Teil auch noch blank poliert, bevor er es wieder montierte. Ein handelsüblicher Bauschaum war verwendet worden, der Unterzeichnende war sicher, das genaue Fabrikat noch herausfinden zu können. Das Material war durchgängig ausgehärtet, was auf eine Anbringung vor einiger Zeit (3-7 Tage) hindeutete. Das zentrale Labor in Stendal war bereit, die Manipulation – das Vorhandensein einer vergleichbaren Probe vorausgesetzt – in einem Versuch nachzustellen und den Zeitraum somit genauer einzugrenzen. Es folgte ein PS: »*Angesichts der Schwierigkeit, einerseits die nötige Menge Bauschaum so zu dosieren, dass der Klöppel gehindert wird, an die Glocke zu schlagen, andererseits jedoch der Wunsch des Täters bestand, äußerlich keinerlei sichtbare Spuren zu hinterlassen (siehe Hinweis zum Putzen der Glocke), kann von einem sehr erfahrenen Handwerker oder aber davon ausgegangen werden, dass an einer vergleichbaren Klingel intensiv geübt wurde.*« Judith musste dieser Anmerkung zustimmen und legte den Bericht dankbar zurück. Es tat gut, jemanden mit Kompetenz an ihrer Seite zu wissen.

Wie aus dem Nichts kam ihr Thomas Ritter in den Sinn. Er war der beste Kriminaltechniker gewesen, mit dem sie je zusammengearbeitet hatte. Bei dem Gedanken an diesen Mann schmerzte ihr das Herz. Nicht aus romantischen Gründen, sondern weil er ihr seit Langem aus dem Weg ging. Selbst die enge Freundschaft zu Walter hatte er aufgegeben, von einem Tag zum anderen, als er von der Liebesbeziehung zwischen ihr und Walter erfahren hatte. Sie beide hatten seinerzeit niemandem etwas von ihrem privaten Verhältnis erzählt, vor allem, um ihre beruflichen Positionen nicht zu gefährden. Judith war früher Walters Vorgesetzte gewesen und konnte keinen entsprechenden Ärger gebrauchen. Beide wollten keine Strafversetzung riskieren. Nach Walters Ausscheiden aus dem Dienst und ihrer Versetzung nach Salzwedel gab es dann keinen Grund mehr für ihre Heimlichkeiten und sie zogen endlich zusammen. Thomas Ritter allerdings fühlte sich hintergangen, hatte mehr Vertrauen erwartet, und womöglich auch verdient. Leider war seine Sturheit noch größer als Walters. So konnte das nicht weitergehen! Aber eine zündende Idee, wie sie die Männer zu einem versöhnenden Gespräch bewegen könnte, war Judith bisher auch nicht gekommen.

Müller-Nordergreen ließ auf sich warten.

Als Nächstes durchforstete Judith die polizeilichen Datenbanken nach Emil Deutler. Freimaurer – wenn das wenigstens ein Beruf gewesen wäre! Nur mit seinem Namen hatte sie nicht viel in der Hand; sein Lebensalter war nur zu schätzen und sein Wohnort nach 1948 blieb im Dunklen. Die Vermisstenrecherche ergab keinen Hinweis. Auch bei den Listen der unbekannten Toten war niemand dabei, der vom Alter her passen würde. Deutler war nicht bei den Vorbestraften und er war auf keiner Fahndungsliste. Sollte sie enttäuscht sein, nichts gefunden zu haben? Oder war das nicht sogar so zu erwarten gewesen?

Es klopfte und im Bruchteil einer Sekunde stand Knut Müller-Nordergreen in der Tür. Jovial wedelte er mit ein paar Heftern. KMN, wie er von den meisten hausintern nur genannt wurde, war ein Mann, der trotz schwindender Haarpracht etwas auf sich hielt. Stets in Anzug und Seidenkrawatte, mit eleganten Schuhen und hellblauen Hemden; glatt rasiert und dezent nach einem Aftershave riechend.

»Frau Brunner! Guten Tag«, grüßte er und reichte ihr seine schlaffe Hand. »Ich hätte eine Bitte an Sie«, die Hefter jetzt vor ihrer Nase schwenkend. »Praktikanten.«

»Oh!? Nehmen Sie doch bitte Platz«, bot Judith ihrem Chef den Stuhl neben ihrem Schreibtisch an. »Ich dachte, Sie suchen mich wegen des Diebstahls im Museum.«

»Ah das, natürlich auch. Doch möchte ich Sie eigentlich bitten, rasch einen Blick in diese vier Personaldossiers zu werfen; junge Leute von der Fachhochschule, die Kriminalpolizisten werden wollen. Einen Praktikanten würde ich gern in unserer Dienststelle unterbringen. Immerhin kommen die für ein halbes Jahr, da kann man schon was mit anfangen, finden Sie nicht?« Er machte eine theatralische Pause. »Na ja, und ich hatte vor, Sie mit der Betreuung zu beauftragen, Frau Brunner.«

Das war ja klar! Es gab immer einen Haken, wenn der Chef persönlich auftauchte. »Wann soll es denn losgehen?«, fragte Judith zurückhaltend, während sie beiläufig die erste Mappe aufschlug. Meine Güte! Was für ein schöner Mann. Ob der wohl die richtige Karriere vor sich hatte?

»Schon bald. Im Juli. Sie hätten über das gesamte zweite Halbjahr jemanden an Ihrer Seite.«

So konnte man es natürlich auch sehen, dachte Judith, noch wenig begeistert über ihre neue Zusatzaufgabe. Doch dann schlug sie die zweite Mappe auf. Lisa Uhlig! Wenn das nicht zu ihrem Glückstag werden würde! Lisa und sie hatten während ihrer Zeit in der Gardelegener Dienststelle eng zusammengearbeitet und waren dabei, trotz des Unterstellungsverhältnisses, zu guten Freundinnen geworden. Der neue Nachname war Judith zwar noch etwas ungewohnt, aber Lisas fröhliche Hochzeitsfeier und ihren hingebungsvollen Ehemann hatte sie in guter Erinnerung behalten. Lisa wollte unbedingt zur Kriminalpolizei. Vor einiger Zeit hatten sie am Telefon mal über ein anstehendes Praktikum geredet, aber dass jetzt bereits die Anmeldung erfolgen würde, war Judith entfallen. Lisa. Das wäre wirklich schön. »Bis wann benötigen Sie denn meine Rückmeldung?«, fragte Judith und blickte pro forma auch in die letzten beiden Mappen.

»Nun ja, eigentlich sollte ich vorgestern schon … Sie haben völlig freie Hand, Frau Brunner.« Er schob ihr das leere Formular für die Praktikantenvereinbarung über den Tisch.

»Geben Sie mir eine halbe Stunde? Dann komme ich bei Ihnen vorbei und bringe die Unterlagen ausgefüllt mit. Sie brauchen nur noch zu unterschreiben.«

Müller-Nordergreen lächelte zufrieden. »Schön. Und was macht der Einbruch im Museum?«

»Es war ein gezielter Diebstahl, bestens vorbereitet und ausgeführt von jemandem, der das bestimmt nicht zum ersten Mal machte. Genau das richtige Werkzeug, kürzester Weg, perfekter Zeitpunkt. Es gibt keine Hinweise auf Personen oder verdächtige Handlungen. Der Täter war absolut unsichtbar.«

»Ein Profi?«

»Nun, sonderlich schwer hat man es ihm nicht gemacht. Das einzig Interessante ist, dass es zum gestohlenen Gemälde im Museum keinerlei Herkunftsnachweise gibt.« Judith berichtete von ihrem morgendlichen Gespräch mit den beiden Museumsdirektoren und schlussfolgerte: »Der Dieb – beziehungsweise sein Auftraggeber – konnte das Gemälde noch nicht lange entdeckt haben. Erst seit acht Wochen war es im Museum öffentlich zu sehen. Ich überlege, was für ein Motiv wohl dahinter steckt. Hat da jemand was für den Eigenbedarf organisiert oder will er es verkaufen? Ich muss schleunigst mit jemandem reden, der sich im Kunsthandel auskennt. Eventuell muss ich auch die eine oder andere Dienstfahrt nach Magdeburg machen. Habe ich Ihre Erlaubnis?«

Müller-Nordergreen sah einigermaßen verblüfft drein. »Denken Sie, dass die Angelegenheit solche Dimensionen annehmen muss? Ich hatte Sie eigentlich so verstanden, dass jemand eine günstige Gelegenheit in einem ungesicherten Provinzmuseum ausgenutzt hat.«

Judith reichte ihm die Fotografie des Gemäldes. »Nicht bei diesem Bild.« Sie sah in der Miene ihres Chefs, wie der *Goldregen* auch ihn beeindruckte. Wahrscheinlich gab es kaum jemanden, der dem Zauber dieses Malstils nicht erlag.

»Sie könnten recht haben, Frau Brunner«, lenkte er ein. »Also einverstanden. Verfahren Sie, wie beabsichtigt!« Schon im Aufstehen begriffen, fragte er beiläufig: »Sonst fehlt nichts im Museum?«

»Nein, in der Hinsicht sind sich alle Museumsangestellten

einig.« Sie stutzte. »Da fällt mir ein: Einer der Museologen ist derzeit im Urlaub, wahrscheinlich verreist. Ungeachtet dessen sollte ich heute Nachmittag mal zu seiner Wohnung; sehen, ob ich ihn dennoch antreffe. Auch mit den Zeitkräften des Museums muss ich noch reden. Mit viel Glück ist denen was aufgefallen. Ich halte Sie selbstverständlich auf dem Laufenden.«

»Machen Sie, machen Sie. Sie haben mein vollstes Vertrauen«, verabschiedete sich Müller-Nordergreen.

Judith füllte rasch die Praktikantenvereinbarung mit Lisas Angaben aus. Unter »*Aufgabe*« schrieb sie »*Mitwirkung an kriminalistischen Ermittlungen, selbstständige Recherchen*« und »*Einweisung in Organisation und Arbeitsabläufe*«. Das war allgemein genug, um ihnen sämtliche Möglichkeiten bei der Ausgestaltung des Praktikums offen zu lassen. Judith wusste, dass Lisa fachlich einiges drauf hatte, und freute sich schon auf die gemeinsame Zeit.

Dann schlenderte sie zu Albert Modersohn hinüber. Als sie bei ihm auch über das Gemälde schwärmte, stieß sie tatsächlich auf ein eher verhaltenes Interesse. Nanu?!

»Biller sin nich min Dings«, sagte der gestandene Ordnungshüter, ohne es böse zu meinen.

Judith ahnte es: Die Dinge, über die er reden wollte, waren Autos, seine Erdbeerernte und das Wetter. Und so lauschte sie geduldig seinen Geschichten. Als er zum Schluss optimistisch, »Sünn, Sünn, Sünn«, für die nächsten Tage voraussagte, wollte sie dieser Wetterprognose nicht widersprechen.

Nachdem eine halbe Stunde vergangen war, brachte sie, pünktlich auf die Minute, die Praktikantenunterlagen bei Müller-Nordergreen vorbei und begab sich auf den Weg zu ihren weiteren Befragungen.

~ 11 ~

Walter Dreyer hatte sich für seinen Termin umgezogen. Strahlend weißes Hemd ohne Krawatte, grau-blaue Hose, dunkles, sportliches Jackett, schwarze, italienische Lederschuhe. Das hielt er von Beginn seiner Tätigkeit als Privatdetektiv so. Er ging davon aus, dass seine Klienten zu einem gut gekleideten Mann mehr Vertrauen fassten. Da er muskulös war, seine Silhouette aber dennoch schlank wirkte, saß einfach jedes Kleidungsstück.

Walter suchte seine Unterlagen, Stift und Notizheft zusammen, steckte seine Brieftasche ein, vergewisserte sich, dass Wilhelmina ein gefülltes Schälchen vorfinden würde, sollte sie beschließen vorbeizuschauen, und fuhr los. Er hatte sich im letzten Jahr einen gebrauchten, dunkelblauen VW Passat Kombi gekauft. Die kleinen Kratzer am Kotflügel störten ihn wenig, denn für seine Bedürfnisse musste das Fahrzeug vor allem eines sein – unauffällig. Eine Nobelkarosse, die jedem sofort ins Auge stach, würde ihm bei Observationen oder heimlichen Verfolgungsfahrten wenig nützen.

Pünktlich um zehn erreichte er den Gardelegener Stadtrand.

Dr. Friedrich Renz wartete bereits vor seinem Haus. Der Wagen hatte kaum gehalten, da riss der Arzt auch schon die Beifahrertür auf und grüßte in den Wagen: »Hallo, wir werden in Kürze vom Vorstand der Loge erwartet.« Sein Alter vergessen machend, schwang er sich temperamentvoll auf den Beifahrersitz. Mit einem lauten Plauz schloss er die Tür und gab dem überraschten Fahrer das Zeichen zum Losfahren.

Walter wusste nur vage, wen er treffen würde. »Was können Sie mir über Ihren Logenmeister erzählen?«, fragte er. Etwas mehr, als das, was Judith gestern Abend über den Mann eingefallen war, wollte er schon wissen. »Freimaurer sind nicht gerade bekannt dafür, dass sie alles in die Öffentlichkeit tragen. Wird er mit offenen Karten spielen?«

Falls Renz Dreyers Fragen für unangebracht hielt, ließ er sich das nicht anmerken. »Wubbo Wiesel amtiert schon seit mehreren Jahren als unser Vorsitzender. Er vertritt die Loge nach außen, ist der Hüter unserer Gesetze und für ihre Beachtung verantwortlich. Er hat den Vorsitz in den Logensitzungen und bei den Beamtenberatungen. Selbstverständlich hat er umfangreiche Kenntnisse über sämtliche Interna der Loge. Beruflich ist er im Ruhestand; hat über zwei Jahrzehnte das hiesige Postamt geleitet. Der Mann hat großes Interesse an der Aufklärung der Vorgänge, seien Sie dessen versichert. Und im Übrigen gibt es an seinem Leumund keinerlei Zweifel. Vertrauen Sie ihm, wie Sie es bei mir täten.«

Zufrieden nickte Walter und folgte Renz' Wegbeschreibung. Er parkte am Wall und sie gingen den kurzen Weg bis zum Haus der Loge zu Fuß. Im Untergeschoss waren die Büros einer Rechtsanwaltspraxis und eines Immobilienmaklers untergebracht. Ein diskretes Messingschild neben der Haustür verwies außerdem auf einen dritten Nutzer: *Drei Tore zum Licht*. Der Hausherr öffnete, kaum dass die Besucher den Klingelknopf gedrückt hatten. Sie traten ein und Renz stellte die Männer noch im Hausflur einander vor. Die Stimmung war trotz der leichten Anspannung freundlich; sie hatten eine Menge Arbeit vor sich und das Thema war ernst. Wubbo Wiesel geleitete seine Gäste über eine breite, glänzend polierte, dunkle Holztreppe in das Obergeschoss in sein Arbeitszimmer. Dort bot er den Männern einen Platz an einem runden Tisch an, der mit Gebäck, Kaffeegeschirr, einer Karaffe Weinbrand, einem Krug Wasser und verschiedenen Kristallgläsern eingedeckt war. »Was darf ich Ihnen einschenken?«, fragte er zuvorkommend.

Walter nahm nur ein Wasser; Dr. Renz bat um Kaffee und Wasser. Dann unterzogen sich Dreyer und der Meister der Freimaurerloge einer offenen Musterung, die wohl zu einer beiderseitigen Zufriedenheit ausfiel, denn entgegenkommend sagte Wiesel: »Ich bin sehr froh, dass Sie Zeit für uns haben.«

Walter Dreyer lächelte unverbindlich. »In erster Linie möchte ich einem Freund von Frau Brunner und mir zur Seite stehen.« Das hörte sich fast ablehnend an. Schnell setzte er hinzu: »Ich soll Sie übrigens von ihr grüßen«, bevor er erklärte: »Dr. Renz hat da einiges gut bei uns.«

Der Doktor freute sich, diese Worte zu hören. Dennoch wusste er nicht recht, wovon die Rede war. Seine Hilfe für Judith Brunner hatte er immer für selbstverständlich gehalten.

Wubbo Wiesel hingegen tat so, als könne er sich gar nicht mehr an ihren Namen erinnern. Dennoch nickte er dankend für die Grüße.

Dreyer machte weiter: »Darüber hinaus bin ich bekannt dafür, zu liefern. Sie bekommen Ergebnisse von mir. Wofür ich allerdings nicht garantieren kann, ist, dass Ihnen gefällt, was ich herausfinde.« Diesen Satz sagte Walter stets zu allen Klienten, bevor er ihnen einen Vertrag zur Unterschrift über den Tisch schob. Heute hatte er allerdings keinen dabei. Diese Ermittlungen waren ein Freundschaftsdienst für Renz.

Wiesel reagierte gelassen. »Selbstverständlich! Mir gefällt oft nicht, was ich erfahre. So ist das Leben. Manchmal kann ich etwas unternehmen, um unliebsame Entwicklungen aufzuhalten; aber oftmals kann ich nur noch versuchen, den Schaden zu begrenzen. Ein wenig Hilfe leisten. Unter anderem deswegen engagiere ich mich als Freimaurer. Und ich weiß dabei meine Brüder immer an meiner Seite. Wir tun gute Werke. Außerdem: Ich erfahre genauso oft von Dingen, die mir gefallen. Also werde ich es auch dieses Mal einfach darauf ankommen lassen, Herr Dreyer. Sie haben meine volle Unterstützung, und die sämtlicher Mitglieder meiner Loge kann ich Ihnen ebenfalls zusichern. Sagen Sie einfach, was Sie für Ihre Nachforschungen benötigen.«

»In Ordnung.« Walter Dreyer nahm einen Schluck von seinem Wasser. »Wenn ich Ihnen kurz erzählen darf, was mir bereits bekannt ist. Soweit ich es verstanden habe, geht es um das verloren gegangene Vermögen Ihrer Loge. Die Suche gestaltet sich schon deswegen schwierig, weil von den jetzigen Logenbrüdern keiner weiß, wonach man eigentlich suchen soll. Zu Beginn der Fünfzigerjahre musste man alles in Sicherheit bringen. Jetzt ist eine Liste von 1948 aufgetaucht, mit sechs Männern, die direkt oder indirekt mit diesen Vorgängen zu tun hatten. Von dieser Liste lebt noch – oder zumindest gibt es bisher keinen Hinweis auf seinen Tod – einzig ein Mann mit Namen Emil Deutler, der inzwischen hochbetagt sein dürfte. Die anderen fünf Männer sind nachweislich bereits verstorben.« Walter Dreyer rekapitulierte das nicht, weil er Renz' Fähigkeit zur Darstellung von komplizierten Zusammenhängen infrage stellte, sondern um seinen Rechercheauftrag so klar wie möglich zu umreißen. »Jemand hat sich die Mühe gemacht, den Tod dieser Männer überdeutlich zu kennzeichnen. Oder den einzig lebenden Zeitzeugen hervorzuheben. Wie dem auch sei, es gibt außer Ihnen noch jemanden, der auf der Suche nach Ihrem Vermögen sein dürfte.«

Die beiden Freimaurer nickten.

»Damit bestehen aus meiner Sicht folgende Aufgaben: Zunächst, diesen Deutler aufzuspüren, um ihn zu den damaligen Umständen zu befragen. Dann, zu umreißen, was der Loge seinerzeit gehörte, um alles wiederfinden zu können. Wären das die Angelegenheiten, mit denen Sie mich beauftragen wollen?«

»Ja.« Mehr sagte Wiesel nicht, klang aber, als würde er unbedingt etwas ergänzen wollen.

»Gibt es noch etwas, worum ich mich kümmern soll?«, hakte Dreyer nach.

»Nein. Das nicht. Aber ich muss darauf bestehen, dass Sie jeden Erkenntnisfortschritt erst mit mir bereden, bevor Sie jemand anderen einweihen oder weitere Personen für Ihre Ermittlungen einbeziehen. Insbesondere die Polizei!«

Friedrich Renz wandte – ganz entgegen seiner ansonsten fast vornehmen Zurückhaltung – leicht verärgert ein: »Das hatten wir doch schon, Wubbo. Ich habe dir versichert, dass Dreyer-«

»Schon gut«, unterbrach Walter den gut gemeinten Einwurf. Ihm lag an klaren Verhältnissen. »Ich verstehe Herrn Wiesel. Vermutlich weiß er sogar, dass ich mit Judith Brunner zusammenlebe; er kennt sie, und er geht natürlich davon aus, dass wir gestern Abend zu dritt gesprochen haben.« Bei seinen nächsten Worten sah er Wiesel direkt in die Augen. »Kriminaloberkommissarin Brunner unterstützt Ihr Anliegen und wird diskret versuchen, mit ihren Möglichkeiten nützliche Informationen für unser gemeinsames Ziel zu erlangen, insbesondere was die Suche nach Deutler angeht. Ich kann Ihnen versichern, dass ich die Polizei, soweit es geht, heraushalten werde. Aber sollte ich bei meinen Ermittlungen an einen Punkt gelangen, wo das nicht funktioniert, komme ich zu Ihnen und informiere Sie. Erst dann gehen wir gemeinsam zur Polizei.«

Der Vorstand der Loge behielt seine skeptische Miene, lenkte jedoch vorsichtig ein: »Frau Brunners Integrität stand hier nicht infrage.« Dann kam er wieder zum Thema zurück: »Sie vermuten, hm, auch mehr hinter dieser Liste?« Damit deutete er an, sich bereits selbst weitere Gedanken gemacht zu haben. Nun gab er seine Befürchtungen preis: »Hat hier jemand über einen langen Zeitraum dafür gesorgt, dass diese Männer starben? Ist jetzt der Letzte dran? Meinten Sie so etwas, als Sie sagten, dass Sie die Polizei einschalten müssten, Herr Dreyer?«

»Theoretisch ja. Bei Mord oder auch in verdächtigen Vermisstenfällen ist das für mich der einzig gangbare Weg. Auch bei akuter Lebensgefahr für einen Menschen. Im konkreten Fall denke ich allerdings, Sie sollten sich keine so dramatischen Gedanken machen, Herr Wiesel. Dazu wissen wir einfach zu wenig. Ihrem Logenbruder Deutler wird es unter

Umständen gut gehen. Aber in seinem Alter ist auch nicht auszuschließen, dass er längst verstorben ist. Wahrscheinlich sind auch die anderen Männer auf der Liste friedlich und nicht durch ein Verbrechen dahingeschieden. Ich verspreche Ihnen trotzdem, das gründlich zu überprüfen.«

Wubbo Wiesel schien etwas beruhigt zu sein. Er lehnte sich zurück, sah kurz zu Renz und nickte dann entschlossen. »Gut. Einverstanden. Fangen wir an.« Er griff hinter sich nach einem Notizblock, der auf einem Sideboard lag. Er riss ein paar Seiten ab und gab sie Dreyer zum Lesen. »Ich habe damit begonnen, sämtliche Namen der Personen zusammenzutragen, die sich am fraglichen Abend, also am Montag, im Logenhaus aufgehalten hatten. Einer davon muss ja schließlich den Zettel verloren haben. Ich bin noch nicht ganz fertig, schließlich führen wir keine Anwesenheitslisten, aber in den nächsten Tagen kann ich Ihnen sicher eine vollständige Liste zukommen lassen.«

Renz beugte sich interessiert zur Seite und warf ebenfalls einen Blick darauf. »Wir hatten vorgestern einen unserer Bardenabende«, erklärte er Dreyer. »Im Mittelpunkt steht da in der Regel ein Vortrag; dieses Mal zu Beethoven. Es gab wieder allerhand Wissenswertes zu hören. Unser Raum war gut gefüllt. Ah. Ich habe auf Anhieb noch zwei Namen für die Liste.« Wiesel reichte ihm einen Stift und Renz ergänzte die Aufstellung. »Die beiden sind auch zusammen gegangen«, fiel ihm während des Notierens ein.

Dreyer griff die letzte Bemerkung auf: »Es wäre günstig, wenn Sie sich an weitere Details erinnern könnten. Wer war schon außer Haus, als der Zettel gefunden wurde? Wer war noch oben im Vortragsraum? Das kann den infrage kommenden Personenkreis erheblich eingrenzen. Versuchen Sie mit Ihren Leuten zu reden, was denen noch in Erinnerung geblieben ist. Also, wir müssen in Erfahrung bringen, wer wann gegangen ist und ob zu diesem Zeitpunkt bereits das alte Blatt Papier im Hauseingang gelegen hat. Vielleicht ist auch jemand zum Rauchen vor die Tür gegangen? Sie müssen ja noch nicht einmal erzählen, warum Sie das wissen wollen. Sagen Sie doch einfach, eine Einladung würde vermisst, die durch den Briefschlitz in der Haustür gesteckt worden sein soll.«

»Gut, versuchen wir das«, bestätigte Wiesel.

Walter Dreyer fragte weiter: »Wer hat den Zettel eigentlich gefunden?«

»Michael Wilde, der Mann, der auch den Vortrag gehalten hat. Wir haben anschließend noch etwas bei Kaffee und einem Glas Weinbrand zusammengesessen und uns unterhalten. Ich habe ihm für seinen Beitrag gedankt. Er ist Musiklehrer am hiesigen Gymnasium und erteilt außerdem kostenfrei Musikunterricht im benachbarten Kindergarten. Ein überaus engagierter Mann. Wilde ging als einer der Letzten, kurz nach Hugo Hetze. Der wohnt gleich um die Ecke und war auch auf einen Schluck geblieben. Nun, ich war hier in meinem Arbeitszimmer und räumte den Tisch noch ab, als Wilde zurückkam und das Blatt auf meinen Schreibtisch legte. Er vermutete, dass es jemandem aus einem älteren Buch entfallen war, was durchaus naheliegend wäre, denn unsere Bibliothek«, Wubbo Wiesel deutete in Richtung eines Raumes hinter der linken Zimmerwand, »wird von den Logenbrüdern gern genutzt und das eine oder andere Buch eben auch mit nach Hause entliehen. Auf den etwas morbiden Inhalt ging Wilde gar nicht ein. Er schlug vor, das Blatt beim nächsten Bardenabend auszuhängen, damit es wieder in das richtige Buch zurückkam. Wilde verschwand. Ich setzte mich noch auf einen Moment hin, um die Neige meines Weinbrands zu trinken und betrachtete das Blatt mit müßiger Neugier. Nun ja. Sie können sich meinen Schreck bestimmt vorstellen.«

Dreyer nickte. »Sie riefen gleich Dr. Renz an?«

»Richtig. Immerhin stand auch der Name seines Vaters auf dieser Liste. Friedrich hatte sich zwanzig Minuten zuvor auf den Heimweg gemacht und ich hoffte, ihn schon zu Hause zu erreichen. Es war fast zehn Uhr, ein äußerst unangebrachter Zeitpunkt für einen Anruf, aber ich wusste mir sonst keinen Rat. Zu meiner großen Erleichterung hob er ab.«

»Danke«, sagte Walter Dreyer. »Nun habe ich ein ungefähres Bild von dem Abend und von den Beteiligten. Mit Michael Wilde würde ich gerne persönlich sprechen. Bald.« Er reichte Wiesel seine Karte: »Es wäre schön, wenn Sie mich bei ihm ankündigen würden.«

»Sicher.« Wubbo Wiesel sah Dreyer direkt an: »Was werden Sie jetzt konkret unternehmen?«

»Nun, die Personensuche hat aus meiner Sicht Vorrang vor den Ermittlungen zu Ihrem Eigentum. Vielleicht bringt es uns sogar näher an Ihr Vermögen, wenn wir Emil Deutler finden. Zur Liste: Ihre Befürchtungen hinsichtlich der Todesumstände der anderen Männer teile ich nicht ganz, trotzdem versprach ich Ihnen bereits, dass ich mir darüber Gewissheit verschaffen werde. Ich werde die Kinder oder andere Verwandte von allen genannten Männern aufsuchen und sie bitten, mich bei der Suche nach relevanten Informationen zu unterstützen«, ließ Walter wissen, bevor er fragte: »Was können Sie mir zu Deutler sagen?«

Wiesel seufzte. »Fast nichts.« Er erhob sich, ging zu seinem Schreibtisch, griff zu einer Mappe und zog ein Blatt mit maschinenschriftlichen Notizen hervor. »Ich habe hier aufgeschrieben, was ich zusammentragen konnte. Viel ist es nicht; es gab keinen Kontakt in den letzten vierzig Jahren. Bitte. Sie können diese Informationen gerne behalten.« Er reichte das Blatt weiter.

»Danke.« Dreyer überflog die wenigen Zeilen. Deutler war Jahrgang 1913, sein Berufsleben hatte er als kleiner Angestellter bei einer Versicherungsgesellschaft begonnen und war dort – soweit es seine Logenbrüder wussten – irgendwann zu einem der Prokuristen aufgestiegen. Deutler war verheiratet und hatte ein Kind, eine Tochter. Es gab eine

Wohnadresse in Gardelegen. Das war immerhin ein Anfang. Walter nickte und legte die Notizen zu seinen Unterlagen. »Können Sie mir die genauen Todesdaten der fünf bereits Verstorbenen geben?«

Das schien kein Problem. Wiesel ging zu einem historisch anmutenden zweitürigen Panzerschrank, der aus der Gründerzeit stammen könnte, öffnete zügig die diversen Schlösser und entnahm ihm einen hölzernen Karteikasten in einem altmodischen Format. Er stellte ihn auf den Tisch und hob den Deckel ab. Neuere und hellere Pappkarten ragten ein wenig höher über dicke, ältere Karten hinaus. Metallene Reiter zeigten mit Buchstaben eine alphabetische Sortierung an.

Walter Dreyer staunte, als er am Umfang der Kartei erkannte, wie viele Personen in ihr erfasst waren. Er hätte nicht gedacht, dass es so viele Freimaurer gab. Andererseits hatte Renz erzählt, dass die Loge seit über zweihundert Jahren existierte. Dafür waren es dann doch nicht so viele Karteikarten.

Wiesel verlas die entsprechenden Daten zu den Verstorbenen und Walter schrieb sie in dem kleinen Heftchen, das er immer für seine Notizen nutzte, mit. Er würde die Einwohnermeldekartei gegenprüfen, vielleicht die Totenscheine zurate ziehen müssen. Seine Hoffnungen ruhten auf den Testamentseröffnungen. »Haben Sie da auch Angaben zu den Hinterbliebenen vermerkt?«

Wiesel gab ihm auch hierzu die vorhandenen Namen und Adressen, aber »ohne Gewähr«, wie er hinzufügte.

»Dr. Renz erwähnte gestern in Bezug auf die Liste, dass außer ihm noch zwei Söhne bis heute Mitglieder in Ihrer Loge sind. Mit beiden würde ich gern über ihre Väter reden wollen.«

»Gut. Ich arrangiere die Treffen«, bot Wiesel an.

»Schön. Bitte ebenfalls so bald wie möglich. Darf ich Sie auch noch nach Unterlagen über Ihre frühere Vermögenssituation bitten?«

Der Logenmeister blickte auffordernd zu seinem Schatzmeister.

Renz machte eine ratlose Geste. »Das ist ja gerade unser großes Problem. Wir haben lediglich ein paar Hinweise. In einem Lebensbericht werden einige wertvolle Bücher erwähnt; in einem Testament von 1951 sind ein paar Erbstücke für die Loge einzeln aufgeführt: Möbel für die Bibliothek und ein wertvoller Seidenteppich. Es gibt ein paar alte Fotos von den Innenräumen, da erkennt man das eine oder andere Gefäß oder auch eine große Schale. Aber eigentlich wissen wir nicht viel. Wir haben ein paar Anhaltspunkte, mehr aber auch nicht.«

»Darüber sollten wir noch ausführlicher reden, Dr. Renz, aber ich denke, das verschieben wir besser auf morgen. Heute suche ich Deutler. Mal sehen, wie weit ich da komme.« Als es keine Einwände gab, schob Walter die Papiere zusammen und stand auf. »Machen wir uns an die Arbeit. Ich halte engen Kontakt zu Dr. Renz und selbstverständlich auch zu Ihnen. Hoffen wir gemeinsam, rechtzeitig hinter die Geheimnisse Ihrer Loge zu kommen. Und wünschen wir uns, dass sobald kein weiteres Kreuz auf die Liste gemalt werden muss.«

~ 12 ~

Laura hatte es sich in ihrem Küchensessel am Fenster gemütlich gemacht. Sie sah in den blütenreichen Frühlingsgarten und lauschte Wilhelminas behaglichem Schnurren. In bester Stimmung dachte sie an ihren Auftrag. Wie also konnte sie Walter helfen? Die Hintergründe zu seinen Ermittlungen kannte sie aus ihrem Berliner Arbeitsalltag zur Genüge. *Rehabilitierung* war das eine Schlagwort der Zeit. Das andere *Offene Vermögensfragen*. Meine Güte! Welch ein Aufruhr herrschte im Land. Sie hätte nie gedacht, wie viele Leute eine Rechnung miteinander offen haben könnten. Jeden Tag trafen Dutzende Anfragen in ihrem Archiv ein. Alte Schulfreunde, ehemalige Nachbarn oder frühere Kollegen wurden zum Gegenstand einer Recherche, weil man sich gegenseitig verletzt, bespitzelt, verraten oder übers Ohr gehauen fühlte. Es lagen im wahrsten Sinne des Wortes haufenweise Anfragen in Lauras Büro, zu Immobilienbesitz, Betriebsvermögen, Renten- und Versicherungsfällen; Fahrzeuge, Boote und ganze Wohnungseinrichtungen wurden gesucht – große Vermögen waren genauso betroffen wie das Eigentum der kleinen Leute. In den vergangenen sechs Jahrzehnten hatte es eine unglaubliche Fülle an staatlicher Verfolgung, Willkür und rechtlichen Verwerfungen gegeben, die nun mittels der authentischen Archivunterlagen zu dokumentieren und dann gegebenenfalls juristisch zu korrigieren waren. Sie erinnerte sich, auch von Freimaurerlogen bereits entsprechende Anfragen bearbeitet zu haben. Die dazu gefundenen Dokumente bewiesen: Die Ostberliner Finanzverwaltung hatte deren Vermögen damals in treuhänderische Verwahrung genommen und dann verwertet, sprich: es verkauft. In den Akten gab es dazu die Listen und Belege.

Vergleichbare Unterlagen könnte es für die *Drei Tore zum Licht* ebenfalls geben. Laura stand auf, suchte ihr Adressbüchlein und griff zum Telefon, um eine ehemalige Kommilitonin anzurufen, die jetzt im Magdeburger Staatsarchiv arbeitete. Während des Studiums hatten sie sich gut verstanden, und wenngleich sie nicht befreundet waren, war der Kontakt nie abgerissen und sie unterstützen sich gegenseitig bei diversen dienstlichen Gelegenheiten. Ihre Kollegin versprach ihr einen raschen Rückruf.

Laura überlegte weiter: Wo könnte sich das Archiv der Loge selbst befinden, ihre eigenen Dokumente? Sie wusste von den Aktenbeständen im Staatsarchiv in Merseburg. Dort lag das Schriftgut, das beschlagnahmt worden war, nachdem die Freimaurerorganisationen aufgelöst worden waren. Im Krieg hatte man die Archivalien aus Luftschutzgründen in kleine Ortschaften nach Schlesien verlagert, wo sie dann der

Roten Armee in die Hände fielen.

Sie erinnerte sich an einen spektakulären Coup, der die Fachwelt aufhorchen ließ. Im letzten Jahr gelang es deutschen Forschern, ihre Erkenntnisse über das Sonderarchiv in Moskau, einem russischen Geheimarchiv mit den Beutebeständen der Roten Armee, in einer Broschüre zu publizieren. In dem Heft waren neben vielen anderen Akten auch diverse Überlieferungen von Freimaurerlogen aufgeführt. Ein Beitrag im »Archivar«, der die Sachlage bestätigte, überraschte Laura damals besonders, denn sie wusste, dass von der Sowjetunion bereits in den Fünfzigerjahren Aktenbestände in erheblichem Umfang an die DDR zurückgegeben worden waren, darunter auch Logenbestände. Wieso hatte man wohl einen Teil davon bis heute in Moskau zurückbehalten? Wie auch immer, die Bestände im Moskauer Sonderarchiv halfen ihr und Walter im Moment gar nichts. Allein bei einer Anfrage könnten Jahre ins Land gehen.

Blieben die seit 1957 im Merseburger Staatsarchiv verwahrten Akten. Seit ihrer Rückkehr aus der Sowjetunion waren die kaum für die Öffentlichkeit zugänglich gewesen. Trotz der politischen Wende würde es noch einige Zeit dauern, bis sich die Interessen der Eigentümer, also der Freimaurerlogen, und die der Forschung im Einklang befanden. Und noch Jahrzehnte könnten vergehen, bis diese Überlieferungen mit denen aus Moskau zusammengeführt werden würden. Zurzeit steckte man außerdem mitten in der Auflösung des Merseburger Archivs und bereitete die Bestände für ihren Umzug nach Berlin-Dahlem in das Geheime Staatsarchiv Preußischer Kulturbesitz vor.

Einen Versuch war es dennoch wert. Sie hoffte, ihr Kontakt zum Archiv, eine Frau, die sie von mehreren überregionalen Arbeitsbesprechungen der Archivverwaltung zum 750-jährigen Stadtjubiläum Berlins kannte, würde dort noch arbeiten. Sie hatte Glück. So nett es allerdings auch war, wieder einige Neuigkeiten über gemeinsame Kollegen, das famose Wetter und die allgemeinen Zustände im Lande auszutauschen, stand bald schon fest, dass die *Drei Tore zum Licht* in Merseburg völlig unbekannt waren. Es gab dort nicht eine Akte.

So blieb ihr nur Magdeburg als einziger Hoffnungsschimmer, falls überhaupt. Lauras anfänglicher Optimismus hatte bei näherer Überlegung einen mächtigen Dämpfer erhalten. Sie wischte die negativen Gedanken beiseite. Gewiss taten sich noch andere Wege auf, Walter zu unterstützen.

~ 13 ~

Eine der Aushilfen des Altmark-Museums wohnte nur einen kleinen Spaziergang vom Revier entfernt. Mehr als eine Viertelstunde würde Judith nicht zur Häuserreihe an der Alten Jeetze benötigen und das prächtige Wetter verleitete geradezu zu einem Fußmarsch. Auf dem Rückweg würde sie dann vielleicht am Rathaus vorbeilaufen, um sich beim Baumkuchenbäcker mit einem frischen Ring der altmärkischen Spezialität zu belohnen.

Bei dem schmalen, zweistöckigen Haus angekommen, öffnete sich die Haustür wie von allein. Eine korpulente Frau schob sich rückwärts heraus und rief in den Flur zurück: »Daisy, winke, winke zu Oma!« Es folgten ein paar seltsame Schnalzlaute, die augenscheinlich das Kind nicht dazu bewegten, ihr den Wunsch zu erfüllen, denn die ältere Frau wandte sich mit unzufriedenem Gesichtsausdruck zum Gehen.

»Verzeihung«, hielt Judith Brunner sie auf. »Ich suche nach Manuela Simon.«

»Das iss meene Tochter. Gehn Se ruhig rinn. Die iss beim Krasempeln.« Die Frau wandte sich wieder zum Hausflur. »Manu, Besuch!«, brüllte sie hinein, wobei sie die Tür mit einer Hand offen hielt. »Na los«, drängte sie.

Judith stand nun allein im Treppenhaus und klopfte laut an den Rahmen einer Wohnungstür, die mittels eines quer gestellten Pappkartons offen gehalten wurde. »Hallo! Frau Simon?« Der Karton war randvoll mit diversen, zum Teil gesprungenen Geschirrteilen gefüllt.

»Hier hinten!«, kam es aus einem rechts gelegenen Raum und Judith umrundete zwei weitere Kartons – einer voll mit Weckgläsern und Einmachutensilien, einer gefüllt mit Holzlöffeln und angeschlagenen Emaillekellen –, ehe sie in das Zimmer sehen konnte. Eine dünne Frau, die große Teile ihrer Freizeit auf einer Sonnenbank zugebracht haben musste, stand inmitten von Gerümpel. Das lange, schwarz gefärbte Haar war zu üppigem Volumen gefönt, der hellblaue Lidschatten betonte große, schöne Augen. »Daisy, guck doch mal, da ist Besuch«, forderte die Mutter die Aufmerksamkeit eines Krabbelkindes. Das hockte aber lieber weiter in einem Wäschekorb und sortierte die Handtücher um. Manuela Simon tänzelte geschickt zwischen all den Dingen auf die Besucherin zu und reichte ihr freundlich die Hand.

Judith Brunner hielt ihren Ausweis hoch und stellte sich vor. »Ich hoffe, Sie können mir bei einer Ermittlung helfen.«

»Ach.« Manuela Simon ließ eine Pause folgen, dann sagte sie: »Dann gehen wir wohl besser rüber, uns setzen. Hier drinnen sammle ich den Kram für meinen Flohmarktstand. Am Wochenende bin ich immer mit meiner Kleinen unterwegs. Macht uns Spaß, stimmt's Daisy?« Sie schnappte sich das Mädchen und nahm es auf den Arm. »Kommen Sie mit, ich brühe uns einen Kaffee auf.«

Judith sah sich sanft in Richtung einer kleinen Küche geschubst. Drinnen war es sauber und gemütlich.

»Nehmen Sie mir die Kleine mal kurz ab, es hantiert sich etwas schneller ohne sie.« Unkompliziert wurde der Polizistin das Kleinkind in die Arme gedrückt und ein Stuhl am Küchentisch angeboten. »Was wollen Sie denn wissen?«

Judith erklärte kurz: »Im Museum wurde ein Gemälde gestohlen. Und ich unterhalte mich mit jedem, der dort arbeitet. Mit den festen Mitarbeitern habe ich bereits gesprochen, nun suche ich die anderen auf.«

Zügig räumte die junge Mutter Tassen, Würfelzucker und eine Flasche Vollmilch auf den Tisch. Dann legte sie noch kleine Löffel dazu. Was die strampelnden Bewegungen ihrer Tochter bedeuten sollten, wusste sie nur zu gut. Sie drückte der Kleinen eine Fettcremewaffel aus einer offenen Packung in die Hand. Den Rest schüttete sie auf einen Teller und setzte sich mit an den Tisch. Manuela Simon hob die Kaffeekanne und sah die Kommissarin auffordernd an.

Judith hielt ihr die Tasse zum Einschenken hin. »Vielen Dank«, sagte sie und nahm sich dann, so geschickt, wie das mit einem munteren Kleinkind auf dem Schoß eben ging, von der Milch.

»Geben Sie die Daisy mal wieder her, die krümelt Sie sonst noch voll.«

Für diese Vorsichtsmaßnahme war es leider schon zu spät, denn auf Judiths Seidenbluse prangte bereits ein gut eingespeichelter Klecks Waffelbrei. Der schokoladige Abdruck einer kleinen Hand hätte hingegen als gewollte Applikation durchgehen können. Gern gab sie den kleinen Wildfang wieder zurück. Bevor Judith sich setzte, zog sie Papier und Stift aus ihrer Handtasche. »Es ist sehr freundlich von Ihnen, dass Sie sich Zeit für mich nehmen«, begann sie dann. »Möglicherweise können Sie mir helfen, das Gemälde wiederzufinden.«

»Welches Bild wurde denn geklaut?«, fragte Manuela Simon und reichte Judith ein Küchenhandtuch zur Beseitigung der Waffelspuren.

»Es hing im Musikzimmer. Der Name ist *Goldregen*. Es ist etwa so groß«, deutete Judith mit ihren Händen an.

»Ah! Das war wirklich super. Das hätte ich ruck, zuck auf dem Flohmarkt verkaufen können.«

Nun, von dieser nahezu arglos geäußerten Intention ging Judith vorerst nicht aus, gleichzeitig verblüffte sie die Naivität, mit der ihr hier ein Motiv quasi auf dem Silbertablett geliefert wurde. »Sie verkaufen da auch Gemälde?«

»Wenn ich eins rein bekomme, na klar. Meine Mutter kennt hier viele Leute, die umziehen wollen. Oder sie geht zu Haushaltsauflösungen. Das meiste landet da auf dem Müll; das halbwegs brauchbare Zeugs verkaufe ich dann an meinem Stand. Was glauben Sie, was die Leute so für Bilder an den Wänden hängen haben.«

Die Euphorie in der Stimme der Trödlerin verwunderte Judith, denn sie hatte davon sogar eine ziemlich genaue Vorstellung: Die Tatorte ihrer Ermittlungen befanden sich überwiegend in Wohnungen. Außerdem hatte sie schon unzählige Menschen in ihrem privaten Umfeld aufgesucht, um mit ihnen zu reden, als Zeugen, als Hinterbliebene oder als Verdächtige. Nur in absoluten Ausnahmen waren ihr dabei Gemälde aufgefallen, die in Qualität und Wirkung an den *Goldregen* heranreichten. Präraffaeliten hatte sie dabei noch nicht einmal als Kunstdruck gesehen. Mit viel Glück die eine oder andere interessante Grafik, ansonsten eher gerahmte Drucke populärer Motive oder laienhafte Eigenkreationen der Bewohner. Und so etwas sollte wirklich verkäuflich sein? Trotz ihrer Skepsis nahm sie sich vor, demnächst mal wieder über einen Flohmarkt zu schlendern. »Und unter der Woche arbeiten Sie im Museum als Aufsicht«, stellte Judith in den Raum.

Daisy verlangte eine neue Waffel, bekam etwas Milch dazu und war zufrieden.

»Seit über zwei Jahren schon. An drei Vormittagen. Da passt meine Mutter auf die Kleine auf. Viel kommt dabei ja nicht rüber, aber es reicht für die Miete. Dann das Geld vom Flohmarkt, die Alimente … Wenn Daisy älter ist, will ich einen eigenen Shop aufmachen. So für Antikes.«

Die Zukunftspläne ihrer Zeugin ließ Judith unkommentiert. Trödelläden schossen derzeit wie Pilze aus dem Boden; ob es da einen weiteren brauchte? »Ist Ihnen in der letzten

Zeit während Ihrer Schichten im Museum jemand aufgefallen? Ein seltsamer Besucher? Ein neuer Handwerker vielleicht? Hat Sie jemand zu den Räumlichkeiten angesprochen? Oder sogar konkret nach dem Bild gefragt?«

Manuela Simon dachte nach. Dann schüttelte sie leicht den Kopf. »So lange hängt das Bild noch nicht da. Das hat die Chefin erst vor ein paar Wochen unten gefunden. Der Scharne hat den Nagel in die Wand gekloppt und sie hat's dann hingehängt. Die olle Kisch hat uns nur vergattert, dass wir aufpassen sollen, dass da keiner ran tatscht.« Nach nochmaligem Überlegen war sie sich sicher: »Da war niemand, der was wegen dem Bild wollte. Jedenfalls nicht von mir. Aber fragen Sie ruhig mal bei meinen Kollegen nach.«

»Ist denn schon mal was weggekommen?«

»Nicht dass ich wüsste, nee. Hat niemand was erwähnt.« Ungefragt machte sie weiter: »Die Chefin räumt gerade das ganze Zeug auf. Kramt den ganzen Keller um. Ich hab ihr erst kürzlich 'n paar Stunden geholfen, Sachen zu sortieren und ordentlich ins Regal zu stellen. Mir hat's riesigen Spaß gemacht. War genau so, wie ich das für meinen Stand mache. Hier das Porzellan, dort die Landkarten, da die Puppen. Nächste Woche wollen wir wieder runter und weitermachen.«

Judith war sich nicht sicher, ob sie auf weitere bemerkenswerte Funde im Museumskeller hoffen sollte. Am Budget für die Sicherheitstechnik würde sich auf absehbare Zeit bestimmt nichts ändern, und wenn es sich in den einschlägigen Kreisen erst einmal herumgesprochen hatte, wie leicht dort Beute zu machen war, könnte sie ihr Büro auch gleich ins Museum verlagern. Aber ein besserer Ordnungszustand im Lager würde erst einmal nicht schaden. »Wenn Ihnen doch noch etwas einfällt, melden Sie sich bitte bei mir.« Sie gab Manuela Simon ihre Visitenkarte.

»Mach ich.« Dann beugte sich die junge Frau etwas vor und flüsterte verschwörerisch: »Wissen Sie, die Leute da im Museum sind schon ein bisschen eigen. Die denken, ihre

Arbeit ist wirklich wichtig! Was die aber auch alles wissen; führ'n manchmal die Gespräche, da versteht unsereins kein einziges Wort. Meistens sind sie aber nett zu uns. Zum Geburtstag hat die Chefin mir sogar so'n ollen Gipskopp da geschenkt.« Mit der Schulter deutete sie auf den Riedel, der nun einem trägen Wellensittich in seinem geräumigen Käfig als Ansitz diente. Die Büste wies schon einige Schnabelkerben auf. »Hab ich mich schon gefreut«, teilte Manuela Simon mit und es klang aufrichtig.

In den Wohnungen der anderen Zeitkräfte entdeckte Judith Brunner zwar keine Gipsbüsten, jedoch lobten auch die beiden Männer, vom Lebensalter her kurz vor der Rente stehend, den freundlichen Umgangston im Museum. Sie waren eigentlich als Aufsichten beschäftigt, halfen aber gelegentlich schon mal im Verkauf aus.

So schön sich das alles für die Mitarbeiter im Altmark-Museum anhörte, war diese museale Insel der Harmonie für Judiths derzeitiges Anliegen eher unerfreulich. Aus kriminalistischer Sicht sind unzufriedene, neidische oder streitsuchende Kollegen in der Regel ein sprudelnder Quell für Gerüchte und Tratsch, und ziemlich oft fand sich in diesem Geschwätz dann tatsächlich ein brauchbarer Hinweis. Doch diese beiden Befragungen waren genauso unergiebig wie das Gespräch mit Manuela Simon.

Judith sah auf die Uhr. Schon fünf. Sie würde rasch in die Dienststelle zurückkehren und ihren knappen Bericht schreiben, denn viel war an diesem Nachmittag nicht herausgekommen. Lag die Wohnung dieses Museologen nicht auf dem Weg? Dann brauchte sie vor dem Feierabend nicht noch einmal los. Vielleicht war er nicht nach Spanien abgereist, oder er war schon wieder zurück. Judith schlug die Adresse von Wolfgang Scharne in ihrem Notizbüchlein nach. Tatsächlich. Es war es nicht weit zu laufen, kaum ein Umweg.

Doch sie würde es wohl morgen erneut probieren müssen, denn auf ihr Klingeln und Klopfen öffnete niemand die Tür.

~ 14 ~

Ohne Bedenken würde Walter Dreyer seine alten Kontakte nutzen. Schon früher hatte er die eine oder andere Dame aus den städtischen Dienststellen charmant mit Freundlichkeit und Komplimenten verwöhnt, was sich mittlerweile als lohnende Investition erwies.

Das Einwohnermeldeamt von Gardelegen hatte seine Räume verlegt und residierte nun in der Stadtmitte. Mit vielen anderen Wartenden saß Walter in einem eher schmucklosen Aufenthaltsbereich. Beim Wartenummernapparat hatte ihm sein Charme nichts genutzt. Ohne Gnade hatte der ein Zettelchen mit hoher Nummer ausgespuckt. Vor dieser Maschine waren alle Menschen gleich. In einem Regal lagen diverse Broschüren zu Pass- und Ausweisdingen und allerhand Formulare für Adressenänderungen aus, es gab Tipps, sich vor Wohnungseinbrüchen zu schützen, und ein paar Flyer anderer städtischer Einrichtungen wiesen auf deren spezielle Zuständigkeiten hin. Walter vertrieb sich die Zeit, indem er in seiner Brieftasche kramte. Was ließe sich noch als Dedekteikosten absetzen? Tankquittungen fand er zuhauf. Aber wo hatte er die Rechnung vom letzten Mandantenessen gelassen? Über kurz oder lang sollte er sich einen Fachmann suchen, denn für diesen ganzen Abrechnungskram war er nicht wirklich geeignet.

Als Walter an der Reihe war und in den Raum mit den Sachbearbeiterinnen trat, erhellten sich die Gesichter der Frauen hinter ihren Schreibtischen. Er erntete ein dreifaches Lächeln und zwinkerte allen munter zu. Vor Heidelinde Wall setzte er sich dann auf den freien Stuhl. Sie arbeitete schon jahrelang in der Meldestelle und kannte sich bestens mit allem aus.

»Ich suche heute nach einem Mann Jahrgang 1913. Ich hoffe, er lebt noch. Ich muss ihn etwas Wichtiges fragen. Deutler, Emil. 1948 wohnte er hier in Gardelegen.« Ob es den Vorschriften entsprach, dass er die gewünschte Auskunft auf diese Weise erhielt, interessierte wie immer niemanden und wenige Minuten später erschien Heidelinde Wall mit der Kopie der Meldekarte. »Stimmt. Damals hat er hier in der Stadt gewohnt, und soweit ich das sagen kann, hat er sich bis heute nicht abgemeldet. Er ist Anfang der Fünfziger zweimal umgezogen; als letzte Adresse habe ich hier 1954 eine Wohnung in der Sonnenstraße eingetragen. Da werden Sie ihn aber unter keinen Umständen mehr finden. Das ist die Gegend, wo alle Häuser abgerissen wurden, um die Neubaublöcke hinzustellen.« Sie schob Walter das Blatt zu. »Keine extra Karte zu seiner Frau und seinem Kind. Was bedeutet, keine Scheidung, kein Witwenstand. 1954 wohnte er also noch unter dieser Adresse. Aber was später aus der Familie geworden ist?« Heidelinde Wall hob bedauernd die Schultern. »Wie gesagt, mehr haben wir nicht. Was aber nicht viel zu bedeuten hat. Nicht alles wird uns gemeldet.«

Wohin war Deutler mit Frau und Kind verschwunden? In Gardelegen lebte er nicht mehr, denn das wäre den Freimaurern nicht entgangen. In einer Stadt dieser Größe lief man sich zwangsläufig irgendwann über den Weg. »Haben Sie dennoch vielen Dank, Frau Wall! Und Ihnen allen noch einen wunderschönen Arbeitstag«, sprach Walter, als er mit vielen Grüßen im Gepäck den Raum verließ. Sein nächstes Ziel, das Standesamt, lag nur wenige Minuten entfernt.

Die Registerbände zu Geburten, Hochzeiten und Todesfällen lagerten in nur vier kleinen Räumen, dennoch waren jegliche Auskünfte nur mühselig über jahrgangsweise Namensverzeichnisse zu ermitteln. Da war es von Vorteil, dass Walter schon etwas mehr als nur die Namen der Männer von der Totenliste hatte. Die Standesbeamtin half ihm überaus bereitwillig. Den Grund dafür lieferte eine lange schmerzlich vermisste Schulfreundin, die er vor ein paar Monaten für sie aufgestöbert hatte. Die Heiratsurkunde der Deutlers von 1935 war schnell herausgesucht, die Geburtsurkunde der Tochter von 1939 auch. Ein Randvermerk zu den Dokumenten war lohnend – es gab 1957 doch eine Scheidung! Neben dem Aktenzeichen des zuständigen Gerichts war nun das Standesamt in Stendal vermerkt. Das würde den Wohnortwechsel belegen. Eine neue Spur! Beflügelt notierte sich Walter die Angaben. Wie es aussah, würde er morgen nach Stendal fahren müssen.

Die Sterbeurkunden der anderen Männer des Wirtschaftsausschusses der *Drei Tore zum Licht* bestätigten die Todesdaten, die Walter am Vormittag von Wubbo Wiesel genannt bekommen hatte. Die Sterbefallanzeigen beschrieben keine außergewöhnlichen Todesursachen. Ein Muster ließ sich nicht erkennen. Alles schien in Ordnung zu sein. Walter vermerkte sich noch die Namen und Adressen der Angehörigen, die den Tod der Männer jeweils angezeigt hatten, und fuhr – äußerst zufrieden mit den Resultaten seiner Recherche – nach Waldau zurück.

Zu Hause machte Walter sich erst einmal einen Happen zu essen. Er war ein Anhänger der deftigen Altmärker Küche, und da er nach wie vor jeden Winter selbst ein Schwein schlachtete, konnte er auf einen stattlichen Vorrat an Schinken und Würsten zurückgreifen, die genau seinem Geschmack entsprachen: viele Gewürze und etwas weniger Salz. Bei den Produkten aus den umliegenden Kaufhallen war es meist andersherum. Er schnappte sich einen Ring geräucherte Leberwurst und ein kleines Glas der eingekochten Sülze, dazu kräftiges Roggenbrot und ein paar frische Lauchzwiebeln. Mit einem kühlen Bier setzte er sich dann an seinen Gartentisch und ließ es sich schmecken. Einfach köstlich! In seiner Nähe zwitscherten kleine Vögel, von jenseits der Scheune hörte er Hühnergegacker, und aus der Ferne mischten sich erste muhende Kühe mit ihrem Bedürfnis nach dem Melken in die Dorfmusik ein. In der wärmenden Nachmittagssonne genoss er den Moment der Zufriedenheit und des Glücks. Wie aus dem Nichts erschien Wilhelmina, hüpfte neugierig auf den Tisch und forderte ihren Anteil am Mahl. Walter setzte die Katze zurück auf den Boden und gab ihr einen kleinen Klecks Leberwurst ab. »Das muss für jetzt reichen. Abendbrot gibt es erst nachher! Gemeinsam mit den Frauen«, erklärte er ihr. »Und nun troll dich. Ich muss noch ein bisschen arbeiten.«

Walter räumte ab und setzte sich dann in sein Arbeitszimmer. Erst kurz nach vier Uhr. Da war noch einiges zu schaffen. Hoch konzentriert schrieb er sich jedes Detail auf, an das er sich erinnern konnte, hielt jede Bemerkung und jede Geste seiner Gesprächspartner fest, notierte seine Beobachtungen bezüglich ihres Äußeren und ihrer Arbeitsumgebung. Dabei vergaß er weder den eleganten Tagesanzug Wubbo Wiesels, das Muster seiner Seidenkrawatte mit dem Symbol von Winkelmaß und Zirkel, noch den überaus besorgten Ausdruck, der die ganze Zeit über auf dem Gesicht seines Freundes Renz gelegen hatte, zu vermerken. Walter griff zu den Notizen, die er am gestrigen Abend gefertigt hatte, und verglich die Angaben. Er konnte nichts Auffälliges entdecken und lehnte sich zurück. Ob und wann ihm das alles helfen würde, wusste er nicht. Aber bisher hatten seine Aufzeichnungen stets ihren Beitrag geleistet, und sei es auch nur für einen Abschnitt im Abschlussbericht, den er seinen Klienten üblicherweise mit der Schlussrechnung übergab.

Na, mal sehen. Auf jeden Fall würde er in Stendal mit seiner Suche nach Emil Deutler weitermachen. Leider verfügte er in den dortigen Amtsstuben nicht über so exzellente Kontakte. Aber dann kam ihm ein ehemaliger Ortspolizist in den Sinn, mit dem er immer prima zurechtgekommen war, auch wenn sie sich in den letzten Jahren etwas aus den

Augen verloren hatten. Versuchen konnte er es mal. Walter rief die Telefonauskunft an und hatte Erfolg. Er notierte die Nummer und freute sich schon, als er die Stendaler Vorwahl erkannte. Bestens! Sein ehemaliger Kollege war schon beim dritten Klingeln am Apparat. Nach etwas Small Talk über die gemeinsame Dienstzeit und die neusten Bauvorhaben in Stendal kam Walter zur Sache: »Ich suche einen Mann, der Ende 1957 im Zuständigkeitsbereich vom Stendaler Standesamt gewohnt haben musste. Seine Scheidung wurde nämlich dort registriert. Ich weiß, es ist lange her, aber unter Umständen kannst du mir als alter Stendaler helfen oder du kennst jemanden, der mir einen Tipp geben könnte.«

»Kann sein. Mehr hast du nicht über den Mann?«

»Sagt dir der Name Deutler irgendwas?«

»Vorname?«

»Emil. Die Ehefrau Brunhilde, die Tochter Ingrid.«

»Warte mal.«

Am anderen Ende der Leitung blieb es eine Weile ruhig und dann hörte Walter Papierrascheln. Er lauschte gespannt.

»Hast du einen Stift zur Hand?«, dröhnte es unvermittelt aus dem Apparat.

»Ja.«

»Zwei Deutler in Stendal. Im aktuellen Telefonbuch. Eine Ingrid. Hier steht, dass sie unter derselben Adresse wie ein Emil Deutler wohnt.«

Walter notierte sich Straße, Hausnummer und den Telefonanschluss.

»Und, Walter … Komm einfach vorbei, wenn du sowieso in der Gegend bist. Ich würde mich auf ein Bier mit dir freuen.«

»Sehr gern.« Nachdem Walter aufgelegt hatte, musste er über sich selbst schmunzeln. Darauf hätte er auch allein kommen können. Einfach eine Nachfrage bei der Telefonauskunft! Pfeifend ging er zu seinem Wagen. Unglaublich! Wie hart sein Job doch manchmal war.

~ 15 ~

Als am Abend Judiths Auto vorfuhr, öffnete Laura die Haustür. »Komm, wir warten schon auf dich«, rief sie ihr entgegen.

Wie oft war sie wohl schon mit diesen Worten empfangen worden? Judith konnte sich eine flachsende Entgegnung kaum verkneifen. Bestimmt hatten Laura und Walter wieder in seinem Büro zusammengesessen und über einer Idee gebrütet. Und seit Stunden lauerten sie nun auf die Gelegenheit, sie ihr zu präsentieren. Wie sie diese Begeisterung doch liebte!

Sie bekam einen Kuss von Walter, der sie außerdem liebevoll in den Hintern zwickte und dabei schalt: »Wir verdursten. Laura bestand darauf, mit dem zweiten Glas auf dich zu warten. Sie hat sich für Sherry entschieden, ich habe mir ein Bier aufgemacht – und was nimmst du?«

»Sherry klingt gut. Der passt zu einem Kaffee, den ich dringender brauche. Danach ein leckeres Abendbrot, ein heißes Bad und ein Glas Wein und ich bin wieder zufrieden mit meinem Dasein. Mein Tag war zwar ganz interessant, aber dennoch nicht halb so erfolgreich, wie ich gehofft hatte.«

Laura schenkte den Sherry ein, während Walter frisches Wasser aufsetzte. Als er mit dem Kaffeepott aus der Küche kam, sah er, dass Judith eine kleine Aufmunterung brauchte. »Komm, stoßen wir darauf an, dass du morgen die Schurken fängst.« Die zarten Gläser stupsten an Walters Humpen und ihr vertrauter Blick verriet das stille Einvernehmen, wie schön es doch war, einander zu haben.

»Ich bin auch erst seit einer Viertelstunde wieder hier.« Walter berichtete kurz von seinem Tag und endete: »Ich bin natürlich gleich los, als ich Deutlers Adresse hatte. Beide Namen stehen am Klingelschild, aber niemand öffnete. Eine Nachbarin, die zufällig vorbei kam, wusste, dass Emil Deutler seit geraumer Zeit nicht mehr dort wohnte, sondern in ein Altersheim gezogen war. Leider erinnerte sie sich nicht, in welches. Seine Tochter besuche ihn oft dort, aber wo die im Moment sei, könne sie nicht sagen. Ich hab noch zehn Minuten gewartet und bin dann wieder gefahren.« Er sah Judith voller Zuversicht an. »Emil Deutler geht es offenbar gut. Teil eins meiner Mission ist bald geschafft – der Mann ist gefunden! Gleich morgen fahre ich nach Stendal und rede mit seiner Tochter.« Er sah auf die Uhr und überlegte, noch bei Ingrid Deutler anzurufen, entschied sich aber dagegen. Er konnte sich auch morgen früh mit ihr verabreden. »Ich soll dich übrigens von den Damen aus der Meldestelle schön grüßen«, richtete er aus. »Du scheinst als ihre Chefin einen bleibenden Eindruck hinterlassen zu haben. Und Friedrich Renz bestellt ebenfalls seine Grüße. Ich hatte ihn vorhin am Apparat, um ihm von Deutler zu berichten.«

»Danke«, sagte Judith leise. »Hoffentlich kannst du bald mit dem alten Mann sprechen. In den polizeilichen Unterlagen tauchte er jedenfalls nicht auf, das habe ich überprüft und erst einmal als gutes Zeichen genommen. Falls du keinen Erfolg gehabt hättest, hätte ich die Angelegenheit zu einer offiziellen Vermisstensache gemacht. Deine Informationen sind mir aber hundertmal lieber; ich habe auch so genug zu tun. Es wird nämlich aufwendiger werden, meinen Gemäldediebstahl aufzuklären, als ich mir vorstellen konnte.« Judith berichtete von ihren neu gewonnenen Einsichten in die Erwerbungen von Museen und den beteiligten Kunsthandel. Dann sagte sie: »Die Leute im Museum sind ratlos. Sie wissen noch nicht einmal, wie das Bild in ihre Sammlung gelangte. Außerdem bleiben mir nur Vermutungen, was das Motiv des Diebstahls angeht. Wen soll ich verdächtigen? Sämtliche Museumsmitarbeiter? Aber wen noch? Jeden Liebhaber schöner Gemälde? Die Kunsthändler? Professionelle Räuberbanden, die nur den Erlös sehen? Ich kenne mich mit Kunsthandel und seinen Schattenseiten viel zu wenig aus«, schloss Judith seufzend und beneidete Walter insgeheim um seine schnellen

Ermittlungsergebnisse.

»Ich wüsste da vielleicht jemanden, den du aushorchen könntest«, erbot sich Laura, einen Kontakt herzustellen.

»Ein Er, nehme ich an?«, stichelte Walter, der von Lauras Wirkung auf das starke Geschlecht überzeugt war.

»Was du gleich wieder denkst!«, wies Laura seine Bemerkung zurück.

»Ich denke gar nichts«, feixte er. »Kommt, setzen wir uns noch ein wenig auf die Terrasse.« Er nahm ein kleines Tablett, stellte ihre Gläser und den Kaffeepott drauf und ging voraus.

Laura erklärte: »Ich hatte letztens eine Anfrage auf dem Tisch, da ging es auch um verschwundene Kunst. Eine komplette Grafiksammlung war in den Kriegswirren verschwunden. In dem Fall ermittelt eine Sondereinheit für Kunstdelikte des Berliner Landeskriminalamtes und hoffte, bei uns in den alten Akten fündig zu werden. Der Mann, mit dem ich Kontakt hatte, schien mir äußerst kompetent. Ruf ihn doch an. Ich kann dir morgen früh seine Nummer besorgen. Dazu muss ich nur meine Büronachbarin bitten, in der Registratur nachzusehen.«

»Gern. Das wäre ja richtig toll«, freute sich Judith, so umstandslos zu einer Fachberatung mit einem Kollegen zu kommen. Und als dann auch noch Wilhelmina eintraf, begann der Abend, nach ihren Vorstellungen zu verlaufen.

~ 16 ~

Wie schon gestern schaute Judith Brunner auf ihrem Weg zur Arbeit beim Museum vorbei. Es hatte bereits für die Besucher geöffnet und Elke Franke machte noch etwas Ordnung im Eingangsbereich. Vor dem Kassenhäuschen wischte sie Staub von den Borden und schob ein paar der Flyer und Broschüren in geordnete Stapel. »Ah, guten Morgen. Haben Sie etwa den Dieb schon gefasst?«

Die Frage konnte nicht ernst gemeint sein, und Judith schüttelte freundlich den Kopf. »Ist Frau Dr. Schneider schon da? Ich wollte mich nur erkundigen, ob sie mit ihren Überprüfungen bereits weiter gekommen ist.«

»Da muss ich Sie enttäuschen, die kommt heute später. Sie hat einen frühen Termin im Rathaus wegen der ganzen Sache hier. Aber Dr. Weigel ist wieder im Haus.«

»Na hervorragend. Der kann mir unter Umständen auch weiterhelfen.«

Elke Franke legte ihr Staubtuch beiseite. »Kommen Sie, ich bringe Sie zu ihm. Unser alter Direktor hat gestern Nachmittag den Raum mit den Überformatschränken in Beschlag genommen. Seitdem sitzt er dort und beschäftigt sich mit unseren Gemälden.«

Sie stiegen die schöne, gewundene Holztreppe zum Obergeschoss hinauf.

»Das hier ist der offizielle Besucherweg. Am anderen Ende vom Haus gibt's dann noch eine Treppe, da kommen die Leute nach dem Rundgang wieder runter. Diese hintere Treppe führt auch weiter nach oben ins Dachgeschoss. Da kommt man aber nur mit einem Schlüssel hoch, denn dort sind nur noch Arbeitsräume. Runter in den Keller geht es da hinten auch. Wenn man also an einem Stück aus dem Lager arbeiten will, muss man es vom Keller bis unters Dach schleppen und nun stellen Sie sich mal so ein schweres oder sperriges Teil vor – das ist gar nicht so leicht.« Während ihrer Erläuterungen ging die Frau betont gemächlich in die angedeutete Richtung zur anderen Hausseite.

Judith vermutete im Stillen, dass Elke Franke den Weg nicht zufällig hier entlang gewählt hatte, ergab sich doch auf diese Weise die Gelegenheit zu einer ungeplanten Besichtigung der kleineren Ausstellungsräume im Obergeschoss. Offenbar zeigte die Frau gerne, was das Museum zu bieten hatte. Das gefiel Judith. Sie mochte Menschen, die mit dem Herzen bei der Arbeit waren. Im letzten Raum befand sich eine erstaunlich umfangreiche Bibliothek, die – wie Judith an den zwei Leseplätzen und einem modernen Filmlesegerät erkannte – nicht nur zum Anschauen gedacht war, sondern von den Besuchern auch genutzt werden konnte. Gegenüber lag die beschriebene Treppe und am Fuß der Stufen stand die Tür zum Dachgeschoss weit geöffnet.

»Hallo! Dr. Weigel?«, fragte Elke Franke, bevor sie Judith Brunner hinauf zu einer Nische führte, die einen breiten Eingang zu einem fensterlosen Raum eröffnete. Ihnen bot sich ein seltsamer Anblick: Helles Neonröhrenlicht drang bis in jeden Winkel; drei große Tische waren zwischen die Stahlschränke an den Wänden geschoben worden. Viele der flachen Schübe ragten heraus. In der Mitte des großen Raumes saß in einem Kreis aus Stühlen der ehemalige Museumsdirektor auf dem Boden und blickte mit versteinerter Miene auf eines der Gemälde, welches auf der Sitzfläche eines Stuhles an die Lehne geneigt stand. Auch auf den anderen Stühlen lehnten Bilder, verschieden groß und offensichtlich verschieden alt. Nur ein einziges stand auf einer Staffelei.

Withold Weigel erhob sich.

Für sein Alter erstaunlich geschmeidig, fand Judith.

Er begrüßte seine Besucherin und klang immer noch ein wenig heiser: »Um weitere Überraschungen auszuschließen, habe ich angefangen, mir unsere Ölgemälde noch einmal genauer anzusehen, damit ich ihren Erwerb für unser Haus nachvollziehen kann. So viele sind es ja auch wieder nicht. Siebzehn, um genau zu sein. Ich habe mit diesen drei begonnen. Ihre Anschaffung liegt laut Inventarbuch am längsten zurück. Sehen Sie«, bat er Judith Brunner zur Staffelei.

»Ich geh wieder runter«, verkündete Elke Franke und erntete einen zustimmenden Blick. »Wenn Sie mich brauchen, rufen Sie einfach. Es ist noch still im Haus, da hör ich unten jeden Mucks.«

»Ich komme nachher auf einen Tee zu Ihnen«, rief Dr. Weigel seiner einstigen Mitarbeiterin hinterher. Dann drehte er das Bild um, sodass die Rückseite sichtbar wurde.

Judith erblickte einen kleinen Aufkleber aus vergilbtem, grünumrandeten Papier. »Sammlung Meyer«, entzifferte sie die Sütterlinhandschrift.

Weigel erklärte: »Solche Label nutzten viele Sammler, um ihre Stücke zu kennzeichnen. Unsereins bekommt dadurch einen brauchbaren Hinweis, in wessen Besitz sich das Bild einmal befunden hat.« Sein Gesicht verzog sich zu einem leicht schiefen Lächeln. »Nun ist Meyer allerdings nicht wirklich ein Hinweis, denn dieser Name ist zumindest in Deutschland nicht allzu selten.«

»Aber der Sammler hatte Geld, um sich Etiketten drucken zu lassen. Mehrfarbige Zieretiketten, wenn man das hübsche Grün bedenkt. Er wird also wohlhabend gewesen sein. Und mit Sicherheit hatte er nicht nur ein Bild. Also haben vielleicht noch andere Museen Stücke von ihm.«

»Nicht schlecht, Frau Brunner, nicht schlecht. An Ihnen ist womöglich eine begabte Provenienzforscherin verloren gegangen. Aber es könnte auch sein, der Mann hat das Etikett aus den Vorräten seiner werten Gattin stibitzt, die damit normalerweise die eingekochten Wintervorräte an Kompott beschriftete, und er hat sein einziges Bild diesem Museum vermacht – wer weiß?« Er ging zu einem der Stühle und drehte ein weiteres Gemälde um und dann noch zwei. »Bei Bildern kann man oft eine Methode anwenden, die als Rückseitenautopsie bezeichnet wird. Wissen Sie, solche Etiketten, handschriftlich aufgetragene Nummern oder auch Stempel – alles ist dabei, selbst in unserem vergleichsweise kleinen Museum.« Er drehte sich zu einem der größeren Bilder: »Hier weist der Keilrahmen einen Aufkleber und eine Beschriftung auf.« Er beugte sich vor und verlas die Angaben laut. »... Damit kann man schon etwas anfangen«, kommentierte er. »Dann hier«, er führte sie zum nächsten Gemälde. »Sehen sie dort unten den Namen, mit Bleistift geschrieben?«

Judith erkannte: *Blaschko.*

»Wenn man ganz gründlich vorgehen möchte, kann man diesen Schriftzug zum Beispiel noch mit einer Briefunterschrift, einem Tagebucheintrag oder Ähnlichem vergleichen. Vorausgesetzt, man weiß, wer dieser Blaschko war, und es gibt noch Lebensdokumente von ihm.« Dann wandte Weigel sich um und hob eines der Gemälde mit der Rückseite ins Licht. »Nicht immer ist diese Methode gewinnbringend. Hier steht zum Beispiel Hl 3571. Damit kann ich überhaupt nichts anfangen. Also muss ich mich durcharbeiten, mit Fachkollegen reden, Auktionskataloge wälzen und Kunstzeitschriften durchblättern und hoffen, diesen Code irgendwann aufzulösen. Dort drüben habe ich eine Nummer gefunden, die mit einer Liste in unseren Unterlagen korrespondiert. Es ist eine Abgabe des Staatlichen Kunsthandels an das Museum. Das ist demnach unser Teil der Beute«, bemerkte er sarkastisch.

Judith trat näher heran und besah sich das Bild. Eine Vase, üppig mit Gartenblumen gefüllt, Tautropfen auf den Blütenblättern. Ein Schmetterling und eine Hummel saßen auf den Blumen. Hübsch, aber nicht ihr Geschmack.

»Und hier«, Dr. Weigel drehte erneut ein Bild, eine Salzwedeler Stadtansicht, um, »ein roter Rundstempel. Den gleichen Stempel habe ich noch auf zwei anderen Gemälden gefunden und glaube mich daran zu erinnern, ihn früher auch noch auf einigen alten Postkarten und in ein paar Büchern bemerkt zu haben. Es ist der Stempel einer Zolldienststelle, was zunächst einmal bedeutet, dass ich ein wenig telefonieren muss, um herauszubekommen, wann dieser Stempel verwendet wurde. Mit etwas Glück gibt es sogar noch Unterlagen aus dieser Zeit. Mal sehen, wie weit ich komme.«

Dieser Museumsmann war engagiert bei der Sache, das spürte Judith. Wenn es etwas über die Herkunft der Bilder zu entdecken gab, würde es Withold Weigel sicher finden. »Das ist ein wenig, als würde man eine Biografie zu einem Kunstwerk schreiben, stimmt's?«, bemerkte sie anerkennend.

»Genau! Wer hat es erschaffen? Wann hat es wem gehört?

Wo hat es sich befunden? War es jemals ausgestellt? Was war es im Laufe der Zeit wert? Wurde es schon einmal restauriert? Und so weiter. All das kann man herausfinden – und man sollte es auch tun, wie unser Beispiel nun mehr als deutlich zeigt«, lenkte Dr. Weigel auf die praktische Seite seiner Nachforschungen zurück. »Aber zum *Goldregen* habe ich leider immer noch nichts finden können.«

Damit hatte sich Judiths Frage beantwortet, ehe sie überhaupt gestellt wurde.

~ 17 ~

Vor neun und nach neun rief man nicht bei fremden Leuten an, es sei denn, eine Katastrophe oder ein sonstiger Notfall rechtfertigten die Störung. Diese Vorhaltung hatte sich Walter als junger Polizist von einer alten Dame anhören müssen, die er unmittelbar nach Dienstbeginn angerufen hatte, um sie nach dem gestohlenen Moped eines Nachbarn zu befragen. Er wollte nur wissen, ob und wann sie das Fahrzeug zuletzt gesehen hatte, doch sie hielt ihm einen Vortrag über gutes Benehmen im Allgemeinen und beim Telefonieren im Besonderen. Das Gespräch kostete ihn eine halbe Stunde und die Frau hatte ihm dermaßen zugesetzt, dass er eine weitere halbe Stunde brauchte, um sich von der Gardinenpredigt zu erholen. Aber er hatte die Mahnungen der alten Dame – deren Namen er inzwischen längst vergessen hatte – ab diesem Tag stets beherzigt und ihr im Stillen für diese Lektion gedankt.

Ohnehin hatte Walter nie zu den Leuten gehört, die Gespräche gern am Telefon führten. Für ihn war der Apparat eine Möglichkeit, wichtige Informationen auszutauschen oder Termine zu verabreden; eine Unterhaltung führte er jedoch lieber von Angesicht zu Angesicht, egal ob privat oder geschäftlich.

Zwei Minuten nach neun Uhr wählte er die Nummer von

Ingrid Deutler. Sie war mit 54 in einem Alter, in dem die meisten Frauen noch einer Arbeit nachgingen, daher bestand durchaus die Möglichkeit, dass sie das Haus bereits verlassen hatte. Wenn sie so nicht zu erreichen war, musste er sich etwas anderes einfallen lassen. Er ließ es einige Male klingeln und endlich hob jemand ab.

Eine weibliche, müde Stimme war zu hören: »Ja, hallo?«

Walter Dreyer stellte sich mit seinem Namen vor und erklärte, dass er gern mit ihrem Vater, Emil Deutler, sprechen würde. Sie sei doch Ingrid Deutler?

»Hm. Was wollen Sie von ihm?«

Walter registrierte erleichtert, dass die Frau weder in Abrede stellte, die Tochter von Deutler zu sein, noch von dem Mann in der Vergangenheit sprach. Die Auskünfte ihrer Nachbarin trafen also zu. Dass Ingrid Deutler etwas zugeknöpft klang, erschien ihm angesichts der Tageszeit, noch dazu, wenn ein völlig Fremder sich nach ihrem Vater erkundigte, allzu verständlich. Er gab ihr seine vorbereitete Erklärung: »Sie wissen vielleicht, dass Ihr Vater als junger Mann Mitglied in einer Freimaurerloge war. In Gardelegen.« Keine Reaktion. »Diese Loge hat bald ein Jubiläum und ist deswegen daran interessiert, alle Mitglieder, auch die ehemaligen, für eine Feier zusammenzubringen. Nun, ich habe alte Unterlagen zur Verfügung gestellt bekommen und in denen stand der Name Ihres Vaters. Ich wollte ihn gern fragen, ob er an dem Festakt teilnehmen möchte?« Noch immer hörte er nichts außer einem leisen Atmen am anderen Ende der Leitung. Er fragte nach: »Frau Deutler?«

»Mein Vater ist inzwischen 80 Jahre alt und lebt im Altersheim. Es geht ihm nicht gut. Ich glaube nicht, dass er an so etwas teilnehmen kann.«

Walter hörte den Schmerz in Ingrid Deutlers Stimme. Ungeachtet dessen ließ er sich nicht beirren: »Es tut mir leid, das zu hören. Ob Sie mir dennoch mitteilen würden, wo Ihr Vater jetzt wohnt? Ich würde ihm die Einladung trotz der

Umstände gerne persönlich überbringen.«

Ingrid Deutler seufzte laut. Dann schlug sie mit unsicherer Stimme vor, so als würde sie selbst nicht daran glauben, dass sich ihr Wunsch erfüllte: »Sie haben recht und vielleicht freut es ihn sogar, wenn Sie ihn besuchen würden und von dem geplanten Treffen erzählen. An guten Tagen erinnert er sich an seine Jugend und an einige Leute, die er damals kannte … Ich würde Sie allerdings begleiten wollen.«

Mit dieser Option konnte Walter gut leben. »Sehr gern. Wo ist Ihr Vater denn jetzt untergebracht?«

»Hier in Stendal, im neuen Heim am Stadtrand.«

»Wie wäre es, wenn ich Sie in einer Stunde abholen komme und wir fahren gemeinsam hin? Anschließend bringe ich Sie natürlich auch wieder zurück.«

Ingrid Deutler war einverstanden; sie müsse diese Woche erst nachmittags ins Geschäft.

So fand sich Walter kurz vor halb elf am Vormittag in ihrem Wohnzimmer wieder. Die Frau überraschte ihn, denn sie entsprach schon äußerlich so gar nicht der typischen Altmärkerin; sie war zierlich und von einer gewinnenden Eleganz, die durch ein maßgeschneidertes dunkelblaues Kostüm, unter dem sie eine cremefarbene Seidenbluse trug, und einen perfekten Haarschnitt unterstrichen wurde. Die müden Augen beeinträchtigten ihre Ausstrahlung ein wenig, dennoch ließ sich nicht verleugnen, dass Ingrid Deutler eine schöne Frau war. Wieso lebte sie allein und, da sie noch ihren Mädchennamen trug, warum hatte sie nie geheiratet? Und wovon lebte sie? Ihre Wohnung war – zumindest dem Anschein nach – überwiegend mit den elterlichen Möbeln ausgestattet. Während Walter wartend vor sich hin sinnierte, beobachtete er, wie Emil Deutlers Tochter etwas aus einem Buffetschrank nahm.

»Wir können gleich los«, sagte sie, »ich will nur noch diese Fotoalben einstecken.« Sie hielt zwei kleine Alben in Ledereinbänden in der Hand; eines in Lackschwarz mit Krokoprägung und eines in Dunkelrot mit einer gedrehten goldenen Kordel am Rücken. »Mein Vater hat Probleme mit seinem Gedächtnis. Mich erkennt er immer, aber sonst, naja, da ist ja auch niemand mehr, den er erkennen müsste. Ich zeige ihm oft seine alten Fotos, dann kommt die Erinnerung zurück. Seine Augen beginnen zu leuchten und seine Stimme wird fester. Ich bilde mir in diesem Moment immer ein, es geht ihm irgendwie besser.«

»Das ist bestimmt so«, bekundete Walter mit Überzeugung, denn er hatte den Eindruck, auch sie konnte etwas Zuspruch gebrauchen. »Fotos sind eine hervorragende Idee.«

Emil Deutler freute sich sichtlich, als seine Tochter den Aufenthaltsraum des Heimes betrat. Er hievte sich aus seinem Lehnsessel hoch und ließ sich in ihre behutsame Umarmung fallen. Die beiden wechselten leise ein paar Worte.

Walter Dreyer, der an der Tür stehen geblieben war, hatte mit Ingrid Deutler vereinbart, dass sie ihn vorstellen und das Freimaurertreffen ins Gespräch bringen sollte. Er sah sich neugierig um. Ziemlich überrascht war er schon gewesen, wie hell und großzügig der Eingang und die Gemeinschaftsräume des Hauses gestaltet waren. Nun sah er, wie Ingrid Deutler ihren mageren Vater stützend am Ellbogen griff und zu einem Tisch in einem kleinen Erker führte. Sie bedeutete ihm, näher zu kommen. Er wurde von ihr vorgestellt und gebeten, sich zu setzen.

Emil Deutler registrierte ihn nur für einen flüchtigen Augenblick. Dann wandte er die Aufmerksamkeit wieder allein seiner Tochter zu. »Hast du mir das Buch mitgebracht?«, fragte er sie.

Ingrid Deutler nickte und gab ihm eine zerlesene Ausgabe mit dem Titel »Welthumor«.

Das Thema der Freimaurer und einer anstehenden Feier interessierte Deutler kein bisschen. Offenbar war es auch sonst nicht sein bester Tag, denn praktisch kam kein Gespräch zustande. Walters Hoffnungen versanken in einer Mischung aus Mitgefühl und Enttäuschung.

Unverzagt zog Ingrid Deutler die Fotoalben aus ihrer Handtasche. Sie begann, das schwarze langsam durchzublättern. Und bei jedem Foto erzählte sie ihrem Vater, wer oder was darauf zu sehen war. Tatsächlich zeigte sich ab und zu ein sachtes Lächeln in dessen Gesichtszügen und er nickte sogar, jedoch bezweifelte Walter, dass dies auf irgendein Erkennen deutete; vielmehr waren die Zuwendung seiner Tochter, ihre Stimme und ihre Nähe, ausschlaggebend für diese Reaktionen.

Aber was Walter nach dem nächsten Umblättern aus den Augenwinkeln heraus im Album sah, konnte er kaum glauben. Ein großes Gruppenbild im Querformat, welches eine gesamte Seite einnahm, ließ ihn nach Luft schnappen: Vier Männer bei guter Laune posierten vor einer mächtigen Anrichte. Auch der Rest des prächtig ausgestatteten Raumes war gut auszumachen. Einen Mann kannte er; zumindest sah er Friedrich Renz dermaßen ähnlich, dass Walter davon ausgehen konnte, hier den Vater von Dr. Renz zu sehen. Und auch das Fenster, das den Fotografierten Licht spendete, erkannte Walter wieder. Das Logenhaus. Mit weißem Wachsstift hatte jemand schwungvoll auf das schwarze, dicke Papier geschrieben: Frühlingsfest 1929. Als Ingrid Deutler dann umblätterte, wusste Walter, dass der Besuch im Altersheim nicht umsonst gewesen war: Auf mehreren kleineren Schnappschüssen, welche die Teilnehmer des Festes zeigten, war im Hintergrund die Inneneinrichtung des Logenhauses zu sehen. Mit Bildern, Möbeln, Teppichen und Kultgegenständen.

Der Schatz der Freimaurer nahm zum ersten Mal seit Jahrzehnten wieder Gestalt an.

~ 18 ~

Judith hob eine dicke Mappe von ihrem Schreibtisch und stöhnte verärgert auf: »Meine Güte!« Für diesen Unsinn hatte sie nun wirklich keine Zeit! Mehrere neue Essays des Verwaltungsreferates im Ministerium, blasphemisch als Rundschreiben bezeichnet, fielen ihr entgegen. Gleich das oberste Papier widmete sich der »Umstellung der Produktmerkmale für den Briefdienst (Inland) – Beschaffung von Briefumschlägen und Versandtaschen« und der »Einführung der neuen Postleitzahlen ab 1. Juli 1993 – Anschriftenstempel und Frankiermaschinen«. Warum sollte sie das interessieren? »Beschaffung von Batterien, NC-Accus, NC-Ladegeräten, Starterbatterien und Ladegeräten für Starterbatterien«. Herrje! Sie blätterte grob weiter. »Änderung der Schwellenwerte für die EG-weite Ausschreibung von öffentlichen Lieferaufträgen«, »Anerkennung triftiger Gründe für die Benutzung von privaten Kraftfahrzeugen für Dienstfahrten«, »Vorübergehender Einsatz eines Arbeitnehmers im Tarifgebiet West, dessen Arbeitsverhältnis im Tarifgebiet Ost begründet ist«. Jedem der Titelblätter folgten seitenlange Texte. Wunderbar! Judith würde sie komplett ignorieren. Wer kam nur auf die Idee, dies alles bis in letzten Winkel der Landesverwaltung verbreiten zu müssen? Als sie auf die Unterschrift sah und erkannte, wer für diese zeitraubenden literarischen Kostbarkeiten verantwortlich zeichnete, schnaubte sie verächtlich. Hatte es dieser Mann tatsächlich bis in eine Abteilung des Ministeriums geschafft? Sein Kamm musste überschwellen ... Judith dachte zurück an ihre ersten Wochen in Salzwedel. Sie kam eigentlich mit allen ihren neuen Kollegen gut zurecht. Bis auf diesen Schnösel. Da er, wie sie, von einer anderen Dienststelle hierher versetzt worden war – als Verantwortlicher für die Einführung neuer Software –, galt ihm zunächst ihre Neugierde. Doch schon die taktlose Art, wie er sie bei dem kleinen Begrüßungsumtrunk gemustert hatte, missfiel ihr deutlich. Dann merkte sie, dass er alle Frauen so taxierte, egal welchen Alters. Das machte ihn nicht zwingend sympathischer. Judith hatte anfangs geglaubt, sie könne seine Anmachversuche ignorieren, doch offenbar war das die falsche Taktik. Ein paar Tage später, es war sommerlich schwüles Wetter und in ihren nicht klimatisierten Büros herrschte eine Saunaatmosphäre, brachte er ihr ein Eis am Stiel. Bereits ausgewickelt drückte er es ihr in die Hand. Die Hitze in ihrem Büro ließ es noch schneller schmelzen, sodass ihr nur die Möglichkeit blieb, umgehend daran zu lecken. Aber als sich ihre Lippen um das Stieleis schlossen und sie in seine aufblitzenden Augen sah, warf sie es in den Papierkorb und schmiss ihn achtkantig raus. Ab dem Tag hatte sie die Kommunikation mit ihm auf das Nötigste beschränkt, und wenn es doch sein musste, wählte sie einen distanzierten Ton. Es half nichts. Wenig später kam er mit ein »paar Träubchen« vorbei. Weintrauben, Stieleis, blöde Sprüche ... Was sollte das? Sie konnte ihm nicht völlig aus dem Weg gehen, schließlich waren sie Kollegen und arbeiteten im selben Gebäude. Irgendwann merkte er aber, dass sein schmieriger Charme bei ihr nicht gefragt war, und er wandte seine Aufmerksamkeit anderen Frauen im Hause zu. Allerdings ertrug er die Zurückweisung nicht und fing an, sich ihr gegenüber immer öfter im Ton zu vergreifen. Die dienstliche Zusammenarbeit litt und zu guter Letzt versuchte er, sie bei Müller-Nordergreen lächerlich zu machten. Ohne Erfolg. Ein halbes Jahr später wurde der Mann versetzt ... Nun gut, jetzt war er also für solche wortreichen Mitteilungen verantwortlich. Judith zeichnete, ohne eines der Rundschreiben näher angesehen zu haben, auf den Umlauflisten ab und ging nach nebenan, um die Mappen ordnungsgemäß weiterzuleiten.

Albert Modersohn hatte gerade einen uniformierten Kollegen in seinem Büro sitzen, dem er anhand einer groben Unfallskizze, die umstandslos mit ein paar Reißzwecken an die tapezierte Wand gepinnt war, etwas erklärte. Er wiegelte Judiths Entschuldigung ab und kam ihr entgegen. An der Tür raunte er ihr zu: »Es hat vorhin ewig bei dir geklingelt. Da bin ich dann rangegangen. Eine Frau wollte dich sprechen, Perch hieß sie, glaube ich. Sie meinte, das hier wäre die versprochene Telefonnummer von einem Arnulf Mendel.«

Judith musste lächeln, als sie die Berliner Vorwahl auf dem kleinen Zettelchen sah, das Modersohn ihr in die Hand drückte. Auf Laura war Verlass. Und warum redete Albert vor seinem Gast nicht mehr platt?

Zurück an ihrem Schreibtisch, tippte sie die Nummer ein. Es klingelte ewig in der Bundeshauptstadt und sie wollte schon auflegen, als eine barsche Stimme fragte: »Was?!«

Das klang nicht nach Entgegenkommen. »Polizeirevier Salzwedel in Sachsen-Anhalt. Kriminaloberkommissarin Brunner. Ich würde gern mit Arnulf Mendel sprechen. Es geht um einen aktuellen Fall.«

»Für dich«, hörte sie durchs Telefon, wie der Hörer an eine andere Person weitergereicht wurde, und auch die nächste Stimme klang nicht freundlicher: »Kriminalhauptkommissar Mendel am Apparat.« Doch kaum hatte Judith Lauras Namen gegenüber dem Kunstfahnder erwähnt, wurde er zugänglicher. »Frau Perch hat Sie an mich verwiesen? Na, denn. Sie ist mir sehr behilflich gewesen.«

Judith kam nicht umhin, die Sympathie für Laura in der tiefen Stimme zu bemerken. Kurz schilderte sie ihren Fall und kam zu ihrem Anliegen: »Nun, ich muss zugeben, dass ich kaum über Hintergrundinformationen zum Kunstmarkt verfüge; ich hoffte, Sie könnten mir etwas zur aktuellen Szene erzählen. Vielleicht kann mir die eine oder andere Information nützen.«

Einen Moment blieb es ruhig und sie hörte, wie eine Schublade geöffnet und wieder geschlossen wurde. »Geben Sie mir Ihre Nummer. Ich rufe gleich zurück.«

Judith verstand. Auf eine simple telefonische Anfrage hin würde sie keine Auskünfte bekommen. Selbst nicht mit Laura als Referenz. Da könnte ja jeder kommen – und ein Kriminalhauptkommissar war eben ein erfahrener Polizist, der sichergehen wollte, auch mit der richtigen Person zu sprechen. Wie angekündigt klingelte ein paar Minuten später ihr Telefon.

»Sie haben sicher Verständnis, Frau Kollegin, dass ich nicht einfach so drauflos plaudere. Also,-«

»Absolut kein Problem«, sicherte Judith schnell zu und war gespannt, was Arnulf Mendel ihr mitteilen konnte.

»Wenn ich so an unsere letzten Fälle denke, waren das in der Regel keine spontanen Diebstähle; die Taten waren gut organisiert. Von den Dieben wird kaum etwas für den Eigenbedarf geklaut. Meistens haben die einen Auftraggeber mit einem potenziellen Interessenten im Hintergrund. Die von Ihnen erwähnten Präraffaeliten oder vergleichbare Maler sind natürlich immer gefragt. Ich habe auch schon in unserer Datenbank nachgesehen, aber ein *Goldregen* steht nicht auf unserer Liste gestohlener Kunst. Es wäre schön, wenn Sie mir ein Foto übersenden könnten. So, wie Sie mir das Bild beschrieben haben, scheint es ja ein wirklich beeindruckendes Gemälde zu sein. Vielleicht kann ich damit etwas mehr herausfinden.«

»Selbstverständlich bekommen Sie einen Abzug«, versprach Judith. »Was meinen Sie, wie kann mein Dieb seine Beute zu Geld machen?«

»Ganz einfach: Er braucht einen Käufer. Oder zumindest einen Hehler.«

Das war Judith auch klar und sie präzisierte: »Im seriösen Kunsthandel wird es bestimmt schwer, das Bild zu verkaufen. Der Dieb muss auf den Schwarzmarkt. Und da bekommt man sicher nur einen Bruchteil des möglichen Preises-«

»Ach, bei manchen Summen lohnt sich auch das allemal«, warf Mendel ein. »Ich will nun nicht gleich den gesamten

Kunsthandel in einen Topf werfen, aber ich habe etliche Fälle bearbeitet, in denen ›seriöse Geschäfte‹ mit geklauter Kunst gemacht wurden. Das ist so sicher wie das Amen in der Kirche. Der Kunstmarkt ist möglicherweise ein schwer zu umreißendes Metier, das bin ich gerne bereit anzuerkennen. Doch die Einhaltung einer minimalen Sorgfaltspflicht hinsichtlich der Herkunft der gehandelten Waren wäre schon wünschenswert. Und nach meiner Erfahrung ist es sehr wahrscheinlich, dass Ihr Dieb bereits einen Käufer hat. So etwas wird immer schon im Vorfeld geklärt.«

»Die Möglichkeit eines Auftragsdiebstahls scheint mir bisher auch am wahrscheinlichsten«, bestätigte Judith ihrem Kollegen. »Was gleichzeitig bedeutet, jemand wusste, wie wertvoll das Bild ist. Leider konnten mir die Museumsleute dazu gar nichts sagen. Die haben das Bild selber erst vor ein paar Wochen in ihrem Keller entdeckt.«

»Ich erwähne es nur der Vollständigkeit halber – Sie sollten bei einem Diebstahl dieser Art die Beteiligung eines Insiders immer mit in Betracht ziehen.«

»Sicher.« Judith hatte sich bei ihren Ermittlungen natürlich nicht nur auf die Aushilfskräfte beschränkt, sondern auch überlegt, wer von den Festangestellten des Museums als Tatbeteiligter infrage käme. So richtig weiter hatten sie diese Überlegungen aber nicht gebracht. Zum Beispiel hätte Dr. Schneider das Bild ohne Probleme einfach mit nach Hause nehmen und es in ihrem Wohnzimmer aufhängen können, ohne dass es jemals aufgefallen wäre. Elke Franke und Dora Kisch standen ebenfalls auf ihrer Liste der Verdächtigen, aber ihre langjährige Menschenkenntnis sagte ihr, dass sie nicht weit oben einzuordnen waren, ebenso die Putzfrau und der Wachdienst. Die Spitzenpositionen waren immer noch unbesetzt. Diesen Wolfgang Scharne musste sie sich erst noch ansehen, tja, aber mehr an üblichen Verdächtigen hatte sie nicht zu bieten.

»Es gibt allerdings noch eine weitere Möglichkeit, mit gestohlener Kunst Geschäfte zu machen, und die nimmt rasant zu«, unterbrach Mendel ihr Schweigen.

»Na?«

»Nun, gestohlene Kunst wird international in gigantischem Umfang als Währung eingesetzt. Sie dient als Zahlungsmittel für Drogengeschäfte und im Waffenhandel. Erst recht, wenn die entwendeten Stücke bedeutend sind und offiziell nicht veräußert werden können. Oder: Mit gefälschten Papieren werden Gemälde als Sicherheit für Bankkredite in Millionenhöhe genutzt. Selbst räuberische Erpressung häuft sich. In diesem Zusammenhang scheuen die Täter nicht einmal vor einem Mord zurück. In meiner Dienststelle haben wir es zunehmend mit diesen brutalen Aspekten des Kunstdiebstahls zu tun.«

»Du lieber Himmel!« Judith spürte, wie sich plötzlich ihr Herzschlag erhöhte. Welche Abgründe taten sich denn hier auf! Sie wollte nicht glauben, dass Geschäfte mit Drogen oder Waffen in ihrer Gegend zu einem Kunstraub geführt hatten. In der Altmark! Es musste noch andere Motive geben! »Da ist mir ein schnöder, kleiner Auftragsdiebstahl für einen verrückten Sammler doch erheblich lieber«, murmelte sie vor sich hin.

Doch der Kriminalhauptkommissar in Berlin hatte sie gehört und lachte ins Telefon: »Glauben Sie mir, es ist eher ein Ammenmärchen, dass mysteriöse Kunstliebhaber Dinge stehlen lassen, um sich dann im stillen Kämmerlein daran zu ergötzen. Meist steckt das organisierte Verbrechen dahinter. Mit Kunst zu zahlen ist einfacher als mit Geld, das womöglich noch gewaschen werden muss. Aber vielleicht erhält Ihr Museum auch noch eine Geldforderung«, wies Mendel auf eine mögliche Option hin. »Ziemlich oft versuchen die Diebe, eine angemessene Summe zu erpressen, und geben das Bild dann unbeschadet wieder zurück.«

»Aber es hing hier in einem kleinen Museum. Die haben bestimmt kein Geld.«

»Das mag ja stimmen, aber für manch einen sind selbst ein paar Tausender ein Vermögen. Und auch den nicht so namhaften Museen ist es gar nicht recht, wenn bekannt wird, dass ihre Ausstellungsräume nicht sicher sind. Man findet dann kaum noch Leihgeber oder Stifter und wertvolle Deposita werden zurückgefordert.«

Das konnte sich Judith beim Altmark-Museum zwar nicht vorstellen, fragte aber dennoch: »Nur mal so aus Neugier: Was macht die Polizei eigentlich, wenn die Gangster mit der Vernichtung des Gemäldes drohen, also wenn ihre Erpressung nicht gelingt?«

»Wir versuchen eigentlich immer, das Geld aufzutreiben – der Rückerwerb hat oberste Priorität. Eine Zerstörung wäre oft ein unermesslicher Verlust. Wir wägen die Strafverfolgung gegen den Wert der Kunst ab. Meistens gewinnt die Kunst. Erst wenn wir das Bild zurückhaben, beginnt die Fahndung, um die Typen aus dem Verkehr zu ziehen. Ich kann da verdammt hartnäckig sein.«

Judith bedankte sich für das Gespräch, legte auf und atmete tief durch. Ihr gefiel ganz und gar nicht, was Arnulf Mendel ihr da alles erzählt hatte. Organisierte Kriminalität! Und dann auch noch im Zusammenhang mit Waffenhandel und Drogen. Unfassbar! Fast wünschte sie sich angesichts dieser Alternativen, dass doch die Putzfrau den Diebstahl begangen hätte.

Aber Wünsche solcher Art gehen selten in Erfüllung und ein kleines, undefinierbares Ziehen in der Magengegend ließ sie das nahende Unheil spüren.

~ 19 ~

Botho Ahlsens stand, mit einer Tasse Tee in der Hand, in seinem Arbeitszimmer und sah durch das bodentiefe Fenster neben seinem Schreibtisch auf die Gutsanlage hinaus.

Er hatte es sich angewöhnt, nach dem zumeist turbulenten Frühstück sein Refugium aufzusuchen und seinen Tag in Ruhe zu planen. Astrid und ihr siebenjähriges Töchterchen Ella sowie Elvira und ihre drei temperamentvollen Kinder ließen tiefsinniges Nachdenken am Frühstückstisch nun mal nicht zu, aber anders wollte er es auch nicht haben.

Von seinem Fenster aus konnte er genau verfolgen, was sich auf dem Gelände des Gutshofes so tat. Er stellte seine Tasse ab, und drückte die beiden Flügel des Fensters auf. Tief atmete er die frische Luft dieses Frühlingsmorgens ein und fühlte sich prächtig; die Zipperlein seines über siebzig Jahre alten Körpers ließen ihn mehr und mehr kalt. Es gab so viel Wichtigeres! Er war zufrieden mit seinem Leben und auch ein wenig stolz darauf, dass es ihm nach über einem Jahr Kampf mit diversen Behörden und Dienststellen zum Jahreswechsel gelungen war, das Gut mit all seinen Nebenanlagen und dem dazugehörigen Grundbesitz wieder in das alleinige Eigentum seiner Familie zurückzubringen. Die Ahlsens lebten seit Generationen in Waldau. Die Jahrzehnte der Enteignung, in denen seiner Familie aus rein pragmatischen Gründen vom sozialistischen Staat wenigstens ein Nutzungsrecht zugestanden worden war, würden bald nur noch eine Episode sein.

Wenn sein Bruder Paul das doch noch hätte miterleben dürfen! Was hatte sich in den Jahren seit seinem schrecklichen Tod nicht alles getan!

Eine Woge der Zuneigung erfasste Botho, als er Leon erblickte, wie der ihm, mit einer riesigen Wasserwaage und ein paar Brettern unter dem Arm, grüßend zuwinkte und zur Orangerie eilte. Leon! Unglaublich, wie einen das Leben immer wieder überraschen konnte. Mit ihm hatte nun die übernächste Generation der Ahlsens das Zepter übernommen. Nachdem er ihn aus rein verwandtschaftlicher Verantwortung aufgenommen hatte, war vieles geschehen, was Botho Ahlsens mächtig imponierte. In kürzester Zeit hatte der Kerl sich in eine Frau verliebt, die mit ihren beiden kleinen Kindern im Dorf lebte. Bald darauf war Leon dann zu seiner Elvira, Tochter Dany und dem Sohn Fritzi gezogen. Wenig später kam ihr gemeinsamer Sohn Henry zur Welt. Als den jungen Leuten vor gut einem Jahr vom neuen Eigentümer ihres Hauses der Mietvertrag gekündigt wurde, musste Botho nicht lange überlegen: Er bot den Fünfen an, mit zu ihm, Astrid und Ella ins Gutshaus zu ziehen. Hier war genug Platz für alle und die vier Kinder spielten und lernten sowieso schon gemeinsam im großen Haus.

Den Hochschulabschluss als Architekt in der Tasche, war Leon jetzt als Bauleiter von früh bis spät im Gelände unterwegs. Er trieb mit Kreativität und viel Enthusiasmus die Rekonstruktion und dort, wo es notwendig war, den Neuaufbau der Gutsanlage voran.

Astrid war Geschäftsführerin für die gesamte Gutswirtschaft geworden. Sie verantwortete die Gärtnerei mit eigener Pflanzenzucht, die Waldwirtschaft mit Holzhandel sowie die Verpachtung von Acker- und Weideland. Sie hatte reichlich zu tun und war froh, dass Botho ihr immer noch die Buchhaltung und den ganzen Steuerkram abnahm.

Um das Personal, welches überwiegend aus Saisonkräften bestand, kümmerte sich Elvira. Ein besonderes Auge hatte sie auf den alten Gärtner Wilhelm Berger. Der genoss nun dank ihrer aufmerksamen Fürsorge einen sorgenfreien Lebensabend auf dem Gut. Und wenn er konnte, packte er sogar noch mit an.

Es klopfte an der Haustür und wenig später hörte Botho ein Rufen: »Hallo! Ist jemand hier?«

»Ich komme«, gab er zurück, lief in die Diele und begrüßte Laura herzlich. »Möchtest du auch eine Tasse Tee?«

»Nein, danke. Ich bin mit Leon verabredet und würde ihn ungern warten lassen. Es geht noch mal um die Farbmuster für die Bodenfliesen in der Orangerie.«

Botho Ahlsens wusste, worauf Laura sich bezog. Die Familie hatte sich schon von Beginn an für eine sehr zurückhaltende Farbgestaltung bei den rekonstruierten Bauten entschieden. Den hellroten Dachziegeln und den rotbraunen Backsteinen der Fassaden und Mauern sollte nicht ihre Wirkung genommen werden. Im Innern der Gebäude würden die verwendeten Farben entweder den historischen Vorlagen oder, wenn sie keine hatten finden können, den Farben des Ahlsens'schen Familienwappens folgen: Rot, Silber, Grün.

Die Ahlsens waren ein weitverzweigtes adliges Geschlecht, nur benutzte die Familie auf dem Gut in Waldau das »von« vor dem Nachnamen nicht mehr. Noch vor einigen Monaten hatte Botho erwogen, den Namensbestandteil wieder zu verwenden, denn als er bei Kreditverhandlungen nebenbei fallen ließ, dass er eine lange adlige Familientradition aufweisen konnte, liefen die sich bis dahin eher schleppend hinziehenden Verhandlungen wie geschmiert. Er hatte sich kurz mit Astrid und Leon beratschlagt. Am Ende aber kamen sie gemeinsam überein, auf das »von« auch weiterhin zu verzichten. Ungeachtet dessen beschlossen sie, die alten Wappenfarben aufzugreifen.

Laura wurde dann gebeten, die diversen Abbildungen des Wappens zusammenzutragen und heraldisch zu bewerten. Das grafische Geschick der jeweiligen Zeichner unterschied sich deutlich, jedoch bei der Farbgebung waren sich die Künstler einig.

»Leon ist schon drüben in der Orangerie. Darf ich mitkommen?« Botho genoss es geradezu, den jüngeren Leuten beim Debattieren und Pläneschmieden über die Schulter zu schauen. Laura beriet Leon von Beginn an bei dessen Vorhaben. Sie hatte eine Menge alter Pläne und Aufrisse, historische Ansichten und Fotografien aufgetrieben und damit geholfen, die Vorlagen für die aktuellen Baumaßnahmen so originalgetreu wie möglich zu erarbeiten.

»Als ob wir je auf Ihren Rat verzichten könnten«, gab Laura charmant zurück, hakte sich bei ihm unter und führte ihn hinaus. Er gehörte zu den Menschen, die ihr am Herzen lagen. Sie kannte Astrids Onkel schon als Vorschulkind; inzwischen war sie eine erwachsene Frau. Herrje, wie die Zeit verging! Sie erschrak über ihren Gedanken. Diesen Spruch hatte sie immer nur von alten Leuten gehört.

In der Orangerie war der Einbau einer Fußbodenheizung in der vergangenen Woche fertig geworden; nun mussten Fliesenleger ihre Arbeit planen und das Material bestellen. Ein altes Schwarz-Weiß-Foto hatte den ehemaligen Fußboden abgebildet – große, rechteckige Fliesen, hell, die in einem versetzten Muster verlegt waren. Die Randfliesen waren mit einem zierlichen Rankmuster versehen. Dem Foto nach war anhand der Graustufen zu vermuten gewesen, dass die schmaleren Rankensteine und die größeren Bodenfliesen unterschiedliche Farben aufgewiesen haben mussten.

Leon debattierte gerade mit einem Handwerker das Thema Abriebwerte, als er die beiden entdeckte. »Gut, dass ihr kommt«, begrüßte er Laura mit einem Kuss auf die Wange. Botho drückte er eine große, rechteckige Fliese in die Hand. »Was meinst du?« Wieder an Laura gewandt, informierte er: »Die Randfliesen liegen vorne am Fenster auf dem Tisch. Wenn du willst, such schon mal was Passendes raus.« Leon hatte eine recht genaue Vorstellung vom Verlegemuster, das er in einem exakten Entwurf auf seinem Zeichenblock vorgegeben hatte. Er wollte kein allzugroßes Fliesenformat, um den Raum optisch zu erweitern; rechteckige Fliesen mit überstrecktem Kantenverhältnis.

Der Fliesenmeister sagte nur: »Drittelverband.«

Während die Männer über das geeignete Material diskutierten, begab sich Laura zu den ausgelegten Mustern von Rand- und Eckfliesen. Oh je, das mussten mehr als zwanzig Sorten sein – und eine schöner als die andere! Blätterranken in klassizistischem Design, mediterrane Blüten und Früchte, Blumengirlanden, zwitschernde Vögel auf Kirschzweigen,

Weinranken, modernere und traditionelle Motive, farbig, mit und ohne Goldauflagen. Zum Glück hatte sie mit den Wappenfarben der Ahlsens einen Anhaltspunkt für ihre Vorauswahl. Laura entrollte die mitgebrachte Wappenvorlage. Sie trat etwas zurück und versuchte zunächst, nur die Farben zu sehen. Gleich war zu erkennen, welche Musterstücke gar nicht infrage kamen: alle mit violetten, orangenen oder blauen Tönen. Dann gab es Fliesen – die Mehrzahl der ausgelegten Stücke –, die irgendwie passen würden, aber bei dieser Auswahl musste man keine Kompromisse machen. Ein romantisches Muster traf die Farben optimal: feine Zweige und Blätter aus einem satten Grün, große, mehrblättrige Blüten in Rot mit hellgrauen, fast silbernen Fäden umwunden. Dann waren da noch die Fliesen, die mit einem geometrischen Muster aus Rhomben, Dreiecken und dicken Linien zauberhafte Girlanden entstehen ließen. Auch hier passte farblich alles. Lauras Favorit war ein Muster, das zur Grundlage einen endlos gewundenen silbergrauen Zweig hatte. Darauf saßen verschiedene märchenhafte Paradiesvögel in Rot zwischen gelben und filigranen grünen Blüten. Die passenden Steine verbanden die Zweige zu malerischen, blütenbesetzten Knoten. Vor dem zurückhaltenden hellgrauen Farbton der Fliese selbst wirkte das Motiv wie ein sehr feiner Scherenschnitt. Aber vielleicht etwas zu anmutig für einen Fußboden dieser Größe? Das letzte Wort würde natürlich Leon haben. Egal für welchen ihrer drei Vorschläge er sich letztendlich entschied – der Boden der Orangerie würde ein wahrer Hingucker werden.

~ 20 ~

Kaum hatte Judith den Hörer aufgelegt und nach einem Stift gegriffen, klingelte es erneut. Die Notizen zum Telefonat mit Mendel mussten warten.

»Sofort zum Chef«, verkündete Ingeborg Siegel aufgeregt, bevor sie ein »bitte« anhängte.

Da die beiden Frauen sich mochten, ging die knappe Kommunikation völlig in Ordnung; Judith reagierte gelassen und fragte nach: »Was gibt es denn zu feiern? Die nächste Beförderung?« Wirklich überzeugend gelang es ihr nicht, den Sarkasmus aus ihrer Stimme herauszuhalten. Das Tempo, mit dem die Kollegen aus dem Westen als Belohnung für ihre Aufbauhilfe Ost die Karriereleiter erklommen, war nahezu schwindelerregend. Von den finanziellen Zugaben, der sogenannten »Buschzulage«, mal ganz abgesehen.

Doch Ingeborg Siegel erklärte trocken: »Keine Häppchen. Es ist was Ernstes.«

Knut Müller-Nordergreen telefonierte, als Judith durch die offen stehende Tür in sein Büro trat, und sie konnte hören, wie er mitteilte: »Ich schicke sofort jemanden los. Ja, Kriminaloberkommissarin Brunner ist in spätestens einer Viertelstunde vor Ort. Die Männer von der Streife sollen inzwischen den Fundort sichern und die Namen aller Leute aufschreiben, die da so rumstehen und gaffen.«

»Wie es aussieht, haben Sie einen neuen Fall, Frau Brunner«, kündigte Müller-Nordergreen ihr an, nachdem er sie in aller Kürze begrüßt und ihr den Platz vor seinem Schreibtisch angeboten hatte. »Das war die Zentrale. Einem unserer Streifenwagen wurde ein Leichenfund angezeigt. Ein Mann in mittlerem Alter. Keine besonderen Merkmale. Mehr weiß ich auch noch nicht. Ich habe schon mit dem Fachkommissariat 1 gesprochen; Sello will Sie wieder in seiner Ermittlungsgruppe haben.«

Na, Klasse! Damit war Judiths aktueller Fall gestorben. Wenn sie sich erst in ein paar Tagen auf die Suche nach dem Bilderdieb machen konnte, war der längst über alle Berge. Adieu *Goldregen*! Es blieb ihr ein schwacher Trost: die erneute Zusammenarbeit mit Anton Sello, dem Chef des Fachkommissariats für die Schwerstverbrechen bei der Polizeidirektion Stendal. Er war ein äußerst kompetenter und angenehmer Kollege.

»Bis seine Leute hier sind, kümmern Sie sich schon mal um die Angelegenheit. Das hat selbstverständlich Vorrang vor diesem Gemäldediebstahl!« Er überreichte ihr einen Zettel mit einer geschmierten Adresse.

»Oh!«, entfuhr es Judith unwillkürlich. »Ich weiß, wo das ist.«

»Ja, und?«

»Nun, ich war gestern am späten Nachmittag dort, weil in dem Haus ein Mitarbeiter des Altmark-Museums wohnt, mit dem ich reden wollte. Er hat nicht aufgemacht.«

Müller-Nordergreen sah nicht begeistert aus. »Zweiter Stock, sagte die Zentrale.«

»Genau. Vor dieser Tür stand ich. Ich dachte erst, vielleicht hat er seine Reisepläne geändert und war doch zu Hause geblieben, aber anscheinend war er wie angekündigt verreist.«

»Nun, es dürfte ja schnell herauszufinden sein, ob die Leiche in dieser Wohnung Ihr Museumsmann ist. Und wenn ja, ist ein Zusammenhang mit dem Kunstraub entweder gegeben oder nicht«, stellte Müller-Nordergreen salomonisch fest.

Judith verschluckte eine kratzbürstige Bemerkung und murmelte stattdessen: »Ich glaube nicht an derartige Zufälle.«

»Damit sind wir bereits zwei. Ich veranlasse alles Weitere. Fahren Sie umgehend hin, ich komme dann nach.«

Ein Streifenbeamter hatte vor der Haustür gewartet und führte Judith Brunner zum Fundort. Währenddessen teilte er ihr mit: »Ein Nachbar hat ihn entdeckt; der Mann wartet oben in seiner Wohnung. Er konnte den Toten auch identifizieren. Wolfgang Scharne. Es gibt keinen Mitbewohner, Scharne lebte als Single.«

Sein Kollege vom Streifenwagen stand vor der angelehnten Wohnungstür und grüßte, als er die Kommissarin erkannte. Zuvorkommend drückte er die Tür leicht auf, damit Judith die Wohnung betreten konnte.

Ihre Befürchtungen hatten sich also bewahrheitet. Wolfgang Scharne war tot. Weit hinein in den schmalen Flur musste sie nicht gehen, um die Leiche zu sehen. Sie lag gleich hinter der ersten Tür zum links gelegenen Wohnzimmer lang ausgestreckt auf dem Boden. Der Kopf war etwa anderthalb Meter von der Schwelle entfernt. Die offen stehende Tür rechts im Flur führte in ein Schlafzimmer; am Ende des Korridors waren gegenüberliegend zwei weitere Türen zu sehen, kleine Emailleschilder bezeichneten Küche und Bad.

Judith beugte sich über den Toten. Auf den ersten Blick waren keine Wunden zu entdecken. Nirgendwo Blut und auch eine Waffe lag nicht herum. Er trug Freizeitkleidung: Jeans, Turnschuhe, T-Shirt, eine leichte Lederjacke. Die Kleidung war in geordnetem Zustand. Das Gesicht schien leicht geschwollen, die Augen waren halb geöffnet. Nun gut, überlegte Judith, bald wäre jemand von der Rechtsmedizin da und würde ihr etwas Genaueres mitteilen können. Sie warf einen prüfenden Blick in die beiden Zimmer der Wohnung. Scharne schien es ziemlich gut zu gehen. Die Möbel waren neu, von solider Qualität und wurden gewiss als zusammenhängende Kollektion gekauft, denn sowohl das Wohnzimmer als auch das Schlafzimmer sahen aus wie aus dem Katalog eines gehobenen Möbelhauses. Kein individueller Stil, kaum persönliche Dinge; alles war ordentlich, roch frisch und wirkte gepflegt.

Jurik Bellheim, ihr Kriminaltechniker vom Revier, tauchte als Erster auf. Judith winkte ihn zur Begrüßung heran und setzte ihn kurz ins Bild. Bis die Tatortgruppe aus Magdeburg eintraf, würde noch einige Zeit vergehen; inzwischen konnte Bellheim die Wohnung bereits nach Spuren absuchen.

Judith wollte dabei nicht im Weg stehen und nutzte die Gelegenheit, das routinemäßige Gespräch mit dem Nachbarn, der Scharne gefunden hatte, zu führen. Sie bat den Beamten vor der Tür, den Zeugen zu holen. »Ich warte in der Küche.«

Wenig später trat zögernd ein kleiner Mann in Trainingshose, ausgeleierter Strickjacke und Hausschuhen ein. Er war korpulent und schwitzte stark. Sein letzter Friseurbesuch lag Monate zurück. Unbehaglich sah er sich um. »Wie lange muss er da noch liegen?« Sein Weg zur Küche hatte ihn an der offenen Wohnzimmertür vorbeigeführt.

Judith ging auf die Frage nicht ein und stellte sich stattdessen vor. Dann fragte sie: »Darf ich mich nach Ihrem Namen erkundigen?«

»Rost. Vorname Lutz. Ich bin in Frührente und eigentlich immer da.«

So alt sah der Mann in Judiths Augen noch gar nicht aus, andererseits ließ ihn das bedauerliche Ensemble seiner Kleidung auch nicht jünger erscheinen. »Sie haben den Toten gefunden?«

»Ja. Genau. Ich habe einen Schlüssel für die Wohnung. Er wollte doch in den Urlaub fahren und hatte mich gebeten, den Briefkasten zu leeren. Ich mach das immer kurz vor dem Mittagessen.« Rost sah zu einer Küchenuhr, die wenige Minuten nach zwölf anzeigte. »Die Post kommt meistens gegen halb zwölf. Ich setze meine Kartoffeln auf und gehe dann zum Briefkasten runter.« Er deutete auf den Küchentisch, wo ordentlich nebeneinander bereits zwei Briefumschläge und diverse Werbeflyer lagen. »Ich bringe die Post vom Scharne immer gleich in seine Wohnung. Dabei kann ich dann gucken, ob alles in Ordnung ist. Blumen gießen und so. So haben wir das vereinbart.«

»Kennen Sie sich gut?«

»Eher nicht. Ich wohne ja seit Ewigkeiten hier und die Morawes unten auch. Sie ist schon immer zu Hause gewesen und er ist ja nun auch ständig da. Sein Betrieb, wo er Direktor war, hat dichtmachen müssen, tja, ’ne fette Abfindung soll er bekommen haben. Aber mit unsereiner sprechen die nicht. Der Scharne ist erst vor gut einem Jahr eingezogen, als die Wohnung frei wurde, weil der Krüger in den Westen gegangen ist. Hat wohl drüben einen tollen Job bekommen. Seitdem fällt mir die Decke auf den Kopf. So allein.«

»Aber Sie helfen sich als Nachbarn ab und zu?«, versuchte Judith, beim Thema zu bleiben. »Wissen Sie, ob er Verwandte hat? Oder eine Freundin?«

»Gesehen habe ich keine, und erwähnt hat er so was auch nicht. Wir haben uns nur gegrüßt und ab und zu übers Wetter geredet, verstehen Sie? Er blieb lieber für sich.« Rost linste auf die Briefumschläge. »Er bekommt eigentlich nie private Post. Immer nur von der Sparkasse oder den Stadtwerken oder so.«

»Wie lange leeren Sie denn seinen Briefkasten schon?« Zwei Briefe waren ja nicht gerade viel.

»Erst seit vorgestern. Er ist am Abend zuvor in den Urlaub gefahren … Dachte ich zumindest. Die zwei Tage war die Wohnung auch immer leer. Und als ich heute kam, vom Briefkasten, meine ich« – er nestelte einen weiteren Umschlag und einen dünnen Katalog aus der Tasche seiner Strickjacke – »da lag er dann da.« Rost schluckte schwer und legte die aktuelle Post und einen kleinen Schlüsselbund auf den Tisch.

Judith Brunner fragte nach: »Und Sie haben Herrn Scharne so vorgefunden, wie er jetzt da liegt?«

Rost nickte unsicher. »Ich bin zuerst nicht näher ran an ihn. Vom Flur aus habe ich gesehen, dass da ein Toter liegt. Na ja, und dann wollte ich schnell telefonieren und die Polizei holen. Ein kerngesunder junger Mann fällt doch nicht einfach um! Und was machte der hier, der wollte doch im Urlaub sein. Das ging bestimmt nicht mit rechten Dingen zu. Also bin ich rauf zu mir und habe den Anruf erledigt. Dann bin ich vors Haus und habe gewartet. Erst mit dem Polizisten bin ich wieder rein. Mehr ist nicht passiert.«

»Wann haben Sie Ihren Nachbarn denn zum letzten Mal

gesehen?«

»Als er mir den Schlüssel brachte. Am Montag, nach dem Mittag. Er kam vorbei; sagte, dass er nix Bestimmtes an Post erwartet und ihm auch keine Termine des Vermieters mit irgendwelchen Handwerkern oder so bekannt seien; es müsse also alles ruhig bleiben. Blumentöpfe zum Gießen gibt's ja nicht viele – also hatte ich im Wesentlichen nur die Post zu holen.«

»Hat Ihr Nachbar was zu seinen Urlaubsplänen gesagt?«

»Was meinen Sie?«

»Na, wo genau er hinfahren wollte, ob er beabsichtigte, sich mit jemandem zu treffen, so etwas.«

Rost schüttelte den Kopf und wischte sich mit einem großen, karierten Stofftaschentuch über Gesicht und Nacken. »Nee, nee. Er meinte nur, dass er am Abend für eine Woche verreisen wollte. Sonntag ist er wieder hier.«

»War er zuverlässig bei diesen Absprachen?«

Rost sah die Kommissarin ratlos an.

Sie erläuterte: »Ich meine, hielt er sich an solche Termine oder blieb er auch mal länger weg, als angekündigt? Sie sagten doch, dass Sie schon öfter für ihn die Wohnung gehütet haben.«

»Ach so. Nee, er war immer pünktlich wieder da. Meistens brachte er als Dankeschön 'ne Flasche Korn vorbei, wenn er seine Schlüssel holte.«

»War er denn öfter für mehrere Tage unterwegs?«

Jetzt musste Rost intensiv nachdenken. »Also, so 'ne Woche oder länger, hm, schon zweimal. Und dann ab und zu für zwei, drei Tage. Wenn er lange weg war, hab ich dann schon mal die Wohnung durchgelüftet, damit es nicht so abgestanden riecht.« Er schnüffelte und sah aus, als überlege er, ob das nun nach dem Herumliegen der Leiche auch erforderlich sein würde.

Judith Brunner bat Lutz Rost, sich so schnell wie möglich in der Dienststelle einzufinden, damit seine Aussage zu Protokoll genommen werden könne.

War das ihr Mörder? Wohl eher nicht!

Sie bedankte sich und entließ den Mann wieder in seinen traurigen Alltag.

~ 21 ~

Inzwischen war die Rechtsmedizinerin aus Magdeburg eingetroffen. Sie gehörte zum Bereitschaftsdienst, der an der Universität im Institut für Rechtsmedizin für Fälle wie diesen eingerichtet worden war.

Judith Brunner registrierte mit Vergnügen, dass heute Dr. Elinor Martens dran war. Eine etwas üppigere Frau in den Vierzigern, mit beneidenswert glatter, klarer Haut und wallendem Haar, welches sie bei der Arbeit zu einem eleganten Knoten geschlungen trug. Ihre Rundungen sowie die klassischen Gesichtszüge mit grünen Augen und einem sinnlichen Mund machten Elinor zu einer Schönheit. Judith und sie hatten sich in einer der vielen Besprechungsrunden kennengelernt. Von da an waren sie sich bei diversen Ermittlungen über den Weg gelaufen und hatten sich gegenseitig schätzen gelernt.

»Hallo, Judith«, grüßte Dr. Martens freundlich über ihre Schulter nach oben. Sie kniete barfuß neben der Leiche. Ihr Gesicht hatte sie dicht an den Hals des Toten gebracht. »Sieht mir nach Erwürgen aus. Ich kann erst mal keine klaren Abdrücke entdecken, würde also auf einen Unterarmgriff tippen. Blutungen in den Augenbindehäuten; Schwellung im Gesicht. Aus dem rechten Mundwinkel ist Flüssigkeit abgelaufen.« Sie kam zurück in die Hocke und stand geschickt auf. »Um es volkstümlich auszudrücken: Jemand hat Ihr Opfer im Schwitzkasten zu Tode gebracht.«

»Auch hallo«, gab Judith freundlich zurück. »Das kann nicht jeder«, kommentierte sie die Mordmethode. Sie hielt der Rechtsmedizinerin hilfreich eine Hand zur Stütze, als die wieder in ihre eleganten Pumps stieg. Der weinrote, enge Rock, der erst ein Stück unter dem Knie endete, gestaltete das Balancehalten schwierig; die schwarze, weiche Bluse, die das ansehnliche Dekolleté zwar hinreichend bedeckte aber seine Formen aufs Vorteilhafteste betonte, ließ ihr jedoch ausreichend Bewegungsfreiheit, um alles elegant auszutarieren. Kein Wunder, dass die Verehrer Schlange standen, dachte Judith beifällig.

Sie sah sich um. Zwei Leute von der Tatortgruppe waren mit Pinzette und Klebestreifen dabei, Bellheim beim Einsammeln von Spuren zu unterstützen; einer fotografierte.

Dann deutete Judith auf die gegenüberliegende, offene Schlafzimmertür und überlegte laut: »Ich denke, der Mann ist im Stehen von hinten angegriffen worden, kaum dass er sein Wohnzimmer betrat, verlor binnen Sekunden das Bewusstsein und wurde dann liegend weiter gewürgt, bis er tot war. Sicher hat er reflexartig versucht, sich zu wehren, doch falls unsere Überlegungen stimmen, war der Mörder kein Ersttäter und hat dem Opfer keine Chance gelassen.«

Dr. Martens pflichtete Judith bei: »Die Lage des Opfers spricht für Ihre Annahme. Mal sehen, vielleicht finde ich ja unter seinen Fingernägeln etwas Brauchbares. Wie es aussieht, haben wir hier Erfolg versprechende Hände, die nicht ganz sauber sind. Das hilft. Zur Todeszeit nur soviel: Dieser Mann ist mindestens zwölf Stunden tot. Totenstarre, Totenflecken, seine Körperkerntemperatur – alles spricht für einen Tod-«, sie sah auf ihre Uhr, »irgendwann gestern um Mitternacht. Genaueres morgen bei mir. Die Spurensicherung ist fertig mit ihm, ich werde umgehend veranlassen, dass die Leiche in meine Untersuchungsräume gebracht wird«, kündigte sie an. »Kommen Sie morgen am Vormittag, Judith, da müsste ich dann soweit sein, um Ihnen mehr sagen zu können.« Sie hob kurz die Hand, um zu grüßen und wandte sich zum Gehen.

»Vielen Dank, Elinor!«, rief Judith ihr hinterher. Einer der

Techniker reichte ihr einen Plastikbeutel. »Hier, das hatte er in seinen Taschen.«

Das Übliche. Portemonnaie, Autoschlüssel, Tankquittung, ein einzelner Schlüssel an einem robusten Band, welches sich nach genauerem Hinsehen als breiter Schnürsenkel herausstellte. »Haben Sie noch andere Schlüssel gefunden?«, fragte Judith.

Mit dem Kopf deutete der Mann über seine Schulter und sagte: »Ein Bund hängt am Brett neben der Flurtür, hinter dem kleinen Vorhang. Wir haben's auch schon fotografiert.«

Judith ging in die Küche, nahm den Schlüsselbund, den Lutz Rost mitgebracht hatte, vom Tisch und lief in den Flur. Es hingen andere Schlüssel an dem Brett als die, die Scharne für seinen Nachbarn zur Verfügung gestellt hatte. An Rosts Bund waren Schlüssel für Wohnung, Briefkasten und – vermutlich – Keller. Am Brett hingen vier kleine Sicherheitsschlüssel in einem Ring. Passten die zu Schlössern im Museum? Wo war Scharnes Schlüsselbund für seine Wohnung? Hatte ihn der Täter mitgenommen? Und zu welchem Schloss passte der einzelne Schlüssel aus seiner Hosentasche?

Judith holte die Brieftasche des Toten aus dem Beutel und sah nach seinen Papieren. Alles war da: Geldkarte, Fahrzeugpapiere, kleine Geldscheine und ein paar Münzen. »Er hat einen Fiat. Sehen Sie bitte draußen nach, ob er das Fahrzeug irgendwo in der Nähe geparkt hat und kümmern sich dann um den Wagen«, bat sie den Mann von der Spurensicherung.

Knut Müller-Nordergreen tauchte an der Wohnungstür auf, im Schlepptau hatte er einen jungen Mann von der Staatsanwaltschaft. Judith Brunner führte die Männer zu der Leiche und gab beiden einen kurzen Überblick: »Der Tote ist Wolfgang Scharne, Mitarbeiter im hiesigen Altmark-Museum. 38 Jahre alt, ledig und – wie die Wohnung aussieht – allein lebend. Tod durch Fremdeinwirkung, wahrscheinlich Erwürgen. Die Rechtsmedizinerin, Frau Dr. Martens, tippt auf irgendwann gestern um Mitternacht als Todeszeitpunkt, will sich aber nicht festlegen, bevor – na, Sie wissen schon.«

Müller-Nordergreen nickte. Auch er kannte die relativierenden Aussagen der Rechtsmediziner und Kriminaltechniker aus dem Effeff, die sich nie auf etwas festlegten, bevor sie es nicht auf ihrem Stahltisch oder unter ihrem Mikroskop untersucht hatten.

Gemeinsam beobachteten sie den Abtransport des Leichnams; Judiths Chef und der Staatsanwalt besichtigten flüchtig die kleine Wohnung, machten ein paar Bemerkungen und verabschiedeten sich wieder. In der Tür wandte sich Müller-Nordergreen noch einmal um und teilte seiner Ermittlerin mit: »Ich bleibe heute so lange im Büro, bis Sie hier fertig sind und mir Ihren Bericht geben können. Dann überlegen wir, wie es weitergeht.«

»In Ordnung.« Judith wusste es zu schätzen, dass er ihre Arbeit unterstützen würde, denn nun ging es nicht mehr nur um einen Diebstahl, sondern um Mord.

~ 22 ~

Walter hatte den Fahrdienst zu Fritzi Bauers Physiotherapieterminen übernommen. Vor vierzehn Tagen war der Bengel im Zweikampf beim Fußballspielen so unglücklich umgeknickt, dass er immer noch am Knöchel behandelt werden musste. Das langweilte Fritzi extrem, der überhaupt nicht einsehen wollte, warum er bestimmte Übungen immer und immer wieder absolvieren musste und zudem auch noch zwei Nachmittage in jeder Woche draufgingen, mit denen er eigentlich etwas Besseres anfangen könnte. Elvira hatte sich nach den ersten beiden – für die Nerven aller Beteiligten äußerst anstrengenden – Terminen Hilfe suchend an Walter gewandt und der hatte es ohne zu zögern übernommen, den widerwilligen Patienten zu chauffieren und nötigenfalls auch gegen seinen Willen in der Praxis abzuliefern.

Unauffällig sah Walter auf die Uhr. Er hatte Fritzi für halb zwei zu sich eingeladen, damit sie vor dem ungeliebten Termin um drei noch ein wenig Zeit zum Plaudern und für ein Eis hätten. Es war noch eine halbe Stunde bis zur Abfahrt nach Gardelegen. Worüber sollte er mit dem Jungen bis dahin reden? In der Regel verkniff sich Walter seit Neuestem alle Fragen zu Fritzis Schulalltag und zu seiner älteren Schwester Dany, da beides den Zwölfjährigen ziemlich nervte. Selbst das Thema Fußball war zum Minenfeld geworden, weil Fritzi erst nach der Physiotherapie wieder mit leichtem Training anfangen durfte. So hatte es der Trainer von *Waldau 1988* bestimmt, und da der, wie es der Zufall wollte, auch Fritzis Vater war, gab es keine Chance, irgendwie zu tricksen. Leon lag die Gesundheit der Jungs in seiner Mannschaft sehr am Herzen und ausgerechnet bei seinem Sohn würde er keinesfalls eine Ausnahme machen.

Walter selbst musste sich noch bis zum Abend gedulden, bis Michael Rohde, ein junger Mann aus Waldau, der im Dorf die privaten Fotoarbeiten erledigte, die Vergrößerungen von den Aufnahmen des Frühlingsfestes von 1929 aus Emil Deutlers Fotoalbum fertig hatte. Es war Walter gelungen, die Tochter Ingrid zu überreden, ihm die Familienerbstücke für einen Tag zu überlassen. Er hatte unter Bezug auf das vermeintliche Vorhaben, zum Logenjubiläum eine Festschrift zu publizieren, die Fotos als mögliche Illustrationen ins Spiel gebracht. Völlig überzeugt schien Ingrid Deutler zwar nicht gewesen zu sein, hatte sie dann letztendlich doch noch rausgerückt. Für morgen hatte er bereits geplant, die Alben nach Stendal zurückzubringen; die Aussicht, Abbildungen vom Interieur des Gardelegener Logenhauses aus einer Blütezeit des Wirkens der Freimaurer zu bekommen, wog diesen Aufwand locker auf.

Zunächst hatte sich Walter aber um Fritzi zu kümmern. Eine Tasse Kakao hatte der Junge noch nie abgelehnt. Als er sich mit der heißen Milch vom Herd zum Tisch wandte, um die Becher aufzugießen, verharrte Walter mitten in der Bewegung. Was heckte das Früchtchen da aus? Fritzi starrte Wilhelmina, die sich zwischen den Kräutertöpfen auf dem Fensterbrett sonnte, auf eine derart konzentrierte Weise an, dass er stutzig wurde.

»Sag mal, Onkel Walter, gibt es eigentlich auch Polizeikatzen?«

»Was?!« Der Gedanke an Katzen im Polizeidienst war so absurd, dass Walter zunächst nicht wusste, was er darauf antworten sollte.

»Na, es gibt doch Polizeihunde.«

Walter hatte sich wieder gefangen. »Richtig. Aber: Ich bin mir sicher, nein! Es gibt keine Polizeikatzen.« Er goss Fritzi ein.

»Warum nicht?« Fritzi schien aufrichtig an einer Antwort interessiert. Er schaufelte sich fünf Löffel voll Kakaopulver in seine Milch und rührte dann mit dem Holzstäbchen seines aufgeschleckten Vanilleeises kräftig um.

»Weil man Katzen nicht abrichten kann.« Auch darin war sich Walter absolut sicher. Wilhelminas Eigensinn hatte ihn schon oft fluchen lassen und bisher war jeder Versuch gescheitert, diese Katze in irgendeiner Hinsicht zielgerichtet zur Kooperation zu bewegen.

»Vielleicht muss man nur mehr mit ihr trainieren?«, überlegte Fritzi und äugte wieder zu der ahnungslosen Wilhelmina. Er nahm vorsichtig einen ersten Schluck aus seinem Becher.

»Lass die Finger von ihr«, warnte ihn Walter mit seiner Polizistenstimme. »Sie hat ihre eigenen Vorstellungen, wozu sie nützlich ist. An Tieren wird nichts ausprobiert, hörst du! Auch nicht, sie zu einer Polizeikatze abzurichten.«

Fritz kannte diesen Tonfall und wusste, dass es klug war, das Gesagte zu beherzigen. Er gab sich aber noch nicht geschlagen. »Wozu ist Wilhelmina denn nützlich?« Fritzis Frage klang nicht hinterlistig.

Walter überlegte. Ob ein zwölfjähriger Bengel verstehen würde, wie wohltuend ein Streicheln über seidiges Fell sein konnte, oder wie nahezu beschwörend ein Schnurren wirkte? Wie anheimelnd es war, wenn die Katze in der Stille der Nacht kaum vernehmlich durchs Haus schlich? Und vor allem, wie dankbar er war, Judiths gelösten Gesichtsausdruck zu sehen, wenn sie mit Wilhelmina schmuste?

Dann fiel Walter eine Begründung ein, von der er hoffte, dass sie Fritzi überzeugen würde. Er überging dessen Frage und argumentierte: »Außerdem sind Katzen viel zu klein, um Verbrecher einzuschüchtern. Da braucht es schon einen Schäferhund oder einen Riesenschnauzer.«

Das leuchtete dem Jungen offenbar ein. Fritzi verkündete seit Jahren seinen Berufswunsch, Polizist zu werden, und Walters frühere Tätigkeit war daran nicht ganz unschuldig. Mit ernster Miene verkündete Fritzi, als sagte er es zum ersten Mal: »Dann muss ich einen eigenen Hund haben! Einen zum Abrichten als Polizeihund.« Offenbar blickte ihn Walter nicht überzeugt genug an und er rückte mit der ganzen Wahrheit raus: »Mama sagt immer, sie weiß nicht recht und Papa sagt, er muss noch darüber nachdenken. Aber wenn ich jetzt schon anfangen könnte, mit einem Hund zu üben, werde ich vielleicht schneller ein Polizist als alle anderen … Onkel Walter, du musst mit meinen Eltern reden. Ich brauche einen Hund. Einen großen!«

~ 23 ~

Judith klopfte im Erdgeschoss an die Tür von Familie Morawe. Möglicherweise störte sie das Ehepaar in seiner Mittagsruhe, doch darauf konnte sie bei einer Mordermittlung keine Rücksicht nehmen.

Die Frau, die ihr öffnete, wirkte zwar nicht verschlafen, aber irgendwie linkisch. Während sich Judith vorstellte und ihr Anliegen vortrug, trat sie nervös von einem Fuß auf den anderen, unschlüssig, wie sie auf den Besuch der Kommissarin reagieren sollte. Das war seltsam, denn dass auch sie früher oder später befragt werden würde, hatte diese Mieterin sich doch denken können. Schließlich war die Polizeipräsenz nicht zu übersehen. Als sie sich endlich entschloss, ihren Namen zu nennen, schien die Frau nicht zu wissen, wie sie die Begrüßung zu Ende bringen sollte.

»Darf ich reinkommen?«, nahm Judith Brunner ihr die Entscheidung ab.

Gerade als Hannelore Morawe ihr bedeutete, einzutreten, erschien ihr Mann im Flur der Wohnung. Er sah verlottert aus. Ausgebeulte alte Trainingshosen, ausgewaschenes T-Shirt, Badelatschen – nicht gerade das Bild eines Betriebsdirektors. Beim Näherkommen roch Judith dann eine leichte Alkoholfahne und ahnte, dass sie erneut jemanden vor sich hatte, der mit sich und seiner Zeit nichts anzufangen wusste.

Die Begrüßung des Mannes fiel wider Erwarten charmant aus: »Kommen Sie doch bitte herein, Frau Kriminaloberkommissarin.«

Er hatte offenbar gelauscht und trotz des laufenden Fernsehgerätes das Gespräch an der Wohnungstür mitbekommen.

»Möchten Sie vielleicht etwas trinken? Ein Glas Wasser? Eine Tasse Kaffee? Oder einen Tee? Bitte nehmen Sie doch hier Platz.« Morawe schaltete den Fernseher, in dem sich inmitten eines billig eingerichteten Studios gerade ein paar keifende Frauen vor einem johlenden Publikum anschrien, aus und geleitete sie zu einem Sessel, von dem aus Judith das gesamte Wohnzimmer im Blick hatte. Es lag genau unter dem von Wolfgang Scharne. Von der Decke konnte sie die Geräusche hören, die das Hantieren der Spurensicherung oben erzeugte.

»Danke. Ich möchte nichts.« Sie wollte Hannelore Morawe keinen Anlass bieten, den Raum zu verlassen. »Ich wäre Ihnen beiden sehr verbunden, wenn Sie mir ein paar Fragen zu

Ihrem Nachbarn beantworten könnten.«

»Setz dich«, forderte Morawe seine unschlüssig herumstehende Frau lieblos auf. Ihr Blick haftete an der Bierflasche, die auf dem Couchtisch stand. Ihr schien das Bild peinlich zu sein, das ihr Mann hier abgab.

Judith waren die Morawes nicht sonderlich sympathisch, aber das spielte jetzt keine Rolle. »Sie wissen bereits, dass Ihr Nachbar Wolfgang Scharne tot ist?«

Beide nickten.

»Wie haben Sie davon erfahren?«

Der Hausherr antwortete: »Na, der Rost hat sich vor die Haustür gestellt und sah so aus, als würde er auf was Wichtiges warten. Ich gucke neuerdings um die Zeit ein bisschen aus dem Fenster und habe ihn gefragt, nach wem er Ausschau hält, und da hat er mir davon erzählt.«

Mit einem Kissen über dem Fensterbrett zu hängen und stundenlang auf die Straße zu glotzen war für viele Leute eine akzeptable Form der Beschäftigung, was Judith allerdings niemals würde nachvollziehen können. Doch so rätselhaft ihr dieser Zeitvertreib auch war, als Polizistin hatte sie schon öfter von diesen gelangweilten Beobachtern profitiert.

Viel Neues erfuhr sie nicht über Wolfgang Scharne; die Schilderungen der Morawes deckten sich mit denen von Lutz Rost.

Während des Gespräches hatte die Ehefrau kaum etwas gesagt, nur, wenn ihr Mann sie direkt zu einer Äußerung aufforderte. Um so erstaunter war Judith, als sie sich inmitten der Verabschiedung kurz räusperte und mitteilte: »Letzte Woche stieg der Scharne zu einer Frau ins Auto.«

»Ach.« Judith wurde hellhörig. »Wann?«

»Davon hast du mir gar nichts gesagt«, warf Morawe seiner Frau vor.

»Ich wollte dich nicht beim Fernsehgucken stören«, gab sie zurück und sah Judith mit einem fast übermütigen Blick an. Sie hatte etwas gewusst und ihr Mann nicht!

»Haben Sie die Frau erkannt?«

Hannelore Morawe schüttelte den Kopf. »Nee! Aber wie sah sie denn bloß aus? Weiße Bluse, frisiert; ein ganzes Stück älter als er. Ein paar Jahre mindestens. Sie sah gut aus, fast vornehm.«

»Könnten Sie sich an mehr erinnern?«, fragte Judith in der Hoffnung auf eine Phantomzeichnung. »Oder haben Sie bemerkt, was für ein Auto sie fuhr?«

Doch außer, dass es ein kleines, dunkles Auto war, und die Frau vor dem Losfahren eine Sonnenbrille aufsetzte, nachdem sie und der Scharne sich geküsst hatten, fiel ihr nichts mehr ein.

Das war doch besser als nichts, dachte Judith zufrieden. Es gab also eine Frau in Wolfgang Scharnes Leben.

Der Streifenpolizist, der Judith vor zwei Stunden in Scharnes Wohnung begleitet hatte, fing sie nun vor der Wohnungstür der Morawes ab. »Wir haben sein Auto. Kommen Sie. Da scheint die Spusi was Interessantes gefunden zu haben.«

Judith sah von der Haustür aus, in nicht ganz fünfzig Metern Entfernung, eine Gruppe von Männern. Einer stand vor dem geöffneten Kofferraum eines Fiats und machte Fotos. Ein zweiter winkte ihr zu.

Neben den beiden stand Anton Sello mit einem der Ermittler seines Fachkommissariats. »Sehen Sie sich das mal an, Frau Brunner!«, rief er ihr entgegen.

Als Judith voller Spannung in den Kofferraum sah, musste sie feststellen, dass der Tag an Überraschungen wirklich nichts zu wünschen übrig ließ: Mitten auf einem dicken Bett aus Wellpappe lag der *Goldregen* und leuchtete ihr entgegen.

~ 24 ~

Neben seinem Ruf als hervorragender Kriminalist zeichnete Anton Sello eines aus: sein Hang zu extravaganter Kleidung.

Heute hatte er sich für optimistisches Zitronengelb entschieden, als es um die Wahl seines Oberhemdes ging, und für eine dunkelblaue Wollhose mit Nadelstreifen. Sello begleitete Judith Brunner zum Altmark-Museum. Der Erste Kriminalhauptkommissar wollte sich selber einen Eindruck von den Örtlichkeiten machen, die als Arbeitsstelle des Mordopfers und Schauplatz des Kunstraubes, der vermutlich unter Mitwirkung des Toten durchgeführt worden war, den Hintergrund für seine Ermittlungen darstellten. Im Vorhinein hatte er Judith gebeten, das Reden zu übernehmen; er wollte die Leute beobachten und sich unauffällig umsehen.

Deutlich sah man Marianne Schneider ihre Betroffenheit an. Blass sank die Frau auf den Stuhl hinter ihrem Schreibtisch. Dann wischte sie sich mit den Händen das Haar aus dem Gesicht. »Ermordet? Unser Wolfgang Scharne?« Sie stützte die Ellbogen auf und verbarg ihr Gesicht in den Händen. Undeutlich ächzte sie: »Ich dachte gestern noch, wie gut der Mann es hat. Ich plage mich hier mit einem Diebstahl rum und er sonnt sich am Strand.« Dann hob sie wieder den Kopf. »Was ist nur«, ratlos sah sie sich in ihrem Büro um, »auf einmal los?«

Judith wusste, dass ihre Frage das ganze Museum einschloss.

»Nun, das Problem mit Ihrem gestohlenen Gemälde hat sich vermutlich aufgeklärt«, deutete Judith Brunner dann an und berichtete von dem Fund in Scharnes Auto.

»Was?! Sie haben das Bild bei ihm gefunden?« Dr. Schneiders Gesichtsfarbe nahm den Ton ihrer kittgrauen Bluse an. »Ist das nun eine gute oder eine schlechte Nachricht?«

»Abgesehen von der Tatsache, dass Scharne aufgrund der tragischen Ereignisse nun zum Hauptverdächtigen für den Kunstraub aufgerückt ist, können Sie sich freuen, dass der *Goldregen* gefunden wurde. Er war in einer Art Schutzrahmen aus Holzlatten eingespannt und lagerte weich gepolstert. Ich konnte nur einen kurzen Blick darauf werfen, doch nach meinem laienhaften Urteil war das Bild nicht beschädigt. Wir werden es jetzt kriminaltechnisch untersuchen lassen und dann, davon bin ich überzeugt, bekommen Sie es zurück.«

Marianne Schneider seufzte. »Sicher. Damit haben Sie natürlich recht. Warum nur hat der Scharne das gemacht?«

Auf diese Frage musste Judith die Antwort erst noch finden. »Frau Dr. Schneider, ich benötige weiterhin Ihre Unterstützung bei meinen Ermittlungen. Ich möchte alle Hintergründe des Verbrechens aufklären. Vorausgesetzt, Scharne war der Täter, handelte er vielleicht nicht als einziger Tatbeteiligter. Unter Umständen gibt es Hintermänner. Verstehen Sie? Heutzutage gibt es bei einem Kunstdiebstahl oft mehrere Akteure.« Mehr wollte Judith nicht andeuten. »Ich gehe davon aus, dass, wenn ich diesen Mord aufkläre, ich auch die Täter im Falle des gestohlenen Bildes finde.« Sie suchte den Blickkontakt zu Marianne Schneider. »Helfen Sie mir dabei?«

Inzwischen hatte sich die Museumsleiterin etwas gefangen. »Natürlich.« Sie sah kurz zu Sello, der aus dem Fenster blickte, und wandte sich dann wieder der Kommissarin zu.

»Gut. Versuchen Sie sich bitte zu erinnern: Was alles hatte Wolfgang Scharne mit dem Bild zu tun?«

Dr. Schneider dachte nur kurz nach: »Er hat es aufgehängt. Mit mir zusammen.«

Das wusste Judith bereits von der Putzfrau. »Was noch? Haben Sie es ihm davor gezeigt? Sich mit ihm darüber unterhalten?«

»Sicher. Er hat immerhin den neuen Firnis aufgetragen.«

»Wie bitte?!«

»Ja. Bevor wir es ausstellen konnten, musste es doch gereinigt werden. Das hat Wolfgang Scharne gemacht. Ich habe mich noch gefreut, wie klar und leuchtend die Farben waren, als wir es aufhängten. Denn als ich es damals im Lager entdeckte, lag schon eine ziemlich dicke Patina auf dem Bild. Durch Scharnes Reinigung wirkte das Bild irgendwie«, jetzt deutete sich sogar ein Lächeln auf ihrem Gesicht an, »lebendig, hell. Die Farbwirkung war ungleich strahlender.«

Judith ahnte, wovon die Rede war; sie dachte an den erstaunlichen Moment, als sie das Bild im Kofferraum von Scharnes Fiat gesehen hatte. Als verfüge es über eine eigene, bezaubernde Aura. »War ihr Mitarbeiter denn für derartige Arbeiten qualifiziert?«

»Nun«, Dr. Schneider stand auf, ging zu einem Stahlschrank und öffnete die beiden dicken Türen gleichzeitig. Ohne lange zu suchen, griff sie eine Mappe heraus und gab der Kommissarin den prall gefüllten Hefter. »Er hat vor ein paar Jahren schon entsprechende Kurse besucht. Berufsbegleitend. Und er bildete sich laufend weiter fort. Das hier ist seine Personalakte. Die Zertifikate sind alle drin.«

Judith griff nach den Unterlagen und begann zu blättern, ab und zu machte sie sich eine kurze Notiz in ihrem Schreibheft. Sie ließ sich Zeit, auch um Marianne Schneider Gelegenheit zu geben, sich weiter zu sammeln. Der Personalbogen gab Auskunft über Wolfgang Scharne – er war Jahrgang 55, also wurde er nur 38 Jahre alt; das hatte sie schon den Papieren in seiner Brieftasche entnommen. Abitur, Wehrdienst, Studium und dann folgte bereits das Altmark-Museum. Wolfgang Scharne arbeitete demnach gut zehn Jahre in diesem Haus. Er war ledig und kinderlos. Zeugnisse belegten seine Teilnahme an überregionalen Ausstellungsprojekten; er war Mitglied im Berufsverband der Museologen, zumindest ließen ein paar Freistellungsanträge für auswärtige Veranstaltungen darauf schließen, und er engagierte sich im Heimatgeschichtsverein. Der Akte nach hatte Wolfgang Scharne genau das getan, was man von einem Museologen erwartete – allein der Diebstahl des Gemäldes passte nicht ins Bild.

Judith schlug den Hefter zu. »Was können Sie mir zu ihm erzählen?«, fragte sie dann Marianne Schneider. »Wie war er als Mitarbeiter? Als Kollege?«

Ohne Zögern antwortete sie: »Er ist, war, ja schon viel länger in diesem Museum tätig als ich. Kannte sich bestens mit den Sammlungen aus, wusste, wie sich die Ausstellung über die Jahre entwickelt hat und welche Interessen die Besucher mit Vorliebe verfolgen. Seine Führungen waren beliebt, egal ob Schulklassen uns besuchten oder Bildungsnachmittage für ein gehobenes Publikum stattfanden. Als Kurator war er sehr sorgfältig und pflichtbewusst. Er war wirklich eine gute Fachkraft. Eine Stütze des Museums.« Dr. Schneiders Stimme war während der Aufzählung von Scharnes fachlichen Fähigkeiten immer leiser geworden.

»Und persönlich? Kennen Sie sein privates Umfeld? Bekannte? Freunde?«

Marianne Schneider presste die Lippen aufeinander und schüttelte den Kopf. »Dazu kann ich Ihnen leider gar nichts sagen.« Sie schwieg. Es ließ sich nicht erahnen, ob sie es bedauerte ihn nicht weiter gekannt zu haben, oder ob es ihre Art war, sich aus allem Persönlichem herauszuhalten. Dann fuhr sie fort: »Nun, er war nicht gerade begeistert, dass ich im letzten Jahr die Stelle der Museumsleitung bekam. Ich weiß, dass er sich ebenfalls beworben hatte, ich jedoch den Vorzug erhielt. Nachbesetzungen aus dem eigenen Haus sind heutzutage ohnehin selten, und Leute, die vor der Wende in verantwortlichen Positionen waren, haben von vornherein die schlechteren Karten. Seine Durchleuchtung bei der Stasi-Unterlagenbehörde war auch noch nicht durch, na ja, da wollte wohl niemand ein Risiko eingehen. Neue Besen kehren angeblich gut – das war wohl ein weiterer Grund dafür, dass die Stadtverwaltung die Stelle mit jemandem von außerhalb besetzte. Das wusste Scharne natürlich alles, dennoch war er enttäuscht. Allerdings hat er sich mir gegenüber stets fair verhalten; wir hatten ein gutes, kollegiales Verhältnis. Wissen Sie, für mich gab es keinen Grund, ihm beruflich irgendwelche Steine in den Weg zu legen, auch nicht hinsichtlich seiner fachlichen Ambitionen.« Sie lachte unfroh auf.

»Ich allein war ja schon ein großer Felsbrocken auf seinem Karriereweg.«

Der Gedanke war Judith auch gerade durch den Kopf gegangen. »Sie haben ihn also in seinem Bestreben, sich restauratorisch fortzubilden, unterstützt. Was veranlasste Sie, das zu tun, außer kollegialer Sympathie? Ganz billig sind diese Kurse ja bestimmt nicht.«

»Nun, ich weiß natürlich, dass das Restaurieren historischer Gegenstände eine hoch spezialisierte Tätigkeit ist und mehr als ein paar Kursbesuche voraussetzt. Doch ich hoffte, dass Scharne sich genügend Kenntnisse und Fertigkeiten aneignen würde, um künftig für unser Museum die komplette Betreuung von Restaurierungsarbeiten zu managen – egal, ob Gemälde, Möbel, Papier, Kleidung. Es ist immer irgendwas zu reparieren oder zu pflegen. Was meinen Sie, wie manche Dinge in unserem Lager aussehen! Man muss den Erhaltungszustand eines Stückes einschätzen, die Prioritäten der Restaurierungsmaßnahmen festlegen, das nötige Geld besorgen, Angebote einholen, mit den Restauratoren verhandeln – das alles ist sehr aufwendig und erfordert einiges an Sachverstand. Ich wollte Wolfgang Scharne demnächst diesen Aufgabenbereich selbstständig übertragen. Also dachte ich, es schadet keineswegs, wenn er sich entsprechend fortbildet. Und wer weiß, vielleicht hätte er von diesem Posten aus den Sprung auf den Direktorensessel eines angesehenen, größeren Museums geschafft. Das Potenzial hatte er.«

»Wusste er von Ihren Vorstellungen?«

»Ja, natürlich haben wir darüber gesprochen. Er war nahezu begeistert und stürzte sich mit Vehemenz in die Arbeit. Er hat sich gerade noch für einen weiteren Kurs in Magdeburg angemeldet und danach sollte dann alles spruchreif werden. Doch nun …« Dr. Schneider holte tief Luft und versank in Schweigen.

Judith räumte ihre Schreibutensilien zusammen. »Dürften wir seinen Arbeitsplatz sehen?«

»Selbstverständlich.« Marianne Schneider führte sie hinter die hübsche Treppe. Sie öffnete die Tür mit einem Schlüssel, der dem vom Bund neben Scharnes Wohnungstür mächtig ähnlich sah.

Judith duckte sich instinktiv, um sich nicht den Kopf an der Unterseite der Stufen zu stoßen.

»Da kann nichts passieren«, kommentierte die Museumsdirektorin ihre Vorsicht. »Die Treppe ist hier zweizwanzig hoch, das sieht nur so niedrig aus. Bitte«, ließ sie Judith und Anton Sello dann den Vortritt.

Es sah genau so aus, wie Judith sich das Büro eines Museologen vorstellte: jede freie Fläche mit einem Tisch oder einem Regal vollgestellt; auf den abgewetzten unmodernen Möbeln lagen oder standen diverse Museumsstücke, viele Bücher und Papiere bildeten fragile Stapel, ein gefüttertes Jackett hing über der Stuhllehne. Ihr gefiel das Zimmer. Zielgerichtet ging Judith zum Schreibtisch und blätterte in Scharnes Kalender. Er hatte diese und die anliegenden beiden Wochen durchgestrichen und groß das Wort *Urlaub* vermerkt. Die drei Schübe, links unter der Tischplatte angebracht, waren nicht verschlossen und Judith durchsuchte sie grob. In den oberen Fächern stocherte sie mit ihrem Stift herum und fand die üblichen Büromaterialien, Briefumschläge, Schreibblöcke, Karteikarten, harte Radiergummis, verbogene Büroklammern, Bleistifte aller Lebensphasen. Das untere Fach jedoch bot eine Überraschung: In einer stabilen, größeren Pappschachtel mit locker aufliegendem Deckel, die einmal eine Verpackung für Ölmalfarben war, fanden sich lose Kontoauszüge, Briefe, Notizzettel und ein Adressbuch. »Diese Unterlagen würde ich gerne mitnehmen, damit sie in Ruhe ausgewertet werden können. Haben Sie etwas dagegen?«

Dr. Schneider erhob keinerlei Einwände.

~ 25 ~

Judith hatte den Inhalt aus Scharnes Schachtel vor sich auf dem Schreibtisch ausgebreitet und bemerkte, dass dem Pappdeckel noch immer ein leichter Geruch nach den Künstlermalfarben anhaftete. Sie sortierte gerade die Kontoauszüge nach Datum. Nanu? »Miete für Scheune«. Hatte sie das nicht eben schon mal gelesen? Hier, im März. Und hier noch mal, im Juni. Und nun wieder im September. Regelmäßig alle drei Monate, wahrscheinlich im Voraus. Die Summe war nicht hoch. Hundert D-Mark. Doch was wollte ein Mann wie Wolfgang Scharne mit einer Scheune?

Das Klingeln ihres Telefons störte sie und Judith überlegte tatsächlich einen Moment, ob sie rangehen sollte. Wusste überhaupt jemand, dass sie im Hause war? Nahezu widerwillig hob sie den Hörer ab, meldete sich aber dennoch vorschriftsmäßig und fügte ein »Guten Tag« an.

»Hallo! Hier spricht Bellheim, Jurik Bellheim. Darf ich morgen mit?«

»Mit? Wohin?«

»Na, nach Magdeburg!«

»Jurik, ich habe keine Ahnung, wovon Sie reden. Was ist morgen in Magdeburg?«

Schweigen. Dann: »Oh. Ihnen hat noch niemand Bescheid gesagt.«

»Ich war nicht im Büro. Also, worum geht es?«

»Ich habe gerade mit den Kollegen von der Tatortgruppe abgesprochen, wer nun was erledigt und was sie in ihre Labore nach Magdeburg mitnehmen. Wenn wir uns die Arbeit teilen, haben wir vielleicht schneller Ergebnisse.«

»Das ist gut«, lobte Judith zufrieden und merkte, wie sie ins Telefon lächelte. Warum fragte Bellheim ausgerechnet sie? Und wieso mitfahren? »Die können ja noch nicht einmal in ihrem Labor angekommen sein. Warum sollten wir dahin?«

»Stimmt. Ich selbst bin auch erst seit einer halben Stunde hier. Aber ich dachte, Sie wollten das bestimmt sofort wissen. Also, wir haben uns das Bild gleich als Erstes angesehen, dieses Ölgemälde. Ganz grob natürlich nur, aber um es kurz zu machen: Das Bild ist nicht alt. Das ist frisch.«

»Frisch? Wie meinen Sie das?« Judith überlegte. Dann fiel der Groschen. »Jurik, ich weiß, es hat einen neuen Firnisanstrich bekommen oder meinten Sie wirklich frisch – wie neu?«

»Ja. Die Farben sind noch nicht mal völlig trocken. Also, ich gehe davon aus, dass wir es hier mit einer Kopie zu tun haben. Aber ich kann in meinem Labor nicht allzu viel dazu herausfinden und die Kollegen vom LKA sind auch nicht richtig darauf spezialisiert. Aber die städtischen Museen in Magdeburg leisten sich in ihrer Restaurierungswerkstatt den Luxus eines Radiologen, der Spezialist für Bildwerke ist, für Leinwand, Holz, Pappe und Papier. Der kennt sich aus mit Grundierungen, Vorzeichnungen und Farbschichten.«

»Und?«

»Der Mann macht's«, erklärte Bellheim begeistert, »er fängt sogar heute noch mit den Untersuchungen Ihres Bildes an.«

»Toll! Wie ist Ihnen denn das gelungen?« Judith war beeindruckt.

»Nun, zunächst weckte mein Ansinnen keine besondere Hilfsbereitschaft, doch schienen die Worte ›Mord‹ und ›geheimnisvoller Fund‹ dann alle Türen zu öffnen. Das Bild müsste in zwei Stunden dort sein und morgen gegen Mittag treffen sich die Ermittler mit diesem Experten und ich wollte nachfragen, ob wir zusammen-«

Judith war wie elektrisiert. »Von mir aus gerne.«

Sie verabredeten sich.

»Morgen früh bin ich ohnehin in Magdeburg bei der Rechtsmedizin. Holen Sie mich doch danach ab und wir fahren gemeinsam los.«

»So machen wir's.«

»Jurik, Sie haben was gut bei mir«, versprach Judith.

Irgendein belustigtes Glucksen war zu vernehmen, doch dann hörte Judith: »Ich werde Sie bestimmt dran erinnern.«

»Danke, Bellheim. Bis morgen dann.«

Eine Kopie? Ha! Eine Fälschung! Judith überkam das prickelnde Gefühl, das sie immer spürte, wenn sie einer Sache näher kam. Wenn sich aus den einzelnen Dingen ein Zusammenhang ergab. Jetzt, in diesem Moment war sie gewiss, dass sie den Fall lösen würde. Eine Fälschung! Im Besitz eines Kurators, der gerne Gemälde restaurierte. Da war wohl jemand mit seinem Talent auf die schiefe Bahn geraten.

Nahezu automatisch griff Judith zum Telefon und schaffte es problemlos, den jungen Mann von der Staatsanwaltschaft von der Notwendigkeit zu überzeugen, alle Kontodaten bezüglich dieser Scheune zu bekommen. Gleich morgen würde sie mit den nötigen Genehmigungen bei der Sparkasse vorstellig werden. Wer Scharne wohl diese Scheune vermietete? Ob derjenige wusste, dass er einem Kunstfälscher einen Unterschlupf bot?

Auf jeden Fall hatte sie Marianne Schneider zu viel versprochen; die Rückgabe des geklauten Bildes würde noch warten müssen. Wo war das echte Gemälde? Judith sah Scharnes ramponierte Pappschachtel plötzlich in einem ganz anderen Licht. Gut, dass sie sich Handschuhe übergestreift hatte, bevor sie begonnen hatte, den Kram zu durchstöbern. Als sie vorsichtig das Adressbuch öffnete, fielen die Seiten an einer Stelle von allein auseinander. Ein kleiner, gefalteter Zettel steckte dazwischen. Neugierig sah Judith die Notiz an. Mit blauer Tinte und sehr sorgfältiger Handschrift waren drei Zeilen zu lesen: »Übergabe Sonnabend, 14 Uhr, Klosterhof Mgb.«

Ging es dabei um den echten *Goldregen*?

~ 26 ~

Michael Rohde hatte eine saubere Arbeit geleistet. Die Vergrößerung der alten Schwarz-Weiß-Fotos war gelungen. Zwar führte das Bildformat von 17 x 24 zu einem etwas gröberen Korn, aber die Einrichtung des Logenhauses war jetzt viel besser zu erkennen.

Walter saß mit Laura am runden Besprechungstisch in seinem Arbeitszimmer. Judith hatte ihn am Nachmittag aus ihrem Büro angerufen, von dem Leichenfund erzählt und darauf hingewiesen, dass es spät werden könnte, bis sie nach Hause käme. So hatten er und Laura bereits gemeinsam Abendbrot gegessen und warteten nun auf Judiths Heimkehr, um die Neuigkeiten zu diesem Mordfall zu erfahren.

Sie versuchten die Zeit sinnvoll zu nutzen, indem sie Listen der Dinge aufstellten, die sie auf den Fotos des Freimaurerfestes zu erkennen glaubten. Es war beiden durchaus klar, dass sie bei manchen Dingen auch völlig daneben liegen konnten, denn die meisten Gegenstände entstammten längst vergangenen Zeiten. Mit dem Raum, den sie als »Bibliothek« eingestuft hatten, waren sie gerade fertig geworden. Nun diktierte Walter, dem die Einrichtung des nächsten Zimmers bekannt vorkam: »Vorstandsraum«.

Laura sah zu ihm rüber. Das Foto zeigte einen länglichen Tisch, um den sechs Stühle standen. Ein Fenster war zu sehen, neben dem ein lachender Mann stand, der einen geöffneten Briefumschlag in der Hand hielt. Beim Tisch standen zwei weitere Männer, die im Begriff waren, etwas aus einem bedruckten Papier auszuwickeln. Was hatte man der Loge wohl geschenkt?

»Dunkler Holztisch, oval. Armlehnstühle, gepolstert, sechs Stück. Siehst du diese Vitrine?«, fragte Walter Laura. »Es ist zwar nicht alles zu erkennen, aber diesen Kelch und zwei Becher kann man deutlich sehen. Bestimmt aus Silber.«

Laura schrieb fleißig mit. »Die Vitrine selbst ist auch eine

Antiquität, meine ich. Kein Bild an der Wand?«, fragte sie, ohne aufzusehen. Auf dem Foto von der Bibliothek war eines zu erkennen gewesen.

»Nein, aber immerhin die Ecke von einem Bilderrahmen, siehst du?« Walter drückte Laura die Lupe in die Hand und schob ihr das Foto zu.

»Hm, ganz schön breit. Und geschnitzt. Das ist kein Rahmen für ein kleines Gemälde. Vielleicht erinnert sich dein alter Freimaurer noch daran, was dort hing. Frag ihn doch mal, wenn du ihm morgen seine Alben zurückbringst.«

Walter berichtigte Lauras Annahme: »Die muss ich seiner Tochter wiederbringen. Ich wollte mich ohnehin bei ihr erkundigen, ob sie noch mehr alte Unterlagen hat. Obwohl, deine Idee ist nicht schlecht. Ich werde Emil Deutler einfach noch mal besuchen. Vielleicht hat er ja morgen einen besseren Tag und ihm fällt tatsächlich noch das eine oder andere ein, wenn ich ihm die größeren Abzüge zeige. Gut. Also schreib weiter: große Porzellanschale auf dem Tisch, Durchmesser geschätzt …« Er hielt inne. Er hatte Judiths Auto gehört und ging hinaus, um sie zu begrüßen.

Wenig später kamen beide herein und die Frauen umarmten sich.

»Was macht ihr da?«, wollte Judith wissen.

»Wir rekonstruieren den Schatz der Freimaurer nach Fotos.« Nicht ohne Genugtuung in seiner Stimme erklärte Walter: »Die hat mir nämlich Emil Deutlers Tochter heute Vormittag überlassen.«

»Du hast also schon mit den Deutlers sprechen können! Das ging aber schnell! Wie schön.«

»Ja, nicht wahr? Er lebt also wirklich noch in Stendal, im Altersheim. Morgen fahre ich noch mal zu ihm hin und unterhalte mich etwas genauer über unsere Aufstellung.« Er warf einen Blick auf den Tisch. »Wir sind noch nicht ganz fertig, können aber auch nachher weitermachen. Jetzt bekommst du erst mal was Anständiges zu essen.«

Judith ließ sich verwöhnen, und während Laura und Walter den Tisch für sie deckten, rekapitulierte sie mit einer wohligen Trägheit ihren Tag: »Heute Morgen war ich im Museum, um zu hören, ob man dort schon herausgefunden hatte, wie das Gemälde in den Besitz des Museums kam. Aber die suchen noch nach Hinweisen. Selbst der ehemalige Direktor hilft mit. Stellt euch mal vor: Wie ein Druide hockte der Mann inmitten eines Kreises, den er aus gemalten Kunstwerken gebildet hatte und beschwor sie, ihre Geheimnisse preiszugeben.« Als Judith bemerkte, wie die beiden sie erwartungsfroh ansahen, berichtete sie ausführlich von ihrer interessanten Unterhaltung mit dem Mann.

»Hm, stimmt«, bestätigte Laura. »Wir haben im Archiv zunehmend Leute im Lesesaal sitzen, die genau solche Dinge erforschen. Auktionsunterlagen, Testamente, Vermögensverzeichnisse, Ausstellungskataloge, Versicherungsverträge – was es eben alles so gibt, um Hinweise auf Kunstgegenstände zu finden. Provenienzforschung ist offenbar lange nicht in dem Maße betrieben worden, wie es geraten gewesen wäre.«

»Dr. Weigel war nur bedingt optimistisch, bald etwas herauszufinden, aber wenn das jemand kann, dann ist er es.« Judith biss herzhaft in das Schinkenbrot, das Walter ihr gemacht hatte.

»Und was ist mit dem Mord?« Laura hielt mit ihrer Neugier nicht hinter dem Berg.

Judith berichtete ausführlich, kaute, schluckte und trank Wasser.

Und weil das Essen sich so gemächlich hinzog, bekam Walter wieder Appetit und aß gleich noch einmal mit.

Aus dem Nichts erschien Wilhelmina und tat es ihm gleich.

Als Judith bei der Entdeckung angekommen war, dass das im Besitz des Toten gefundene Gemälde eine Fälschung war, hatte sie die volle Aufmerksamkeit ihrer Zuhörer. »Ich glaube natürlich nicht, dass es bloß ein unglücklicher Zufall ist, dass ein Mitarbeiter des Altmark-Museums so kurze Zeit nach dem Raub ermordet wird. Es muss da einen Zusammenhang geben. Und den suche ich. Naja, auch die Leute vom Fachkommissariat 1 sind vor Ort; Sello lässt mir aber weitestgehend freie Hand«, schränkte sie dann ehrlicherweise ein.

Diese Mitteilung quittierte Walter mit einem zufriedenen Schnauben, denn er wusste, wie gern Judith in anspruchsvollen Fällen wie diesem ermittelte. Außerdem wäre Sello, den er nur flüchtig von Sehen kannte, auch selten dämlich, eine erfahrene Ermittlerin vor Ort, die die Gegebenheiten des Falles gut kannte, außen vor zu lassen. »Nun, bestimmt wirst du morgen schon sehr viel mehr wissen, wenn du mit der schönen Elinor an ihrem Autopsietisch geredet hast und ihr bei diesem Bilderfachmann wart.« Walter hatte nach einem achtsamen Blick in Judiths müde Gesichtszüge den Eindruck, seine Liebste etwas aufmuntern zu müssen.

Sie drückte ihm dankbar einen Kuss auf den Mund. »Stimmt. Doch irgendwie ergibt das Ganze einfach keinen Sinn. Warum sollte dieser Scharne in sein eigenes Museum einbrechen, um die von ihm fabrizierte Fälschung zu stehlen?«

~ 27 ~

Walter löffelte einen Fruchtjoghurt, lauschte den morgendlichen Gartengeräuschen und plante seinen Tag. Er hatte heute viel vor. Zuerst wollte er nach Stendal, um mit Emil Deutler über die Gegenstände und die Personen auf den Fotos zu reden. Dann würde er die Alben zu Deutlers Tochter zurückbringen müssen. Gestern Abend noch hatte er mit Friedrich Renz telefoniert und ihm von den Aufnahmen des Frühlingsfestes berichtet. Bei der Gelegenheit erfuhr er, dass Michael Wilde, der Mann, der die »Totenliste« im Logenhaus gefunden hatte, ihn heute am Nachmittag erwarten würde. Auch die beiden anderen Logenbrüder, die Söhne der verstorbenen Freimaurer, stünden für ein Gespräch mit dem Privatdetektiv zur Verfügung. Walter hatte sowohl ihre Adressen als auch die Telefonnummern von Renz erhalten. Bei einem genauen Blick auf die Anfahrtsziele stellte er fest, dass sich sein Routenplan noch optimieren ließ. Einen der Besuchstermine, bei Simon Wolff, könnte er eigentlich gleich auf dem Rückweg von Stendal erledigen – Jävenitz lag direkt am Weg –, Wilde und Hinrich Klose wohnten in Gardelegen. Hier wollte er ohnehin noch bei Dr. Renz vorbeifahren, der endlich die Anwesenheitsliste der am Bardenabend Beteiligten zusammengestellt hatte. Nun, sie umfasste immerhin einundzwanzig Namen, hatte Renz schon mal angekündigt. Wer von diesen Männern hatte wohl den ominösen Zettel verloren? Eine Menge Arbeit wartete auf ihn.

Eigentlich hatte er sogar noch vorgehabt, die ärztlichen Totenscheine der verstorbenen Freimaurer aufzutreiben und zu überprüfen, aber da er Emil Deutler ohne Probleme und vor allem am Leben gefunden hatte, schien die Hypothese, dass die toten Freimaurer einem Mordplan zum Opfer gefallen waren, jetzt noch unwahrscheinlicher, als sie es ohnehin schon gewesen war.

Walter füllte Wilhelminas Futtervorräte auf, schnappte sich sein Zeug und machte sich auf den Weg.

Im Altersheim hatte Walter Dreyer Pech: Man erinnerte sich zwar noch gut an seinen gestrigen Besuch, doch Emil Deutler ging es heute Morgen schlechter und er hatte sein Bett noch nicht verlassen können. Ein Gespräch sei völlig ausgeschlossen, wurde ihm mitgeteilt.

Nun hoffte Walter auf die Tochter, doch Ingrid Deutler öffnete ihm auch nach dem zweiten Klingeln nicht die Tür, obwohl er von drinnen ein leises Stühlerücken vernommen hatte. »Frau Deutler, ich bin es, Walter Dreyer. Wir waren gestern gemeinsam bei Ihrem Herrn Vater«, versuchte er, die

Frau zum Aufmachen zu bewegen. Nichts. »Ich möchte Ihnen die Alben zurückbringen.« Ah, leise Schritte.

Im Hausmantel, unfrisiert und in labberigen Socken stand Ingrid Deutler in dem schmalen Spalt, den sie ihre Wohnungstür nun doch noch öffnete.

Walter Dreyer sah sofort, dass sie geweint haben musste. Erschrocken fragte er: »Was ist passiert? Geht es Ihnen gut?« Auch ihr Bekleidungszustand stand in eklatantem Gegensatz zu ihrer eleganten Erscheinung vom Vortag.

Ingrid Deutler wischte sich mit der Hand fast grob über das Gesicht, als könne sie mit dieser Geste ihre verquollenen Augen und die rote Nase verschwinden lassen und sagte mit trostloser Stimme: »Mein Vater hatte eine schlimme Nacht. Das nimmt mich immer ziemlich mit. Entschuldigen Sie, dass ich Sie nicht hereinbitte.« Sie streckte die Hand nach den Alben aus, die Walter in der Hand hielt, und bedankte sich dafür.

Walter wunderte sich zwar, dass der Zustand des Vaters die Tochter so aus der Fassung brachte, sah jedoch ein, dass eine Unterhaltung im Augenblick wenig Sinn machen würde. Er antwortete: »Ich habe zu danken, Frau Deutler. Und wenn es Ihnen wieder besser geht, würde ich gern noch einmal mit Ihnen und Ihrem Vater sprechen. Ich rufe Sie in den nächsten Tagen an, ja? Darf ich?«

Nur mit einem Nicken, ohne Gruß, schloss Ingrid Deutler die Tür.

Walter fand sich einigermaßen ratlos stehen gelassen. Er sah auf die Uhr. Noch nicht mal Mittag. Gut. Er würde zurückfahren und sein Glück bei Simon Wolff in Jävenitz probieren.

Das Dorf lag direkt an der Bundesstraße 188 und der Verkehr in Richtung Wolfsburg und Hannover schien nie abzuebben. Walter versuchte sich zu erinnern, ob er jemals beruflich oder auch privat in Jävenitz zu tun gehabt hätte, aber es fiel ihm nichts ein. Er warf im Vorbeifahren einen Blick auf die Backsteinkirche und die Anlage des runden Dorfplatzes, bog dann nach rechts in eine Seitenstraße ein, und schon nach wenigen Metern hatte er das Haus von Simon Wolff erreicht.

Walter Dreyer war gespannt, was für ein Mann ihm öffnen würde. Seine Notizen zu Wolffs Vater hatte er vor der Abfahrt noch einmal gelesen und festgestellt, dass der Sohn Simon nun Mitte fünfzig sein müsste, also nur wenig jünger als Walter selbst.

Als die Tür aufging, sah er sich einem kleinen, fast zierlichen Mann in Jeans und schwarzem T-Shirt gegenüber, der sein langes, dichtes, gewelltes Haar offen trug. Eine schicke Brille saß ihm tief auf der Nase und Walter wurde über die halben Gläser hinweg aus wachen, klugen Augen gemustert.

»Ich bin Walter Dreyer. Wubbo Wiesel hatte meinen Besuch mit Ihnen vereinbart?« Er ließ die Feststellung wie eine Frage klingen.

»Aber ja! Kommen Sie doch bitte herein«. Der Hausherr wies ihm den Weg in ein kleines unaufgeräumtes Arbeitszimmer, in dem zwischen zwei gemütlichen Sesseln ein Tischchen stand. Das Glas mit dem dampfenden Tee und die heutige Ausgabe der »Volksstimme« deuteten darauf hin, dass Walter den Mann bei einer kleinen Pause gestört hatte.

»Setzen Sie sich, bitte. Möchten Sie auch einen Tee?«, bot Wolff freundlich an. »Oder lieber einen Kaffee? Das würde keine Mühe machen.«

»Vielen Dank, doch ich möchte nichts. Es tut mir leid, Sie bei Ihrer Lektüre unterbrochen zu haben.«

Simon Wolff lächelte verbindlich. »Die kann ich getrost verschieben. Sie sind doch wegen etwas viel Wichtigerem gekommen«, zeigte er dann freundliches Interesse an Walter Dreyers Anliegen. »Unser Vorstand hat mich ins Bild gesetzt. Ich möchte gern helfen.«

Walter war froh, dass das Gespräch ohne Umschweife

begann, und reichte ihm die Kopie des alten Mitgliederverzeichnisses. »Diesen Zettel fand man am Montagabend in Ihrem Logenhaus. Sie hatten dort ein Treffen.«

Wolff nickte. »Ja. Ich war dort. Es gab einen interessanten Vortrag.«

»Die Aufstellung ist von 1948«, erläuterte Walter. »Und wie Sie sich vorstellen können, waren Ihre Logenbrüder sehr beunruhigt.« Er wies auf die Durchstreichungen und die Totenkreuze. »Der nicht markierte Emil Deutler schien in Lebensgefahr zu sein.«

Aufmerksam las Simon Wolff die Namen, sagte jedoch nichts.

»Zum Glück konnte ich Deutler rasch finden und es geht ihm gut. Er ist inzwischen achtzig Jahre alt und lebt in Stendal. Vielleicht erinnern Sie sich aus Ihrer Kindheit an ihn?«, versuchte Walter, seinem Gastgeber irgendeine Reaktion zu entlocken.

Wolff reichte ihm die Kopie zurück. »1948? Damals war ich gerade mal zehn Jahre alt. Und was Vaters Arbeit bei der Loge anging, nun ja, er hat daraus ein ziemliches Geheimnis gemacht. Meine Mutter wusste natürlich, wo er seine Abende verbrachte, aber uns Kindern gegenüber blieb er sehr zurückhaltend mit seinen Auskünften. Erst als ich fünfzehn wurde, hat er begonnen, mir das eine oder andere zu erklären oder mich in bestimmte Aktivitäten der Loge einzubeziehen, bis ich eben alt genug war, um selber aufgenommen zu werden. Für die Familienangehörigen gab es gelegentlich auch kleinere Feiern, zur Weihnachtszeit oder mal ein Frühlingsfest – gut möglich, dass ich dabei auch diesem Emil Deutler begegnet bin, aber erinnern kann ich mich nicht an ihn, tut mir leid.«

»Ist Ihnen am Montagabend vielleicht etwas aufgefallen? Hat sich jemand ein Buch ausgeliehen oder ist mit ein paar Unterlagen aus dem Haus gegangen?«

Simon Wolff überlegte, konnte auch ein paar Namen benennen, wer mit wem die Veranstaltung verlassen hatte, doch einen direkten Hinweis auf den Zettel hatte er nicht.

»Nun, Deutler zu finden war zwar wichtig angesichts dieser Liste, aber womit mich Ihre Loge eigentlich beauftragt hat, ist die Ermittlung ihres Vermögens«, kam Walter Dreyer nun zu seinem hauptsächlichen Anliegen.

Wolff nickte zum Zeichen, dass er auch darüber Bescheid wusste. Er stand auf, ging zum Fenster, sah einen Moment hinaus und drehte sich dann zu Walter Dreyer um. »Ich fürchte, ich kann Ihnen auch dabei wenig helfen. Wie gesagt, mein Vater hat kaum mal etwas von seinen Aktivitäten erzählt, geschweige denn von Geld oder Wertsachen!«

»Was hat Ihr Vater eigentlich beruflich gemacht? Hier steht nur An- und Verkauf«, fragte Walter. »Hätte er da vielleicht eine Möglichkeit gefunden, den Freimaurerschatz zu verstecken?«

Ein Lächeln legte sich über Simon Wolffs Gesicht. »Er war Buchhändler, mit einem kleinen Sortiment an botanischen Fachbüchern. Vor allem zu exotischen Pflanzen, Bäumen und Gräsern. Er konnte jedes Buch beschaffen, das irgendwo auf der Welt zu diesem Thema zu haben war. Damit versorgte er die Universitätsbibliotheken, viele Wissenschaftler, Studenten und jeden Mann, der sich dafür interessierte. Auch nachdem er sein Geschäft verkauft hatte – das war wenige Jahre nach meiner Geburt –, ließ ihn das Metier nicht los und das eine oder andere Werk gelangte über den Umweg unseres Hauses an seinen Interessenten. Manches hat er auch für sich erworben; er liebte vor allem alte Reiseberichte von den Expeditionen in unbekannte Regionen. Was für fantastische Bücher habe ich damals als Kind gesehen! Detaillierte Zeichnungen von seltsamen Pflanzen und exotischen Früchten, Blütenfarben von unglaublicher Pracht!« Nach einem versonnenen Moment des Schweigens sagte Wolff: »Diesen Teil unseres Erbes hat meine jüngere Schwester übernommen; als Lehrerin kann sie das eine oder andere davon gut nutzen.«

Wolff schien froh zu sein, dass diese Dinge in guten Händen waren.

»Und Sie?«, fragte Walter Dreyer und ließ offen, worauf sich seine Frage bezog.

»Ich bin Arzt, im Krankenhaus in Gardelegen. Meine Interessen liegen wohl eher bei den menschlichen Bedürfnissen als in der Botanik. Vor ein paar Jahren hatte ich sogar überlegt, hier in unserem Elternhaus eine eigene Praxis zu eröffnen. Doch wenn ich ehrlich bin, arbeite ich ganz gerne im Krankenhaus, auch wenn der Schichtdienst manchmal an den Kräften zehrt. Allerdings ermöglicht er auch halbwegs geregelte Arbeitszeiten und erlaubt es mir, meinen Aufgaben in der Loge mit hoher Intensität nachzugehen, was mir sehr wichtig ist.«

Mehr würde Simon Wolff dazu nicht sagen, das ließ sein höflicher, doch bestimmter Tonfall deutlich erkennen. Walter Dreyer fragte anders: »Haben Sie vielleicht alte Aufzeichnungen Ihres Vaters? Seine Arbeit in der Loge betreffend? Oder auch zu seinem Geschäft?«

»Zu seinem Geschäft?!« Wolff konnte seine Überraschung kaum verbergen. »Meine Güte, das ist Jahrzehnte her! Ich nehme an, sein Nachfolger hat die Bücher übernommen. Hier im Haus ist jedenfalls nichts mehr und auch meine beiden Geschwister haben nie dergleichen erwähnt. Und nach den Aufzeichnungen zu den *Drei Toren zum Licht* habe ich schon vor ein paar Wochen vergeblich gesucht, gleich, nachdem Friedrich Renz damals anfing, all diese Dinge zu rekonstruieren. Aber ich habe nichts gefunden, kein Tagebuch, keine Notizen, keine Protokolle.«

»Erscheint Ihnen das nicht merkwürdig? Dass sich so gar nichts findet?«

Simon Wolff schüttelte den Kopf und hob zurückweisend die Hände. »Falls Ihre Annahme stimmt, dass man das Vermögen aus Sicherheitsgründen versteckt hat, warum sollte man dann die Unterlagen von dieser Maßnahme ausgenommen haben?«

~ 28 ~

Als Erstes wollte Judith zur Staatsanwaltschaft, um die Unterlagen abzuholen, damit sie mit Scharnes Scheune weiter kam. Der Termin bei der Sparkasse würde allerdings warten müssen, denn zunächst war sie mit Elinor Martens in Magdeburg verabredet. Dann wollte sie noch ins Museum zu diesem Bilderexperten. Soweit ihr schöner Plan. Und obwohl es nur gute sechzig Kilometer zu fahren waren, benötigte sie über zwei Stunden, bis sie die Großstadt erreichte. Überall sorgten Baustellen für Geschwindigkeitsbegrenzungen, sämtliche Trecker der Gegend hatten sich verschworen und mussten irgendwelche Ladungen im Schneckentempo durch die Gegend rollen, und als dann noch ein Unfall auf der Eisenbahnbrücke bei Groß Ammensleben hinzukam, der durch seine Umleitung auch sämtliche der umliegenden Straßen verstopfte, wurde Judiths Autofahrergeduld auf eine harte Probe gestellt.

Als sie es dann noch halbwegs pünktlich in die Räume des Instituts für Gerichtliche Medizin in der Leipziger Straße schaffte, befiel Judith eine gewisse Wehmut. Die Zeiten, in denen sie im Gardelegener Krankenhaus von Dr. Friedrich Renz in einer gemütlichen Sitzecke mit kräftigem, frischem Kaffee und erlesenen Naschereien empfangen worden war, bevor er sie mit den Erkenntnissen seiner Autopsien bekannt machte, waren vorbei. Hier in Magdeburg waren die Abläufe schon immer wesentlich nüchterner gewesen. Sie wies sich am Eingang aus und fand sich kurz darauf in einem großen, blank geputzten Autopsiesaal wieder.

Dr. Elinor Martens besprach, hinten im Raum vor den Kühlfächern stehend, mit einem hageren, glatzköpfigen Mann die Belegung der Abteile mit den Leichen, zumindest deuteten ihre Gesten darauf hin.

Judith Brunner wartete, bis sie von den beiden entdeckt wurde.

»Guten Morgen, Judith. Das klappt ja prima. Ich bin gerade fertig mit Ihrem Mann.« Elinor Martens kam während dieser Begrüßung schnell auf ihre Besucherin zu, wobei ihr blütenweißer Kittel aufklaffte und den Blick auf ein figurnahes, großzügig dekolletiertes Kleid in einem zarten Türkisgrün preisgab.

Leider würde keiner der Klienten von Elinor den Anblick würdigen können, ging es Judith durch den Kopf. »Das ist ja wunderbar. Guten Morgen«, grüßte sie lächelnd zurück.

»Kommen Sie mit. Er liegt noch draußen«, winkte Dr. Martens sie dann – wohl unter Bezug auf die Kühlfacher – zu einem der Stahltische an der Seitenwand und zog das Abdecktuch vom Oberkörper der Leiche zurück. »Ich kann meine Vermutung von gestern jetzt bestätigen. Der Mann wurde erwürgt. Die Kompression des Halses ist gut nachweisbar.« Dr. Martens deutete auf die Leiche von Wolfgang Scharne.

Judith beugte sich hinab und besah sich den Hals des Toten; die Würgemale waren heute eindeutig zu erkennen. »Wie lange mag das gedauert haben?« Ihr waren in Scharnes Wohnung keinerlei Anzeichen eines Kampfes aufgefallen.

Elinor Martens dachte nach. »Bei dieser Art der Tötung hält der Angreifer meist die Ellenbeuge vor die Luftröhre und drückt zu. Das erfordert sowohl Kraft als auch etwas Übung. Bei kompletter Unterbindung der Blutversorgung des Gehirns kann die Bewusstlosigkeit bereits nach ein paar Sekunden einsetzen. Bis der Angegriffene dann allerdings tatsächlich tot ist, können schon ein paar Minuten vergehen. Im konkreten Fall wurden bei diesem Mann auch die Atemwege im Hals verlegt. Ich fand die entsprechenden petechialen Blutungen an den Schleimhäuten – also der Klassiker. Sie haben hier einen Tod durch Erwürgen mittels eines Unterarmwürgegriffs.«

Wolfgang Scharne war nicht gerade klein zu nennen. Judith überlegte laut: »Um sein Opfer zu überwältigen, müsste ihm der Täter doch körperlich überlegen sein. Also könnte das hier nur ein sehr kräftiger, durchtrainierter, großer Mann gewesen sein, oder?«

»Groß nicht unbedingt«, entgegnete Dr. Martens, »Kraft und Können brauchte er auf alle Fälle. Wenn der Mörder sein Opfer überrascht hat und den Griff unerwartet ansetzen konnte – etwa in der Hocke oder im Sitzen – dann muss er keine Statur gehabt haben, die der seines Opfers überlegen ist. Bei diesen Unterarmwürgegriffen mit seitlicher Halskompression gelingt geübten Tätern ein vollständiger Verschluss der Kopfschlagadern am Hals und der Schlüsselbeinarterien. Der Blutstrom zum Gehirn wird komplett unterbrochen und dadurch tritt ein sehr rascher Verlust der Handlungsfähigkeit ein.«

»Es ging also schnell?«, ließ sich Judith bestätigen.

»Bestimmt. Er hat sich nicht sehr gewehrt.« Dr. Martens blickte auf den Leichnam, als täte ihr leid, was mit dem Toten passiert war. Dann sah sie Judith Brunner wieder an. »Meinen Bericht bekommen Sie noch heute. Zuvor soviel: Die Halswirbelsäule ist unverletzt. Wie gesagt, da hat jemand Übung. Unter den Fingernägeln des Toten habe ich ein paar Fasern gefunden, die von der Kleidung des Täters stammen könnten. Zu seiner eigenen passen sie nämlich nicht. Die sind schon auf dem Weg ins Labor. Und außerdem habe ich an seinen Händen und unter den Fingernägeln noch etwas anderes gefunden, das ich hier nicht so oft sehe: Reste von Ölfarben. Und zwar nicht irgendwelche Baumarktfarben, sondern hochwertige Künstlermalfarben.«

»Sieh einer an! Wir haben ein vermutlich erst kürzlich fertiggestelltes Gemälde gesichert; die Kopie eines gestohlenen Kunstwerkes, vielleicht können wir damit beweisen, ob Wolfgang Scharne es gemalt hat!« Wo blieb nur Jurik Bellheim? Judith konnte es mit einem Mal kaum noch erwarten, mehr über die Gemäldekopie zu erfahren. Wartete er womöglich draußen? Ein Besuch in der Pathologie war nicht jedermanns Sache; vielleicht gehörte Bellheim auch zu den Menschen, die es vorzogen, die Räumlichkeiten der Rechtsmedizin nur im Notfall zu betreten. Sie verabschiedete sich rasch und wandte sich zum Gehen. »Danke, Elinor. Das alles hilft mir wirklich weiter.«

»Immer gern, Judith. Vergessen Sie bloß nicht, was das Ganze auch bedeutet: Ihr Mörder versteht Einiges vom lautlosen, schnellen Töten. Das ist ein Profi!«

~ 29 ~

Jurik Bellheim lehnte an der Kühlerhaube seines Opel Omega und las in irgendwelchen Papieren. Er bemerkte Judiths Näherkommen, blickte auf und begrüßte sie. »Können wir gleich los?«, fragte er. Als Judith ihm zunickte, drückte er ihr die Mappe in die Hand. »Die bisherigen Ergebnisse zu Ihrem Bild; ich komme gerade aus dem LKA und habe schon mal nachgefragt, was es so Neues gibt. Die hatten sich das Bild gestern gleich noch vorgeknöpft, bevor sie es zu diesen Museumsexperten brachten. Wahrscheinlich wollten sie beweisen, dass sie auch was auf dem Kasten haben. Auf jeden Fall haben sie schon mal viel Papier erzeugt: Farbzusammensetzung, chemische Analysen, Klebstoffe …« Während er seine Aufzählung fortsetzte, hielt er Judith die Beifahrertür auf. Ein leichtes Grinsen konnte er sich nicht verkneifen. Er wusste, dass er gute Arbeit geleistet hatte. »Sello meinte, dass er nicht weiß, ob er es zum Termin schaffen würde; wir können ruhig ohne ihn anfangen und Sie sollen ihn einfach hinterher anrufen.«

Das ging für Judith in Ordnung. Sie vermied es, Bellheim direkt anzusehen, sonst hätte sie über seinen Enthusiasmus schmunzeln müssen. Die Sache schien ihn wirklich zu begeistern.

Er redete weiter: »Ich weiß, wo wir hin müssen und ich

kann Ihnen unterwegs noch mehr verraten. Wenn wir fertig sind, setze ich Sie hier wieder ab.«

»Danke! Und: ebenfalls einen guten Morgen.« Nun konnte sich Judith nicht mehr zurückhalten; vergnügt lachend schnallte sie sich an.

»So was haben wir nicht jeden Tag. Raub, Kunstfälschung und Mord! Das ist doch mal was«, erklärte Bellheim ihr fröhlich seinen Eifer. Er drückte sacht aufs Gaspedal. »Der erste Bericht über den Tatort, sprich die Wohnung, ist auch schon dabei. Wenn ich das für Sie mal zusammenfassen darf: Wir haben dort absolut nichts Besonderes gefunden. Der Mann lebte stinknormal, geradezu unauffällig. Der hat in seinem ganzen Leben bestimmt noch nicht einmal einen Strafzettel für falsches Parken bekommen«, mutmaßte er.

»Ich habe da noch mehr zum Untersuchen für Sie«, kündigte Judith ihm an. »Den ganzen Kram aus seinem Schreibtisch im Museum. Vielleicht entdecken Sie ja noch ein hilfreiches Indiz. Kommen Sie nachher einfach mit zu mir hoch, dann können Sie gleich alles mitnehmen.«

»Gut.« Bellheim nickte. »Das erledige ich noch heute Nachmittag.«

Die nächsten Minuten vertiefte sich Judith in den Bericht der Spurensicherung zu Scharnes Wohnung und stellte ein paar Nachfragen. Aber ihr junger Kollege hatte völlig recht: Man hatte nichts Außergewöhnliches gefunden – von der Leiche mal abgesehen. Allerdings verriet die Tatsache, dass es weder Einbruchspuren an der Wohnungstür gab, noch Finger- oder Fußabdrücke gefunden werden konnten, auch einiges. Zumindest bestätigte es erneut, dass hier jemand gemordet hatte, der sich damit auskannte. Vielleicht ergaben die immer noch laufenden Befragungen in Scharnes Nachbarschaft irgendwann einen brauchbaren Hinweis auf den Täter, aber darauf konnte Judith nicht warten.

Die Werkstatt der Museen befand sich in einem der heruntergekommeneren Viertel von Magdeburg in einem aufgelassenen Gebäude der Energiewerke. Sie parkten und stiegen aus.

Vor einer breiten Stahltür standen zwei Männer an einer Betonrampe und nahmen rauchend ein Sonnenbad. »Guten Tag. Wir möchten zu Herrn Andreas Heimroth«, erklärte Bellheim ihr Erscheinen, ohne einen Dienstausweis zu zücken oder sich näher zu erklären.

Offenbar war man auf dem Betriebsgelände anonymen Besucherverkehr gewöhnt. Einer der Männer schwenkte auskunftsbereit seine Zigarette in Richtung eines Nebeneingangs. »Wenn Sie drin sind, immer geradeaus nach hinten durch, dann kommen Sie direkt zu seinen Räumen.«

Dankend wandten sich Judith und Bellheim ab und nahmen den beschriebenen Weg.

Die überbreite Stahltür stand offen und Judith sah einen großen Mann – das Wort Riese hätte wahrscheinlich besser gepasst, um ihn zu beschreiben – der im Begriff war, eine leere Staffelei umzustellen. Sie machte sich bemerkbar, indem sie an den Türflügel klopfte und sagte: »Hallo, wir kommen von der Kriminalpolizei. Wegen des Gemäldes. Sie haben es gestern Nachmittag von meinen Kollegen der Kriminaltechnik erhalten. Ich bin Judith Brunner und ermittle in dem Fall.«

»Ihr Bild ist ganz sicher eine Fälschung«, bekamen sie, kaum dass Heimroth ihnen seine Pranke gereicht hatte, umstandslos zu hören. Der Mann bedeutete ihnen, ihm in einen Nebenraum zu folgen.

»Das konnten Sie so schnell herausfinden?« Judith war beeindruckt, obwohl ihr Bellheim dieses Ergebnis ja schon angekündigt hatte. Immerhin war das Bild erst seit ein paar Stunden in Heimroths Händen.

»In diesem Fall war das nicht sonderlich schwer. Schon eine Röntgenaufnahme hat genügt, um diese Aussage treffen zu können.« Er wies auf eine weiß mattierte, gläserne Wand, schaltete eine grelle Hintergrundbeleuchtung ein und klemmte ein Röntgenbild daran fest. »Sollte Ihr Bild tatsächlich einer der Präraffaeliten gemalt haben, würde das Gemälde aus der Mitte des letzten Jahrhunderts stammen, richtig?«, begann der Fachmann sein Untersuchungsergebnis zu erklären. »Also, die Sache ist die: Diese begnadeten Maler haben damals ihre Bilder weiß grundiert und dann extrem dünn die Ölfarben aufgetragen. Dadurch erreichten sie dieses unvergleichliche Leuchten in ihren Gemälden, das sie so außergewöhnlich macht. Ihr Fälscher, Frau Brunner, wusste das. Nur hat er das falsche Weiß genommen! Ich konnte mit einer chemischen Untersuchung ein zu modernes Bleiweiß nachweisen, das sich vom alten Bleiweiß im Gehalt an Spurenelementen und in der Isotopenzusammensetzung des enthaltenen Bleis unterscheidet. Nicht dass es dieses Beweises noch bedurft hätte, aber wir machen im Labor öfter Weißblei-Messungen, um das Alter von Bildern bestimmen zu können. Das Weiß, das die früheren Maler benutzten, ist heute kaum noch erhältlich und fällt durch seinen hohen Bleianteil auf. Es soll sogar Fälscher geben, die auf Flohmärkten alte Standuhren kaufen, um die Bleigewichte für ihr Weiß abhaspeln zu können. Nun ja, das Weiß Ihres Goldregens konnte jedenfalls keiner der Maler im 19. Jahrhundert benutzt haben.« Heimroth deutete auf einige dunkle Linien: »Das Röntgenbild lässt ebenso erkennen, dass Umrisse vorgemalt wurden, was die Fälscher in der Regel praktizieren ... Soll ich weiter machen?«

Judith Brunner konnte das Angebot nicht deuten. »Was meinen Sie?«

»Na, es gibt noch erheblich mehr Untersuchungsmöglichkeiten für Gemälde. Beispielsweise werden mit bestimmten Methoden Fingerabdrücke erkennbar, die dann dem Fälscher oder dem Künstler zugeordnet werden können. Mit der Massenspektrometrie lässt sich noch einiges mehr machen, um die Verhältnisse von chemischen Elementen in den benutzten Farben und Arbeitsmaterialien nachzuweisen. Dabei stoßen wir neben dem Weißblei auch auf andere Verbindungen, die es in der vorgetäuschten Zeit der Malerei nicht gegeben hat, wir also damit eindeutig eine Fälschung nachweisen können. Manchmal nutzen wir auch Infrarot oder einfach nur Schwarzlicht; jede Methode hat ihre Berechtigung. Aber schon, wenn man die Gemälde röntgt, und es wurde, wie in unserem Falle mit Bleiweiß gearbeitet, dann bremst das den Röntgenstrahl gewissermaßen und dann ist eben ein Unterschied zu sehen, zumindest von Leuten wie mir, die sich mit so was auskennen. Im Grauschleier der Röntgenaufnahmen erkennt man oft Dinge, die die Maler unter mehreren Farbschichten verborgen halten wollten. Kleinere Korrekturen, Motivanpassungen auf Wunsch des Auftraggebers, Löschungen ganzer Bildteile auf Wunsch des Käufers. In der Regel mussten die Künstler nach dem Geldbeutel der Auftraggeber malen. Da hat sich nicht viel geändert. Übermalung als Form des Recyclings der Holztafeln oder Leinwände – wir finden das alles heraus. Sie müssten nur entscheiden, ob das für Ihre Ermittlungen nötig sein wird.«

Etwas ratlos sah Judith Brunner zu Bellheim. »Ich muss ehrlich gestehen, dass ich keine Erfahrung mit Fällen von Kunstfälschungen habe.«

»Was bräuchten Sie denn noch für Ihre Akten?«, half Bellheim ihr.

»Na, wie alt das Bild tatsächlich ist, also wann es gemalt wurde. Ob der-«, sie stockte, weil sie gerade wieder einen Blick auf das faszinierende Gemälde geworfen hatte, »na, nennen wir ihn der Einfachheit halber auch Künstler, geschickt und erfahren war oder eher ein Anfänger? Obwohl wir diese Frage angesichts der vor uns liegenden hervorragenden Arbeit wohl streichen müssten. Aber welche Materialien hat er verwendet? Teure? Billige? Alte? Wo bekommt man so was her? Das wären so meine spontanen Fragen.«

»Das zu beantworten, dürfte keine größeren Probleme bereiten«, versicherte Heimroth. »Wie alt das Bild ist, kann ich vorerst nur grob schätzen. Üblicherweise dauert es Monate, bis zu einem Jahr, manchmal sogar länger, bis alle Farbschichten eines Ölgemäldes getrocknet und ausgehärtet sind. Das hängt von der Dicke der Farbschichten, vom Malgrund und von der Qualität der verwendeten Farben ab. Hier, bei Ihrem Bild, ist die Farbe zwar oberflächlich trocken, es ist aber noch nicht durchgetrocknet. Also sind höchstens sechs bis acht Wochen vergangen, seit der Maler seine Arbeit beendet hat, möglicherweise auch drei Monate, mehr jedoch kaum … Machen wir's doch so. Ich untersuche heute noch das eine oder andere Detail und sehe, was ich alles herausfinden kann. Morgen schicke ich Ihnen das Bildchen wieder zurück und lege ein kurzes Gutachten bei. Falls Sie es ausführlicher brauchen, melden Sie sich einfach noch mal.«

Judith Brunner nahm den Vorschlag gerne an und bedankte sich. Dann fragte sie: »Haben Sie es hier oft mit Bildern zu tun, die nicht echt sind?«

Als Andreas Heimroth einen Moment mit seiner Antwort zögerte, befürchtete sie schon, irgendein streng gehütetes Betriebsgeheimnis erfragt zu haben und als taktlos zu gelten, aber der Bildexperte wog nur sorgfältig ab, was er sagen sollte. »Na ja. Was heißt echt? Meistens haben wir es mit Kopien zu tun, also Reproduktionen in Öl, die dem Original mehr oder weniger nahe kommen. Die wenigsten von uns verfügen ja über die nötigen Summen, um sich einen echten alten Meister – oder auch einen Präraffaeliten – zu kaufen, mal abgesehen davon, dass die Zahl dieser Gemälde ohnehin begrenzt ist. Aber schöner als ein Kunstdruck kann eine gut gemachte Kopie allemal sein. Also kommen die Leute her, die zum Beispiel ein Bild geerbt haben und wissen wollen, was es wert ist. Dann kläre ich sie in der Regel auf, dass sie eine schöne Kopie haben und die meisten ziehen zufrieden wieder ab; einige sind aber auch enttäuscht, weil sie auf mehr gehofft hatten … Der Bedarf an mit echten Farben gemalten Bildern ist größer, als man gemeinhin annimmt, Frau Brunner. Für die Maler ist das gut und sie fertigen von bekannten Meisterwerken schon mal die eine oder andere Kopie an, die sich auch gut verkaufen lässt. Das hat es schon immer gegeben. Einige der alten Meister hatten richtige Werkstätten mit Dutzenden von angestellten Gesellen. Viele Künstler früherer Epochen malten von einem beliebten Motiv auch mehrere Varianten. Sehen sie, allein von Edvard Munchs Meisterwerk ›Der Schrei‹ gibt es fast 50 Versionen. Alles echte Munchs. Sie hängen in diversen Museen und Sammlungen, und wer von uns Normalsterblichen das Bild in Öl in seinem Wohnzimmer haben möchte, muss sich an einen Kunstmaler wenden, der ihm eine entsprechende Kopie anfertigt. Das sind in dem Sinne keine Fälschungen. Dazu werden die Bilder erst, wenn damit Käufer getäuscht werden und ihnen die Bilder als Originale untergejubelt werden sollen.«

»Passiert das oft?«

Lakonisch zuckte Heimroth die Schultern. »Unter Polizeiermittlern gelten ungefähr sechzig Prozent aller Kunstwerke als gefälscht.«

Judith war verblüfft. »So viel?!«

»Es soll sogar komplette Sammlungen geben, die gefälscht sind. Damit lässt sich dann das ganz große Geld machen. Einmal wurde so ein Versuch entdeckt, allein weil die Bilderrahmen alle aus dem Holz desselben Baumes stammten.« Heimroth lachte schallend. »Wie blöd waren die denn? Da musste nicht mal die Dendrochronologie bemüht werden, um nachzuweisen, dass da was faul war. Durch den Umstand, dass viele der Künstler auf Holz gemalt haben und das Alter dieser Platten Rückschlüsse auf das Alter des Gemäldes zulässt, ist dies prinzipiell allerdings eine sehr gute Methode zur Altersbestimmung, besonders bei mittelalterlichen Tafelbildern.«

»Sechzig Prozent!« Judith war in Gedanken immer noch bei dieser unglaublichen Zahl. »Und der Kunsthandel macht da einfach so mit?«

Jetzt schaute der Experte Judith Brunner fast mitleidig an. »Was denken Sie denn! Natürlich wissen die davon. Viele Kunsthändler bemühen sich natürlich um seriöse Geschäfte, nicht, dass wir uns da falsch verstehen. Gelegentlich machen wir auch entsprechende Untersuchungen für diese Branche. Die einzig sichere Methode der Echtheitsfeststellung sind nämlich chemische Nachweise. Und nicht das Geschreibsel sogenannter Kunstexperten! Aber die Analysen kosten einiges an Geld. Die Summen wären dem Kunsthandel im Vergleich zu den zu erzielenden Gewinnen bei den Verkäufen eines echten Meisterwerks durchaus zuzumuten. Es ist fast wie im Maklergeschäft: Da werden auch die wenigsten alten Immobilien auf Statik geprüft, Hauptsache das Haus wird verkauft. Aber verzeihen Sie, ich habe mich ein wenig in Rage geredet.«

»Dann muss es ja viel mehr Bildfälscher geben, als ich bisher angenommen hatte«, gab Judith zu.

»Keine Bange«, beruhigte sie Andreas Heimroth nachsichtig lächelnd, »der technische Fortschritt macht es den Brüdern heutzutage schwerer, unerkannt zu arbeiten. Wir kommen ihnen immer öfter auf die Schliche.«

»Dafür drücke ich Ihnen fest die Daumen«, versicherte die Kommissarin dem Mann. »Darf ich Sie zum Schluss noch etwas fragen? Erkennen Sie möglicherweise eine Art Handschrift bei dieser Fälschung?« Sie deutete auf den kopierten Goldregen. »Haben Sie schon einmal etwas untersucht, das diesem, tja, Stil entspricht?«

»Eine interessante Frage«, gab Heimroth zurück. »Wenn ich darüber nachdenke – nein. Aber lassen Sie mir noch etwas Zeit, und wenn ich mehr Fakten zu dem Bild habe, erkundige ich mich mal bei ein paar Kollegen. Vielleicht erkennt tatsächlich jemand die Handschrift.«

~ 30 ~

Nach einem Besuch bei Friedrich Renz war Walter endlich im Besitz der Teilnehmerliste vom Bardenabend. Bei einem exquisiten Kaffee und einem Stück Marmorkuchen hatte Renz ihm seine jeweilige Randbemerkung zu den einzelnen Personen erläutert und während der Verabschiedung dann bekundet, Emil Deutler bald zu besuchen. Renz war jedenfalls heilfroh, den ehemaligen Logenbruder unbeschadet zu wissen.

Bis zum nächsten Termin mit Michael Wilde blieb noch etwas Zeit. Dies verschaffte Walter die Möglichkeit, den anderen Logenbruder in Gardelegen früher als geplant aufzusuchen. Möglicherweise hatte der einige Aufzeichnungen aus der aktiven Freimaurerzeit des Vaters aufbewahren können. Wie ihm Dr. Renz mitgeteilt hatte, war Hinrich Klose ebenfalls um die fünfzig Jahre alt, ledig und auch allein lebend. Er war Musiker, Cellist, und so erwartete Walter irgendwie, dass ihm ein feingliedriger, schmaler und ziemlich introvertiert wirkender Mann die Wohnungstür öffnete. Um so überraschter war er, als Klose sich als groß gewachsen und korpulent erwies. Sein Wesen wurde eher von einer direkten, etwas raubeinigen Freundlichkeit bestimmt, als von feingeistigen Äußerungen. Seine Wohnung wirkte hochmodern, auch wenn sie Walter etwas zu spärlich möbliert vorkam. Die Freischwinger an dem eckigen Holztisch, zu dem Klose seinen Gast führte, sahen weder sehr bequem noch sehr belastbar aus, doch Walter musste feststellen, dass es sich in diesen Stühlen äußerst angenehm saß.

Sie hielten auch mühelos das Gewicht des Hausherrn aus, der seinem Besucher weder Kaffee noch Tee anbot, sondern sofort einen Drink: »Whisky, Wodka oder Cognac?«, fragte er mit lauter Stimme.

Da auf dem Tisch eine Flasche mit Mineralwasser und Gläser standen, bat Walter nur um einen Schluck davon und erklärte, währenddessen Klose einschenkte, abermals sein Anliegen. Das Gespräch war angenehm und äußerst kurz; wie schon Simon Wolff wollte auch Hinrich Klose helfen, doch auch er konnte nicht mit Unterlagen oder persönlichen Aufzeichnungen seines Vaters dienen. Er hatte sich frühzeitig mit seinem alten Herrn überworfen und jeden Kontakt gemieden.

»Mein Vater wäre überhaupt nicht der Typ gewesen, der so ein Geheimnis Jahrzehnte hätte bewahren können. Da hätten ihm seine Eitelkeit und seine Geltungssucht erheblich im Wege gestanden«, urteilte Klose hart. »Mit seiner Arbeit in der Loge hat er stets nur so geprotzt, wie ungemein wichtig die sei und wie unabkömmlich er bei bestimmten Aktivitäten wäre. Ich bin überzeugt, wirklich getan hat er dort nichts. Für ihn war das nur ein Ort, um an solvente Kunden heranzukommen. Ich bin ihm besser aus dem Weg gegangen, so gut das eben ging. Schließlich engagiere ich mich nicht nur mit Worten bei den *Drei Toren zum Licht*. Als mein Alter dann vor über zehn Jahren starb, haben meine Mutter und ich seinen Nachlass aufgeräumt – aber zur Loge war da überhaupt nichts zu finden.«

Walter sah auf seine Armbanduhr und verabschiedete sich rasch, obwohl bis zu seinem Treffen mit Michael Wilde immer noch eine Stunde Zeit blieb. Aber er musste ungestört nachdenken. Er spazierte über die mit Blumenbeeten und hellgrünen Büschen geschmückten Wallanlagen zu einer Bank, die ihm neben einem Vogelkonzert auch die nötige Abgeschiedenheit bot. Walter wurde es langsam suspekt, dass auch der zweite Mann von der 1948er Liste keinerlei Spuren seiner Tätigkeit als Beamter in der Loge hinterlassen hatte. Zumal auch Friedrich Renz erwähnte, bei der Hinterlassenschaft seines Vaters nichts dergleichen gefunden zu haben. Waren die Männer damals tatsächlich so radikal gewesen, nicht nur den Schatz verschwinden zu lassen, sondern auch sämtliche Hinweise auf ihn zu vernichten? Oder gab es irgendeine interne Logenregel, die die Freimaurer nur »vergessen« hatten, ihm gegenüber zu erwähnen? Ihm kam wieder der Geheimhaltungskodex der Freimaurer in den Sinn. Walter schüttelte den Kopf. Das wäre hinsichtlich seines Auftrages total kontraproduktiv, ja geradezu unsinnig. Er spürte, diesem Phänomen müsste er nachgehen – und mit Emil Deutler würde er beginnen. Zumindest die Fotos bewiesen, dass er noch alte Dinge aus der Vorkriegszeit besaß. Aber war da noch mehr? Verwahrte seine Tochter etwas? Hoffentlich ging es dem alten Mann heute Abend schon etwas besser, damit er mit ihm reden konnte. Einen Anlauf wollte er noch wagen.

Walter zog die Teilnehmerliste aus seiner Tasche. Er verglich die Angaben von Renz und Wiesel mit den entsprechenden Aussagen von Wolff und Klose. Hier und da ergänzte er die Anwesenheitszeiten und die jeweiligen Begleitpersonen. Nur bei wenigen bestand demnach noch Klärungsbedarf! Damit konnte er zufrieden sein. Wie es aussah, hatten unmittelbar vor Michael Wilde zwei der Brüder gemeinsam das Haus verlassen, kurz vor ihnen ein einzelner Herr und vor dem noch eine Dreiergruppe. War jemandem das Blatt Papier zu diesem Zeitpunkt bereits aufgefallen? Walter vermutete: Einer von denen musste es verloren haben – und derjenige konnte ihm etwas zu den Toten und ihrem Schatz erzählen.

Michael Wilde bat lächelnd um Nachsicht für seine lauthals telefonierende Frau, deren enthusiastische Stimme aus einem der hinteren Zimmer bis nach vorne in den Hausflur schallte. »Sie organisiert mal wieder den alljährlichen Backwettbewerb in unserer Kirchengemeinde und hat wohl einen etwas schwerhörigen Sponsoren am Apparat. Diesmal sollen sich die Teilnehmer im Backen von Prilleken messen.«

Walter versicherte sein vollstes Verständnis für die hörbare Begeisterung und schüttelte Wilde freundlich die dargebotene Hand.

»Unser Vorsitzender bat mich, Ihnen behilflich zu sein. Es soll um diesen Zettel gehen, den ich am Montagabend gefunden habe. Also, was kann ich für Sie tun?«, erkundigte sich Wilde, als er mit seinem Besucher im Wohnzimmer Platz genommen hatte.

Walter nickte und fragte dann: »Haben Sie sich den Zettel genauer angesehen?«

»Eigentlich nicht. Als ich mich danach bückte, bemerkte ich aber, dass es sich um ein Blatt Papier handelte, das wohl aus einem unserer alten Bücher stammen könnte. Also bin ich umgekehrt und habe es zu Wubbo Wiesel gebracht. Inzwischen hat er mir erzählt, was es mit meinem Fund auf sich hatte. Insofern bin ich nun mächtig gespannt, was Sie herausgefunden haben«, gab Wilde freimütig seine Neugier preis. »Wiesel erwähnte außerdem, dass Sie Dr. Renz in seinem Bemühen unterstützen, unser Logenvermögen wiederzufinden.«

»Stimmt«, bestätigte Walter. »Die Männer auf der Liste waren in Ihrer Loge genau für dieses Vermögen verantwortlich. Die Totenkreuze waren zugegebenermaßen beunruhigend, sodass ich mich vordringlich darum gekümmert habe, den Mann zu finden, dessen Name noch nicht durchgestrichen war. Zum Glück habe ich ihn auch gefunden und es geht ihm gut. Ich erhoffe mir von ihm auch noch den einen oder anderen Hinweis. Zu Ihnen bin ich allerdings gekommen, weil ich denjenigen finden möchte, der den Zettel verloren hat, weil ich denke, auch er war auf der Suche nach dem alten Bruder und dem Logeneigentum. Ich würde mich sehr gerne mit ihm unterhalten.«

»Verstehe.«

»Wenn Sie mir einfach den Bardenabend aus Ihrer Sicht schildern würden? Mich interessiert vor allem, wer unmittelbar vor Ihnen die Veranstaltung verlassen hat, allein oder in Begleitung.« Walter hoffte, seine bisherigen Schlussfolgerungen bestätigt zu bekommen und irgendwie die noch offenen Teilnehmer unterbringen zu können.

Michael Wilde war ein ausgesprochen guter Beobachter und konnte ein plastisches Bild von den Ereignissen des Montagabends bieten. Leider ergab sich daraus nichts Neues.

Als Walter sich von Michael Wilde verabschiedete, kam dessen Frau kurz zu ihnen und drückte ihm etwas in die Hand. Sie raunte verschwörerisch: »Das ist garantiert das beste Rezept! Sie sollten es unbedingt probieren«, und verschwand augenzwinkernd wieder.

~ 31 ~

Freitagnachmittag! Auf den Straßen herrschte das übliche Wochenendchaos. Judith sah leicht gestresst auf ihre Uhr. Deutlich später als beabsichtigt war sie in Salzwedel zurück. Immerhin fand sie sofort einen Parkplatz in Nähe der Sparkasse und nach einem zügigen Endspurt betrat sie die Filiale.

Die junge Frau am Beratungsschalter gab sich die größte Mühe, ihre Aversion gegen Kundschaft, die am Freitag kurz vor dem Feierabend hereinplatzte, hinter einer professionellen Freundlichkeit zu verbergen. Als sich ihr vermeintlich letzter Kunde verabschiedete, blickte sie in die Runde. Ihr Lächeln war in der unteren Gesichtshälfte eingefroren und ein missbilligender Blick lastete schwer auf Judith. »Was können wir denn so kurz vor dem Wochenende noch für Sie tun?«, fragte sie, ohne es im Mindesten entgegenkommend klingen zu lassen.

»Ich bin Judith Brunner und-«

»Oh! Frau Brunner, wir schließen in zwanzig Minuten und ich weiß nicht, ob wir es in der kurzen Zeit schaffen werden, uns Ihrem Anliegen vollauf widmen zu können.«

Netter Versuch, dachte Judith und blieb gelassen. »Ich denke schon, dass Ihnen das gelingen wird. Ich würde mein Anliegen allerdings lieber mit dem Filialleiter bereden. Wenn

Sie ihm bitte Bescheid geben könnten?«

Pikiert bekam sie zu hören: »Es ist eine Sie, wir haben eine Filialleiterin. Und ich weiß nicht, ob sie Zeit für Sie haben wird.«

»Dann lassen Sie uns das doch gemeinsam herausfinden«, schlug Judith vor und hielt ihr ihren Ausweis vor die Nase. »Wo geht es zu ihrem Büro?«

Eine halbe Stunde später hatte Judith erfahren, dass Scharne neben seinem Girokonto zwei üppig gefüllte Sparkonten besaß, die mit seltenen, aber annähernd gleich hohen Einzahlungen aufgefüllt worden waren. Er verfügte über mehr als dreihunderttausend D-Mark! Diese Summe hatte er in nicht einmal zwei Jahren zusammengetragen. Woher kam dieses Geld? Auf eine Erbschaft gab es keine Hinweise, auch sprachen die Einzelbeträge und die unregelmäßigen Abstände gegen den Tod eines reichen Onkels. Da blieb der Handel mit gefälschter Kunst die naheliegendste Vermutung. War wirklich so viel Geld damit zu verdienen? Diese Antwort würde ihr hoffentlich die Scheune bringen.

Das Empfängerkonto von Scharnes vierteljährlicher Mietzahlung gehörte einer Hausverwaltung, wo Judith niemanden mehr erreichte. Bestimmt waren die schon seit Stunden im verdienten Wochenende. Am Firmenbriefkasten stand zwar eine Notrufnummer, doch als Judith von ihrem Büro aus dort anrief, ging nur ein mürrischer Hausmeister ran. Sie brauchte ewig, um den Mann zu überzeugen, dass die Polizei jemanden benötigte, der zu einem bestimmten Kunden der Hausverwaltung Auskunft geben könne. »Heute noch«, forderte sie mit Vehemenz. Nach einigem Murren versprach der Mann, sich um eine Telefonnummer zu kümmern. Da Judith skeptisch war, drohte sie: »Ich rufe Sie wieder an, und wenn nötig, lasse ich Sie belangen.« Es machte ihr nichts aus, ein wenig Druck auszuüben, Hauptsache sie bekam schnell heraus, wo diese Scheune war. Schließlich musste es doch möglich sein, am Ende dieses Tages ein erhebliches Stückchen schlauer zu sein als gestern. Elinor Martens hatte ihr die Todesursache bestätigt und Andreas Heimroth war sich sicher, dass das Gemälde eine Kopie war. Beide Experten hatten ihre Arbeit hervorragend gemacht, ihr die Ergebnisse präsentiert und ihre Schlussfolgerungen begründet. Schön. Aber wo blieben ihre eigenen Resultate? Was konnte sie in ihren Bericht schreiben? Das Gespräch mit Heimroth war zwar interessant gewesen, aber außer, dass es ihr gezeigt hat, wie viel Arbeit noch vor ihr lag, brachte es sie der Lösung ihres Mordfalles kaum näher. Und wer hatte den echten *Goldregen*? Hoffentlich jemand, der wusste, welche Kostbarkeit er da in den Händen hatte.

~ 32 ~

Ziemlich erledigt vom Stress des Tages, war Judith froh, als sie Laura auf der Terrasse hinter ihrem Haus sitzen sah. »Hallo«, grüßte sie schlapp. »Darf ich mich etwas zu dir setzen und so tun, als sei das ein toller Tag gewesen?«

Laura legte den Schmöker, den Walter aus der aufgelösten Gemeindebibliothek übernommen hatte, beiseite – »Das grüne Etikett«, eine zerlesene Krimisammlung mit Erzählungen von Hanna Prošková –, setzte Wilhelmina, die schnurrend auf ihrem Schoß lag, herunter und sagte mitfühlend: »Sicher. Komm. Walter ist wohl noch nicht zurück? Hast du schon gegessen?«

Als wenn es ein Stichwort für ihren Magen gewesen wäre, spürte Judith augenblicklich großen Hunger, denn seit dem Morgen hatte sie keinen Happen mehr zu sich genommen. »Walter hat angerufen und gesagt, wir sollen nicht warten; es kann spät werden. Er ist in Stendal unterwegs. Also, gegen ein, zwei Stullen hätte ich nichts einzuwenden.«

Laura stand auf und ging ins Haus, um Butter, Frischkäse

und Schinken aus dem Kühlschrank zu holen. »Möchtest du auch ein paar Radieschen? Sie sind ganz frisch. Elvira hat sie am Nachmittag vorbeigebracht.«

»Gern.« Judith, die Laura ins Haus gefolgt war, ließ sich auf den Sessel am Küchenfenster fallen. »Nanu! Was ist das denn Hübsches?« Sie hatte auf dem Fensterbrett die zwei Reihen Knöpfe entdeckt, die Laura dort aufgereiht hatte.

»Nur eine Idee. Der Anfang für ein Schulprojekt von Dany Bauer. Sie sollen etwas über ihre Familiengeschichte erzählen. Vielleicht kann ich Dany für das Ahlsens'sche Familienwappen begeistern. Ich habe da ohnehin schon eine Menge Material zusammengetragen und mit diesen Knöpfen … Na, mal sehen, was sie davon hält.« Laura stellte Judiths Abendessen auf ein Tablett und fragte: »Was möchtest du trinken?«

»Malzbier bitte … Oh je! Knöpfe annähen ist wahrlich keine meiner Lieblingsbeschäftigungen. Wie oft habe ich mir von meiner Mutter den unsinnigen Spruch anhören dürfen: ›Langes Fädchen, faules Mädchen‹. Ich habe bis heute nicht verstanden, was mir das sagen sollte. Na, egal. Zum Glück habe ich ja jetzt Walter, der das bestens erledigt.«

Laura sah, wie ihre Freundin vor sich hin lächelte, und da Judith ihre Eltern nur äußerst selten und noch niemals liebevoll erwähnt hatte, ging sie auf diese Bemerkung auch nicht weiter ein und erklärte stattdessen: »Die drei in der oberen Reihe sind echte Uniformknöpfe. Erkennst du die klassischen Wappenmotive? Krone, Ritterhelm und Wappenschild. Die fünf darunter sind Schmuckknöpfe, Folklore; von jemandem angefertigt, der sie für ein bestimmtes Kleidungsstück benötigte. Ein Kostüm oder eine Tracht. Die Bemalung ist leider kaum noch zu sehen. Sieh nur, das könnte sogar das Wappen der Ahlsens sein.«

»Hm. Mir gefallen eher zierlichere Knöpfe aus Perlmutt oder auch aus Glas. Die hier sind mir zu martialisch.« Judith bevorzugte einen eleganteren Kleidungsstil und selbst zur heutigen Autofahrt hatte sie über ihrer dunklen, bordeauxroten Hose eine nachtblaue Seidenbluse getragen, deren obere Knöpfe – bezogen mit Seide – geöffnet waren und den Blick auf eine feine goldene Kette mit einem kleinen Brillanten erlaubten.

»Komm, gehen wir wieder nach draußen, dein Abendbrot ist vorbereitet«, verkündete Laura und trug das Tablett auf die Terrasse. Sie deckte den Tisch für Judith und erinnerte Wilhelmina, die laut mauzend auf die Sitzbank gehüpft war, dass sie ihr Abendbrot bereits erhalten hatte.

»Das muss ihr entfallen sein«, lachte Judith. »Sieh nur, wie hungrig sie auf den Schinken starrt. Wenn ich nicht wüsste, dass der gar nicht gut für sie ist, würde ich ihr glatt ein Scheibchen abgeben. Aber so muss es wohl ein Butterhäppchen tun.«

Der Druck des Tages fiel von Judith ab. Sie fing an zu plaudern: »Für morgen hatte dieser Scharne sich einen Termin notiert, bestimmt mit einem Käufer oder Hehler für das Bild. Das ist zumindest unsere Hypothese. Ich habe bisher allerdings keine Ahnung, wer das sein könnte oder wie genau die Übergabe passieren soll. Wir grübeln schon den ganzen Tag über einem Plan, um an diese Leute ranzukommen.«

»Und?«

Judith schnappte sich ein Radieschen und tunkte es sacht in das Salzschälchen. »Ich selbst habe leider keine Chance, direkt am Treffpunkt zu erscheinen. Womöglich bin ich dem Käufer ja schon begegnet und würde wiedererkannt werden. Also geht wahrscheinlich ein Kollege von Scharnes Statur und Alter undercover, und wir anderen beobachten, als Parkgärtner oder Touristen getarnt, was sich tut. Wir haben erst noch überlegt, eine Frau loszuschicken, Scharne ist kürzlich mit einer gesehen worden. Sie könnte seine Komplizin sein. Aber diese Vermutung war uns doch noch zu ungesichert.« Judith trank einen Schluck von ihrem Malzbier und dachte an den Plan, den sie mit Sello und Müller-Nordergreen am Nachmittag erarbeitet hatte. Hatten sie etwas übersehen? Sie gingen davon aus, dass mit Scharnes Notiz der Klosterhof beim Kloster *Unser Lieben Frauen* in Magdeburg gemeint war. Judith hatte vorsichtshalber noch einige andere Klöster nachgeschlagen, doch mit der Abkürzung Mgb. fand sie nur dieses. Die Ortswahl für eine illegale Transaktion leuchtete auch ein. In Salzwedel selbst oder den umliegenden Ortschaften wäre Scharne der Gefahr ausgesetzt, dass ihn jemand sehen und erkennen könnte. Magdeburg lag nicht so weit entfernt, dass die Länge seiner Abwesenheit jemandem auffiele. In der Großstadt war auch wesentlich mehr Trubel, da konnte so eine Übergabe ziemlich unauffällig ablaufen. Und die Landeshauptstadt ließ sich auch bestens mit dem Zug erreichen, falls man eine Alternative zum Auto brauchte oder sich absetzen musste. Von dort war man schnell am Flughafen in Berlin oder Hamburg – also, alles lief auf Magdeburg hinaus. Diesbezüglich hatte Judith ein gutes Gefühl.

Begeistert wagte Laura einen Vorschlag: »Eine Frau? Ich kann doch euren Lockvogel machen! Mich kennt niemand. Ich setze mich einfach mit dem Päckchen auf eine Bank und warte ab. Das Bild ist, am besten in Ölpapier eingeschlagen, als solches gut zu erkennen. Zeigt sich dann ein Interessent, übergebe ich es – also die Fälschung – und der Auftrag ist erledigt. Deine Mannschaft kann die Leute verfolgen und sehen, wo ihr Unterschlupf ist und sie quasi in flagranti überführen. Wann genau soll das Ganze denn statt-«

»Hältst du das tatsächlich für einen guten Plan?«, fragte Walter, scheinbar gelassen an die Hauswand gelehnt. Er hatte sich noch nicht einmal anschleichen müssen, um die so in ihr Thema vertieften Frauen zu belauschen.

»Oh. Da bist du ja. Wir haben dich gar nicht kommen gehört.« Judith lächelte Walter an, ließ sich aber von seinem Tonfall nicht täuschen. Er war verärgert. Sie wusste, dass er es nicht ertrug, wenn ihr oder Laura Gefahr drohte. Und jetzt vermutete er, – nicht zu unrecht – sie würden sich freiwillig in eine brenzlige Situation begeben wollen!

»Wie mir scheint, war das auch gut so. Sonst hätte ich diese schwachsinnige Idee verpasst, an der ihr hier brütet!«

»Aber wir haben doch nur-«

»Und ich hätte womöglich nicht rechtzeitig intervenieren können. Von diesem Lockvogelmist will ich kein Wort mehr hören!« Nun klang Walter richtig wütend.

»Beruhige dich bitte. Ich würde dafür ohnehin keine Genehmigung bekommen.« Judith war aufgestanden und nahm Walters Hand.

»Ach! Sonst wärst du auf diesen Unsinn wohl eingegangen?«

»Nein. Und nun hör auf, dich wie ein Haremswächter aufzuführen. Laura hat doch bloß ein bisschen rumgesponnen.«

Der Blick, mit dem Walter die beiden Frauen strafte, zeigte deutlich, dass er von dieser Aussage nicht überzeugt war.

»Judith hat recht«, versuchte nun auch Laura, ihn zu besänftigen. »Denkst du wirklich, ich will als Mata Hari Karriere machen?« Sie hatte ihren Vorschlag durchaus ernst gemeint, das wussten sie alle drei, doch schien es besser, das Thema schnellstens fallen zu lassen. Walters Beschützerinstinkt gegenüber den Frauen, die er liebte, war ziemlich stark ausgeprägt.

»Genau so hörte es sich an. Versucht bloß nicht, mich für dumm zu verkaufen, meine Damen! Ich will euch nicht in einer Undercoveraktion sehen. Das ist nicht verhandelbar.«

~ 33 ~

Der Tag würde lang werden und nicht einmal ausschlafen konnte Judith. Schon im Morgengrauen musste sie raus, denn bereits um sieben war sie in Salzwedel mit diesem Hausmeister verabredet, der jemanden »vom Büro« mitbringen wollte.

Walter, der selbst auch einiges vorhatte, machte das Frühstück, während Judith im Badezimmer war. Er war immer noch nicht völlig von Judiths Tun überzeugt. Deshalb bat er sie, kaum dass sie am Tisch Platz genommen hatte, ihm die Schutzmaßnahmen für die Übergabe des Gemäldes an wen auch immer zu schildern.

Sie tat ihm den Gefallen, weil sie hoffte, damit seine Bedenken ausräumen zu können. »Wir werden schon am Vormittag zwei Leute als Gartenarbeiter getarnt einsetzen. Wenn es dann ernst wird, sind noch zwei weitere Leute vor Ort, die alles direkt im Blick haben. Rund um die Parkanlage haben wir bis zum Landtagsgebäude weitere Beamte platziert. Da kann uns niemand entwischen. Ich bleibe im Wagen sitzen und sehe mir alles durchs Fernglas an.«

Walter sagte nichts. Stoisch trank er seinen Kaffee.

»Wir wissen nicht, ob die Käufer Scharne kennen. Unser Mann muss darauf vorbereitet sein, eine plausible Erklärung abzugeben, falls sie ihm nicht abkaufen, dass er Scharne ist. Wir haben alle möglichen Szenarien durchgesprochen, es kann nichts schiefgehen.«

»Es kann immer etwas schiefgehen«, brummte Walter, der nichts dagegen tun konnte, das ihm nicht gefiel, wie sich die Dinge entwickelten. »Muss ich dich erst daran erinnern, dass du es mit Leuten zu tun hast, die auch vor einem Mord nicht zurückschrecken?«

Judith unterließ es, mit Walter zu streiten. Es war keinesfalls geklärt, wer Scharne ermordet hatte und warum. Gerade das hoffte sie, im Zusammenhang mit dem Treffen in Magdeburg am Nachmittag herauszufinden. »Was hast du denn heute so vor?«, lenkte sie das Gespräch in harmlosere Gefilde.

»Ich will ein paar Leute aufsuchen und sie fragen, wann sie am Montagabend das Logenhaus verlassen haben. Du weißt doch noch, dass einer von ihnen diesen ominösen Zettel verloren hat. Und mit dem werde ich mich etwas intensiver befassen. Und nebenher werde ich noch einen alten Schuppen aufsuchen, der Emil Deutler gehört. Gestern Abend war er nämlich recht zugänglich! Er hat mir einiges erzählt, unter anderem, dass er in diesem Schuppen einige Kartons mit Papieren und alten Büchern stehen hätte. Sogar daran, wo immer der Schlüssel versteckt wurde, konnte er sich erinnern. Als wir die Fotos durchgingen, sind ihm noch ein paar Namen von Männern eingefallen, mit denen er in der Nachkriegszeit zu tun hatte. Einer von denen hatte allerdings ein Verhältnis mit seiner Frau gehabt, weswegen nicht nur seine Ehe in die Brüche ging, sondern er sich auch aus der Loge zurückzog. Deutler verließ Gardelegen und wohnte seitdem in Stendal. Als er ins Heim musste, übernahm die Tochter seine Wohnung und einiges von seiner Habe hat sie in den Schuppen gebracht, der schon seinen Großeltern gehörte.« Walter stand auf und kramte in seiner Jackentasche. »Die Adresse muss ich doch hier irgendwo haben. Richtig. Na, das kriege ich irgendwie mit eingebaut, so weit ist es nicht«, freute er sich mit Blick auf seine Notiz. »Ach, sieh mal, was ich hier noch finde.«

Gespannt spähte Judith auf das zusammengekniffte Blatt Papier, faltete es auseinander und fragte dann überrascht: »Ein Rezept? Prilleken?«

Walter grinste, als er ihr ratloses Gesicht sah. Judiths Back- und Kochkünste waren nicht sehr ausgeprägt. »Wenn du wüsstest! Das habe ich als Geheimtipp zugesteckt bekommen. Und auf mich wirkt es auch nicht sonderlich kompliziert. Das kriegst du bestimmt hin. Immerhin ist Wochenende und da könnte man was Leckeres backen. Hör doch mal«, zog er sie mit großem Vergnügen auf und begann vorzulesen:

»500 Gramm Mehl
30 Gramm Hefe
1/4 Liter Milch
100 Gramm Zucker
80 Gramm Butter.

Eine Prise Salz nicht vergessen. Wer mag, kann noch den Abrieb einer Zitrone oder etwas Rum hinzufügen. Und nun sollte man nur genügend Schmalz zum Ausbacken vorrätig haben.«

»Na ja, das Einkaufen könnte ich übernehmen«, kam Judith ihm entgegen, sah jedoch mehr als skeptisch aus.

»Aus den Zutaten einen Hefeteig kneten und an einem warmen Ort eine halbe Stunde aufgehen lassen. Dann den Teig ausrollen und mit zwei runden, unterschiedlich großen Ausstechern weiterarbeiten. Einer sorgt für die äußere Form und der andere für ein Loch in der Mitte. In heißem Fett beidseitig ausbacken, bis die Prilleken eine schön goldbraune Farbe angenommen haben. Herausnehmen, auf Küchenkrepp abtropfen lassen und in Zucker wälzen. Guten Appetit.«

Judith wirkte wenig überzeugt. Walter beugte sich zu ihr hinunter und gab ihr einen zärtlichen Kuss. »Keine Angst, ich übernehme das heiße Fett und sorge für den Rum. Aber erst, wenn ich alle meine Termine erledigt habe.«

»Ich drücke dir die Daumen«, sagte Judith und machte sich zum Gehen bereit.

»Und am Nachmittag sitze ich hier neben dem Telefon und will von dir sofort angerufen werden, wenn in Magdeburg alles gelaufen ist. Versprich mir das«, rief Walter ihr streng hinterher.

Judith eilte zurück und schmiegte sich an ihn. »In Ordnung. Ich passe auf mich auf«, versicherte sie. »Mir wird nichts passieren.«

~ 34 ~

Der Schuppen befand sich in Möhringen genau an der Stelle, die Emil Deutler ihm beschrieben hatte. Walter staunte wieder einmal, wie viel das Gedächtnis bereit war preiszugeben, hatte es nur lange genug Gelegenheit gehabt, eine Information abzuspeichern. Von der Dorfstraße aus hatte er den Landwirtschaftsweg genommen und an dessen Ende das Gebäude sofort entdeckt. Es war größer und massiver, aber auch viel älter, als er erwartet hatte. Walter fuhr an der mit dunklen Holzbalken durchzogenen roten Ziegelsteinwand vorbei, parkte dahinter, stieg aus und blickte sich um. In der Giebelseite, auf die Walter nun sah, war in den großen Querbalken eine Hausinschrift geschnitzt, mittig darunter befand sich ein quadratisches, in vier Scheiben aufgeteiltes Stallfenster. Wo war der Eingang? Ein ausgefahrener Weg führte hinter das Gebäude. Er ging die wenigen Schritte und sah die auf der Rückseite liegende große Toreinfahrt. Sie befand sich in dem Teil des Gebäudes, dessen Wände vom Dach bis zum Boden aus Holzbrettern bestanden. Überall standen herrlich verwachsene, alte Rotdornstämme.

Er stoppte. Nanu? Was war das? Eindeutig Kinderstimmen. Drei Fahrräder, die völlig ungesichert vor einer baufälligen Garage im hinteren Teil des Areals lagen, sahen aus, als wäre man von ihnen abgesprungen und hätte eilig das Weite gesucht. Walter näherte sich langsam und versuchte, möglichst keine Geräusche dabei zu machen. Die Lederbänder an den Lenkern, Abziehbilder an der Querstange und bunte Putzringe um die Naben ließen die Vermutung zu, dass hier ein paar halbwüchsige Bengel im Gelände unterwegs waren. Wobei würde er sie wohl erwischen?

»Feigling!«

»Der traut sich das nie!«

Eine dritte Stimme war nicht zu vernehmen. Vorsichtig schlich Walter um die vordere Ecke der Garage und spähte dahinter. Auf der anderen Seite sah er drei Jungen von zehn, zwölf Jahren, alle mit einer Hand am offenen Hosenstall. Sie standen nebeneinander vor einem elektrischen Weidezaun. Walter war so, als hätte er bei seiner Vorbeifahrt am Gelände das Ladegerät dazu bemerkt. Zumindest das große Warnschild hatte er wahrgenommen. Na prima! Eine Mutprobe.

Die zwei Größeren sahen den Kleinen auffordernd an.

»Lass doch deine mutigen Freunde anfangen!« Bei Walters ruhigem, und dennoch autoritär vorgebrachten Vorschlag schnellten die drei Köpfe zu ihm. Der größte der Jungen fiel vor Schreck auf seinen Hintern, als er versuchte, einen Schritt rückwärts zu gehen und sich in einem Grasbulden verfing. Er lief knallrot an, ob wegen seines Sturzes oder der offenen Hose, wusste er wahrscheinlich selber nicht. Auch seine beiden Kumpel hatten plötzlich mehr Farbe im Gesicht. »Nur zu! Ich bin auch gespannt.« Walter lehnte sich mit der Hüfte an die Garagenwand, kreuzte gelassen die Arme vor der Brust und tat so, als warte er, dass einer der Probanden loslegte. Er wusste, dass bei diesem Dummejungenstreich nichts wirklich Schlimmes passieren konnte, die Stromstärke in diesen Zäunen war nicht hoch genug, um ernsthaften Schaden anzurichten.

Die drei Jungen schienen nicht nur ihre Sprache verloren zu haben, sondern auch jeglichen Forscherdrang. Unbehaglich sahen sie sich an, berappelten sich dann aber und zerrten verlegen an ihren Reißverschlüssen. Dann räusperte sich der Mittelgroße und erklärte: »Also, wir haben hier nichts angestellt! Wir wollten nur rausfinden, ob es stimmt, das man einen Schlag bekommt, wenn man auf einen elektrischen Zaun pinkelt.«

»Das habe ich mir schon gedacht«, kommentierte Walter die Erklärung lakonisch. »Ihr könnt euch ja immer noch überlegen, euer Experiment zu wiederholen, wenn ich wieder weg bin, aber ein paar Details solltet ihr vielleicht bedenken.« Er ging auf die Jungen zu. »Also, die Sache ist die: Wenn jemand den elektrischen Zaun berührt, stellt er eine leitende Verbindung zwischen dem Draht vom Zaun und dem Boden her.«

Die Kinder folgten seinen erklärenden Gesten und beruhigten sich langsam, als sie merkten, dass von dem Mann keine Gefahr ausging. Er wollte sie weder verscheuchen noch bestrafen.

»Ihr bekommt einen kurzen Schlag. Der tut ziemlich weh, das solltet ihr bedenken.« An dem Gesicht, das der Größte jetzt zog, erkannte Walter, dass der diese Erfahrung bereits gemacht hatte. »Der Schlag soll ja auch spürbar sein – eigentlich für das eingezäunte Vieh, aber ich vermute mal, dass auch übermütige Jungen einen Schlag bekommen, aber nur, wenn sie Folgendes beachten: Man benötigt einen zusammenhängenden elektrischen Leiter. Was das ist, habt ihr bestimmt schon in der Schule gehört. Ihr müsst euch also ziemlich dicht an den Zaun stellen, denn wenn ihr zu weit entfernt steht, löst sich euer Urinstrahl schon nach kurzer Entfernung in einzelne Tröpfchen auf. Et voilà – kein zusammenhängender Leiter mehr, also auch kein Stromschlag. Alles klar?«, vergewisserte sich Walter augenzwinkernd, dass die Bengel seinen Vortrag auch verstanden hatten.

Die drei sahen ihn an, als wäre ihm ein zweiter Kopf gewachsen. Auf jeden Fall hatten sie mehr erfahren, als ihnen lieb war. Ihr Unbehagen trieb sie zu ihren Fahrrädern zurück.

Walter ahnte, dass die Jungs schleunigst abhauen wollten. Dennoch hielt er sie auf: »Ihr könnt gleich verschwinden, ich muss euch aber vorher noch was fragen.«

Die drei nickten wie die Roboter.

»Habt ihr in den letzten Tagen hier jemanden gesehen?«

Ein einmütiges Kopfschütteln erfolgte, bevor einer sagte: »Der Zaun ist erst seit vorgestern da, wir haben einen Tag gewartet und wollten heute ... nun, Sie wissen schon.«

»Habt ihr eine Ahnung, wem das ganze Gelände hier gehört?«

Doch auch diese Frage verneinten die Kinder und Walter ließ sie laufen. Er sah ihnen nach, wie sie mit lautem Gejohle entschwanden. Dann drehte er sich um. Das Versteck des Schlüssels lag auf der anderen Giebelseite des Schuppens. Kaum war er ein, zwei Meter gelaufen, als Schritte in seinem Rücken hörbar wurden. Er drehte sich um und staunte nicht schlecht, als plötzlich Judith vor ihm stand.

Judith ging es offenbar genau so, denn sie fragte nur perplex: »Was machst du denn hier?«

»Das könnte ich dich genauso fragen, meine Liebste. Ich war immerhin zuerst da!« Er amüsierte sich über ihr verdattertes Gesicht. »Ich suche meinen Freimaurerschatz.«

»Hier?«

»Ja, wieso nicht?«

»Weißt du, diese Scheune hatte mein Mordopfer gemietet.«

»Was!?« Walter vergewisserte sich: »Dieser Museumsheini?«

Judith warf ratlos die Hände in die Luft. »Ja! Genau der. Wolfgang Scharne.«

»Warum gehen wir nicht rein und sehen nach, wer von uns beiden mehr Glück hat?« Walter ging kurz um die Ecke und kam mit einem Schlüssel zurück, bei dessen Anblick Judith ausrief: »Wie kommst du zu Scharnes Schlüssel?«

»Wieso Scharnes Schlüssel? Das Versteck hinten am Fallrohr hat mir doch Emil Deutler verraten, erinnerst du dich nicht mehr? Beim Frühstück schon habe ich dir davon erzählt.«

»Der Freimaurer aus dem Altersheim?«

»Richtig. Seine Tochter wollte das alte Zeug nicht in der Wohnung haben und hatte ihn vor ein paar Jahren gebeten, das entweder wegschmeißen zu dürfen oder woanders unterzustellen. Da wurde eben dieser Schuppen genutzt. Was ist daran so seltsam?«

»Dein Schlüssel da gehört also den Deutlers?« Judith musste einfach noch mal nachfragen.

Walter wurde langsam unbehaglich zumute, aber er nickte. Wieso kümmerte Judith dieser Schlüssel so sehr?

»Na, toll.« Mehr brachte Judith nicht heraus. Stattdessen zog sie nun ihrerseits eine kleine Plastiktüte mit einem Schlüssel aus der Tasche, der das genaue Gegenstück zu dem Schlüssel in Walters Hand war, sogar die Schnürsenkel stimmten überein.

»Darüber sollten wir in der Tat reden«, feixte Walter sie an.

»Später«, lächelte Judith ungeduldig zurück. »Jetzt will ich endlich hier rein. Bitte schließ du auf.«

Das Schloss in der Tür, die als Teil eines großen Tores separat zu öffnen war, ging leicht und ohne zu quietschen auf. Walter schob einen weiter oben angebrachten Riegel zurück, spähte in das diffuse Licht der Scheune und trat ein. »Warte hier!«, mahnte er Judith, »ich will erst sehen, ob die Luft rein ist.«

Sie beschloss, nicht mit den Augen zu rollen, und blieb gehorsam draußen neben der Tür stehen, bis Walter sie rief: »Komm, hier drin wartet das Paradies auf dich!«

Judith trat durch die Tür und staunte: Die Scheune war an einen Stall gebaut, der bestimmt seit Jahrzehnten nicht mehr genutzt worden war. Die Wände waren in circa zwei Metern Höhe mit Glasziegeln durchbrochen worden. Es roch weder nach Vieh oder dessen Fäkalien, noch war der Ziegelboden dreckig. Im Gegenteil, alle Innenwände schienen vor nicht allzu langer Zeit geweißt worden zu sein. Langsam lief Judith durch den Raum. Ein altes Sofa bot eine Sitzgelegenheit und auf einem Tapeziertisch lagen metallene Farbtuben und unzählige Pinsel, beides ordentlich in Reihen, auf dicke Tücher gebettet. Neapelgelb, Zinkocker, Elfenbeinschwarz. Judith sah den Maler förmlich vor ihrem geistigen Auge agieren. In einem tiefen Regal lagerten stehend aufgezogene Leinwände in unterschiedlichen Formaten. Lose Leinwandstücke und diverse Malerutensilien lagen auf den Regalböden. Auf zwei Staffeleien warteten Ölgemälde, die dasselbe Motiv zeigten, auf ihre Vollendung. Sie hatten Scharnes Fälscherwerkstatt gefunden!

~ 35 ~

Einigermaßen beeindruckt ließ sich Judith auf der Kante des Sofas nieder und betrachtete den Raum.

»Guck mal, hier liegen Reste von mehreren alten Rahmen.« Walter hielt zwei Leisten für einen Prunkrahmen in den Händen. Er deutete damit auf weitere, unterschiedlich lange Holzenden, die zum Teil farbig belegt waren, aber in den allermeisten Fällen nur matt golden oder silbrig schimmerten. Für arglose und unerfahrene Käufer reichten diese alten Rahmenstücke bestimmt schon aus, um die Fälschung echt erscheinen zu lassen.

An der Wand daneben lehnten zwei ausgeschlachtete alte Wanduhren. Judith erinnerte sich an die Bemerkung von Heimroth zur Verwendung der Bleigewichte. Sieh an, dachte sie, offenbar war Scharne auf dem besten Weg zum fortgeschrittenen Fälscher. Aufmerksam sah sie sich weiter um. Schon als ihr Blick beim Eintreten auf die beiden angefangenen Arbeiten auf den Staffeleien gefallen war, hatte Judith ein drängendes Gefühl beschlichen, so, als müsse ihr etwas dazu einfallen. Sie stand auf und stellte sich vor die Gemälde. Die Duplikate waren fertig grundiert. Die identischen Bildhintergründe und bereits grob skizzierte Tischdecken im Vordergrund verrieten, dass hier ein Bild sogar zweimal kopiert werden sollte. Judith erkannte die Form der Vase sofort wieder, die auf beiden Bildern in einem ersten Umriss zu sehen war.

»Wo mag das Original dazu stehen? Scharne muss das doch von irgendwas abgemalt haben. Oder malte er nach einem Foto?«, überlegte Walter, der neben Judith getreten war, laut und sah sich suchend um.

»Nun, die Frage kann ich dir beantworten«, verkündete Judith. »Ich kenne dieses Bild nämlich! Es gehört ins Altmark-Museum. Zumindest habe ich dort vor ein paar Tagen das Original gesehen. Es befand sich in dem Kreis, den der ehemalige Direktor mit den Gemälden des Museums gestellt hatte.« Ohne das Bild vor ihr zu berühren, deutete sie Walter an, wie es einmal hätte aussehen sollen. »Die Vase ist voll mit Gartenblumen, frisch gepflückten, denn es glänzen noch Tautropfen auf den Blütenblättern. Und hier ungefähr sitzt dann ein Schmetterling, ein Tagpfauenauge, glaube ich, und hier gehört eine dicke Hummel hin.«

»Ach! Also fälschte er die Gemälde seines Museums, hängte statt ihrer dort eine Kopie an die Wand und verkaufte dann das Original.«

»Seinem Kontostand nach zu urteilen, war das eine äußerst einträgliche Geschäftsidee«, kommentierte Judith Walters Vermutung. Doch dann kamen ihr Bedenken: »Als wir Scharne fanden, war er mein Hauptverdächtiger für den Diebstahl. Ich ging davon aus, dass ein Original aus dem Museum gestohlen wurde. Aber ich frage mich immer noch, warum er sein eigenes, gefälschtes Bild klauen sollte?«

»Guter Einwand.« Walter hatte ein paar Vorschläge: »Raffinierterweise hätte er Fälschungen unter echte Gemälde mischen und sie so als Teile einer Sammlung anbieten können, das hätte die Glaubwürdigkeit beträchtlich erhöht. Oder, ganz einfach, um es seinen Käufern als echt andrehen zu können! Mit einer Meldung in einer Zeitung bekommen die Gemälde ja quasi ein Zertifikat: Meisterwerk aus dem Museum gestohlen!«

»Du meinst also, er wollte erreichen, dass der *Goldregen* als aus dem Museum gestohlen deklariert wurde, was ja auch den Tatsachen entsprach, nur damit der Diebstahl seiner Fälschung den Anstrich des echten Gemäldes gab?« Judith ließ sich das durch den Kopf gehen. »Möglich. Aufwendig, aber durchaus plausibel.«

Vom Sofa aus begründete Walter weiter: »Ich habe keine Ahnung, wie das Geschäft mit diesen Fälschungen so läuft, doch wenn ich mich hier umsehe, scheint es einen recht hohen Aufwand zu erfordern. Dagegen ist so ein Einbruch doch ein Klacks!«

Judith setzte sich zu ihm. »Wer weiß, wie lange das schon so ging. Bestimmt hat Scharne nicht nur mit Gemälden aus dem Museum gehandelt. Dazu hatten die einfach nicht genug. Dr. Weigel hat mir gegenüber erwähnt, dass er in diesem Raum unterm Dach die komplette Sammlung aufgestellt hatte. Die sollten wirklich mal eine Revision ihrer Bestände machen. Da kann schon alles Mögliche fehlen!« Judith hielt inne. »Ich verstehe nur nicht, wieso er seinem Mörder nicht einfach das echte Bild ausgehändigt und sein Geld kassiert hat. Scharne verfügte, wie wir wissen, über eine hervorragende Kopie, die er im Museum hätte hängen lassen können. Wer weiß, ob das je aufgefallen wäre.«

»Vielleicht hatte er nie vorgehabt, die echten Bilder zu verkaufen. Er zeigte es den potenziellen Interessenten, schließlich hatte er ja jederzeit den Zugriff auf das Original, doch verkauft hat er den Leuten dann seine gut gemachten Kopien. Womöglich wollte er den Trick mit demselben Gemälde mehrfach durchziehen.« Walter deutete mit der Hand in Richtung der Staffeleien. »Und wie es scheint, hat er im großen Stil vorausgearbeitet.«

»Wie auch immer, einen seiner Käufer hat er offensichtlich so verärgert, dass der ihn umbrachte – was einerseits schon recht drastisch ist, andererseits sind Käufer gestohlener Kunst selten vorbildliche Mitbürger.« So hatte es Judith zumindest von ihrem Berliner Kollegen gehört. Sie lehnte sich leise seufzend an Walters Schulter.

Der streichelte ihr übers Haar und ergänzte: »Oder er verärgerte keinen Kunden, sondern einen seiner Partner, denn ich stimme dir zu, dass es noch weitere Beteiligte in diesem Drama geben könnte.«

Judith setzte sich mit einem Ruck wieder auf. »Was uns zu den Deutlers führt! Denn die Frage lautet doch eindeutig, was haben ein greiser Freimaurer, seine Tochter und ein ermordeter Bilderfälscher miteinander zu schaffen? Verdammt«, Judith sah erschrocken auf die Uhr, »ich habe keine Zeit mehr, darüber nachzudenken. Tu du das bitte für uns beide! Ich muss los nach Magdeburg. In drei Stunden soll die Übergabe sein. Von unterwegs funke ich die Spurensicherung an, damit die sich hier umsehen. Wartest du bitte solange, bis sie da sind?«

Walter nickte bereitwillig, da er ohnehin vorhatte, den Schuppen gründlich zu durchsuchen. Dann verzog er das Gesicht. »Denk an dein Versprechen! Du rufst mich sofort an, wenn im Klosterhof alles gelaufen ist. Ich will hören, dass es dir gut geht.«

Als Antwort gab ihm Judith einen innigen Kuss und verschwand.

Aus seinem Auto holte Walter nun seinen Fotoapparat und machte Aufnahmen von so gut wie jeder Ecke und jedem Regal in Emil Deutlers Schuppen. Große Pappkartons standen in einer Nische, einige davon geöffnet, und Walter erkannte in einem alte Bücherrücken. Bestimmt hatte die Tochter aus diesem Karton das Buch für ihren Vater geholt. Und dann entdeckte er in einer Kiste verschiedene Stücke Porzellan. Er war sich ganz sicher, dass die oben aufliegende Schale einem Stück auf einem der Fotos vom Frühlingsfest 1929 zum Verwechseln ähnlich sah.

~ 36 ~

Der Flug am Morgen war pünktlich gestartet und ohne Zwischenfälle verlaufen und so kam es, das Maxim Kyrilenko nun rechtzeitig am Ufer der Elbe in Magdeburg umherspazierte und den Eindruck eines arglosen, müßig bummelnden Touristen machte.

Bis zu der Aktion, die er für Dimitri überwachen sollte, waren es noch gut zwei Stunden. Er hatte einen für seine Zwecke idealen Parkplatz gefunden. Nun begann er, sich nach einem sicheren Beobachtungsposten umzusehen. Das Kloster *Unser Lieben Frauen* bot dafür einige bestens geeignete Möglichkeiten. Doch als Maxim aufmerksam die Umgebung überprüfte, wusste er, dass hier irgendetwas nicht stimmte. Die beiden Gärtner, die da an der Klostermauer durch die Büsche krochen und hier und da einen Zweig absägten, schienen nicht viel Ahnung von ihrem Beruf zu haben, denn sie stutzten die Sträucher grundsätzlich an den falschen Stellen. Auch die unauffällig gekleideten Männer an den Ausgängen der Grünanlagen bewegten sich immer nur genau soweit weg, dass sie weiterhin alles im Blick behalten konnten. Maxim verließ im Touristenschritt das Gelände und entdeckte in der nächsten Querstraße weitere Fahrzeuge, in denen ohne Zweifel Polizisten in Zivil saßen. Was war hier los? Das roch nach Ärger. Offenbar hatte der Deal weit mehr Interessenten, als Dimitri ahnte oder er ihm hatte mitteilen wollen. Das war nicht gut, und die starke Polizeipräsenz deutete darauf hin, dass hier etwas anderes als eine halblegale Übergabe eines Bildchens stattfinden sollte. Oder fand sie nur zufällig zur falschen Zeit am falschen Ort statt? Schließlich war der Landtag nur wenige Schritte entfernt. Und gelegentlich verirrte sich ein hoher Staatsgast auch nach Magdeburg. Aber so, wie Maxim die Situation einschätzte, heute eher nicht. Egal. Er war angesichts des Polizeiaufgebotes wohl besser auf der Hut. Maxim betrat die gewaltige Stiftskirche und vergewisserte sich, dass er niemandem aufgefallen war, um sich dann zwischen den Säulen, Gewölben und Gängen unsichtbar zu machen. Der verschlossene Aufgang zur Westturmgruppe stellte für ihn kein Hindernis dar und rasch fand er in den oberen Regionen des linken Turmes ein Fenster, von dem aus er den ganzen Klosterhof gut überblicken konnte. Eine kleine Treppe im anderen Turm könnte er als direkte Fluchtmöglichkeit nutzen, falls ein rasches Verlassen des Gebäudes in diese Richtung oder eine Verfolgung nötig würden. Er prüfte jeden Weg mehrmals, merkte sich jede Nische, die als Deckung oder Versteck geeignet wäre, rüttelte an jeder Klinke und öffnete umsichtig jedes Schloss auf seinem eventuellen Fluchtweg. Niemand störte seine Vorbereitungen.

Maxim war bereit; der Handel konnte über die Bühne gehen. Er griff zu seinem Fernglas und suchte das Gelände nach Dimitris Tochter ab. Da! Die zwei exquisit herausgeputzten Frauen konnte er nicht übersehen. In der heutigen Zeit zeigten wohlhabende Russinnen gerne, was sie hatten. Eine von ihnen war Swetlana. Sie sah genau wie auf dem Foto aus, das er von Dimitri mitbekommen hatte. Bestimmt hatte sie eine Kommilitonin gebeten, sie zu begleiten. Er sah auf seine Armbanduhr – gleich zwei Uhr, also – es war soweit. Der Verkäufer müsste jeden Moment auf der Bildfläche erscheinen.

Verflucht! Fast wäre er vor Schreck aus dem Fenster gefallen. Was hatte Laura hier zu suchen?! Und wieso musste sie ausgerechnet heute mit ihrer Freundin Astrid einen Ausflug zum Klosterhof machen? Und was schleppten die beiden da mit sich herum? Riesige Einkaufstüten! Als dann auch noch der Verkäufer mit dem Bild auftauchte und Laura, Astrid und er sich gegenseitig musterten, fühlte sich Maxim völlig überrumpelt. Entsetzt ließ er das Fernglas sinken. Was war hier los? War das Ganze eine Falle für ihn? Er hatte sich mit seiner Arbeit wahrlich nicht nur Freunde gemacht. Oder hatte jemand von seiner Liebe zu Laura erfahren und wollte nun über sie an ihn herankommen? Und was hatte das alles mit Dimitris Geschäften zu tun?

Als er wieder durch sein Fernglas blickte und sah, dass Laura und ihre Freundin unbehelligt zu Astrids Wagen schlenderten, beruhigte er sich und wandte sich wieder seinen eigentlichen Zielpersonen zu.

Er machte ein paar Fotos und konzentrierte sich. Alles verlief ziemlich schnell und unkompliziert. Swetlana sprach den Mann mit dem flachen Paket unter dem Arm an und dann gingen sie gemeinsam zu einem Auto, welches ein

Münchner Kennzeichen trug. Bestimmt ein Mietwagen. Man öffnete den Kofferraum und Dimitris Tochter sowie der Mann beugten sich hinein, sodass Maxim nicht im Detail erkennen konnte, was dort geschah – wahrscheinlich wurde das Bild kurz ausgepackt und das Geld übergeben. Wenig später schloss der Verkäufer den Kofferraum, grüßte freundlich und spazierte davon. Die beiden Russinnen stiegen in das Auto und fuhren los. Maxim registrierte im Unterbewusstsein, dass dieser Wagen dem von Astrid aufs Haar glich – ein dunkelblauer VW Golf. Dann sah er noch, wie die beiden Polizeiwagen dem Auto mit Dimitris Tochter folgten. Nun aber los! Schließlich hatte er ja den Auftrag, Swetlana beizustehen. Hatte er deswegen den Auftrag von Dimitri bekommen, um auf eventuelle Polizeikontrollen zu reagieren? Nichts von diesem Schlamassel hatte sein Freund angedeutet, und er musste nun sehen, wie er zurechtkam. Maxim hastete unbemerkt vom Kirchturm, lief zu seinem eigenen Mietwagen und hoffte, die anderen rasch einholen zu können. Nur gut, dass er einen leistungsstarken Daimler genommen hatte.

Doch eine Baustelle mit Fahrbahneinengung und eine rote Ampel zu viel machten sein Vorhaben unmöglich. Verdammt! Wie sollte er den Wagen nur wiederfinden? Dimitris Tochter würde mit ihrer wertvollen Fracht sicher die Autobahn meiden; dort war die Gefahr einer Verkehrskontrolle ungleich höher als bei einer Fahrt übers Land. Dort ließen sich jederzeit Verstecke finden, falls sie das Gefühl bekommen würde, sich wieder vom Bild trennen zu müssen. Maxim Kyrilenko verließ sich auf seine Erfahrungen und nahm einfach die direkteste Fernverkehrsstraße, die Berliner Chaussee. Doch er fand den Wagen nicht, so schnell er auch fuhr. Längst hätte er ihn einholen müssen. Fieberhaft überlegte er, welche Straße Swetlana noch genommen haben könnte. Nach Norden? Richtung Hamburg? Auch möglich. Also nahm er die B 71 und übertrat bei seiner Suche sämtliche Geschwindigkeitsbegrenzungen. Kurz hinter Letzlingen sah er dann, dass ein dunkelblauer VW Golf auf dem Dach im Graben lag und zwei Polizisten durchs Gelände liefen. Ein anderer Beamter winkte die Fahrzeuge an der Unfallstelle vorbei und ein vierter sprach in sein Funkgerät. Langsam fuhr Maxim weiter und prägte sich soviel wie möglich von der Szenerie ein. Die Insassen des verunglückten Fahrzeugs waren offenbar schon abtransportiert worden, denn weder waren Swetlana, ihre Freundin noch irgendeine Art von Krankenwagen zu sehen. Nun hatte also die Polizei das Bild; er würde Dimitri enttäuschen müssen. Doch dann gefror Maxim das Blut in seinen Adern, als er den Aufkleber am Heck erkannte. Das Auto hatte kein Münchner Nummernschild – es war das Auto, in das Laura und Astrid am Klosterhof gestiegen waren.

~ 37 ~

»Walter! Gott sei Dank! Du bist zu Hause! Astrid hatte einen Unfall. Laura saß mit im Auto. Sie sind von der Straße abgekommen. Beide sind verletzt, aber nicht lebensgefährlich. Der Notarzt hat nicht viel verraten.« Judith schluchzte leise ins Telefon.

Wenn Judith weinte, brach es Walter das Herz. Es kam so selten vor, dass er genau wusste, wie sehr sie litt, wie verzweifelt sie war. Und nun auch noch am Telefon! Wie sollte er sie da trösten? »Liebes, es wird alles gut! Und mit dir ist soweit alles in Ordnung?«, fragte er, mehr um sich selbst zu vergewissern, dass Judith bei dieser verflixten Übergabeaktion nichts passiert war. Halt! Was hatte das mit Laura und Astrid zu tun? Hatte er nicht streng verboten, dass Laura sich an dieser Operation beteiligte? Wieso Astrid? Verdammt! »Was ist los?!«

»Sie wurden nach Gardelegen gebracht.«

»Judith, sag mir auf der Stelle, dass dir nichts passiert ist!«, befahl Walter barsch ins Telefon.

Der Anranzer half und sie fasste sich ein bisschen. »Mir geht's gut, wirklich. Mach dir um mich keine Sorgen.«

»Gut«, sagte Walter gedehnt und eine gewaltige Woge der Erleichterung durchlief ihn. Seine Frau war nicht verletzt. »Gut«, wiederholte er jetzt konzentriert. War Astrid wieder zu rasant gefahren!? »Ich mache mich gleich auf den Weg in die Klinik und wir treffen uns dort, ja? Die zwei werden bestimmt wieder gesund, du musst nicht mehr weinen.« Zu schwach schien ihm sein Trost. Er wollte sie in die Arme nehmen und fest an sich drücken.

Judith brachte mühsam hervor: »Beim Kloster lief eigentlich alles gut. Aber dann haben wir den Wagen der Käuferinnen in dem Verkehrschaos verloren, er war in Richtung Haldensleben unterwegs. Als wir in der Letzlinger Heide waren und dachten, gleich müssen wir ihn einholen, sahen wir das Auto auf dem Dach liegen. Im ersten Moment kam sogar so etwas wie Freude bei uns auf. Wir hatten sie geschnappt! Die zwei Frauen waren aus ihrem Auto gekrochen und lagen auf der Erde. Und dann sahen wir…« Ihr versagte die Stimme.

»Alles wird wieder gut, Liebste, glaub mir. Wo steckst du eigentlich?« Walter startete einen Ablenkungsversuch. Sachliche Fragen konnten Judith von ihrem Schreck und dem Kummer abbringen. »Brauchst du irgendwas? Soll ich dich abholen kommen?«

»Ich bin in Letzlingen im Gemeindebüro. Noch kann ich hier nicht weg. Erst muss ich einiges mit der Verkehrspolizei klären. Unser zweiter Wagen verfolgt das andere Fahrzeug und vielleicht haben wir Glück und er holt es ein. Wenn nicht, ist auch nicht so schlimm. Wir haben es schon in die Fahndung gegeben. Ich komme ins Krankenhaus, sobald ich kann ... Oh! Jemand muss es Botho Ahlsens sagen.«

Richtig. Astrids Onkel wusste ja noch gar nichts. »Ich erledige das. Mach dir keine Sorgen. Alles kommt wieder in Ordnung, Judith. Ich liebe dich. Und solange kann dir nichts wirklich Schlimmes passieren.« Er hoffte, dass seine Beteuerungen ihr ein wenig Halt gaben.

Walter verlor keine Zeit und sprang in seinen Wagen. Bis zum Gutshaus der Ahlsens waren es kaum zwei Minuten Fahrt. Auf sein aufgeregtes Klopfen reagierte niemand, sodass Walter bedenkenlos die Klinke herunterdrückte und einfach eintrat, denn er hatte Licht in den Fenstern der Bibliothek gesehen. Eilig lief er den rechten Gang entlang und stieß die angelehnte Zimmertür auf. Nur ein leises Knarren der Tür war zu hören.

Von einem der Sofas, durch die Lehne verborgen, war Botho Ahlsens zu vernehmen: »Astrid? Gut, dass du endlich kommst. Ihr wart aber lange einkaufen! Du musst mir helfen, ich kann mich nämlich nicht bewegen und Ella ist-« abrupt stoppte er, als er über die Couchlehne blickte. »Oh, Dreyer, Sie sind das.« Botho Ahlsens starrte Walter an, dessen Miene nichts Gutes verhieß. »Was ist passiert?«

»Die beiden hatten einen Unfall mit dem Auto und sind verletzt. Nicht lebensbedrohlich, aber man hat sie ins Krankenhaus gebracht, nach Gardelegen.« Walter ging um das Sofa herum und setzte sich auf den Hocker davor.

»Meine Güte! Wie ist das denn passiert?« Ächzend bemühte sich Botho Ahlsens, hochzukommen, scheiterte aber kläglich. »Fühlt sich nach einem üblen Hexenschuss an. Hat mich heute Vormittag im Park bei den alten Blutbuchen erwischt, als ich mit Ella beim Schaukeln war. Ich hab sie doll angeschubst und schön hoch fliegen lassen und dabei ist es dann passiert.« Verärgert über seine Unbeholfenheit schlug Ahlsens mit der Faust auf das Polster.

»Schon gut, ich kümmere mich um die beiden; ich fahre gleich los.« Walter erhob sich. »Eigentlich wollte ich Sie ja abholen, aber wie es aussieht, werde ich wohl alleine losmüssen. Oder soll ich Sie auch gleich ins Krankenhaus schaffen?«

»Bloß nicht, ich komm schon zurecht«, brummte Ahlsens

missmutig.

»Ich melde mich, sobald ich mehr weiß. Ich kann Ihnen dann hoffentlich schon bessere Nachrichten bringen. Benötigen Sie noch etwas? Schmerztabletten? Wasser? Etwas Kräftigeres?«

Botho Ahlsens deutete auf seine neben dem Sofa vorhandenen Vorräte an Getränken und Schmerzmitteln. »Danke. Ich bin versorgt.« Er sah auf seine Armbanduhr. »Gleich halb sechs. Elvira und Leon müssten jeden Moment mit den Kindern wiederkommen; sie haben einen Fahrradausflug gemacht.«

»Gut. Dann melde ich mich also später noch einmal. Bis dann.« Walter gab sich keine Mühe, seine Eile zu verbergen. Bestimmt würde er einen neuen Geschwindigkeitsrekord aufstellen, um ins Krankenhaus zu gelangen. Ob Judith schon da war? Wie würde es den beiden Verletzten gehen?

~ 38 ~

Selbst jetzt, am späten Sonnabend Nachmittag, war noch Besuchszeit im Krankenhaus. Im Foyer herrschte ein emsiges Treiben. An der zentralen Information standen drei Frauen vor Walter. Fast hätte er seine guten Manieren vergessen und sich vorgedrängelt, aber er nahm sich zusammen und wartete. Kaum dass er seine gewünschte Auskunft hatte – »Innere Station, Zimmer bei der Stationsschwerster erfragen« – flitzte er los. Auf den Fahrstuhl zu warten, fehlte ihm die Geduld, also nahm er das Treppenhaus in die dritte Etage. Er betrat den Flur, der im kalten Licht der Leuchtstoffröhren lag, und war froh, sofort eine Schwester im Gang anzutreffen. »Ich möchte zu Frau Perch und zu Frau Ahlsens«, erklärte er und sah bereits auf die Türschilder, um das Nummerierungssystem zu erfassen.

»Die Zimmer da hinten, am Ende, sie liegen sich gegenüber«, wies die Krankenschwester in den Gang und ergänzte, auf die rechte Tür deutend: »Bei Frau Ahlsens ist schon jemand drin.«

Walter überlegte noch, wer das wohl sein könnte, denn die Nachricht von dem Unfall hatte er selbst erst vor einer knappen Stunde gehört, da öffnete sich genau diese Zimmertür und Thomas Ritter kam heraus. Nanu, was machte denn die Spurensicherung hier? Die unverhoffte Begegnung mit seinem alten Freund, der sich von ihm schwer enttäuscht glaubte, ließ Walter schuldbewusst erstarren. Es gab keine Möglichkeit, ihm im Krankenhausflur aus dem Weg zu gehen.

»Walter«, sagte Ritter tonlos, als er ihn erreichte. Das konnte schwerlich als Begrüßung interpretiert werden. Und Ritters folgende Worte ließen keinerlei Zweifel daran aufkommen, dass er ihm noch nicht verziehen hatte: »Du suchst sicher deine Vorgesetzte. Sie ist noch nicht hier.«

»Spar dir deinen Sarkasmus. Du weißt genau, dass Judith nicht mehr meine Vorgesetzte ist. Was hast du hier zu suchen?« Auch Walter klang unversöhnlich.

»Verfluchter Scheißkerl!«, blaffte Ritter zurück. Es musste raus aus ihm. Er war zu erschüttert von den Gefühlen, die ihn eben an Astrids Bett übermannt hatten. »Ich bin herkommen, in dieses gottverdammte Krankenhaus, um meine verletzte Frau zu besuchen. Ich habe also nicht die beste Laune. Überleg dir gut, ob du dich mit mir anlegen willst.«

Walter verschlug es kurz die Sprache. Ritter hatte eine Frau? Der ewige Junggeselle hatte sich einfangen lassen? Davon hatte er nichts gewusst. Und wieso kam Ritter dann aus der Tür, hinter der Astrid Ahlsens liegen sollte? Entschlossen ging Walter zu dem fraglichen Zimmer.

Ritter verfolgte ihn fluchend.

Walter griff beherzt zur Türklinke und öffnete lautlos die Tür. Astrid schlief. Das dämmerige Licht um sie herum wurde von diversen Kontrolllämpchen erzeugt. Leise schloss er wieder die Tür. »Du besuchst deine Frau! Und was machst du dann bitte hier in diesem Zimmer? Ist der Unfall dein Fall?

Musst du jetzt auch am Wochenende ran?« Walter brauchte noch ein, zwei weitere Sekunden, bis ihn die Erkenntnis traf. »Nein!«

Ritter blitzte ihn zornig an. »Geh besser nicht zu weit!«

»Nicht du und Astrid!«, presste Walter heraus.

»Das geht dich nichts an.«

Walter sah das anders; sein alter Freund Thomas war nicht gerade für Treue und Familiensinn berühmt. »Wie viele Gründe dagegen möchtest du denn hören?«

»Was willst du mir eigentlich sagen, du feiner Herr Privatdetektiv? Was genau meinst du?«

Walter wurde kaum deutlicher: »Ich meine genau das, was du gerade annimmst, was ich meine. Du bist nicht der Richtige für sie!«

Ritter blieb stur. »Du kannst mich mal!«

»Was ist mit Ella?«, brachte Walter ein fadenscheiniges Argument zur Sprache. Er wusste, dass das falsch war, aber seit er am Telefon Judith hatte weinen gehört, konnte er kaum noch klar denken. Er sorgte sich um Laura und Astrid, war innerlich extrem aufgewühlt – und ausgerechnet da musste ihm sein alter Kumpel über den Weg laufen und einen lange aufgeschobenen Streit ausfechten.

»Ella? Was soll mit ihr sein?«, fauchte Ritter zurück. »Komm mir jetzt bloß nicht mit diesem Scheiß vom Kind eines anderen oder so.«

»Wofür hältst du mich eigentlich?« Walter tat beleidigt. Aber er spürte, dass ihm sein schlechtes Benehmen kein bisschen dabei half, den Aufruhr in seinem Innern in den Griff zu bekommen. Was machte er hier eigentlich? Hier waren sie nun, zwei einstmals dicke Freunde, voller gegenseitiger Vorwürfe, Wut und Selbstmitleid. Er atmete tief durch und lehnte sich an die Flurwand. »Tut mir leid, Thomas. Ich will mich nicht wie ein Mistkerl benehmen, aber ich bin fix und alle.« Er wischte sich mit den Händen kräftig über das Gesicht. »Wie geht es Astrid?«

»Sie schläft. Sie haben ihr was gegeben. Es ist nichts gebrochen oder so. Prellungen, Schrammen. Vorhin war sie kurz wach. Die beiden hatten Glück! Willst du nicht mal nach Laura sehen?«

Walter spürte, wie der eiserne Ring, der seit dem aufwühlenden Telefonat mit Judith seinen Brustkorb einzudrücken drohte, sich ein wenig lockerte. Und auch Ritter klang mit einem Mal wieder wie sein Freund. »Würdest du bitte auf mich warten?«, fragte er mit vager Hoffnung in der Stimme. »Ich würde mich gerne mit dir unterhalten.«

Thomas Ritter sah ihm aufmerksam ins Gesicht und fand dort offenbar, was er suchte. Er nickte. »Ich bin dort hinten am Getränkeautomaten. Lass dir ruhig Zeit bei Laura. Ich gehe heute bestimmt nicht von hier weg.«

Laura schlief ebenfalls. Sie sah furchtbar blass aus, aber ihr schien wirklich nichts Ernsthaftes zugestoßen zu sein. Per Tropf wurden ihr lediglich eine stärkende Flüssigkeit und ein Schmerzmittel zugeführt. Walter beugte sich zu ihr, küsste sie kurz auf die Stirn und verließ wieder den Raum.

Ritter hatte sich so in die Besucherzone gesetzt, dass er den Gang mit Astrids Zimmer jederzeit im Auge hatte.

Walter fand, das war eine gute Idee. »Ich setze mich am besten hier direkt neben dich. Dann kann uns nichts entgehen.«

»Der Kaffee ist sogar trinkbar«, bemerkte Ritter. Es ging eigentlich gar nicht um das Getränk, sondern um die Möglichkeit, sich zu beschäftigen und etwas in den Händen zu halten, wenn sie sich nun endlich aussprechen würden.

Walter ging bereitwillig darauf ein, kramte Kleingeld hervor, steckte die Münzen in den Schlitz und hoffte auf das Beste. Seiner Erfahrung nach hatten solche Automaten ihre eigenen Vorstellungen, in welcher Reihenfolge Becher, Kaffeepulver, Wasser und Milch das Licht der Welt erblickten; Walter hatte schon oftmals Kaffee ohne Becher zu sehen bekommen oder, wie neulich auf dem Bahnhof, auch einen Becher klaren heißen Wassers erhalten. »Du auch noch einen?«, fragte er Ritter, doch der schüttelte den Kopf.

Walter setzte sich, nahm skeptisch einen Schluck von dem Gebräu und musste Ritter recht geben. Trinkbar. Er begann zu reden: »Man sucht sich nicht aus, in wen man sich verliebt. Ach Thomas! Das passiert einfach und ich bin immer noch jeden Tag aufs Neue dankbar dafür, das es mir passiert ist, damals, mit Judith. Vielleicht hätte ich dich ins Vertrauen ziehen sollen, nein, auf jeden Fall hätte ich das tun müssen. Doch fürchtete ich dermaßen um meine Liebe, dass ich jede auch noch so kleine Möglichkeit einer Belastung von außen ausschließen wollte. Wir waren überzeugt davon, es sei das Beste für alle, wenn wir unsere Beziehung geheim hielten. In deinem Falle war der Preis zu hoch, das weiß ich jetzt. Ich wollte dich nicht verletzten, das musst du mir glauben. Und ich bereue das mehr, als ich sagen kann. Ich habe dir immer vertraut.«

Ritter lehnte sich auf seinem Stuhl zurück, streckte die Beine aus und ließ sich Zeit mit einer Antwort. Dann holte er tief Luft und sagte mit einem ironischen Lächeln im Gesicht »Weißt du, Walter, mir ist erst mit 47 Jahren die große Liebe begegnet. Astrid. Und natürlich Ella. Ich bin ganz vernarrt in die Kleine. Nie hätte ich gedacht, dass meine Traumfrau so wie Astrid ist. Doch sie ist alles, was ich mir je gewünscht habe. Und sie verändert mein ganzes Leben.« Er warf einen prüfenden Blick auf Walter. Doch der lachte ihn nicht aus, im Gegenteil, Walter schien genau zu wissen, wovon er da redete. Also machte er weiter, weil es so gut tat, das jemandem zu erzählen. »Kann man sich noch mehr Glück vorstellen? Wenn ich geahnt hätte, wie sehr mich diese Liebe fesselt, hätte ich mich sogar davor gefürchtet. Meine ganze Welt wird auf den Kopf gestellt. Ich will unbedingt alles richtig machen, aber mir passieren dabei jede Menge Fehler und-«

Walter unterbrach ihn lächelnd: »Ich weiß, was du meinst.

Aber ist das nicht wunderbar?«

»Auf jeden Fall kann ich nun besser nachvollziehen, was du vor mir beschützen wolltest.«

»Nicht vor dir, Thomas, vor der Welt! Unser Geheimnis haben wir nicht deinetwegen gehütet!«

Ritter stützte die Ellenbogen auf seine Oberschenkel und barg den Kopf in seinen Händen. Einen endlos langen Moment sah er den menschenleeren Flur entlang. »Ich hatte so eine furchtbare Angst um sie, Mann. So habe ich mich noch nie gefühlt.«

Walter legte ihm tröstend eine Hand auf die Schulter. Nach einem kurzen Augenblick fragte er: »Woher weißt du eigentlich von dem Unfall?«

»Ich arbeite bei der Polizei, schon vergessen?«, erinnerte ihn Ritter freudlos. »Wir lassen den Polizeifunk fast immer laufen, wenn es im Labor nur Routinekram zu erledigen gibt. Ich hatte die Wochenendschicht. Als die Meldung rein kam, und ich das Kennzeichen von Astrids Wagen hörte, bin ich sofort los.«

Da saßen sie nun, schweigend und dennoch mit ihrer inneren Ruhe kämpfend. Zwei Männer im kalten Flurlicht eines Provinzkrankenhauses, in tiefer Sorge um Liebe und Freundschaft.

»Ich war ein Idiot«, gab Walter unumwunden zu. Er stand auf, um die nächste Runde Kaffee zu besorgen. Doch dann hielt er inne, blieb vor Thomas Ritter stehen und sagte: »Ich hätte dir mehr vertrauen müssen. Es tut mir schon so unsäglich lange leid, dass ich das nicht getan habe. Ich würde mich freuen, wenn du mir meinen Fehler eines Tages verzeihen könnest. Unsere Freundschaft fehlt mir, Thomas.«

Eine kleine Ewigkeit rührte Thomas Ritter sich nicht, dann jedoch erhob er sich. »Mann, hör bloß auf«, knurrte er. Ihm steckte ein Kloß so tief im Hals, dass er die Worte nur schwer herausbrachte. »Willst du mich zum Heulen bringen? Deine Erklärung ist demütigend genug, zumal ich mindestens ein genau so großer Idiot war! Hab den Mund ja auch nicht eher aufgekriegt.« Er klopfte Walter auf die Schulter. »Ich habe dich auch vermisst.«

Als sie sich ansahen, konnte jeder im Gesicht des anderen ein breites Grinsen sehen. Aber es sollte nur ihre aufgewühlten Emotionen überspielen. Als sie sich dann aber in die Arme fielen, spürten sie beide die große Erleichterung und das Glück ihrer Versöhnung.

~ 39 ~

Inzwischen war auch Leon eingetroffen. An der vertrauten Art, wie er und Thomas Ritter sich begrüßten, erkannte Walter, dass wohl alle Leute von dessen Beziehung zu Astrid wussten, außer ihm. Tja, da er niemandem von ihrem Zerwürfnis erzählt hatte, ging man natürlich davon aus, Thomas hätte ihn auf dem Laufenden gehalten. Da wohl auch Ritter zu diesem Thema geschwiegen hatte, ersparte ihnen das immerhin neuerliche Erklärungen! Aber hatte es erst eines solchen Dramas bedurft, um sich zu versöhnen? Sicher nicht und dennoch fühlte sich Walter unglaublich erleichtert. Wie hatte ihm sein Freund gefehlt!

Als Walter wieder Lauras Zimmer betrat, war er in einer vollkommen anderen Verfassung. Er gedachte, sich neben ihr Bett zu setzten und ein wenig über sie zu wachen. Er griff zu dem billigen Stahlrohrstuhl, der an der Zimmertür stand, und stellte ihn leise neben das Kopfende. Jemand hatte die Jalousien vor dem Fenster ganz geschlossen, und wie er Laura so im Dämmer des Notlichts liegen sah, regungslos und bleich, verschwand Walters Hochstimmung schlagartig. Er setzte sich und fuhr sich sorgenvoll durchs Haar. Behutsam griff er ihre Hand und streichelte sie sanft. Ohne, dass er hoffte, sie könne ihn hören, flüsterte er: »Wenn du aufwachst, bist du wieder ganz gesund.« Der sorgenvolle Blick, den er durch das Zimmer schweifen ließ, verriet etwas anderes. Und plötzlich erschrak er, wie selten zuvor in seinem Leben. Wer stand dort und starrte ihn aus blitzenden Augen an?

Ein Körper, nein, ein kräftiges Gebilde aus Muskeln und Sehnen, lauerte, völlig in Schwarz gekleidet, jenseits von Lauras Bett geisterhaft in der Ecke und richtete eine unübersehbare Schusswaffe auf ihn. Der Schalldämpfer ließ das Ding riesig aussehen. Lauras Schattengast!

Die Waffe verschwand, die Jalousien wurden wieder leicht geöffnet und der Mann beugte sich vor. »Eh, Dreyer.« Er wusste genau, wen er vor sich hatte.

Sie lieferten sich ein Blickduell. Keiner gewann.

»Ich passe hier auf sie auf. Du kannst verschwinden«, kam der eindeutige Appell.

Walter fragte: »Warum sollte ich?«

Die Antwort kam mit kaum verhohlener Wut: »Muss ich dich erst aufklären? Laura gehört mir! Und nichts und niemand, auch nicht du, alter Freund, könnte etwas daran ändern.«

Das war Walter nun zu blöd. Für einen Eifersuchtsanfall, auch wenn er die emotionale Ausnahmesituation seines Gegenübers berücksichtigte, fehlten ihm am heutigen Abend die Nerven. Gegen seinen Willen musste er lachen. »Nun mach aber mal halb lang! Du weißt genau, wer ich bin. Also hat Laura dich auch schon aufgeklärt, wie ich zu ihr stehe. Und da ich nachfühlen kann, wie dir im Moment zumute ist, bin ich bereit, über dein schlechtes Benehmen hinwegzusehen. Aber ich haue hier nicht ab, bis ich weiß, wie es ihr geht. Dann kannst du dich gern allein um sie-«

»Das werde ich auch tun!«

Laura regte sich. »Max?« Sein herrlich maskuliner Duft und diese leise, bezwingende Stimme hatten ihre Sinne geweckt. »Max? Bist du wirklich hier? Wie ...?«

Er eilte heran, beugte sich über sie und gab ihr einen flüchtigen Kuss auf den Mund. »Laura, sieh mich an, Liebling, bitte. Ich will, dass du mich ansiehst!«

Wie sollte sie dieser Bitte widerstehen? Laura schlug die Augen auf und schenkte ihm ein ziemlich ungläubiges Lächeln. Max! Er war hier! Vor Glück versagte ihr die Stimme. Sie drehte leicht den Kopf, um ihre Tränen wegzublinzeln und entdeckte Walter auf der anderen Seite ihres Bettes. »Maxim! Er sieht dich!«, schluchzte sie besorgt.

Dafür erhielt sie einen zärtlichen Kuss auf die Schläfe und eine Erklärung: »Du hast recht. Ich muss nicht länger unsichtbar sein.«

»Aber ...«

Er streichelte ihr sanft die Wange. »Beruhige dich. Walter und ich haben uns schon bekannt gemacht. Alles wird gut.«

Walter sah keine Notwendigkeit, diese Bemerkung zu kommentieren. Immerhin wusste er nun zumindest, wie der Kerl mit Vornamen hieß. Auch der singende Akzent war ihm aufgefallen.

Jetzt wurde Laura etwas wacher. »Was ist passiert?«

»Ihr hattet einen Unfall«, sagte Walter.

Maxim fluchte unsanft. Dann ließ er sie wissen: »Du hast eine ziemliche Gehirnerschütterung, ein paar Rippenprellungen und harmlose Hautabschürfungen. Du wirst wohl ein paar Tage hierbleiben müssen. Ich passe auf dich auf.«

»Ich auch«, versicherte Walter. Er dachte gar nicht daran, sich vertreiben zu lassen. Woher wusste der Kerl so genau über Lauras Verletzungen Bescheid?

Laura versuchte angestrengt, sich an die Ereignisse zu erinnern. Ängstlich fragte sie: »Und Astrid?«

»Sie liegt im Zimmer gegenüber«, beruhigte sie Walter. »Auch sie wird bald wieder nach Hause können.«

Laura versuchte, sich aufzusetzen. Auf ihren Kopf schlugen Tausende Hämmer ein. Mit einem Ächzen gab sie ihre Bemühungen auf und schloss lieber die Augen.

Die Männer trauten sich in den nächsten Minuten kaum, zu atmen.

»Sie schläft. Zum Glück.« Trotzdem zeichneten sich tiefe Sorgenfalten in Maxims Gesicht ab.

»Wieso bist du hier?«, fragte Walter beunruhigt. Er ahnte bereits, dass Maxims Art, Geld zu verdienen, nicht nur zu angenehmen Bekanntschaften führte. Walter hatte viel über diesen Mann nachgedacht. Maxims Jobs waren von der gefährlichen Art, daran ließen seine Vorsicht und die Art, wie er sich bewegte, keinen Zweifel. Und nun war er in Deutschland, in diesem Zimmer, an Lauras Bett! Was konnte das bedeuten?

»Das war kein Unfall.«

Walter glaubte ihm sofort. »Scheiße!«, zischte er. Männer wie Maxim wussten, wovon sie redeten.

Zum ersten Mal deutete sich ein Lächeln auf Maxims Gesichtszügen an, auch wenn es seine Augen nicht erreichte. »Das kannst du ruhig laut sagen.«

»Aber nicht hier. Setzen wir uns rüber in die andere Ecke, an das kleine Tischchen, dort können wir reden, ohne dass wir Laura stören.«

Walter wartete, bis Maxim begann: »Ich hatte heute Nachmittag in Magdeburg eine kleine Transaktion für einen Freund zu überwachen. Aber nicht nur ich, sondern auch zwei andere Typen zeigten ein reges Interesse für den Deal. Landsleute von mir. Russen. Dann war überall Polizei. Die Russen hielten sich auf Abstand. Wahrscheinlich war ihnen die Sache auch nicht geheuer. Unglücklicherweise tauchten Laura und Astrid am Ort des Geschehens auf. Sie fuhren in einem Auto davon, das dem meines Kontaktes zum Verwechseln ähnlich war. Zuerst hatte ich gar nicht mitbekommen, dass die beiden Beobachter plötzlich verschwunden waren. Unter Garantie waren die hinter den Leuten meines Freundes her. Weil sie aber aus ihrer Position nicht wirklich was hatten sehen können, haben sie dummerweise das Auto von Astrid verfolgt.«

Walter brauchte einen Moment, um das Durcheinander

zu begreifen, doch dann merkte er, dass er einige Teile der Geschichte kannte. Heute Nachmittag. Deal. Magdeburg. Er spürte, wie ihm anders wurde. »War das zufällig am Kloster *Unser Lieben Frauen*? Ging es um ein Gemälde?«

»Ja! Verdammt, was weißt du denn davon?« Maxim klang alarmiert.

»Oh Mann. Höchste Zeit, ein paar Informationen auszutauschen, meinst du nicht?« Irgendwie mussten sie die Geschichten vom Museumsdiebstahl, dem Mord und dem Anschlag auf das falsche Fahrzeug zusammenbringen. Walter war klar, dass nun die Polizei sämtliche Ermittlungen an sich ziehen würde. Als Privatdetektiv würden die ihn außen vor lassen. Was nicht bedeutete, dem gefährlichen Treiben irgendwelcher Typen tatenlos zuzusehen. Maxim würde sich durch polizeiliche Ermittlungen ohnehin nicht aufhalten lassen. Walter hoffte nur, dass Judith bald auftauchen würde und neue Informationen mitbrachte.

»Fang du an!«, forderte Maxim.

Walter war überzeugt, dass es wenig Sinn hatte, diesen Mann zu belügen. Er fand ihn trotz seines martialischen Auftretens sogar ganz sympathisch. Und Laura liebte ihn und er war ihr seit Jahren treu ergeben. Das sprach mehr für den Kerl als alles andere. Dieser Maxim war allem Anschein nach ein verlässlicher und vor allem tatkräftiger Mann. So einen würde er gut an seiner Seite brauchen können, wenn er mit den Banditen abrechnete, die seine beiden liebsten Freundinnen ins Krankenhaus gebracht hatten und Judith vor Verzweiflung weinen ließen. Also hielt Walter keine Information zurück und erzählte alles, was er wusste.

Maxim ergänzte die Geschichte von seiner Seite aus. Vieles fügte sich zusammen und so konnte er rekapitulierten: »Wie es aussieht, ist die Tochter meines Freundes mit dem Bild davongefahren, ohne es als Fälschung zu erkennen. Aber diese anderen Typen hatten es selbstredend auf ein Original abgesehen. Die Frage lautet also: Wer sind die, denn sie werden bestimmt nicht aufgeben, nach dem Bild zu suchen.«

Walter bemerkte: »Für mich ist erst einmal wichtig zu wissen, dass dieser Museumsmann nicht von deinen Leuten ermordet wurde, etwa, um das Bild zu stehlen, statt dafür zu bezahlen. Das Motiv für diesen Mord muss also noch ganz woanders liegen. Das wird Judith interessieren.«

»Auf jeden Fall«, stimmte Maxim ihm zu. »Wenn es nicht Scharnes unlautere Geschäftspraktiken waren, dann bleibt immer noch die Liebe zu dieser mysteriösen Frau, wenn ich dich richtig verstanden habe. Vielleicht sollte eure Polizei da mal genauer nachschauen. Unter Umständen taucht ja bei ihr das Original vom *Goldregen* wieder auf und ihr könnt es zurückbringen.« Da das Bild einem Museum gehörte und erst recht nach dieser ganzen Geschichte, würde sein Freund Dimitri sich so oder so nach einem neuen Hochzeitsgeschenk für sein Töchterchen umsehen müssen.

»Woher weißt du eigentlich, dass es kein Unfall war? Hast du es gesehen?« Walter hatte vor, Judith mehr zu bieten, als eine bloße Vermutung. Auch könnte er sie dann leichter von einer notwendigen Zusammenarbeit mit Maxim überzeugen. Oder sollte er ihr lieber verheimlichen, was er vorhatte? Nein, mit solchen Geheimnissen in ihrer Beziehung wollte er gar nicht erst anfangen. Sie würden schon einen Weg finden, wie sich ihre polizeilichen Pflichten mit seinen Vorstellungen, was nun passieren müsste, in Übereinstimmung bringen ließen.

Maxim klärte Walter freimütig auf: »Die Frauen wurden mit einem einfachen, aber wirkungsvollen Trick von der Straße gedrängt. Ich war dort, als die Polizei den Unfallort wieder freigegeben hatte, und habe mir alles angesehen.« Er klang so, als hätte er den Trick selbst schon ein-, zweimal angewandt. »Es gibt immer zwei Wagen. Einer überholt sehr schnell und fährt davon. Der andere setzt sich vor das Zielauto und fährt dann so gemächlich, dass der entnervte Fahrer ihn überholt. Dann aber wird er nicht zurück in die rechte

Spur gelassen, weil das bummelnde Fahrzeug plötzlich beschleunigt, und zwar solange, bis der Partner im Gegenverkehr auftaucht. Der bremst natürlich nicht oder weicht aus und so bleibt dem Opfer nur, sich seitwärts in den Graben zu begeben … Ich gehe jede Wette ein, dass die Unfallexperten der Polizei genau das feststellen werden.« Maxim lockerte seine Nackenmuskeln mit ein paar geschmeidigen Dehnungen. »Dieses Vorgehen erfordert etwas Übung, zwei Funkgeräte und einen möglichst wenig befahrenen Straßenabschnitt. Dann funktioniert der Trick jedoch zuverlässig. Das Fahrzeug kippt auf die Seite oder überschlägt sich, geht aber nicht sofort in Flammen auf. Ohne weitere Probleme kommt man an die angestrebte Beute, denn die Insassen sind oft handlungsunfähig. Wenn man dann hat, was man will, nun, wie drücke ich mich am besten aus? Diese Männer haben das nicht zum ersten Mal gemacht. Und üblicherweise, wären sie nicht von jemandem gestört worden, hätten sie mit etwas Benzin und einem Feuerzeug für einen tödlichen Ausgang des Unfalls gesorgt.«

Walter wurde übel, als ihm schlagartig klar wurde, in welcher Gefahr Laura und Astrid geschwebt hatten. Dass sie nicht die richtigen Insassen waren und auch das Bild sich nicht in ihrem Kofferraum befand, hätte dieses Pack bestimmt nicht davon abgehalten, genau so kaltblütig mit ihnen zu verfahren. Er musste seine ganze Kraft aufbringen, um sich nicht zu übergeben. »Scheiße ...«

»Genau. Aber das sagtest du ja schon. Wir sitzen wirklich in der Klemme. Kläre ich Laura darüber auf, bekommt sie erst richtig Angst. Das möchte ich ihr nicht antun.«

»… und wenn ich Judith das erzähle, wird es ihr noch schlechter gehen. Wir müssen uns schleunigst etwas einfallen lassen.«

Sie grübelten vor sich hin, wohl wissend, dass sie das alles nicht für sich behalten durften.

Maxim hielt es nicht mehr aus und knurrte: »Irgendwer

hielt es für eine gute Idee, Laura wehzutun. Die irren sich. Das werden sie merken.«

Walter hob fragend eine Braue. Sollte er Maxim darauf hinzuweisen, dass seine Liebste eigentlich das Opfer einer Verwechslung geworden war, ein Kollateralschaden sozusagen? Vom Prinzip her gab er ihm aber recht.

»Ab heute bin ich Lauras Bodyguard«, verkündete Maxim. »Bis diese Sauerei geklärt ist, und bis derjenige, der dafür verantwortlich ist, dafür bezahlt hat, weiche ich ihr nicht mehr von der Seite.«

Walter nickte. »Wenn du etwas unternehmen willst, wirst du dich mit mir zusammentun müssen. Schließlich kannst du nicht in diesem Zimmer hocken und hoffen, das sich die Sauerei von alleine klärt«, griff er Maxims Wortwahl auf. Er wollte schnell mit Judith reden und stand auf. Vielleicht konnte er sie vor dem Gebäude abpassen. Laura war einstweilen in guten Händen, Astrid ebenfalls. Und Judith brauchte ihn jetzt am meisten. »Wir dürfen die Frauen keine Sekunde aus den Augen lassen«, mahnte er besorgt, ohne eine konkrete Gefahr zu benennen.

»Mit der Überwachung können wir uns ablösen und uns bei der Gelegenheit dann immer absprechen«, schlug Maxim vor. »Ich bleibe über Nacht im Krankenhaus.«

»Das habe ich mir schon fast gedacht«, brummelte Walter. Dieser Mann liebte die Dunkelheit. »Gut. Ich übernehme die Tagschicht mit Astrids Mann, einem guten Freund von mir.«

~ 40 ~

Walter verharrte, von den letzten Entwicklungen ziemlich beeindruckt, noch einen Moment vor der Tür von Lauras Krankenzimmer. Dann riss er sich los und ging zur Stationsschwester, um dort seine Telefonnummer zu hinterlassen und seine Rückkehr für den Morgen anzukündigen.

Als er wenig später im Erdgeschoss aus dem Fahrstuhl treten wollte, stieß er fast mit Judith zusammen, die auf dem Weg nach oben war. Sie sah blass und völlig übermüdet aus. Er zog sie mit sich hinaus und hielt sie in einer festen Umarmung. »Es geht ihnen den Umständen entsprechend; die Verletzungen sind nicht so schlimm wie befürchtet. Sie waren sogar schon kurz wach.« Er drückte Judith einen Kuss ins Haar und spürte, wie ihr Körper etwas von seiner Anspannung verlor. »Ich wurde gebeten, die Nachtruhe zu respektieren und die Station zu verlassen. Komm, fahren wir nach Hause und sehen gleich morgen früh zusammen nach ihnen.«

Judith zögerte einen Augenblick, ob sie nicht doch auf einem Besuch am Krankenbett bestehen sollte, beugte sich dann aber dem Diktat der Krankenschwestern.

Auf dem Weg zum Parkplatz gestand Judith: »Ich musste Sello von dir erzählen, also ich meine, von deinen Ermittlungen. Es ging nach diesem Fund in der Scheune nicht anders.« Dieser Umstand hatte sie heute zusätzlich zu dem Unfall ihrer Freundinnen sehr belastet. Natürlich bestand theoretisch immer die Möglichkeit, dass sich ihre Ermittlungen überschnitten, aber bisher war das nie geschehen.

»Natürlich musstest du das tun«, sagte Walter, der den schuldbewussten Ton in ihrer Stimme nicht ertrug, »das hatten wir doch von Anfang an so besprochen. Meine Arbeit darf dir nicht im Wege stehen. Wenn das je der Fall sein sollte, ziehe ich mich zurück.« Er blieb stehen und zog sie an sich. »Mach dir um mich keine Sorgen, Liebste.«

Judith holte ganz tief Luft. Manchmal tat es fast weh, so sehr liebte sie diesen Mann. »Sello will mit dir reden. Gleich morgen.«

»Gut. Kein Problem. Und nun sag schon, wie geht es dir?«

Doch Judith konnte gar nicht auf seine Fürsorge reagieren, so abgelenkt war sie. Mit banger Stimme berichtete sie:

»Über die Gegenfahrbahn sind sie mit voller Geschwindigkeit in den Wald gerast; durch die abschüssige Böschung müssen sie sich überschlagen haben und sind auf dem Dach ins Unterholz geschlittert. Gott sei Dank stand dort noch kein richtig großer Baum. Es gab sonst keine Unfallbeteiligten. Irgendwas muss mit dem Auto gewesen sein, eine Fehlfunktion oder ein Defekt; oder Astrid hat Wild auf der Straße gesehen, dem sie ausweichen wollte oder … ach, ich weiß nicht.«

Walter hielt ihr die Beifahrerseite seines Wagens auf. »Rein mit dir. Morgen früh kannst du deinen Wagen wieder mitnehmen.« Während der Fahrt sprach Walter kein Wort; er wollte Judith erst Gelegenheit geben, sich etwas zu erholen, bevor er ihr von Maxim und dem Anschlag erzählte. Judith lauschte mit geschlossenen Augen der leisen Musik aus dem Autoradio und Walter hoffte, dass sie ein paar Minuten Schlaf fand.

Vor ihrer Haustür in Waldau wartete die verwaiste Wilhelmina in vorwurfsvoller Katzenpose. Die beherrschte sie perfekt. Aufrecht auf dem Hintern sitzend, die Vorderpfoten artig nebeneinandergestellt und den erhobenen Kopf mit aufgerissenen Hungeraugen auf das nachlässige Personal gerichtet. Kein Schnurren! Ungeduldiges Schwanzzucken. Sie wich keinen Millimeter, bis Walter die Tür soweit öffnete, dass sie als Erste hineinschlüpfen konnte. Den kürzesten Weg zum Futterplatz einschlagend, nahm sie, kaum dort angekommen, wieder ihre Pose ein.

»Wo frisst du das nur alles hin?«, fragte Walter, nicht zum ersten Mal, und erhielt wie üblich keine Antwort. Immerhin wurde nun geschnurrt und sich kurz darauf wohlig schmatzend den servierten Häppchen gewidmet.

Judith belächelte die Szene, die sie mindestens zum tausendsten Male beobachten durfte und die zu ihrem Gefühl, hier ein zu Hause zu haben, gehörte. Sie spürte, wie die Dramatik des Tages ein wenig wich. »Magst du etwas essen?«, fragte sie Walter, während sie eine Flasche Wein aus dem kleinen Vorratsregal neben dem Küchenschrank aussuchte und ihm zum Öffnen reichte.

»Später vielleicht«, wich Walter aus. Erst wollte er den schwierigen Teil des Gespräches hinter sich bringen.

Judith wurde stutzig. Seine Zurückhaltung war ungewöhnlich, zumal er bestimmt auch seit dem Mittag nichts in den Magen bekommen hatte. Was war los? »Komm, setz dich zu mir und erzähl, was dir so durch den Kopf geistert.« Judith zog Walter mit sich aus der Küche ins Wohnzimmer, stellte Gläser auf den Tisch, setzte sich und er schenkte ein.

»Laura hat einen Mann«, platzte Walter raus. Er klang aufgebracht.

Judith neigte leicht ihren Kopf nach oben. »Du weißt schon, dass sich dieser Satz merkwürdig anhört.« Sie wusste, dass Walter schon immer ein Problem mit Lauras Beziehungen hatte; kein Mann war gut genug für sie gewesen. Er hatte zwar nie eigene Absichten in dieser Richtung gehegt, sah sich aber schon seit Lauras Kindheit in einer Rolle des väterlichen Freundes und Beschützers. »Sie ist schön, klug und erwachsen. Sie steht auf Männer. Also scheint mir das jetzt keine Nachricht zu sein, über die man sich derart aufregen könnte.« Judith schnappte sich ein Glas und ließ sich zurück ins Sofa fallen.

Walter blieb stehen, sah auf sie herab und seufzte schwer. Doch die Lachfältchen um seine Augen verrieten ihn. »Einsfünfundneunzig groß. Mindestens hundert Kilo, kein Gramm Fett. Die Muskeln sprengen fast seine Kleidung. Tätowiert.«

Judiths Neugier war geweckt. »Meine Güte! Das hört sich doch gut an«, neckte sie ihn. Sie hatte immer noch keine Ahnung, was Walter so aufregte. »Du denkst, er ist ein Gangster? Oder so ein aufgepumpter Söldner? Oder ist er etwa Schauspieler?«

Walter warf die Hände in die Luft, hatte jedoch auch Probleme, ernst zu bleiben: »Ja, amüsier dich ruhig ein wenig auf meine Kosten! Der Kerl hockte in ihrem Krankenzimmer wie ein verdammter Geist. Ich weiß genau, dass er sie schon seit Jahren großzügig beschenkt und selbst in Waldau besucht-«

»Ach! Mir gegenüber hat Laura nie etwas von einer festen Beziehung erwähnt.« Allerdings war Laura bezüglich ihrer Liebesbeziehungen sowieso ein sehr zurückhaltender Mensch. Judith hatte das immer akzeptiert und war nie in sie gedrungen.

»Darf sie sicher auch nicht.«

»Wie bitte?!«

»Ich vermute schon länger, dass er der Boss einer obskuren, super ausgerüsteten Spezialeinheit ist, einer von diesen Kerlen, die man nicht kommen sieht. Man weiß nicht einmal, dass sie da sind. Und wenn ihre Mission beendet ist, gibt es keinen Beweis dafür, dass sie überhaupt jemals stattgefunden hat. So einer ist das.«

Judith nahm einen Schluck Wein und ließ sich Walters Beschreibung durch den Kopf gehen. »Also wenn das schon ein paar Jahre so geht, scheint er ein treuer Kerl zu sein, und Laura würde sich nie mit einem schlechten Mann abgeben, das weißt du genau. Vertrau ihr! Der Mann gehört bestimmt zu den Guten. Auch die brauchen solche Typen ... Hat er auch einen Namen?«

Walter, der furchtbar erleichtert war, dass Judith genau das aussprach, was er für sich selbst auch schon überlegt hatte, setzte sich nun endlich und stieß mit ihr an. »Maxim.« Dann sagte er: »Ich fürchte, wir werden nun öfter von ihm hören. Mir gegenüber hat er sich jedenfalls nicht mehr versteckt.«

Judith hob, belustigt über Walters Aufruhr, ihr Weinglas, als wolle sie einem Toast aussprechen: »Alles in allem muss man Laura wohl gratulieren. So einen durchtrainierten, geheimnisvollen und treuen Kerl wünscht sich doch jede Frau.«

»Treu bin ich übrigens auch«, merkte Walter an, den das Gefühl beschlich, dass Judith ihn auf den Arm nahm. »Der

Mann weiß zu befehlen. Es ist schwer, ihm zu widersprechen. Außerdem hat er einen unbändigen Willen und grenzenlose Ausdauer«, war er mit seiner Beschreibung noch nicht fertig.

»Nun, Letzteres konnte er bei Lauras Eroberung sicher gut gebrauchen«, vermutete Judith schmunzelnd. Sie sah das Ganze nicht so dramatisch, weswegen Walter ihr einen grimmigen Blick zuwarf.

»Und großzügig bist du ebenfalls«, versuchte sie ihn abzulenken und senkte die Stimme: »Von deiner Spezialausrüstung mal ganz abgesehen.«

Walter musste trotz innerlicher Gegenwehr lächeln und zog Judith in seine Arme. »Du nimmst mich nicht ernst«, beschwerte er sich, bevor er sie innig küsste. Dann nahm er ihr das Glas aus der Hand und stellte es zu seinem auf den kleinen Beistelltisch neben dem Sofa. »Also werde ich meinen Willen und meine Ausdauer wohl ebenfalls unter Beweis stellen müssen.«

Eine halbe Stunde später saßen sie, frisch geduscht und in ihre Bademäntel gehüllt, bei einem späten Abendessen. Walter beschloss, es nunmehr hinter sich zu bringen. »Maxim glaubt übrigens nicht an einen Unfall.« Er beobachtete Judiths Reaktion genau, um notfalls reagieren zu können. Und so entging ihm nicht, dass ihr kurz der Atem stockte und ihre Hand ein klein wenig zuckte.

Sie legte bedächtig ihr Besteck ab. »Ich will alles hören«, sagte sie mit entschlossener Stimme.

»Gut.« Walter berichtete ausführlich von Maxims Feststellungen, ihren Überlegungen und Schlussfolgerungen. Judith musste das alles wissen, denn schließlich ermittelte sie in diesem Fall, der von Tag zu Tag komplizierter wurde. Außerdem würden sie eine Balance zwischen ihren offiziellen Ermittlungen und seinen privaten Nachforschungen finden müssen, von Maxims Absichten ganz zu schweigen. Als er fertig war, ließ er sie in Ruhe nachdenken. Sie schien mit den

Neuigkeiten gut zurechtzukommen.

Judith brauchte nicht lange, um die Situation richtig einzuschätzen. »Also ein Mordversuch.« Wie zuvor schon Walter, war auch sie sofort bereit, Maxims Schlussfolgerungen anzunehmen. »Nun, wir dürfen wohl davon ausgehen, dass die Männer, die für den Anschlag auf Laura und Astrid verantwortlich sind, ziemliche Probleme bekommen werden.« Jetzt dämmerte Judith langsam, weswegen Walter vorhin so schwer mit der Sprache rausrücken wollte. Er befürchtete Selbstjustiz; eine Option, die durchaus im Bereich des Möglichen lag, die er jedoch nur schwer würde akzeptieren können. »Denkst du, dieser Maxim könnte etwas Unüberlegtes tun?«

»Unüberlegt? Nein! Der weiß genau, was er tut. Ich hoffe nur, er bringt sich nicht in allzu große Schwierigkeiten.«

»Du magst ihn!«, stellte Judith überrascht fest. Einen Moment später blitzte sie Walter strafend an. »Dieser Maxim und du – ihr habt zusammen was ausgeheckt!«

Erwischt zuckte Walter die Schultern. Es hatte wenig Zweck, das zu leugnen, auch wenn es Judith nicht passen würde.

Doch sie überraschte ihn wieder einmal. »Weißt du, mir gefällt der Gedanke, dass du nicht allein in die Schlacht ziehen musst. Die beiden sind auch meine besten Freundinnen, Walter. Es tut mir regelrecht weh, nein, das ist zu wenig, es brennt in meinem Herzen, wenn ich daran denke, dass Laura und Astrid tot sein könnten. Dieser Maxim scheint mir genau der richtige Mann zu sein, um einigen gewissenlosen Leuten etwas auf die Finger zu klopfen. Wie es aussieht, könnte die Welt durch sein Handeln ein besserer Ort werden. Gut.«

Fast ein wenig erschrocken von ihrem wenig barmherzigen Tonfall bemerkte Walter vorsorglich: »Ich muss dich doch nicht daran erinnern, dass du Polizistin bist, oder? Für dich gelten Regeln. Und Maxim wird es bei Weitem nicht dabei belassen, jemandem auf die Finger zu klopfen.« Dass er genau dafür Verständnis hatte, erwähnte er lieber nicht.

Sie schenkte ihm ein aufmunterndes Lächeln: »Keine Bange, ich kennen meine Grenzen. Ich werde meinen Teil der Ermittlungen schon hinbekommen. Und für alles andere habe ich ja dich.«

»Und Maxim«, ergänzte Walter.

»Genau. Schnappt euch die Mistkerle! Und gebt mir dann Bescheid, wenn ich sie verhaften muss! – Und tut mir bitte noch einen kleinen Gefallen und findet den echten *Goldregen*.«

~ 41 ~

»Pass auf«, sagte Judith in seltener Morgenmunterkeit und stopfte sich auch noch Walters Kissen in den Rücken, um bequem am Kopfende ihres Bettes sitzen zu können. »Es gibt eine ziemlich simple Erklärung für all das.«

Walter war froh, dass sie wieder wie eine Ermittlerin dachte und ihr nächtlicher Kummer einer gewissen Tatkraft gewichen war. Jetzt brachte er ihr einen frühen, extrastarken Kaffee und ließ sich bei ihr auf der Bettkante nieder. »Lass hören!«

Judith nahm ihren Becher, blies sacht auf das heiße Getränk und nahm vorsichtig einen Schluck. »Hm. Gut. Ein Lebensretter.«

Walter blickte sie zufrieden an. Es ging ihr sichtbar besser.

»Nun, wie es aussieht, haben wir es einfach mit zwei Gruppen zu tun, die das Bild haben wollten. Einerseits Scharnes Geschäftspartner, der noch nicht einmal gewusst haben musste, dass es sich bei dem Gemälde um heiße Ware handelte. Dass die auf die Fälschung hereingefallen sind, spricht ziemlich für ihre Arglosigkeit. Auch vermute ich mal, dass Ingrid Deutler bei diesem Geschäft eine gewisse Rolle spielte, denn die muss von der Fälscherwerkstatt in der väterlichen Scheune gewusst haben. Der Übergabetermin gestern Nachmittag war also von diesen eher harmlosen Leuten ausgemacht. Andererseits haben wir es mit richtigen Verbrechern zu tun, die ebenfalls auf das Bild scharf waren, aber keinen Grund sahen, dafür auch Geld auszugeben. Sie wollten das Gemälde erst Scharne und – als das nicht funktionierte – Scharnes Käufern einfach abnehmen. Ohne Rücksicht auf Verluste.«

»Ich nehme an, das war die Kurzfassung?«, fragte Walter mit einem Lächeln. »Wärst du wohl so lieb und fängst noch mal von vorne an? Es ist noch früh am Morgen und ich bin nicht ganz mitgekommen«, gab er flunkernd vor. Er freute sich ungemein, Judith wieder in ihrem Element zu erleben und wollte einfach nicht, dass sie schon aufhörte.

Sie verdrehte zum Spaß die Augen. »Weil du es bist … Der Bilderfälscher Wolfgang Scharne findet irgendwann vor ein paar Monaten, vielleicht sogar schon im letzten Jahr, im Museumskeller den *Goldregen* und ist Fachmann genug, um zu erkennen, was er da für ein Juwel entdeckt hat. Er plant, das Original gegen eine Kopie zu tauschen und es dann zu Geld zu machen. Da keiner außer ihm das Gemälde kennt und deswegen auch niemand den *Goldregen* vermissen könnte, würde das womöglich erst in ein paar Jahren auffallen, wenn überhaupt. Er bereitet alles vor. Fertigt eine Kopie an und findet einen zahlungskräftigen Interessenten für das Bild. Wann und woher, wissen wir noch nicht. Das Original verwahrt er zum Duplizieren vielleicht sogar eine Weile in dieser Scheune, und als er mit der Kopie fertig ist, stellt er den echten *Goldregen* zunächst zurück ins Museumslager. Dort wähnt er das Bild am sichersten; schließlich ist es auch bisher niemandem aufgefallen. Unglücklicherweise entdeckt die neue Direktorin, Dr. Schneider, das Bild und will es öffentlich aufhängen. Scharne überzeugt sie listig von der Notwendigkeit einer Gemäldereinigung, tauscht das Original gegen seine Fälschung aus und schiebt Dr. Schneider auf diese Weise die Kopie unter, die dann im März mit viel Tamtam im Musikzimmer des Museums aufgehängt wird. Alles bestens, der Deal ist gerettet. Sein Käufer kann zum vereinbarten Termin am Samstag mit dem echten Gemälde beliefert werden – das war zumindest der Plan.« Judith trank zwei kleine Schlucke von ihrem Kaffee. »Allerdings deutet alles, was dann in den letzten Tagen tatsächlich passiert ist, darauf hin, dass Scharne das Original irgendwie verloren haben muss.«

»Spann mich ruhig ein wenig auf die Folter«, neckte Walter Judith, die in Nachdenken versunken war.

Sie lächelte entschuldigend. »Nun, Scharne brauchte also ein Bild, das er am Sonnabend verkaufen kann. Auf das Original hat er keinen Zugriff mehr, also inszeniert er am Dienstag gegen Morgen den Diebstahl seiner eigenen Kopie, von der alle außer ihm annehmen, es ist der echte *Goldregen*. Das hat den Effekt polizeilicher Ermittlungen oder vielleicht sogar von Presseberichten, die er seinem Interessenten als Beleg für die Echtheit mitverkaufen kann. Er bewahrt die Kopie dann im Kofferraum seines Autos auf – vermutlich sollte sie dort den Geruch nach frischen Ölfarben noch etwas verlieren oder er wollte das Bild noch irgendwo künstlich altern lassen –, und hofft, dass sein Kunde am Sonnabend den Betrug nicht bemerkt.«

»Reichlich naiv«, war Walter skeptisch.

»Nun, im Notfall hätte er sich ja mit seiner Dummheit herausreden können, dass er auch nicht gewusst habe, dass das Museum eine Fälschung aufgehängt hat. Einen Versuch war es wert; das Bild muss eine Menge Geld einbringen, wenn manche dafür sogar Tote in Kauf nehmen.«

»Womit wir nun bei den Verbrechern sind. Scheißkerle!«, warf Walter ein. »Mach weiter.« Er wollte wissen, was Judith sonst noch für Ideen hatte.

»Ich bin wie gesagt überzeugt, dass es diese andere Gruppe gibt. Wie die von dem Gemälde erfahren haben, wissen wir natürlich nicht, aber was die dafür bereit sind zu tun, haben wir schmerzvoll erlebt. Es geht denen nicht um langfristige

Geschäftsbeziehungen oder Sammlerleidenschaft. Sie wussten von dem Deal, also wollten sie schon vor dem Sonnabend an das Bild kommen. Wie auch immer diese Leute es in Scharnes Nähe schafften – als er ihnen Mittwochnacht in seiner Wohnung begegnete und das Original nicht herausrücken konnte, brachten sie ihn um. Ohne einen einzigen Beweis zu hinterlassen. Es sind eben Profis – echte Killer!«

Walter ließ sich das durch den Kopf gehen. »Könnte sein.«

Judith bekräftigte: »Diese Leute haben Scharne ermordet, als der das Original nicht rausrücken wollte. Er konnte es ihnen nicht geben, weil er selbst nicht wusste, wo es war. Denn wenn er es am Mittwoch in seiner Wohnung gehabt und ihnen gegeben hätte, oder zumindest würde verraten haben, wo es sich befand, hätte man sich den Anschlag von gestern schenken können. Also hofften die Scheißkerle«, übernahm Judith Walters Bezeichnung, »Scharnes Partner würden das Geschäft wie geplant durchziehen und sie hätten dann eine erneute Chance in den Besitz des Bildes zu gelangen.«

Walter begann, sich für Judiths Idee zu erwärmen. »Mal vorausgesetzt, deine Hypothesen stimmen, können wir davon ausgehen, dass die eigentlichen Käufer des Bildes nichts von Scharnes Tod wussten, sonst wären sie gestern nicht wie verabredet in Magdeburg aufgetaucht und vertrauensvoll mit dem vermeintlichen Original im Kofferraum davongefahren.« Dann stutzte er. »Hm, das ist gar nicht gut. Die Killer haben diesen fiesen Unfall inszeniert? Ja, und augenscheinlich ahnten sie nicht, dass sie einer Kopie hinterherjagten. Stimmt's?«

»Ja.«

»Du weißt schon, was das bedeutet!«

»Was?«

»Nun, nicht mehr und nicht weniger, als das nicht nur wir, sondern auch alle anderen immer noch keine Ahnung haben, wo der *Goldregen* steckt!«, stellte Walter fest. Dann erinnerte er sich. »Nur der Vollständigkeit halber: Maxim meinte gestern, wir sollten bei all den möglichen Gründen für Scharnes Ermordung nicht das Motiv der Liebe außer Acht lassen.«

~ 42 ~

Oha! Judith entging der Themenwechsel keinesfalls.

Mit unschuldigster Miene schlug Walter vor: »Wie wäre es, wenn du diese Spur verfolgst, während Maxim und ich ein wenig überlegen, wie wir an den *Goldregen* rankommen?«

Judith verkniff sich ein wissendes Lächeln. Offenbar hatte Walter, genau wie sie, an diesen Maxim und seine wenig durchsichtige Rolle in dem ganzen Drama gedacht. Sie durchschaute recht gut, was hinter seinem Vorschlag steckte, wollte mit ihm aber nicht über ihre Arbeit debattieren. Sie verstand sein Bedürfnis, sie mit harmlosen, sprich ungefährlichen Nachforschungen beschäftigt zu wissen und die anderen Dinge selbst in die Hand zu nehmen. Aber die Ermittlerin in diesem Fall war nun einmal sie. Mal sehen, wie sie ihren Job und Walters Schutzbedürfnis unter einen Hut bekam. »Kannst du mir bitte mal diese Ingrid Deutler beschreiben«, ging sie geschickt auf Walters Frage ein. Sie hatte ohnehin vorgehabt, sich so bald wie möglich mit dieser Frau zu unterhalten. Von der Sache mit der Fälscherwerkstatt in der Scheune und den identischen Schlüsseln abgesehen, war ihr die Beobachtung von Scharnes Nachbarin nicht aus dem Kopf gegangen, die ihn zu einer gut aussehenden, ein paar Jahre älteren Frau ins Auto hatte steigen sehen. Die beiden hatten sich geküsst.

Walter war erleichtert, da er annahm, Judith auf eine unbedenkliche Fährte gelenkt zu haben. »Nun, die macht schon was her, eleganter Typ, achtet auf ihr Äußeres. Trägt schicke Blusen, ist geschminkt, stilsicher frisiert-«

»Das könnte sie sein! Was, wenn die Deutler nicht nur Scharnes Komplizin, sondern auch sein Verhältnis war? Eine Zeugin hat sie mit ähnlichen Worten beschrieben wie du eben.«

Walter hob die Schultern. »Die Frau ist nicht unattraktiv. Und soweit ich das einschätzen kann, nicht fest an jemanden gebunden. In ihrer Wohnung deutete zumindest auf den ersten Blick nichts auf die ständige Anwesenheit eines Mannes hin. Aber …«

»Was ist?«, wollte Judith den Grund für Walters Zögern erfahren.

»Nun, zumindest vorgestern Morgen fehlte ihr jegliche Eleganz; sie war eher völlig durch den Wind. Als ich ihr das Fotoalbum ihres Vaters zurückbrachte, war sie verheult und ungekämmt, noch nicht mal richtig angezogen.«

Judith überlegte leise: »Freitagmorgen? Vielleicht hatte sie von Scharnes Tod erfahren und war deswegen unglücklich?« Dann sagte sie zu Walter: »Diese Frau hat mir allerhand Fragen zu beantworten. Ich werde sie am besten gleich zu mir auf die Dienststelle bringen lassen. Sonntags müsste Ingrid Deutler doch zu Hause anzutreffen sein und kann sich ja schlecht weigern, der Polizei bei einer Mordermittlung zu helfen. Gibst du mir ihre Adresse?« Ihr fiel ein: »Du sagtest, die Deutler wohnt in Stendal? Im Prinzip könnte ich mich ja auch dort, bei Sello auf der Dienststelle, mit ihr unterhalten. Aber, nein – ich werde besser in Salzwedel eine Gegenüberstellung mit meiner Augenzeugin organisieren, vielleicht bringt das ja schneller etwas.« Judith erhob sich geschmeidig und spazierte ins Badezimmer.

Während er Ingrid Deutlers Adresse für Judith aufschrieb, sagte Walter in Richtung der angelehnten Tür: »Ich fahre erst mal in die Klinik und sehe nach Laura und Astrid. Ich werde mir ein Auto von den Ahlsens leihen, dann kannst du meins nehmen, um aufs Revier zu kommen. Ich lasse mir dann was einfallen, wie wir deinen Wagen aus Gardelegen zurückholen ... Maxim wollte über Nacht etwas rumtelefonieren. Bestimmt können wir mit seinen Informationen einiges anfangen. Und wenn du für deine feierabendlichen Überlegungen die Aufnahmen der Spurensicherung aus der Scheune in Möhringen mitbringen könntest?«, deutete er sein inoffizielles privatdetektivisches Interesse an den polizeilichen Unterlagen an. »Meine Fotos muss ich nämlich erst noch entwickeln lassen und ich glaube, dass dort in einem der Pappkartons ein Stück Porzellan aus dem Logenhaus steckte. Ich will-«

»Du meinst, du hast dort in Deutlers Scheune deinen Schatz entdeckt? Warum sagst du das erst jetzt?« Judith stand, notdürftig in ein schmales Handtuch gewickelt, in der Badezimmertür und blitzte ihn vorwurfsvoll an.

Walter gestand freimütig: »Weil es sich einfach noch nicht ergeben hat, Liebste. Und außerdem habe ich nur ein einziges Stück gesehen und das noch nicht einmal besonders gut. Also lass uns warten, bis wir die Fotografien verglichen haben.« Geschickt lenkte er weiter ab und hoffte so, ihren Vorhaltungen zu entgehen: »Apropos Spurensicherung: Ich muss dir noch was erzählen, wozu bisher keine Gelegenheit war, aber diesmal etwas wirklich Erfreuliches.«

Judith steckte das Handtuch über ihrer Brust fest und sah Walter ungeduldig an. »Nun sag schon!«

»Thomas Ritter und ich – wir haben uns wieder vertragen.«

»Was! Wie schön! Wie ist das denn passiert?« Sie eilte zu ihm und schlang Walter ihre Arme um den Hals.

»Ich habe ihn gestern im Krankenhaus getroffen. Er kam aus Astrids Zimmer und-«

»Was hatte denn die Spurensicherung dort zu suchen?« Judith war mehr als verwundert.

»Nichts. Es war ein privater Krankenbesuch.«

Sie brauchte einen winzigen Moment, um die Mitteilung gedanklich einzuordnen. »Soll das heißen, die beiden sind zusammen?« Das wurde ja immer besser! Erst Laura mit ihrem Superhelden und nun auch noch Astrid. Judith überlegte kurz, wieso ihr beides entgangen war, doch da sie andere prinzipiell nicht nach ihrem Liebesleben auszufragen pflegte und die beiden sicher Gründe hatten, ihre Herzensangelegenheiten nicht auszubreiten, sollte es so sein.

»Sieht so aus. Thomas schien richtig verliebt zu sein. Er macht sich natürlich große Sorgen um Astrid. Jede Wette sitzt er schon wieder bei ihr am Krankenbett. Ich vermute sogar, er hat sie nicht eine Sekunde verlassen.«

»Dann grüß ihn bitte ganz herzlich von mir. Wir sollten die beiden mal zu uns einladen, wenn es Astrid wieder besser geht.«

Walter küsste Judith auf die Schläfe. »Das machen wir. Und nun an die Arbeit, Frau Kommissarin – wir müssen uns um ein paar echt üble Verbrecher kümmern.«

Als das Telefon im Flur klingelte, war Judith schon fast aus dem Haus. Sie machte wieder kehrt und nahm den Hörer ab. »Brunner.«

Der Diensthabende vom Revier in Salzwedel meldete sich: »Frau Kriminaloberkommissarin, schön, dass ich Sie erreiche! Sie hatten doch diese Scheune beobachten lassen. Die Kollegen der Nachtschicht haben vor ein paar Stunden tatsächlich jemanden beobachtet, wie er dort aufräumen wollte. Der Mann sitzt jetzt hier ein.«

»Ach. Danke!« Das war ja mal eine Überraschung! Als Judith diese Überwachung gestern veranlasste, hatte sie nicht wirklich daran geglaubt, jemanden auf frischer Tat zu erwischen. Sie wollte bloß nicht nachlässig sein, aber nun freute sie sich, dass ihnen jemand ins Netz gegangen war. »Wen hat man denn aufgegriffen?«

Walter war aus der Küche gekommen, stand nun dicht neben ihr und hörte mit.

»Einen Withold Weigel. Er hat die letzten Stunden als unser Gast in einer Einzelzelle verbracht, will wohl nicht reden. Die Kollegen haben seinen Namen auch nur, weil sie das Fahrzeug überprüften, mit dem er gekommen war, und ihn als Halter feststellten.«

Judith verschlug es für einen Moment die Sprache. Der ach so auskunftsfreudige Herr Museumsdirektor a. D.! Also steckte der auch mit drin? Judith überlegte kurz. Sein Erscheinen in der Fälscherwerkstatt und die Tatsache, dass er den Mund nicht aufmachte, sprachen eindeutig dafür. Der Mann hatte sie eiskalt im Dunkel tappen lassen! »Er soll ruhig noch ein bisschen schmoren. Ich komme gegen Mittag rein. Bis dahin geben wir ihm noch ein wenig Gelegenheit sich zu überlegen, ob er weiter den Mund halten will.« Sie bat den Diensthabenden zu veranlassen, dass Ingrid Deutler zu ihr auf die Dienststelle gebracht wurde, und bedankte sich für den Anruf.

Als Judith umgehend die Nummer von Anton Sello wählte, holte Walter zuvorkommend einen Stuhl aus der Küche, damit sie sich während des Telefongesprächs setzen konnte.

Wenige Minuten später hatten Judith und Sello alles Wichtige besprochen. »Gut. Dann mache ich mich gleich auf den Weg, um meine Augenzeugin aufzutreiben, damit sie unauffällig einen Blick auf Ingrid Deutler werfen kann. Die Deutler kennt mich noch nicht. Ich will das ausnutzen und mit ihr reden, bevor wir diesem feinen Herrn Dr. Weigel gegenübertreten ... Schön, dann sehen wir uns nachher auf dem Revier. Bis dann ... Ja, ich informiere Herrn Dreyer, dass Sie ihn heute Nachmittag erwarten.«

Walter nickte augenzwinkernd.

Judith stand auf und trug den Stuhl zurück in die Küche, wo sie ihn mit einem größeren Bums als nötig abstellte. Mächtig verärgert stellte sie fest: »Kann das denn wahr sein? Dieser Weigel! Der Kerl hat mich ja so was von verladen!«

Judiths wütender Tonfall verhieß nichts Gutes für den Mann, wusste Walter. So aufgebracht wollte er sie nicht gehen lassen, deshalb gab er ihr zum Abschied noch einen liebevollen Kuss. Und erst als er sich seines Beruhigungsmanövers völlig sicher war, rief er ihr anspornend hinterher: »Gib's ihm! Aber richtig!«

~ 43 ~

Bei den Morawes war nur der Ehemann zu Hause, seine Gattin sei beim Friseur; sonntags übte dort der Nachwuchs für die Abschlussprüfungen und seine Frau sei eines der auserwählten Modelle. Darauf wäre Judith angesichts der Erscheinung, die Hannelore Morawe bei ihrer Begegnung am Donnerstag abgegeben hatte, zwar niemals gekommen, doch sonderbare Dinge passierten nun mal.

Sie folgte der Wegbeschreibung, die Morawe ihr zwar umständlich, aber in ausgesucht freundlichen Worten gegeben hatte. Am Sonntagmorgen wirkte Salzwedel nahezu ausgestorben. Ein paar Hunde führten ihre Herrchen oder Frauchen Gassi. Ein abgerissen wirkender Mann mit Gießkanne in der Hand schlich gerade um die Ecke. Die Tür zum Friseursalon »Flotte Welle« stand weit offen und der Duft von Shampoo und Haarlack wehte den vereinzelten Passanten in die Nasen. Judith holte tief Luft; sie mochte diesen frischen, immer gleichbleibenden Hauch von Schönheit und Luxus.

»Ein Triebtäter? Der? Pah!«

Judith Brunner verharrte alarmiert an der Tür, als sie beim Betreten des Salons hörte, wie ein energischer Sopran jemandem gebieterisch widersprach.

»Den kenn ich, mach dir mal nich ins Hemd. Der hat mit Frauen nüscht am Hut! Nich mal mit seiner eigenen«, brachte die rundliche, kleine Frau ihre Überzeugung weiter zum Ausdruck.

Judith zweifelte keinen Moment lang, dass sie hier die Chefin des Salons hörte.

»Aber, aber«, kam piepsender Widerspruch, »er wollte abgeschnittene Haare!«, rechtfertigte eine junge Person in einer pinkfarbenen Kittelschürze ihr Unbehagen.

»Du bist neu hier, deswegen kannste den nich kennen tun, Liebes. Seit Wochen schon kommt der. Das ist gegen die

Wildschweine.«

Irgendwie fühlte Judith mit der Nachwuchskraft, denn egal, worum es hier auch ging – sie spürte deren Verwirrung deutlich.

»Olle, fettige Haare«, fuhr die junge Frau fort und verzog angeekelt das Gesicht.

»Genau das hilft ja«, verlautbarte die Chefin ungerührt. Dann entdeckte sie Judith, die immer noch in der Tür stand, und teilte ihr mit: »Wir haben geschlossen. Wir üben hier nur. Dauerwelle. Um halb zehn geht's los. Oder gehören Sie auch dazu?«

Judith war absolut sicher, dass sie in diesem Laden zu nichts gehörte. Dessen ungeachtet stellte sie sich vor: »Kriminaloberkommissarin Brunner. Ich komme vom Revier hier im Ort und bin auf der Suche nach Hannelore Morawe. Ihr Mann sagte mir, dass sie hier ist.« Suchend sah Judith sich etwas um. Es waren keine Kundinnen und schon gar keine Models im Salon zu sehen, was sie verwunderte, denn Dauerwellen hatten gerade Hochkonjunktur.

»Dass der sich kümmert, wohin die Hannelore geht«, brachte die Chefin ihre Skepsis zum Ausdruck. »Na, was soll's. Sie kommt gleich, packt nur schnell die Sachen vom Freitag aus.« Die Chefin deutete auf einen Raum hinter einem blumigen Vorhang. »Worum geht's denn? Bestimmt dieser Nachbar von über ihr. Den hat ener totgemacht.«

In einer Kleinstadt sprach sich wirklich alles schnell herum. Zudem hatte vorgestern das Fachkommissariat in Stendal eine kleine Pressekonferenz abgehalten, sodass der zeitungslesende Teil der Bevölkerung bestens informiert war. Judith lächelte, wie immer bei neugierigen Nachfragen und antwortete mit ihrer Standardentgegnung: »Das darf ich im jetzigen Stadium der Ermittlungen nicht sagen, doch ich hoffe, Frau Morawe kann mir mit einer wichtigen Auskunft weiterhelfen.«

Das leuchtete durchaus ein und klang interessant. Ihre

neue Aushilfskraft hatte also in einem Mordfall Wichtiges mitzuteilen! Freundlich bat die Friseurin: »Kommen Sie doch rein. Vielleicht können Sie erst mal meine Azubi beruhigen, die denkt nämlich, der olle Kerl eben wäre ein Serienmörder gewesen!«

»Ich weiß nicht recht«, fing Judith an, sich vorzutasten, »was war denn mit ihm?«

Die Auszubildende reckte trotzig ihr Kinn vor. »Na, wie würden Sie denn reagieren, wenn hier ein zerlumpter Mann reinkommt, Sie bloß anstarrt und dann einen Sack voller ungewaschener Haare will?«

Über derartige – zugegeben seltsame Wünsche – hatte sich Judith noch nie Gedanken machen müssen und offenbar sah man ihr eine gewisse Ratlosigkeit an.

Zumindest fühlte sich die Salonchefin jetzt bemüßigt, zu erklären: »Keine Sorge. Das war bloß der olle Simpel, der hinten in meiner Straße wohnen tut. Außer der Kneipe, seine Kartoffeln und seine Zwiebeln interessiert den nix. Der hat was gegen die Wildschweine gefunden, die sein Garten regelmäßig umgraben – alte, fettige Haare. Deswegen kam er vor ein paar Wochen zu mir. Ich habe ihm erklärt, dass wir vor dem Schneiden immer waschen und ich ihm nur saubere Haare geben kann. Er wollte es trotzdem probieren.« Die Frau wischte sich die trockenen Hände an ihrer Schürze ab. »Also, seitdem kommt er her und holt sich was. Er meinte, auch Läuse würden ihn nicht stören. Igitt! Er füllt das Zeug in kleine Netze und hängt die dann an seinen Gartenzaun. Ha! Ich hab mal gehört, es würde schon helfen, an den Zaun zu pinkeln. Das mögen die Wildschweine auch nicht.« Abschätzend sah sie sich auf dem pieksauberen Fußboden des Salons um. »Na, heute wird die Ausbeute ohnehin nicht groß werden. Morgen sind mehr Haare da. Da kriegt er wieder seinen Beutel.« Zufrieden mit ihrer nachbarschaftlichen Hilfe hob die Chefin dann den Kopf, sah auf die große Wanduhr neben den Waschtischen und sagte: »Ich guck mal, wo die Hannelore bleibt. Und du«, wandte sie sich dann an das jugendliche Opfer gärtnerischer Obsessionen, »siehst besser zu, dass deine Freundinnen bald hier antanzen. In zehn Minuten geht's los.«

~ 44 ~

Bevor Walter sich auf den Weg nach Gardelegen machen konnte, musste er sich einen fahrbaren Untersatz aus dem Gutsfuhrpark organisieren. Er traf die Familie noch beim Frühstück in der Küche an. Botho Ahlsens Rücken ging es kein bisschen besser, und ohne Zweifel hatten die Sorgen um Astrid nicht zu seiner Genesung beigetragen.

Walter hatte zusammen mit Judith beschlossen, nichts von der eigentlichen Ursache des Unfalls zu erzählen und es Astrid und Thomas zu überlassen, was und wie viel sie ihrer Familie von den Vorkommnissen mitteilen wollten.

Am meisten vermisste Ella ihre Mutter und Elvira versuchte so gut wie möglich, deren Abwesenheit auszugleichen. Auch die drei Bauer-Kinder waren rührend um die Kleine bemüht.

»Habt ihr ein Auto, das ich mir für ein paar Stunden leihen kann?« Walter erklärte die Umstände seiner Bitte und bekam freie Auswahl aus dem Ahlsens'schen Fuhrpark gewährt, der immer noch ausreichend Fahrzeuge umfasste.

»Ich fahre nachher auch noch los und nehme Ella mit ins Krankenhaus«, teilte Leon mit. »Astrid geht es gut genug, um aufzustehen und sich anzuziehen. Den Besuch dort wird die Kleine schon verkraften, und Astrid tut es sicher auch gut, ihr Töchterchen zu sehen.«

Walter erfuhr, dass die beiden vor ein paar Minuten miteinander telefoniert hatten. Er bekam auch mitgeteilt, dass Laura ebenfalls die Nacht gut überstanden hatte. Davon hatte er sich durch einen Anruf bei der Stationsschwerster in aller Herrgottsfrühe zwar selbst schon überzeugt, aber die

Mitteilung zwei Stunden später bestätigt zu bekommen, beruhigte ihn enorm.

»Was für ein Glück. Leon, hast du mal einen Moment für mich?«, deutete Walter an, dass er etwas zu besprechen hatte, was nicht für alle Ohren in dieser Küche bestimmt war.

»Für dich doch immer, das weißt du. Komm, ich zeig dir, was wir gestern alles geschafft haben«, schob Leon Walter in Richtung der Baustellen aus dem Haus. »Schieß los! Was kann ich für dich tun?«

Walter fuhr sich durchs Haar. »Nun, eigentlich geht es um Fritzi. Dein Ältester hat mich vor ein paar Tagen in den Schwitzkasten genommen – er will unbedingt einen Hund.«

Leon grinste wissend. »Ach, das schon wieder. Er sammelt also Verbündete. Schlau, schlau! Nach der Sache mit Melli Boll war erst mal eine Weile Ruhe, aber nun wird er immer drängelnder. Es scheint ihm ernst zu sein. Wir hätten grundsätzlich auch nichts dagegen.« Sorgenfalten legten sich auf Leons Gesicht. »In diesem Punkt scheinen sich die Kinder auch ausnahmsweise mal einig zu sein: Aber, Henry will ein lebendiges Spielzeug und Dany will sogar zwei Hunde. Sie kennt das von der Familie ihrer Freundin.»

»Nun, Fritzi will einen Polizeihund zum Abrichten«, ergänzte Walter die Vorstellungen des Jungen.

Übertrieben gequält stöhnte Leon auf. »Elvira und ich überlegen seit Wochen, was für ein Hund wohl am besten wäre. Wie sollen wir bei diesem Wunschkatalog bloß den richtigen finden?«

Mitfühlend klopfte ihm Walter auf die Schulter. »Sag mir einfach Bescheid, wann für euch der geeignete Zeitpunkt gekommen ist. Dann finden wir schon den passenden Hund. Wie auch immer, ich werde euch unterstützen. So, und nun mache ich mich auf den Weg. Danke nochmals für den Wagen. Vielleicht sehen wir uns nachher dort.«

Als Walter in Lauras Zimmer trat, überraschte es ihn, dass

sie allein war. Irgendwie hatte er mit ihrem Schattenmann gerechnet. Gut, es war ein sonniger Vormittag und taghell, aber trotzdem. »Wo steckt Maxim?«, fragte er barsch. Hoffentlich hatte der Mann was rausgefunden!

»Ich wünsche dir auch einen guten Morgen«, ignorierte Laura die Frage und lächelte Walter an. Sie saß halb aufgerichtet im Bett und sah nicht mehr ganz so furchtbar aus wie noch am Abend zuvor. »Hast du schlecht geschlafen?«, fragte sie mitfühlend.

Das war stark untertrieben, aber Walter wollte das Thema nicht vertiefen. »Es ging mir schon besser, das muss ich zugeben. Erzähl mir lieber, ob ich dich umarmen darf, ohne mit unangenehmen Konsequenzen rechnen zu müssen.« Ihre Antwort nicht abwartend, setzte sich Walter zu Laura auf die Bettkante und schloss sie vorsichtig in seine Arme. »Judith lässt dich ganz lieb grüßen. Du darfst uns nie wieder solchen Kummer machen, hörst du?« Sanft ließ er sie in das Kissen zurückgleiten, hielt aber ihre Hand weiter fest. »Wie geht es dir?«

»Mir tut einfach noch einiges weh und mir ist ein bisschen schlecht, aber sonst ist alles in Ordnung. Ich möchte nach Hause, Walter. Im Bett kann ich auch dort herumliegen und mich erholen. Aber hier will das keiner hören.«

»Schon gut. Das wird sich bald klären lassen. Apropos klären. Hat Maxim dich schon aufgeklärt, wie ihr in diesen Schlamassel geraten seid?«

Lauras gute Laune war wie weggeblasen. Sie sagte kleinlaut: »Ja, er hat mir alles erzählt, und dass wir offensichtlich das Opfer einer Verwechslung wurden.«

Walter nickte. »Und hast du ihm auch gestanden, wie es überhaupt dazu kommen konnte, denn mal ehrlich, du warst doch nicht zufällig in Magdeburg, oder?

Laura wurde anständigerweise verlegen. »Nein, ich glaube, ich habe die größte Dummheit meines Lebens gemacht. Ich habe Astrid überredet mit mir zum Einkaufen zu fahren, weil ich schauen wollte, ob ich Judith mit einer Beobachtung helfen kann.«

Walter blickte finster. »Und das soll ich dir abnehmen?«

»Schon gut, ich war neugierig! Aber ich tue so etwas nie wieder! Versprochen!«

»Na hoffentlich! ... Und Maxim?«, fragte Walter und hob ein wenig die Augenbraue.

Lauras Herz schlug in Sorge um Walter ein wenig schneller. »Er hat einen schwarzen Gürtel in allem, worin man schwarze Gürtel haben kann. Er ist ein Waffenexperte und ein Experte für Fahrzeuge aller Art. Er macht jedem Angst, dem er Angst machen will und hat keine Skrupel zu tun, was immer zu tun ist. Leg dich nicht mit ihm an, bitte.« Laura sah Walter flehend an. »Ich liebe ihn.«

»Wann wolltest du mir überhaupt von ihm erzählen?«

Lauras ausweichender Blick sprach Bände. »Eigentlich gar nicht. Du bist so schon nervig genug, wenn es um meine Beziehungen geht.«

Gegen seinen Willen musste Walter lachen. »Hat dir schon mal jemand gesagt, dass du eine verdammt störrische Frau bist?«

»Ja, Max erwähnte es ein-, zweimal.«

Walter gab sich geschlagen. »Eigentlich wollte ich bloß wissen, wo er steckt. Den Rest, also diese Liebesgeschichte zwischen euch, hatte ich mir schon selber zusammengereimt, schließlich habe ich ihn hin und wieder entdeckt, wenn er sich zu dir ins Haus geschlichen hat. Dein Strahlen am Morgen danach hat dich stets verraten.« Von seinen endlosen Sorgen wegen der vergossenen Tränen, der anhaltenden Traurigkeit und der Ängste in ihren Augen sagte er nichts. »Nun, ich denke, er macht dich glücklich. Das allein zählt.« Walter sah sich um. »Ich hatte angenommen, er lässt dich nicht aus den Augen.«

»Er wollte sich bloß umziehen. Kommt sicher jeden Moment wieder. Maxim ist kaum aus dem Zimmer gewesen, als du reinkamst. Seid ihr euch nicht begegnet?«

Walter hatte niemanden gesehen, was bei diesem Mann allerdings nichts zu sagen hatte. »Wie steht er zu deinen Plänen, von hier zu verschwinden?«

»Ich überlege immer noch, wie ich sie am besten beschützen kann. Dann entscheide ich, ob sie hierbleibt oder ich sie mitnehme.« Geräuschlos hatte Maxim das Zimmer betreten und er klang nicht so, als würde er Laura in dieser Angelegenheit ein Mitspracherecht einräumen wollen.

Walter drehte sich um.

In der Tür stand ein Mann im Arztkittel, der allerdings nur bei flüchtiger Betrachtung als Mediziner durchgehen würde, so sehr spannte der Stoff um seinen gewaltigen Brustkorb und die mächtigen Oberarme.

Walter blieb sitzen, wo er war, hob grüßend eine Hand und stimmte Maxim in seinen Überlegungen zu: »Wohin willst du mit ihr? In Waldau könnte-«

»Hört mal, ihr beiden«, schimpfte Laura los. »Ich bin hier und ich habe bestimmt nicht soviel am Kopf, dass ihr mich entmündigen könnt. Also hört sofort auf, über mich zu bestimmen! Wenn ich nach Hause will, dann will ich nach Hause. Ich halte es hier nicht aus. So ein Krankenhaus ist kein Ort für mich.« Laura merkte, wie ihre Stimme immer flehender wurde, bis sie weinte.

Sofort war Maxim bei ihr und Walter räumte rücksichtsvoll das Feld. Er wollte ohnehin nach Astrid sehen.

~ 45 ~

Maxim umarmte Laura, streichelte sie sanft und ließ ihr Zeit, sich auszuweinen; das war mehr als überfällig. Tröstend flüsterte er ihr lauter liebevollen Unsinn ins Ohr.

Irgendwann hatte sie sich beruhigt und die Erleichterung, die das Weinen ihr gebracht hatte, ließ Laura die Dinge wieder klarer sehen. Max! Sie wollte ihm keinen Kummer bereiten! Sie hob ihm das Gesicht entgegen und drückte ihm einen zarten Kuss auf die Lippen. »Ich liebe dich«, hauchte sie. Mit etwas festerer Stimme fragte sie dann: »Wie geht es dir?«

Laura machte sich Sorgen um ihn? Außer ihr machte das sonst niemand. Sofort spürte Maxim dieses unvergleichliche Gefühl, das tief in seinem Innern nur für sie allein bestimmt war. »Das will ich schwer hoffen«, kam er ausschließlich auf ihr Liebesgeständnis zurück.

Der verzweifelte Schatten in seinen Augen sagte Laura genug über den Orkan, der in seinem Innern tobte. Sie legte ihm eine Hand an die Wange und flüsterte: »Es tut mir leid.«

»Du hattest mir versprochen, immer auf dich aufzupassen. Wie soll ich vernünftig arbeiten, wenn ich mich nicht darauf verlassen kann?« Er war ungerecht, das wusste Maxim, denn Laura und Astrid konnten nichts für den Unfall. Aber seine Ängste ließen ihn härter als gewollt klingen.

Laura kannte ihn lange genug, um seinen Tonfall nicht überzubewerten. Sie wusste aber auch, dass sie ihm noch etwas zu gestehen hatte. Aber nicht jetzt. Und nicht heute.

Es klopfte. Walter steckte den Kopf zur Tür hinein. »Die Stationsschwester wusste nicht genau, ob der Privatarzt von Frau Perch noch in diesem Zimmer oder schon bei Frau Ahlsens zur Visite ist«, informierte er. »Privatarzt?« Er sah Maxim fragend an und schloss die Tür hinter sich.

»Der Mann gehört zu mir. Er kommt jeden Moment«, gab Maxim knapp Auskunft.

Da auch Laura das nicht kommentierte, ging Walter davon aus, dass sie in dessen Pläne eingeweiht war, und ließ es dabei bewenden. Er sah, dass ihr das Lächeln schwerfiel. Offenbar lag ein schwieriges Gespräch hinter ihr. Laura schloss die Augen.

Maxim erkundigte sich: »Was hast du heute vor, Walter? Kann deine Frau uns helfen?«

Obwohl Walter der Gedanke an Judith in Kombination

mit diesen Verbrechern überhaupt nicht behagte, nickte er. »Sie wird alles tun, was möglich ist. Ich habe ihr von dir und deinen Überlegungen erzählt. Sie ist mindestens genauso scharf darauf, die Typen zu erwischen, wie wir und freute sich mächtig, von deiner Existenz zu hören.« Walter setzte sich auf einen Stuhl.

Maxim grinste. »Kann ich mir vorstellen. Du hast großes Glück mit ihr, das weißt du hoffentlich.«

Woher wollte der das denn wissen? Doch dann fiel Walters Blick auf die zuverlässige Informationsquelle, die mit geschlossenen Augen friedlich in Maxims Armen lag. Vermutlich hatte dieser Mann ihn öfter beobachtet, als ihm aufgefallen war, und wusste mehr über ihr Zusammenleben als sonst jemand auf der Welt. »Judith ist alles für mich«, bekräftige Walter.

»Ich kenne dieses Gefühl«, bekannte Maxim, ohne dass er wusste, wie seine Gedanken zu Worten geworden waren. »Weißt du, vor Jahren … Ich sah Laura. Ich hätte nie gelaubt, dass das passiert. Sie war so ... naja, von dem Moment an fühlte sich mein Herz wieder leicht an.«

Walter hoffte, sein Grinsen noch rechtzeitig vor Maxim verbergen zu können. Was hatte dieser Krankenhausduft nur an sich, dass er aus gestandenen Männern liebeskranke Trottel machte? Gestern erst hatten Thomas und er hier gehockt und sich über die Macht der Liebe unterhalten, und nun rückte sogar dieser Kerl damit heraus, dass er ohne Laura nicht mehr leben konnte. Ha! Walter hob sein Gesicht wieder und sagte: »Abgesehen davon, dass ich jede Minute Pläne schmiede, den Mistkerlen, die den Frauen das angetan haben, das Licht auszupusten, würde ich gerne mit meiner Schatzsuche weiterkommen. Mir ist das sehr wichtig. Ich habe es einem Freund versprochen.«

»Schatz?«, hakte Maxim nach.

Walter erzählte ihm von dem Auftrag der Freimaurer, der Totenliste, Emil Deutler und dessen Tochter. »Und dann entdecke ich doch in dieser Scheune tatsächlich eine Schale, die 1929 zum Frühlingsfest in Gardelegen im Logenhaus auf einem Tisch stand. Und das wäre ein zu großer Zufall, wenn die Tochter des einzig lebenden Freimaurers von dieser Liste nichts mit dem Verschwinden der Sachen zu tun hätte.«

»Daran würde ich auch nicht glauben«, stimmte Maxim Walter zu. »Du denkst, sie und ihr Vater haben die Sachen nach und nach verkauft?«

»Ob der Deutler da mit drinhängt? Keine Ahnung. Er ist ein gebrechlicher, alter Mann. Und ich denke, in großem Stil ließ sich so ein Geschäft auch erst nach der Wende aufziehen, mit offenen Grenzen und dubiosen Geschäftspartnern aller Art.« Die letzte Bemerkung brachte Walter einen tadelnden Blick von Maxim ein, doch fuhr er ungerührt fort: »Vielleicht hat Ingrid Deutler die Sachen gefunden, nachdem ihr Vater ins Altersheim gezogen war, und hat dann mit ihrem Geliebten, diesem Museumsheini, angefangen, diesen Handel aufzuziehen: ›Gemälde und Antiquitäten aller Art‹. In ihrer Wohnung sah es allerdings nicht nach viel Geld aus. Die Deutler lebt noch in den Möbeln ihres Vaters, und auch in Scharnes Wohnung, so erzählte mir Judith, war zwar alles neu, aber nichts Hochwertiges. Wo ist das Geld geblieben?« Dann erzählte Walter von Withold Weigel und schloss mit der Frage: »Vielleicht steckt der ja auch hinter der ganzen Sache?«

Maxim blieb eine Weile stumm. Dann sagte er: »Ich kenne da jemanden, der uns helfen kann. Er kennt sich aus mit dieser Art von Geschäften.«

»Ist es ein ehrlicher Mann?«, fragte Walter skeptisch.

Spöttisch antwortete Maxim: »In meinem Geschäft?«

»Nun, da ich dein Geschäft nicht kenne, aber so einiges vermute, frage ich vielleicht anders: Sind seine Informationen noch was wert, nachdem er sie dir verkauft hat?«

Maxim lachte unterdrückt. »Wir werden beide gut zusammenarbeiten, Walter, bestimmt. Und zu meinen Geschäften nur soviel: Ich bringe verlorene Menschen zurück.«

Walter fand diese Formulierung interessant. »Verloren? Inwiefern?«

Maxim knurrte freudlos: »In jeder Hinsicht.« Er löste sich vorsichtig von Laura, bettete sie fürsorglich auf das Kissen und drückte ihr einen Kuss auf den Mund. Dann informierte er Walter: »Wie gesagt, einer meiner Männer passt auf sie auf, wenn ich nicht hier sein kann. Er ist tatsächlich ein Mediziner und hat sich hier als ihr Privatarzt aus Berlin vorgestellt. Er wird die beiden Frauen nicht aus den Augen lassen. Ich muss noch mal weg und werde viel telefonieren.«

Walter verstand. »Gut. Dann kann ich inzwischen auch noch etwas erledigen. Heute Nachmittag komme ich mit Judith wieder her. Sie will sich vergewissern, dass es Laura und Astrid gut geht, und zu dem überraschenden Ausflug der beiden nach Magdeburg hat sie bestimmt auch noch Fragen.«

In Maxims Augen erwachte für einen Moment der Beschützerblick. Seine Hand streichelte Lauras Wange.

»Das muss sein, schließlich handelt es sich um einen Unfall mit Personenschaden, da ermittelt die Polizei immer«, erinnerte ihn Walter.

Maxim nickte. »Ich finde dich heute Abend«, blieb er vage, was ein nächstes Treffen anbetraf.

Walter war zufrieden damit und verließ das Krankenzimmer. Er hielt den Mann für äußerst zuverlässig.

Maxims Kuss hatte Laura aus ihrem Schlummer geweckt und sie hatte den letzten Teil des Gespräches mitbekommen. »Pass auf dich auf, Max. Bitte, sei vorsichtig.« Laura hatte die Augen geschlossen und so konnte sie den unversöhnlichen Blick nicht sehen, mit dem Maxim auf ihr Flehen reagierte.

Seine Stimme hingegen klang sanft, als er sagte: »Mein Engel, mach dir wegen mir bitte keine Sorgen.« Die sollten sich besser ein paar andere machen, setzte er in Gedanken hinzu, denn er war in keiner barmherzigen Stimmung.

~ 46 ~

Im Salzwedeler Revier war trotz des Sonntags allerhand los; der inszenierte Unfall hatte den ohnehin intensiven Ermittlungen zusätzliche Brisanz verliehen. In der eben zu Ende gegangenen Arbeitsbesprechung von Sellos Ermittlungsgruppe waren Judiths Überlegungen gut angekommen und sie einigten sich darauf, ihren Vorschlägen zu folgen. Sie und Sello würden Ingrid Deutler vernehmen, während die anderen versuchten, so viel wie möglich über Withold Weigel herauszufinden.

Hannelore Morawe hatte Judith im Hinterzimmer des Friseursalons mit der Hand auf der Brust geschworen, gleich, nachdem sie ihre Dauerwelle bekommen hatte, für eine Gegenüberstellung aufs Revier zu kommen. Scharnes Nachbarin war so erpicht darauf, dessen vermeintliche Geliebte wiederzusehen, dass Judith keinerlei Überzeugungsarbeit hatte leisten müssen. Bestimmt überlegte Hannelore Morawe schon, wie sie den Kundinnen der »Flotten Welle« von ihrer Hilfe bei diesen Mordermittlungen vorschwärmen konnte.

Judith wartete in ihrem Büro. Hatte man Ingrid Deutler in ihrer Wohnung angetroffen und wenn ja, würde sie gleich mitkommen oder eher Schwierigkeiten machen? Die Funde in dieser Scheune bedurften einer Erklärung. Was, wenn Ingrid Deutler nicht kooperativ war? Oder so untröstlich wegen Scharnes Tod, dass sie nicht vernünftig würde denken können? Sie hoffte sehr, dass die Frau ihr auch etwas über Weigel erzählen konnte. Offenbar kannten sich die beiden. Irgendeinen Zusammenhang musste es geben, warum sonst hätte Weigel die Scheune der Deutlers aufgesucht? Ah, bestimmt konnte ihr auch Dr. Schneider einiges über ihren Vorgänger erzählen, hatte womöglich seine Personalakte noch aufgehoben. Sonntags würde das Museum erst am Nachmittag öffnen. Judith versuchte es unter der Privatnummer von Marianne Schneider, erfolglos, dann unter der Nummer ihres Büros im Museum, auch ohne Ergebnis. Schade, das würde also warten müssen.

Die Fotos, die gestern von der zentralen Kriminaltechnik in Möhringen gemacht worden waren, ließen ihr gleich wieder diesen Geruch von Ölfarben, altem Holz und trockener Luft in die Nase steigen. Neben den Farben, Pinseln, Leinwänden und all den anderen Malereiutensilien hatte man auch verschiedene Pappschachteln aus dem Nebenraum des Ateliers mitgenommen und ausgepackt. Jedes Stück war fotografiert worden und eine lange Liste zählte sämtliche Kartons mit ihren Inhalten auf. Mehrere enthielten die Sorte unspektakulärer Weltliteratur aus den Fünfziger- und Sechzigerjahren, die die Leute häufig zu Hause in ihren Regalen stehen hatten. Das waren bestimmt die Bücher, die Emil Deutler gehörten und die seine Tochter dann untergestellt hatte. Ein Karton enthielt Silberbestecke und Porzellanplatten, und dann führte die Liste Kartoninhalte auf, die Judiths Herz höher schlagen ließen: rituelle Messer, Stäbe, einen Globus, Noten, Liederbücher, Fotoalben, kleinere Gemälde, zwei weiße Mäntel, alte Papiere und Unterlagen. Walter hatte recht! Das sah schon eher nach den Freimaurern aus und Judith hoffte inbrünstig, einen Teil des Eigentums der *Drei Tore zum Licht* gefunden zu haben, denn es bedeutete, dass Wolfgang Scharne und seine Komplizen es noch nicht geschafft hatten, alles zu verschachern.

Judith gelang es, einen Kollegen der Spurensicherung am Telefon zu überzeugen, die in dem sichergestellten Karton gefundenen *alten Papiere* umgehend durchzusehen und ihr, falls vorhanden, Verzeichnisse oder Listen zuzufaxen. Sie war aufgeregt, als stünde eine entscheidende Wende bevor. War vielleicht sogar der *Goldregen* irgendwo erwähnt? Judith wollte in diesem Fall nichts mehr ausschließen.

Kaum hatte sie ihr Gespräch beendet, kam Modersohn zu

ihr. »Anruf von unten. Sie haben die Frau aus Stendal jetzt hier. Die Kollegen warten auf dich.«

Sie eilte los; vor dem Vernehmungsraum wartete Anton Sello schon auf sie.

Als die beiden Kriminalpolizisten den Raum betraten, blieb Ingrid Deutler abwartend sitzen und sagte kein Wort. Das Glas Wasser, dass man ihr gebracht hatte, war nicht angerührt worden.

Sello übernahm die Vorstellung, erklärte den Ablauf und die Aufnahmetechnik. Er setzte sich dann seitlich an den Tisch, währenddessen Judith gegenüber ihrer Verdächtigen Platz nahm. »Vielen Dank, dass Sie sich für dieses Gespräch zur Verfügung stellen«, eröffnete sie die Vernehmung. Ingrid Deutler musste sich, bevor sie der Bitte, mit nach Salzwedel zu fahren, gefolgt war, zurechtgemacht haben, denn sie sah sehr gut aus. Zartgelbe Seidenbluse, dunkelblaue, elegante Wollhose, gut frisiert, geschminkt, Perlenohrringe, goldene Armbanduhr – sie wirkte wie eine distinguierte Geschäftsfrau. Doch Judith entgingen nicht die Schatten um ihre rot geweinten Augen, die auf tiefen Kummer schließen ließen.

Ingrid Deutler nickte kühl. »Ich bin neugierig, wie ich Ihnen helfen kann. Bisher hat mir niemand gesagt, worum es geht.«

Aha. Die Frau hatte also beschlossen, sich ahnungslos zu stellen. Nun, dann würde Judith ihr eben auf die Sprünge helfen müssen. »Es geht um die Scheune, die Sie und Ihr Vater in Möhringen besitzen.«

Ein »Ach?« entwand sich Ingrid Deutlers Kehle, aber ihre Augen weiteten sich in entsetztem Argwohn. Misstrauisch musterte sie nun die Polizistin, als nähme sie sie erst jetzt wahr. Dass sie ebenso gründlich taxiert wurde, war ihr äußerst unangenehm.

Judith musste Walter recht geben, diese Frau machte durchaus etwas her, obwohl sie bereits um die Fünfzig zu sein schien. Bei der Vorstellung von ihr und Scharne als Paar versagte ihre Fantasie allerdings völlig; zu sehr war Judith noch der Anblick seines Leichnams präsent. »Ihrer Reaktion entnehme ich, dass Ihnen nicht gefällt, dass die Polizei von der Scheune weiß«, stellte sie dann provozierend fest.

Der Versuch Ingrid Deutlers, durch Zurücklehnen, Überschlagen der Beine und mit einem arroganten Gesichtsausdruck lockere Gelassenheit zu präsentieren, misslang, denn es war deutlich zu sehen, wie ihr Puls an der Halsschlagader raste und sie die Hände verschränken musste, um ein Zittern zu verbergen.

Judith fragte nach: »Was hat es mit dem Lager und dem Atelier dort auf sich?«

Ingrid Deutler ließ sich Zeit mit ihrer Antwort. »Die Scheune haben wir schon vor Ewigkeiten zur Pacht freigegeben. Sind immer mal neue Leute, die sie nutzen wollen. Keine Ahnung, wer im Moment dafür bezahlt. Naja, mein Vater und ich, wir stellen in einem kleinen Verschlag gelegentlich noch was unter. Manchmal bin ich wochenlang nicht dort. Deswegen habe ich auch keine Vorstellung, was Sie meinen. Welches Atelier?«

Das war nicht ungeschickt, dachte Judith. Sie gab zu, die Scheune selbst zu nutzen, ließ aber durchscheinen, nicht wissen zu können, wer sich dort noch so breitmachte. Sie fragte weiter: »Wann waren Sie denn das letzte Mal dort?«

»Es ist Wochen her, sagte ich das nicht schon?«

»Nun, das kann nicht stimmen, denn Sie haben Ihrem Vater erst kürzlich ein Buch von dort mitgebracht.«

»Meinem Vater? Sie haben mit meinem Vater geredet? Das dürfen Sie gar nicht! Er ist krank! Und ich bin sein Vormund!« Empört stand Ingrid Deutler auf.

»Setzen Sie sich bitte wieder hin. Ein Zeuge hat uns von Ihnen und Ihrem letzten Besuch bei Ihrem Herrn Vater berichtet. Also, wollen Sie vielleicht Ihre Aussage bezüglich Ihres letzten Aufenthaltes in der Scheune noch einmal überdenken?«

Ingrid Deutler setzte sich tatsächlich wieder hin und trommelte wütend mit ihren lackierten Nägeln auf der Tischplatte. »Wenn Sie das so sagen, wird das wohl so gewesen sein. Ich bin schon sooft dort gewesen, dass man einen einzelnen Besuch gar nicht mehr registriert.«

»Und wie sah es dort aus?«

»Wie immer, alles war wie immer. Mir ist nichts aufgefallen. Ich fand das gewünschte Buch und fuhr wieder weg«, versuchte sie, ihre Gelassenheit wieder zu erlangen. »Oh, dieser Mann hat Ihnen von meinem Vater erzählt, stimmt's? Hat der was damit zu tun?«

»Welcher Mann?«, gab Judith die Ahnungslose.

»Am Mittwoch rief er mich an, es ginge um ein Jubiläum und man wolle meinen Vater einladen. Und ich habe auch noch den Kontakt hergestellt!«, ärgerte sich Ingrid Deutler über sich selbst. »Dieser Typ hat bestimmt etwas mit dem zu tun, was Sie in der Scheune gefunden haben. Mit dem sollten Sie mal reden!«

Judith tat so, als würde sie dem Vorschlag folgen und ließ sich den Namen von Walter geben. Sie notierte ihn sorgfältig und sah dann Ingrid Deutler aufmerksam ins Gesicht. »Das werde ich bestimmt tun«, versprach sie wahrheitsgemäß. Unvermittelt fragte sie: »Sagt Ihnen der Name Wolfgang Scharne etwas?«

Für ein, zwei Sekunden entglitten Ingrid Deutler sämtliche Gesichtszüge. Sie schien eine Maske aus Schmerz und Wut zu tragen, bevor es ihr gelang, scheinbar ruhig zu fragen: »Könnten Sie den Namen bitte wiederholen?«

Judith spielte mit. »Scharne, Wolfgang Scharne.«

Ingrid Deutler wiegte den Kopf und meinte dann: »Nein, dieser Name kommt mir nicht bekannt vor. Weswegen glauben Sie, dass ich ihn kennen müsste?«

»Nun, weil er ebenfalls einen Schlüssel zu Ihrer Scheune besaß und weil er seit Monaten regelmäßig die Pacht bezahlte.«

»Na bitte! Da haben Sie doch den Mann, der sein ›Atelier‹ dort eingerichtet hat. Bestimmt steckt Ihr Scharne mit diesem Dreyer unter einer Decke.«

»Uns stellt sich nun die Frage, wieso hat ein Mann über einen längeren Zeitraum hinweg Zugang zu Ihrer Scheune, den Sie angeblich nie kennengelernt haben? Und mit dem Sie aber, davon bin ich überzeugt, wesentlich inniger verbunden sind, als man es mit einem Unbekannten sein kann.«

Für einen Moment sah es aus, als würde Ingrid Deutler antworten, doch dann murmelte sie tonlos: »Wollen Sie sonst noch was wissen?«

Judith nickte. »Viel mehr.« Doch sie wollte auch, dass die Deutler nicht mehr versuchte, ihr auf der Nase herumzutanzen. Falls diese Frau in Wolfgang Scharne tatsächlich ihren Geliebten verloren hatte, tat Judith das leid, doch würde es sie nicht hindern, ihre Pflicht zu tun. »Ich bin mit Ihren Auskünften nicht zufrieden, Frau Deutler. Ich denke, Sie verschweigen uns allerhand. Und da ich in einem Mordfall ermittle, kann ich das nicht tolerieren.«

Seltsamerweise kam keinerlei Gegenwehr. War Ingrid Deutler inzwischen klar geworden, dass sie nicht länger die Unwissende spielen konnte? Bei dem Wort »Mordfall« zuckte sie sichtbar. Sie griff zu dem Glas Wasser und trank es in einem Zug aus. Dann saß sie still. Wollte sie Zeit gewinnen? Trauerte sie um Wolfgang Scharne?

»Reden Sie mit uns, Frau Deutler«, verstärkte Anton Sello, der sich zum ersten Mal an sie wandte, den Druck. »Das hier ist kein Spaß!«

Ingrid Deutler ließ ihren Kopf sinken und murmelte: »Ich weiß.« Dann hob sie nach ein paar Sekunden ihr Gesicht und sagte mit verzweifelter Miene: »Das ist alles seine Schuld! Ich hasse ihn.« Und sie begann, bitterlich zu weinen.

Sello verschwand, um neues Wasser zu holen, und als er wieder reinkam, bedeutete er seiner Kollegin, dass Hannelore Morawe zur Verfügung stünde.

Judith wartete geduldig, bis sich Ingrid Deutler etwas beruhigt hatte, und fragte: »Von wem reden Sie?«

Dreimal holte Ingrid Deutler ganz tief Luft, bevor sie verzweifelt jammerte: »Weigel. Dieses Scheusal heißt Dr. Withold Weigel. Der hat meinen Wolfgang umgebracht.«

~ 47 ~

»Das müssen Sie uns schon etwas ausführlicher erklären«, forderte Judith mit nachdrücklichem Ton auf.

Es dauerte lange, bis sich Ingrid Deutler äußerte: »Wir haben gemeinsam Geschäfte gemacht. Die beiden haben sich heftig gestritten.«

Das war Judith viel zu allgemein. Leicht schüttelte sie den Kopf und sah Ingrid Deutler auffordernd an. Es wirkte.

»Nun, die beiden kamen mühelos an Kunstgegenstände ran und ich habe dann den Verkauf übernommen.«

Sello schnappte sich seinen Stuhl und setzte sich nun ebenfalls so, dass er der Verdächtigen gegenübersaß. »Mir genügt das immer noch nicht, Frau Deutler. Zu diesen Geschäften will ich wesentlich mehr hören.«

Kurz hob Ingrid Deutler die Schultern. »Wissen Sie, das Reisebüro, in dem ich arbeite, hat sich auf Fernreisen in den Osten spezialisiert, Kaukasus, Seidenstraße, Taschkent, Buchara. Unseren Service nehmen allerdings nicht nur abenteuerlustige Touristen in Anspruch, sondern mehr und mehr Geschäftsleute aller Art. In den letzten Jahren waren es vor allem Militärangehörige, deren Standorte hier noch nicht komplett aufgelöst sind. Sie buchen regelmäßig für Verwandte und Freunde Hotelzimmer oder Kurzausflüge nach ganz Deutschland. Diese Militärs handeln mit allem Möglichen, um sich zu Hause eine neue Existenz aufzubauen. Viele wissen einfach nicht, wovon sie als Zivilisten ihre Familien ernähren sollen. Irgendwie kam ich im Reisebüro mit ein paar Leuten in engeren Kontakt, die sich nach preisgünstigen Antiquitäten erkundigten. Ich hatte den Eindruck, die suchten ausschließlich Dinge, die sie gewinnträchtig weiterverkaufen konnten. In diesen Militärmaschinen kann man ja sonst was an allen Kontrollen vorbei schmuggeln und ungefährdet ans andere Ende der Welt transportieren. Aber anfangs wusste ich das alles nicht und verwies die Leute an die einschlägigen Ladengeschäfte hier in der Gegend. Aber dort fanden die nichts von dem, was sie haben wollten. Nur billigen Kitsch und Ramsch. Als ich Weigel davon erzählte, witterte der die Gelegenheit, einen Handel in großem Stil aufzuziehen. Bei nächster Gelegenheit kam ich gegenüber meinen Kontakten auf ihre Nachfragen zurück. Weigel brachte kleinere Stücke mit, mit denen wir anfingen, und alles ging ohne Probleme über die Bühne. Tja, und dann machte er diese Pläne für das ganz große Geschäft.«

»*Der Goldregen*?«, fragte Judith.

Ingrid Deuter nickte. »Ja. Ein außerordentliches Gemälde. Es schien ein leichter Weg zu sein, um an viel Geld zu kommen. Dass das Risiko in dieser Größenordnung entsprechend höher war, daran haben wir einfach nicht gedacht. Und der Wolfgang hat dann dafür den Preis bezahlt.«

Nun, ganz so einfach war es nicht. Scharne war keineswegs unwissend in die Situation geraten, die ihn sein Leben kostete. Und die dubiosen Käufer seiner famosen Gemäldekopien hatten höchstwahrscheinlich nichts mit seinem Tod zu tun. Deswegen hakte Sello nach: »Irgendwie fehlt mir noch der Teil, wie Sie erfahren haben, dass Withold Weigel den Wolfgang Scharne ermordet hat.«

Ingrid Deutlers Züge verhärteten sich. »Er hat es mir selbst gesagt! Freitagmorgen besuchte er mich und hat es mir genüsslich unter die Nase gerieben. Er wollte sich wohl rächen, weil ich ihn wegen Wolfgang sitzen ließ.« Ihre Stimme brach. »Offensichtlich hat er es nie verwunden, dass ich ihn für den Jüngeren verlassen habe.«

Also doch die Liebe, dachte Judith an Maxims Prophezeiung zum Mordmotiv. Oder war es eher der Hass? Möglich, aber nicht nur das – hier ging es auch ums Geschäft.

»Wolfgang Scharne und Sie waren also ein Paar?« Judith unterließ es aus Mitgefühl, Ingrid Deutler darauf hinzuweisen, dass sie den Mann vor wenigen Minuten nicht mal kennen wollte.

Die Frau neigte traurig den Kopf. »Wir wollten zusammen weggehen. Nur noch dieser eine Deal und wir hätten genug Geld gehabt.« Entrückt sah Ingrid Deutler auf die Wand hinter Judith, bevor sie in die Realität zurückfand und leise zu erzählen begann: »Als mein Vater vor gut zwei Jahren auszog, habe ich seinen Bücherschrank ausgeräumt. Bei ein paar Prachtbänden zur Naturgeschichte überlegte ich, diese in der Wohnung zu behalten. Sie waren in Leder gebunden und von Hand koloriert. Der letzte von den vier großformatigen Bänden war wesentlich leichter als die anderen und als ich ihn öffnete, entdeckte ich, dass dieser Einband etwas anderes enthielt, obwohl das von außen nicht zu sehen war: Unterlagen seiner alten Loge. Er war als junger Mann einer dieser Freimaurer gewesen, hat später aber dann kaum noch davon gesprochen. Dieser Dreyer, der mich am Donnerstag aufsuchte, war der Erste, der das Thema jemals angesprochen hat. Nun, diese Loge interessierte mich damals nicht, ich wusste aber, dass sie meinem Vater früher einmal wichtig gewesen war. Also begann ich in den Seiten zu blättern; vielleicht konnte ich ihm ja bei einem meiner nächsten Besuche im Heim etwas davon vorlesen. Protokolle von Vorstandssitzungen, irgendwelche Regeln, Namenslisten, und dann fand ich ein Papier.« Ingrid Deutler räusperte sich. »Eine Quittung. Das Altmark-Museum bestätigte, bestimmte Gegenstände von der Loge *Drei Tore zum Licht* als Depositum erhalten zu haben. Die Liste war recht umfangreich und ich stieß auf einige Vasen. Das interessierte mich, denn meine Familie besaß eine Vase, von der meine Mutter immer behauptet hatte, sie gehöre zu einem Paar. Vielleicht war das passende Stück ja in diesem Museum? Ich bin also bei nächster Gelegenheit nach Salzwedel gefahren, habe dem Direktor die Aufzeichnungen vorgelegt, und ihn um Auskunft gebeten. Weigel hat sich damals viel Zeit für mich genommen, mir allerdings verschwiegen, dass er nur noch kurze Zeit im Amt sein würde. Er versprach, der Sache nachzugehen und bat darum, ihm die Aufzeichnungen kurzzeitig zu überlassen. Nun, ich war dumm genug, ihm das zu gestatten. Ein paar Tage später rief er mich an und bat um ein weiteres Treffen. Dabei hat er angefangen, mich zu umwerben. Mit Erfolg. Wir wurden ein Liebespaar. Wenige Wochen später hat er mir einen verlockenden Vorschlag gemacht: Er ginge bald in Pension und wie schön es doch wäre, gemeinsam ein sorgenfreies Leben irgendwo im Ausland zu verbringen. Mit den Sachen von meiner Liste sei viel Geld zu machen, denn niemand wisse davon, er hätte das sehr gründlich geprüft. Wir stiegen also in den Keller seines Museums und er zeigte mir, wo all diese Dinge lagerten. Manches befand in Kartons, manches lag offen im Regal. Ein Globus stand oben auf einem der Schränke. Weigel behauptete, dass auch sonst wesentlich mehr in diesem Keller lagerte, als das Museum inventarisiert hatte. Niemand würde die Verluste überhaupt bemerken. Nun, er als Museumsdirektor könne mit den Dingen natürlich nicht in Erscheinung treten, aber ich, eine kleine Angestellte aus einem Reisebüro, wäre unverdächtig, noch dazu wohnte ich in einer anderen Stadt. Und während wir so standen und uns überlegten, wie wir die Sachen am besten zu Geld machen könnten, räusperte sich«, sie schluckte schwer, »Wolfgang Scharne, der uns belauscht hatte. Er wollte mit dem Diebstahl nichts zu tun haben und warnte Weigel sogar, seinen Plan in die Tat umzusetzen. Er hatte allerdings nichts dagegen, mit Betrug etwas Geld zu machen. Er offerierte uns seinen Vorschlag, Kopien der Bilder des Museums zu verkaufen. Die Originale wollte er für seine Sammlungen erhalten, da hatte er merkwürdigerweise eine Berufsehre. Nun,

Weigel ging zunächst auf den Handel ein. Aber im Laufe des letzten Jahres brachte er nach und nach das Depositum der alten Loge und ein paar andere nicht inventarisierte Stücke in meine Scheune, damit seine Nachfolgerin erst gar nichts von diesen Sachen mitbekam. Inzwischen verkauften Weigel und ich trotz Wolfgangs Missfallen immer mal was Kleineres. Wolfgang hat meinetwegen nichts unternommen! Ich merkte immer mehr, dass er Gefühle für mich entwickelte, und er wollte mich nicht in Schwierigkeiten bringen. Dadurch konnte Weigel mehr oder weniger machen, was er wollte.«

Judith sah, wie Ingrid Deutler um Fassung rang. Fast schien es, als würden ihr die Konsequenzen ihres Handelns erst jetzt umfassend bewusst werden. »Und weiter?«, ließ sie nicht locker.

»Die Masche mit Wolfgangs Kopien probierten wir natürlich auch aus und mehrere Male klappte es reibungslos. Zuerst haben wir einem Lottogewinner einen Haufen D-Mark abgeknöpft; dann einem dieser Jungmanager, der etwas zum Angeben brauchte. Wir bekamen für Wolfgangs Kopien viel Geld und Weigel wurde immer gieriger.«

~ 48 ~

Sello war mit Ingrid Deutler noch ein paar Minuten im Vernehmungsraum geblieben, während Judith es draußen so einrichtete, dass Hannelore Morawe einen unauffälligen Blick auf die Frau werfen konnte, als sie abgeführt wurde. Nach Ingrid Deutlers Geständnis brauchten sie diese Gegenüberstellung eigentlich nicht mehr, aber Judith sagte sich, nun, wo die Frau schon mal hier war, könne man auch auf Nummer sicher gehen.

Kaum hatte Ingrid Deutler den Flur in Richtung Fahrstuhl verlassen, verkündete Hannelore Morawe mit Nachdruck: »Die hat ihn geküsst. Genau die war's.«

Das war also abschließend geklärt. Sello und Judith informierten Müller-Nordergreen über die erfolgreiche Vernehmung und konnten sich über seine Anerkennung freuen. »Ich bin mächtig gespannt, was dieser Weigel uns zu all dem zu sagen haben wird. Wissen wir schon mehr über diesen Museumsdirektor?«, fragte er.

Judith musste das verneinen und verwies auf ihr vergebliches Bemühen, Marianne Schneider zu kontaktieren.

»Ich schicke jemand mit dem Wagen los, vielleicht kann man sie doch irgendwo auftreiben«, verkündete Müller-Nordergreen hilfsbereit, bevor er mit dem Chef vom Fachkommissariat 1 zu einem späten Mittagessen aufbrach. Judith hatte seine Einladung freundlich abgelehnt.

Kaum betrat sie ihr Büro, klingelte das Telefon. Judith hob ab und ein versonnenes Lächeln legte sich über ihre Gesichtszüge. »Walter.«

Er versuchte ebenfalls, sie zu einem gemeinsamen Essen zu überreden: »Ich bin im Krankenhaus bei Laura und Astrid gewesen. Maxim war auch da. Treffen wir uns doch irgendwo, dabei kann ich dir alles genau erzählen«, lockte er. Außerdem war er überaus neugierig zu erfahren, wie Judith mit ihren Verdächtigen vorangekommen war.

Doch Judith musste ablehnen: »Ich kann leider nicht weg. Lauter Kollegen aus Stendal sind da, und sogar der hohe Chef hat sich angesagt. Alle Welt will wissen, was gestern in Magdeburg schiefgegangen ist und wohin die Käuferinnen mit dem falschen Bild abgehauen sind. Außerdem hat Modersohn rasch rausgekriegt, dass Astrids und Lauras Unfall provoziert worden war. Und, jetzt kommt das Beste, als hätten wir mit dieser Mordgeschichte und dem Anschlag nicht schon genug zu tun, steht morgen noch eine Inspektion vom Präsidium ins Haus. Und in Vorbereitung der Anwesenheit dieser Herren erwartet mein Chef auch von mir, einen Arbeitseifer an den Tag zu legen, der ihm ›Tränen des Stolzes‹ in die Augen treibt.«

Walter konnte durchs Telefon ahnen, wie Judith das Gesicht verzog. Er gab sich nicht geschlagen. »Dann besorge ich eben rasch eine Kleinigkeit und komme mit etwas Leckerem zu dir. Modersohn muss für uns Schmiere stehen. Dafür bekommt er auch was ab. Im Ernst: Wenn tatsächlich jemand bei euch unter dem Dach auftaucht und etwas dagegen hat, dass du eine Pause machst, tun wir eben so, als wäre ich ein Zeuge und du befragst mich unter grausamsten kulinarischen Foltermethoden.«

Judith gab seinem liebevollen Unsinn nach. »Damit liegst du ja gar nicht mal so falsch«, verkündete sie und erinnerte Walter daran, dass er die Aussage bezüglich seiner Funde in der Möhringer Scheune noch machen musste. »Komm her, ich kann dir was Tolles zeigen«, lockte sie nun ihrerseits.

Zwanzig Minuten später, nach einem unbeobachteten Kuss und einem weniger interessierten Blick auf Judiths Ablaufskizze zu dem Diebstahl im Altmark-Museum, begann Walter, seinen Imbiss anzupreisen: »Und hier-«

Mit Schwung wurde plötzlich die Tür zu Judiths Büro aufgerissen und beide sahen überrascht hin.

Der eintretende Mann bedachte Judith mit einem seltsam tadelnden Blick. Dazu sagte er: »Ach, Besuch?«

Walter erwartete irgendwie, von dem Mann begrüßt zu werden, doch dem gelang es auffallend, ihn spüren zu lassen, dass er ihn absichtlich ignorierte. Er schaffte es, einen Eindruck von äußerstem Zeitdruck zu vermitteln, weswegen er sich schon gar nicht Fremden widmen könnte. »Sie hatten ein Problem, Frau Kriminaloberkommissarin?« Sein Tonfall schwankte zwischen sarkastisch und vorwurfsvoll.

Doch Judith reagierte kühl und hatte offenbar auch nicht vor, den Mann vorzustellen. »Ich habe kein Problem, sondern ich hatte Sie gebeten, die Kollegen bei den Ermittlungen im Fall des Tankstellenraubs zu unterstützen. Und zwar vor zwei Wochen.«

Der Mann blickte Judith an, als hätte sie ihm damit eine

unzumutbare Aufgabe aufgebürdet. Sein Verhalten war seltsam. Er ging, ohne sich zu verabschieden.

Judith schloss rasch die Tür hinter dem Eindringling und lehnte sich erleichtert von innen dagegen. »Tut mir leid, dass du das miterleben musstest, nimm es bloß nicht persönlich, so ungehobelt benimmt er sich immer.«

»Wer war das?« Walter begriff die Situation überhaupt nicht.

»Oh, er ist einer von diesen unentbehrlichen Kollegen, die dafür zu sorgen haben, dass unsere Computer immer funktionieren. Allerdings empfindet er den Kontakt zu uns als unter seiner Würde und lässt einen immer spüren, dass man ihm mit der Anwenderbetreuung eigentlich etwas zumutet, was ihm nur seine wertvolle Zeit stiehlt.«

»Wieso, was hat er denn noch zu tun?«

Judith prustete los: »Nichts. Das ist es ja gerade! Er ist Seiteneinsteiger im IT-Bereich, wirklich nicht ganz dumm, aber dem Rest der Welt ist er trotzdem böse, dass man ihn nicht als Guru anbetet. Zumal er sich sogar mit UNIX auskennt. Gelegentlich hat er schon gute Ideen umgesetzt. Doch erwartet er im Gegensatz zu allen anderen hier, die auch gute Arbeit leisten, für seine Anwesenheit den Nobelpreis«, Judith zwinkerte Walter zu, »oder zumindest eine Abteilungsleiterstelle.«

Der brummte eine wenig schmeichelhafte Titulierung für Judiths Kollegen und breitete dann Baguette, kräftigen Tortenbrie und reichlich fein geschnittenen Schinken auf einem großen Teller aus.

Judith räumte alles auf ihren kleinen Beistelltisch und ergänzte es mit Besteck und Tassen. Modersohn brachte frischen Kaffee und bekam seinen Teil der Mahlzeit ab. Er kannte Walter Dreyer nur von gelegentlichen Alltagsbegegnungen, wusste aber, dass er für seine Kollegin der wichtigste Mensch auf Erden war. »Ich pass auf, dass euch keiner mehr stört«, sicherte er zu und verschwand wieder.

»Greif zu«, forderte Walter Judith auf und fragte neugierig: »Was hat die Deutler denn nun gesagt?«

Zwischen den Happen berichtete Judith von der Vernehmung.

Walter fügte ab und zu einen Kommentar ein, und als Judith von der Szene berichtete, bei der Weigel seiner ehemaligen Geliebten gegenüber mit dem Mord an seinem Nebenbuhler geprahlt hatte, ging ihm ein Licht auf. »Ach, deswegen war sie so verheult! Aber nicht nur wegen Scharne, dieser Weigel befand sich bestimmt hinter ihr und hat ihr weiter zugesetzt, während ich an der Tür stand. Warum hat sie denn nichts gesagt? Ich hätte ihr doch helfen können.«

»Nun, sie steckt ziemlich tief in dieser Sache drin; sie wollte bestimmt nicht, dass durch dein Eingreifen alles auffliegen würde ... Damit wäre der Mord an Scharne so gut wie aufgeklärt«, zog Judith kurz Bilanz, »Die illegalen Geschäfte dieses Trios werden wir noch weiter untersuchen müssen – aber den *Goldregen* haben wir offenbar verloren. Und wer Laura und Astrid das angetan hat – wer weiß, ob wir das je herausfinden.« Judith klang plötzlich traurig.

Walter war sofort bei ihr und schloss sie in seine Arme. »Aber natürlich finden wir das heraus. Etwas anderes kommt gar nicht infrage.«

Judith ließ seine Körperwärme in sich einsickern, genoss seine Liebkosung und schöpfte daraus neue Kraft. »Danke.«

»Sag mal, hat Weigel diese Aufzeichnungen aus dem alten Einband je an Ingrid Deutler zurückgegeben?« Die Unterlagen würden Friedrich Renz brennend interessieren, war Walter sich sicher.

»Das schon, ja, aber sie hat den Band dann Scharne gegeben, weil sie dem Weigel nach ihrer Trennung nicht mehr vertraute. In seiner Wohnung haben wir allerdings nichts Entsprechendes gefunden. Ich-«

Es klopfte und Judith eilte zur Tür. Ein junger Kollege aus der Ermittlungsgruppe, eskortiert von Modersohn, übergab ihr mit den Worten »Ein Fax der Spusi für Sie!« ein paar Blätter.

»Danke.« Judith nahm die Mappe, schloss wieder die Tür und ging zu ihrem Schreibtisch. »Sieh nur, Walter, was ich hier bekommen habe«, bat sie ihn zu sich, kaum dass sie den Aktendeckel aufgeschlagen hatte.

Über ihre Schulter gebeugt las Walter: »Quittung. Von der Loge *Drei Tore zum Licht* hat das Altmark-Museum zu Verwahrung erhalten.« Er konnte es kaum fassen. »Mein Gott, das ist es«, flüsterte er und nahm die erste Seite einer Liste an sich. Dann las er vor:

»*1 Weltkugel*
1 Büste
2 gestickte Decken
4 Leuchter
1 Sichel mit Stiel
1 Spieß
1 Messingschild
1 schwarzer Umhang
1 Sammetdecke
1 Bild ..., Judith, vielleicht unser Bild,
2 Schwerter
1 Pokal
1 Totenkopf
1 kleine Büste
2 Diademe
1 Sichel
Diverse Schriften
3 Marmorblöcke
2 Holzkisten.

Hier, auf der nächsten Seite geht es weiter. Du liebe Zeit, dass ihr Besitz so umfassend war, hätte ich nicht gedacht. Was machen wir nun? Ich brauche diese Liste. Und die Sachen müssen zur Loge zurück. War das wirklich alles noch in den Kartons?«

Judith nahm seine Hand. »Was hältst du davon: Du machst jetzt deine Aussage. Ich werde Sello gleich Bescheid geben. Dann ist alles korrekt und offiziell erledigt. Danach kannst du Friedrich Renz ja von der Quittung und dem Schatz erzählen. Wubbo Wiesel sollte sich ohnehin an Anton Sello wenden, um die Rückgabe der Gegenstände in die Wege zu leiten. Ich werde heute Abend bestimmt ein paar Arbeitsunterlagen mit nach Hause bringen müssen, um mich auf die nächsten Ermittlungsschritte vorzubereiten. Möglicherweise passiert es dann, dass du die eine oder andere Information aufschnappst. Inoffiziell, natürlich. Alles andere müssen die Freimaurer über den offiziellen Weg ausmachen.« Judith machte eine kleine Pause. »Aber wir sind noch nicht fertig, das weißt du.«

Walter sah ihr in die Augen. »Ich habe es dir doch schon gesagt: Wir finden die Typen, deretwegen die beiden in ihren Krankenhausbetten liegen. Und wir finden den *Goldregen*.« Walter klang zuversichtlicher, als er sich fühlte.

Judith kramte einen Umschlag aus einer dicken Mappe hervor und gab ihn Walter. »Hier, die Fotos der Spurensicherung aus der Scheune. Nimm sie mit nach Hause. Ich habe einen zweiten Satz Abzüge. Sieh zu, dass du damit heute fertig wirst, morgen brauche ich alles komplett in der Frühbesprechung.«

Walter winkte ab. »Verlass dich drauf. Meine eigenen Fotos müsste ich auch bald von Michael Rohde bekommen.« Er steckte den Umschlag in seine geräumige Jacketttasche und küsste sie rasch.

Wortlos räumte Judith das Geschirr zusammen. Dann sagte sie: »Na komm, ich bringe dich zur Befragung. Bleib ruhig dabei. Wir sehen uns heute Abend zu Hause.«

Als Sello mit Dreyers Vernehmung fertig war, wollte er bei Judith Brunner vorbeisehen, um mit ihr den Stand der Dinge zu rekapitulieren und zu besprechen, wie sie weitermachen wollten. Aus seiner Sicht gab es nämlich keinen Grund, sie nicht weiter an den Ermittlungen zu beteiligen. Dreyers Nachforschungen behinderten nicht ihre Untersuchungen.

Es war später Nachmittag geworden und sie sollten heute zumindest noch mit diesem ehemaligen Museumsdirektor Weigel reden. Würde er den Mord an Wolfgang Scharne zugeben? Die Fahndung nach den flüchtigen Attentätern und dem anderen Fahrzeug, in dessen Kofferraum die Fälschung des Goldregens lag, hatte bisher nichts gebracht. Hatte dieser Weigel auch mit der missglückten Transaktion und dem arrangierten Unfall zu tun?

Ihm gefiel, wie Judith Brunner ihre Arbeit machte. Warum arbeitete sie nicht direkt beim Fachkommissariat für Schwerstverbrechen? So eine wie sie konnte er dort immer gut gebrauchen. Was trieb sie in diesem kleinen Revier? Sello bedachte kurz, dass es ihm nicht wirklich passte, dass sie mit einem Privatdetektiv zusammenlebte, obwohl an dem Mann eigentlich nichts auszusetzen war. Akkurat, sicher und wortgewandt hatte er seine Aussage gemacht. Freimaurer – ein interessanter Auftrag. Ob die beiden wohl zu Feierabend ihre Ermittlungen besprachen? Meine Güte, was ging ihn das an? Und wieso machte er sich überhaupt um so etwas Gedanken? Sello dehnte seine verspannten Nackenmuskeln und versuchte, sich auf etwas anderes zu konzentrieren.

»Kommen Sie, Sie müssen los!«, rief ihm Knut Müller-Nordergreen zu. Jedes Mal, wenn er diese Worte hörte, wusste Sello, dass etwas Schlimmes passiert war. Er lief in den Flur. Am Fahrstuhl standen schon Judith Brunner sowie der Kriminaltechniker vom Revier, Jurik Bellheim.

»Fertig?«, wollte Judith wissen und bezog sich damit nicht auf Sellos Bereitschaft zum Aufbruch, sondern auf dessen Gespräch mit Walter. Als Sello, der das an ihrem vorsichtigen Tonfall bemerkt hatte, nickte, erfuhr er von ihr: »Man hat Dr. Schneider gefunden. Schwer verletzt, niedergeschlagen in ihrem Museum.«

~ 49 ~

Vor der Tür stand händeringend Dora Kisch und sah einem davonfahrenden Krankenwagen hinterher. »Oh, gut das Sie kommen, Frau Brunner«, begrüßte sie Judith. »Dr. Schneider! Sie wurde, oh Gott ... Sie wollte heute arbeiten. Ein Polizist hat sie gefunden, im Zimmer vom Scharne, dort.« Aufgewühlt wedelte die Frau mit der Hand in Richtung der Tür unter der Treppe. Ihre Aufregung war unübersehbar, rote Flecken leuchteten in ihrem Gesicht und ihre Frisur wirkte derangiert.

»Wie geht es ihr?«, fragte Judith und hoffte auf gute Neuigkeiten.

»Sie war nicht bei Bewusstsein. Aber ansonsten wohl stabil. Wer macht denn so was? Erst der Scharne und nun die Direktorin!« Dora Kisch sah Judith an, als wüsste die in diesem Moment eine erlösende Antwort.

»Das finden wir sicher heraus. Kommen Sie, lassen Sie uns reingehen und dann erzählen Sie mir alles mal der Reihe nach.« Irgendwie hatte Judith das Gefühl, in einer Zeitschleife gefangen zu sein – hatte sie nicht erst am Dienstag fast dieselben Worte gebraucht und sich dabei am selben Ort befunden? Das war schon etwas eigenartig.

Dora Kisch schniefte. »In meinem Büro könnte ich Ihnen auch einen Kaffee anbieten.«

Obwohl sie keinen Bedarf verspürte, nahm Judith das Angebot an, da das gewohnte Hantieren Dora Kisch helfen würde, sich zu beruhigen. »Gerne. Zeigen Sie uns aber bitte zuerst, wo Frau Dr. Schneider gefunden wurde. Wir möchten einen genauen Eindruck bekommen.« Sie stellte die anderen Polizisten vor: »Der Chef der Ermittler, Erster Kriminalhauptkommissar Sello. Meinen Kollegen Bellheim von der Spurensicherung kennen Sie ja bereits und er fängt schon mal an, sich überall umzusehen, während wir uns unterhalten.«

Sello wandte sich kurz an den Polizisten, den das Revier vorbeigeschickt hatte, und befahl ihm, seinen Posten direkt vor der Museumstür einzunehmen; er wollte nicht, dass sich mehr Leute als unbedingt nötig drinnen aufhielten.

Dora Kisch trat ins Haus und bedeutete Judith und den anderen, ihr hinter die Treppe zu folgen. Die kleine Gruppe blieb vor der Tür stehen und sie sahen in den Raum, der nun zu einem Tatort geworden war. Medizinische Verpackungen lagen neben durcheinandergeworfenen Seiten und Heften auf dem Boden. Eine Schere und mehrere Stifte waren vom Tisch gefegt worden, der Schreibtischstuhl lag auf der Seite vor dem Fenster. Hier hatte ohne Zweifel ein Kampf stattgefunden. Die Spurensicherung würde allerhand zu tun bekommen.

»Die Tatortgruppe ist informiert?«, versicherte sich Bellheim der nötigen Unterstützung.

Sello nickte.

Der Spurensicherer begann mit seiner Arbeit.

»Da lag sie«, deutete Dora Kisch auf eine Stelle des Fußbodens neben dem Schreibtisch. »Auf dem Bauch.« Die Verwaltungsleiterin atmete tief ein. »Ich hätte den Raum heute womöglich gar nicht betreten. Warum auch? Wenn Ihr Kollege nicht gekommen wäre … Ihm fiel sofort die nur angelehnte Tür auf.«

Judith regte verständnisvoll an. »Lassen Sie uns gehen.«

Dora Kisch war froh, den Tatort verlassen zu können.

An dem kleinen Seitentisch in ihrem Arbeitszimmer saß Manuela Simon. Die Aufsichtskraft blätterte, eine Zigarette zwischen die Finger geklemmt, in einer bunten Zeitschrift. Das Rauchen brachte ihr einen dermaßen missbilligenden Blick von Dora Kisch ein, dass sie die kaum angefangene Zigarette sofort mit schuldbewusstem Blick ausdrückte. Sie sprang auf und begrüßte Judith und ihren Begleiter mit aufgeregtem Händeschütteln. »Wird sie durchkommen?«

Woher sollte sie das wissen? »Wir müssen das Beste hoffen«, gab Judith zur Antwort. »Sind Sie hergekommen, um heute mit Frau Dr. Schneider zu arbeiten?«

»Richtig, wir wollten uns das nächste Regal im Keller vornehmen, sie suchte nach etwas Bestimmtem. Aber nun … Hoffentlich kommt sie bald wieder auf die Beine.«

»Frau Simon, würden Sie bitte draußen auf mich warten? Ich möchte, wenn ich mit Frau Kisch gesprochen habe, auch noch mit Ihnen reden«, bat Judith.

Sello warf ein, dass er sich nach dieser Unterhaltung das Museum von Dora Kisch zeigen lassen wollte.

»Kein Problem«, bestätigte Manuela Simon. »Meine Kleine ist sowieso bei meiner Mutter. Ich kann bleiben.« Sie verließ mit einem Becher Kaffee in der einen und dem provisorischen Aschenbecher aus Aluminiumfolie in der anderen Hand das Büro.

»Das Museum bleibt morgen wieder geschlossen?«, vergewisserte sich Dora Kisch mit einem Seitenblick auf Anton Sello, der das nickend bestätigte. Aufgebracht stemmte die Verwaltungsleiterin die Fäuste in die Seiten. »Warum lassen wir uns nicht gleich ein etwas solideres Schild anfertigen, das wir bei Bedarf raushängen können: ›Wegen Überfall geschlossen‹.« Voller Inbrunst öffnete sie das Fenster. Dann bedeutete sie den Polizisten, an dem kleinen Tisch Platz zu nehmen, räumte Tassen und Löffel herbei und goss Kaffee ein. »Ach, verzeihen Sie, ich bin sonst nicht sarkastisch, aber irgendwie nimmt mich alles mehr mit, als ich verkraften kann. Erst der Einbruch, dann der Mord und nun das! Außerdem ist Rauchen hier im Haus strengstens verboten!« Sie sandte ihrer entschwundenen Mitarbeiterin einen strafenden Blick hinterher.

Judith wiegelte ab: »Ist schon gut. Schildern Sie uns einfach, was passiert ist.«

Dora Kisch nahm einen Schluck aus ihrer Tasse, setzte sie dann ab und begann: »Nun, dieses Wochenende habe ich alleine Dienst. Eintrittskarten verkaufen, Broschüren, so was halt. Wenn eine Gruppe angemeldet ist, muss noch einer der Museologen mit ran, aber sonst reicht für den Sonntagnachmittag einer aus, da kommt sowieso kaum ein Besucher. Frau Dr. Schneider hatte mir schon freitags zum Feierabend gesagt, dass sie am Wochenende reinkommen würde; sie macht noch immer diese Inventur. Deswegen ist auch die Simon im Haus. Nun, heute war ich gegen halb drei hier, und als ich aus dem Auto stieg, hielt da Ihr Streifenwagen. Wir sind zusammen rein, haben in Dr. Schneiders Büro nachgesehen und ihre Sachen – also die Handtasche und die Jacke – gesehen. Dann sind wir in den Keller, da war sie aber nicht und oben im großen Magazin unterm Dach haben wir sie auch nicht gefunden. Als wir die Treppe runterkamen, sah Ihr Kollege dann die Tür zu Scharnes Arbeitsraum einen Spalt offen stehen. Und dort haben wir sie dann gefunden, auf dem Boden liegend. Der Notarzt und ein Sanitäter waren schnell hier. Der Arzt meinte, sie sei bewusstlos, der Kreislauf wäre schwach und die Kopfwunde« – hier griff sich Dora Kisch mit der Hand an den Hinterkopf und verzog das Gesicht, sodass Judith vermutete, an dieser Stelle befände sich bei Marianne Schneider die Wunde – »würde ihm Sorgen machen. Er liefere sie erst mal im hiesigen Krankenhaus ab, womöglich müsste sie aber noch mal verlegt werden. Ich habe den Arzt noch zum Ausgang begleitet und dann sind ja auch schon Sie da gewesen.«

»Danke. Sind Sie außer unserem Kollegen vom Streifenwagen noch jemandem begegnet, als Sie hier angekommen sind?«, erkundigte sich Sello.

»Nein. Um diese Zeit ist in der Gegend keiner unterwegs. Als dann der Krankenwagen draußen stand, ist auch unsere Aushilfe gekommen, die Frau Simon. Ich hab ihr gesagt, sie soll hier drin warten.«

»Gut gemacht«, lobte Judith. Nichtsdestotrotz war sie äußerst beunruhigt. Wer hatte Dr. Schneider überfallen? Weigel, der mutmaßliche Mörder von Scharne, saß schon den ganzen Tag in Haft. Der Mann war außen vor. Hatten die Leute, die hinter dem *Goldregen* her waren, ihre Hand im Spiel? »Hat Frau Dr. Schneider Ihnen gegenüber erwähnt, wann sie ins Museum kommen wollte?«

»Nur ganz allgemein: zum Wochenende ... Herrje! Wie lange hat die Arme wohl schon so dagelegen?«

Das würde vorerst wohl nur ein Arzt beantworten können, dachte Judith und hoffte, sich bald mit Marianne Schneider unterhalten zu können. »Rufen Sie bitte Ihren Wachdienst an, damit die den Mann herschicken, der in der letzten Nacht den Dienst im Museum hatte. Er soll gleich herkommen. Ach, und: Hat Frau Dr. Schneider irgendeine Andeutung gemacht, was genau sie eigentlich suchen wollte?«

»Nein. Ich hatte aber den Eindruck, es hätte etwas mit dem gestohlenen Bild zu tun. Hier dreht sich doch seit Tagen alles nur darum.«

»Hat sie Familie? Gibt es jemanden, den wir benachrichtigen sollten?«

»Es gibt da wohl einen Mann, eine Fernbeziehung. Aber wie er heißt? Da kann ich Ihnen nicht weiterhelfen, denn außer ein paar Bemerkungen über ein gemeinsames Wochenende oder so, war sie in dieser Hinsicht ziemlich zugeknöpft. Soweit ich weiß, wohnt sie allein in ihrer Wohnung in der Sonnenstraße.«

Nun gut, das würde sich bei einem Blick in ihre Handtasche oder einer Kontrolle ihres Schreibtisches sicher herausfinden lassen.

Deutlich waren von draußen Bremsgeräusche im Kies und Türschlagen zu hören.

Judith und Sello standen entschlossen auf.

»Die Verstärkung trifft ein. Ich gehe kurz zu meinen Kollegen. Wenn Sie inzwischen die nötigen Vorkehrungen für die Schließung des Museums treffen möchten? Sie sollten die zuständigen Leute in der Stadtverwaltung darüber informieren, was passiert ist, und darauf hinweisen, dass ich zurzeit nicht sagen kann, wann Sie wieder öffnen können. Das wird vielleicht ein paar Tage dauern«, wies Anton Sello vorsichtshalber auf mögliche Folgen der kriminalistischen Erfordernisse hin. »Oder soll ich diese Anrufe für Sie erledigen?«

»Nein, schon gut. Danke, aber das kriege ich schon hin. Tja, und viel mehr als aufschließen und die Besucher sich selbst überlassen, können wir ja ohnehin nicht mehr. Ohne Museologen! Wie soll das gehen? Der Scharne tot und Frau Schneider ... Na ja, vielleicht springt Dr. Weigel noch mal ein und übernimmt ein paar der Aufgaben?«, überlegte Dora Kisch laut.

Diese Hoffnung würde sich nicht erfüllen, da war sich Judith ziemlich sicher. Withold Weigel würde vermutlich für lange Zeit kein Museum mehr betreten.

~ 50 ~

Manuela Simon stand an der Hintertür des Museums und kicherte mit einem der Leute von der Tatortgruppe. Der junge Mann hatte eine Zigarettenpause eingelegt und ließ sich dabei gerne unterhalten.

Judith hätte am Dienstag nicht gedacht, dass sie noch in derselben Woche wieder vor dieser Tür stehen würde und erneut eine Zeugin befragen müsste. Schade nur, dass sie nun nicht selbst mit Laura und Astrid würde reden können, denn diese Befragung hatte Sello an jemand anderen delegiert. Dagegen konnte sie nichts machen, er verteilte die Aufgaben. In leicht trauriger Stimmung ging sie auf die beiden Raucher zu. Der Kriminaltechniker verzog sich, mit einem Augenzwinkern in Manuelas Richtung, eilig an seine Arbeit. Noch bevor er das Haus betrat, drückte er seine Kippe achtsam in einer kleinen Blechschachtel aus, die er sich dann tief in die Hosentasche schob.

»Netter Kerl«, teilte Manuela Simon Judith schwärmerisch ihren Eindruck mit.

»Ja, das findet seine Frau bestimmt auch«, machte Judith, die den Kollegen lange kannte, ihr trocken den Tagtraum kaputt.

Die nahm das aber nicht krumm. Lakonisch zuckte sie mit den Schultern und seufzte: »Mein Schicksal. Die Guten sind alle immer schon weg. Wie ist das mit Ihnen? Haben Sie einen Mann zu Hause?«

So wollte sie das Gespräch mit einer Zeugin ganz bestimmt nicht führen, dachte Judith. Etwas zögerlich antwortete sie: »Ja, hab ich. Aber-«

»Schon gut, ich will Sie gar nicht aushorchen. Man sieht's Ihnen sowieso an, dass Sie's gut haben«, meinte die junge Frau. »Was wollen Sie denn von mir wissen?«

Judith war erleichtert, dass das Gespräch wieder in rein dienstliches Fahrwasser geriet. »Ich möchte, dass Sie mir ganz genau erzählen, was hier geschehen ist, von Ihrer Ankunft im Museum bis zu dem Moment, als wir uns im Büro der Verwaltungsleiterin trafen.«

Manuela Simon überlegte nur kurz, bevor sie antwortete: »Die Frau Dr. Schneider hatte mich am Freitag angerufen und gefragt, ob ich ihr am Wochenende hier helfen könnte. Es wäre wichtig. Für gestern musste ich ihr absagen, aber heute hat's gut gepasst.«

»Moment, Frau Schneider wollte also gestern schon im Museum arbeiten? Am Sonnabend?« Withold Weigel rückte wieder auf den Spitzenplatz von Judiths Verdächtigenliste vor, denn gestern war er noch nicht in Haft gewesen. Hatte er zuerst versucht, hier im Museum seine Spuren zu beseitigen und war anschließend zur Scheune nach Möhringen gefahren? Ein ziemliches Pensum. »Und es war was Wichtiges?«

Manuela Simon bestätigte: »So hatte ich die Frau Doktor verstanden. Für heute hatte sie mich jedenfalls zu fünfzehn Uhr hergebeten, und als ich ankam, war der Arzt schon da, in diesem Büro. Ich bin in der Nähe geblieben und hab mich auf die Treppe nach oben gesetzt. Wenn ich die Männer richtig verstanden habe, fanden sie einen Puls, und noch während der eine ihr irgendwelche Sachen spritzte, rief der andere schon im Krankenhaus an. Dann ging er weg, holte die Trage, und beide hoben die Frau drauf. Inzwischen rief mir die Kisch zu, ich soll in ihrem Büro warten. Sie ging mit den Sanitätern zum Krankenwagen. Na, und dann tauchten Sie und Ihr Kollege auf.« Als wäre sie über sich selbst erstaunt, dass sie während dieser langen Rede kein einziges Mal nachdenken musste, starrte Manuela Simon auf Judiths Notizheft. »Mehr war nich.«

Judith überlegte. Marianne Schneider hatte eine Kopfverletzung abbekommen und war bewusstlos geworden. Offenbar hatte sie sich gewehrt, womit ihr Angreifer nicht gerechnet hatte. Also war er auf diese Begegnung nicht vorbereitet gewesen und eventuell genauso überrascht wie die Museumsdirektorin. Hatte ihn das plötzliche Aufeinandertreffen zu weiteren Fehlern verleitet? Aber wenn sie davon ausging, dass Marianne Schneider bereits am Sonnabend in Scharnes Büro nach etwas gesucht hatte und da bereits überfallen worden war, hätte der Wachdienst sie eigentlich über Nacht finden müssen. Also war eher anzunehmen, dass es erst heute zu dieser verhängnisvollen Begegnung gekommen war. Oder?

Noch tief in Gedanken versunken, verabschiedete sich Judith von ihrer Zeugin. Sie suchte Anton Sello. Der war bei seinem Rundgang mit Dora Kisch in dem großen Magazinraum unterm Dach angelangt und lauschte ihren Erklärungen. Als Judith von der Möglichkeit berichtete, dass sich Marianne Schneider schon seit gestern im Museum aufgehalten hatte, wies er auch gleich auf die Ungereimtheit mit dem Wachdienst hin.

»Der Wachmann müsste inzwischen da sein. Fragen wir ihn doch einfach selbst.« Sie begleitete Sello zurück zu Dora Kischs Büro.

Der Mann gab sich ausgesprochen selbstsicher. »Dort lag niemand!«

»Ich bitte Sie, das kann nicht sein. Ich weiß, dass Sie ab acht Uhr abends alle zwei Stunden hier Ihren Rundgang machen. Der Arzt sagte, die Frau könnte schon seit gestern in diesem Büro gelegen haben«, bluffte Judith ein wenig, um mehr zu erfahren.

»Ich kann nur noch mal wiederholen: Bei meinen Runden habe ich dort niemanden liegen sehen.«

»Gut. Beschreiben Sie, wie Sie ihren Dienst durchführen«, sprach nun Sello den Wachmann an. Solche Leute reagierten eher auf die Aufforderung eines höherrangigen Beamten oder einfach nur, weil er ein Mann war.

»Nun, alle Räume mit Türen sollen verschlossen sein. Also haben wir einen Generalschlüssel, damit öffnen wir die Türen, gucken in die Zimmer, achten darauf, dass die Fenster geschlossen sind, schließen wieder zu und gehen zum nächsten Raum. In Räume ohne Türen, also diese Nischen, gucken wir einfach so rein. Das dauert so pro Etage eine Viertelstunde. Dach und Keller lassen wir aus.«

»Und Sie wissen ganz genau, dass niemand in jenem Zimmer lag, als Sie letzte Nacht hier nachgesehen haben.«

Nun zögerte der Mann für den Bruchteil einer Sekunde.

»Raus mit der Sprache!«, fuhr Sello ihn an. Für irgendwelche Empfindlichkeiten hatte er jetzt keine Geduld.

»Also, unter Umständen habe ich nur von der Tür aus reingeguckt und niemanden gesehen. Vielleicht ist mir da was entgangen?«

Judith rief sich Scharnes Büro in Erinnerung. Tatsächlich. Marianne Schneider hätte hinter dem Schreibtisch so verborgen liegen können, dass sie bei flüchtiger Überprüfung des dunklen Raumes nicht entdeckt werden musste, genauso, wie der direkte Blick auf die Spuren des Kampfes verstellt war. Hatte der Täter das etwa einkalkuliert?

~ 51 ~

»Das Fasergutachten zur Mordsache Scharne ist schon da«, teilte Anton Sello seinen Mitarbeitern bei der abendlichen Schlussbesprechung im Salzwedeler Revier zufrieden mit. »Wir haben also etwas zum Vergleichen, falls wir ein entsprechendes Kleidungsstück finden können.« Er war ein großer Anhänger von Faserspuren, weil die nahezu unumstößliche Beweise lieferten.

Auch sein Stellvertreter, Christian Letzien, der frisch aus dem Urlaub kam, war am Tisch und nutzte die Gelegenheit, sich über den aktuellen Stand der Ermittlungen zu informieren. Während die anderen am Nachmittag im Museum waren, hatte er sich bereits in den laufenden Fall eingelesen.

Judith kannte den Kriminalhauptkommissar bisher nicht persönlich. Von seiner netten Begrüßung und von den zurückhaltenden Worten, mit denen er sich ihr vorstellte, war sie allerdings sehr angetan.

Dann informierte Sello über seine Befragung Walter Dreyers, von dessen Nachforschungen und von den Gemeinsamkeiten mit den polizeilichen Ermittlungen. Das Zusammenspiel der Fälle lag auf der Hand. »Da Frau Brunner sowohl ihren Vorgesetzten als auch mich über Walter Dreyers private Untersuchungen informiert hatte, konnte kein Interessenskonflikt ausgemacht werden. Ich habe mich selbst mit dem privaten Ermittler unterhalten und bin zu dem Schluss gekommen, dass Frau Kriminaloberkommissarin Brunner weiter an den Ermittlungen beteiligt werden kann.«

Judith fiel ein Stein vom Herzen. Sie hatte ihn in ihrem Telefonat am Morgen inständig darum gebeten, auch weiterhin an dieser Sache mitarbeiten zu dürfen, weil es für sie um mehr als bloße Polizeiarbeit ginge. Menschen, die sie liebte, waren unschuldig in große Gefahr geraten. Sello hatte Wort gehalten; das würde sie ihm nicht vergessen.

Anton Sello blätterte kurz in seinen Unterlagen. »Das

Krankenhaus schreibt, diese Marianne Schneider hatte Würgemale am Hals, was also bedeuten könnte, wir haben es mit demselben Täter wie im Mordfall Scharne zu tun. Falls das so ist, hat er dieses Mal sein Opfer nicht überrumpeln können. Dem Aussehen des Büros nach muss sie seine Absicht bemerkt und sich gewehrt haben. Ihre Verletzungen sind glücklicherweise nicht lebensbedrohlich. Sie lassen sie aber dennoch im Koma, bis alle Untersuchungen abgeschlossen sind. Erst dann ist sie vernehmungsfähig.« Sello hatte am Nachmittag jemanden in die Klinik hinterhergeschickt, um eine ärztliche Einschätzung der Verletzungen des Opfers zu bekommen. »Und nehmen wir weiter an, dass dieser Weigel der Täter ist, dann muss er die Tat gestern vor ...« – auffordernd sah er Judith an.

»22:30 Uhr«, gab sie Auskunft über den Zeitpunkt von Weigels Erscheinen bei der Scheune.

»... halb elf Uhr abends ausgeführt haben«, fuhr Sello fort. »Im Museum konnte mir die Verwaltungsleiterin noch ein paar Personalunterlagen zu ihrem ehemaligen Chef geben. Scheint ein hervorragender Fachmann gewesen zu sein. Offenbar gefiel es ihm nicht, überpünktlich in den Ruhestand geschickt zu werden. Mehrere Beschwerdebriefe, die vom Ton her immer ruppiger wurden, sind in seiner Akte abgeheftet. Er ist Jahrgang 1932. Als sehr junger Mann war er mal verheiratet, dann früh verwitwet, lebt seit Langem als Single. Keine Kinder. Mitarbeit in diversen Gremien und historischen Vereinen. Und nun kommt's: Laut seiner Akte hatte Weigel in den Sechzigerjahren eine Karriere als Berufssoldat begonnen. Er diente ein paar Jahre als Kampftaucher, wurde aber vorzeitig entlassen. Dann kam ein mehrjähriges Fernstudium und gleichzeitig dieser Posten beim Altmark-Museum, Promotion fünf Jahre später.«

»Ungewöhnlich, nicht?«, warf Letzien ein. »Vom harten Knochen mit Nahkampfausbildung zum biederen Museumsfuzzi?«

Sello hob die Schultern. »Da wird es wohl drängende Gründe gegeben haben. Wer weiß, was damals vorgefallen ist und wer die entsprechenden Fäden gezogen hat. Der frühe Tod der Ehefrau kann eine Rolle gespielt haben.«

»In so einem Provinzmuseum lässt sich jemand ausgesprochen gut verstecken«, spekulierte Letzien weiter.

»Richtig. Wir werden also tief graben müssen, um die Biografie dieses Herrn vervollständigen zu können. Ich regele das mit der Staatsanwaltschaft.«

»Falls Weigel all das getan hat, was wir ihm vorwerfen, hat er von seiner Kampfausbildung nichts verlernt«, betonte Judith. Weigel war dieser sehnige, zähe Typ Mann, dem das Alter nichts anzuhaben schien. Das war ihr schon aufgefallen, aber sie hätte nicht auf diesen militärischen Hintergrund getippt.

»Hat der Arzt gesagt, wann wir mit dem verletzten Opfer reden können?«, wollte ein Kollege wissen und sah auf seine Uhr. »Ich könnte noch hinfahren.«

»Frühestens morgen, bleib also ruhig hier hocken und iss noch einen Happen.« Eine gute Seele hatte für Wiener Würstchen und etwas Brot gesorgt und die Ermittlungsgruppe ließ es sich schmecken. Judith wusste, dass diese Sorte Würstchen vom Lieblingsfleischer von Ingeborg Siegel stammten, und würde sich morgen bei ihr mit einem Glas von Walters selbst gekochtem Pflaumenmus bedanken.

»Gut.« Sello erhob sich. »Frau Brunner und ich unterhalten uns jetzt mit Withold Weigel. Ihr beiden« – er deutete auf die linke Seite des Tisches – »überlegt euch etwas für den Fall, dass es der Weigel nicht gewesen ist.« Zur Rechten gewandt wies er Christian Letzien an: »Mach den Leuten von der Fahndung Druck, ich will wissen, wo dieses Fahrzeug steckt. Es gefällt mir nicht, dass diese skrupellosen Kerle uns entwischen.« Wieder blickte er nach links. »Was wissen wir von den Unfallopfern?«

Der angesprochene Ermittler berichtete: »Die beiden verletzten Frauen konnten uns leider nicht weiterhelfen; weder Laura Perch noch Astrid Ahlsens war aufgefallen, dass sie verfolgt wurden oder sich gar in Gefahr befanden.«

Sello hatte fast so etwas erwartet. Unbefriedigt knurrte er in die Runde: »Also Leute, mir ist egal, dass Sonntagabend ist. Hängt euch an die Telefone, wertet sämtliche Berichte gründlich aus und zerbrecht euch die Köpfe. Ich will diesen Fall lösen.«

Der frühere Museumsdirektor weigerte sich beharrlich, zu kooperieren. Zwar beschwerte er sich nicht, dass man ihn den ganzen Tag hatte warten lassen, er beantwortete die anfänglichen Fragen zur Person und seinen Lebensumständen, gab aber im Prinzip über sich nicht mehr preis, als Judith und Sello ohnehin schon wussten. Offenbar hielt er sich für schlau genug, die beiden Beamten hinhalten zu können. Er posierte überheblich auf dem schlichten Stuhl im Vernehmungszimmer und gab sich ansonsten uninteressiert. Weigel tat so, als wäre das Gespräch eine einzige Zumutung für ihn. Was er allerdings damit bezweckte, war Judith nicht klar, denn er konnte doch unmöglich annehmen, hier ungeschoren wieder rauszukommen.

Judith begann mit dem Thema, das Weigel keinesfalls würde abstreiten können. »Was wollten Sie letzte Nacht in dieser Scheune in Möhringen?«

Man sah Weigel an, wie er versuchte, die Frage einzuordnen. Worum ging es bei dieser Befragung? Etwa nur um Scharnes Werkstatt? »Ich wollte was nachprüfen.«

»Was denn?«

Weigel machte erst mal wieder dicht. Doch dann probierte er es so: »Wir machen im Museum gerade eine Inventur, das wissen Sie ja. Und dabei ist mir aufgefallen, dass mein ehemaliger Mitarbeiter, der Wolfgang Scharne, wohl einiges beiseitegeschafft haben muss. Ich hatte ihn vor ein paar Wochen mal zufällig in Möhringen getroffen und da hat er seine

Scheune erwähnt. Ich wollte nur ganz sicher gehen, bevor ich Ihnen von meinem Verdacht erzähle, und dort lieber vorher nachsehen.«

Das war so lächerlich, dass es Judith richtig ärgerte. Niemand traf sich zufällig in Möhringen und schon gar nicht am Dorfrand. Die Scheune gehörte auch nicht Scharne. »Das überzeugt mich nicht«, sagte sie schlicht.

»Dann eben nicht! Mir doch egal! Ist Ihnen nicht einmal der Gedanke gekommen, ich hätte die Sammlung dort in der Scheune retten wollen, bevor dieser habgierige Kerl alles verschachert?« Weigel tat gekränkt.

Was für ein abscheulicher Mensch, dachte Judith. Er versuchte tatsächlich, alles einem Toten, zudem einem Mann, den er selbst kaltblütig ermordet hatte, unterzuschieben. »Nein, ehrlich gesagt bin ich auf diese Idee nicht gekommen. Dazu weiß ich inzwischen zu viel über Sie.«

Anton Sello reichte es. Die Zeit war gekommen, mit seiner ganzen Autorität als Erster Kriminalhauptkommissar einzugreifen: »Herr Dr. Weigel, vielleicht muss ich deutlicher werden. Sie sind hier, weil wir Ihnen einen Mord und einen Mordversuch zur Last legen. Hinzu kommen Kunstdiebstahl und der illegale Handel mit Kunst beziehungsweise Kunstfälschungen. Was glauben Sie, wie das hier für Sie ausgeht? Der Jüngste sind Sie wahrlich nicht mehr, und wenn Sie vor Ihrem Lebensende noch einmal aus dem Gefängnis herauswollen, sollten Sie jetzt mit uns reden. Und zwar so, dass ich einen guten Grund habe, in meinem Bericht an die Staatsanwaltschaft Ihre Mitwirkung bei der Aufklärung sämtlicher Vorfälle als hilfreich und umfassend zu erwähnen.«

Diese Gesprächsentwicklung und das dominante Auftreten des Beamten musste Weigel erst einmal verdauen, das sah Judith dem Mann deutlich an. Allerdings begriff er wohl nicht so schnell, was Anton Sello ihm gerade mitgeteilt hatte.

Weigel stritt weiter alles ab. »Einen Mord?! Sind Sie noch bei Trost! Ich bringe doch niemanden um!«

Seine Erwiderung zeigte Judith deutlich, dass sie mehr liefern mussten, um ihn zu knacken. »Wir können das natürlich auch beweisen«, behauptete sie. »Wir haben Faserspuren an der Leiche gefunden!«

»An der Leiche? An welcher Leiche? Wen soll ich denn überhaupt umgebracht haben?«

»Und wir haben eine Zeugin, gegenüber der Sie sich mit der Tat sogar brüsteten. Sie haben Wolfgang Scharne in der Nacht von Mittwoch zu Donnerstag ermordet, Herr Weigel.«

Rachsüchtige Züge verhärteten dessen Gesicht. »Diese dumme Pute!«, schimpfte er los. »Konnte die nicht ihre Klappe halten! Die steckt doch mindestens genauso tief mit drin!« Dann kam das Übliche. »Ich wollte das doch gar nicht. Es war ein Unfall.«

Nun schüttelte Anton Sello den Kopf. »Halten Sie uns wirklich für so blöd, dass wir nicht erkennen, wenn jemand professionell ermordet worden ist? Es gibt kaum eine speziellere Art, wie Wolfgang Scharne hätte umgebracht werden können. Sie hatten die Fähigkeit dazu. Sie haben sogar mehr als ein Motiv und Sie hatten die Gelegenheit. Und wir haben die Beweise. Der Fall ist wasserdicht. Sie sind erledigt, Herr Dr. Weigel.«

~ 52 ~

Obwohl alle wussten, dass es eigentlich viel zu früh war, hatten Laura und Astrid es unter hemmungslosem Einsatz weiblicher Mittel – von Tränen und Schluchzen bis hin zu Flehen – geschafft, die Männer davon zu überzeugen, sie entgegen ärztlichem Rat aus dem Krankenhaus nach Hause zu holen.

Walter hatte Maxim, der am Abend etwas Dringendes zu erledigen hatte, schwören müssen, gut auf Laura achtzugeben. Astrid wurde von Thomas Ritter zum Gutshaus eskortiert. Dieser mysteriöse Privatarzt, ein ebenso durchtrainierter Kerl wie Maxim, hatte seinen Fachkollegen auf der Station überzeugend versichert, weiter ein Auge auf die beiden Frauen zu haben. Erst nachdem Maxim die Umgebung geprüft und grünes Licht gegeben hatte – er wollte keinerlei Risiko eingehen –, waren sie gemeinsam zurück nach Waldau gefahren; Maxims Mann fuhr Judiths Auto.

Wenngleich Walter davon überzeugt war, dass es für das Wohlbefinden der beiden Frauen so am besten war, stand er jetzt verstimmt an Lauras Bett und sah nach dem Rechten. Seit dem Nachmittag schon fühlte er sich desillusioniert und gereizt, obwohl sein Gespräch mit Anton Sello unproblematisch verlaufen war. Selbst die guten Nachrichten, die er Friedrich Renz im Anschluss an seine Befragung persönlich überbrachte und die seinen Freund zu Freudentränen gerührt hatten, verbesserten seinen Gemütszustand nicht. Immer noch plagten ihn zu widersprüchliche Gefühle. Er war extra ins Krankenhaus gefahren, weil er hoffte, dort Judith anzutreffen. Aber ein anderer Beamter hatte die Befragung der Unfallopfer übernommen und ihm auf seine Nachfrage hin nur mitgeteilt, dass Kriminaloberkommissarin Brunner zu einem Tatort gerufen worden war. Verdammt! Was war da schon wieder los? Warum meldete sich Judith nicht?

Außerdem sorgte er sich um Maxim, was vollkommen absurd war, denn wenn jemand auf sich aufpassen konnte, dann war das dieser Mann. Aber: Im Krankenhaus hatte Walter mit Maxim geredet und ihn über den Stand der polizeilichen Erkenntnisse aufgeklärt. Daraufhin hatte Maxim die Situation zusammengefasst – »Die Polizei hat also immer noch keine Ahnung, wer den Unfall inszeniert hat und weiß auch nicht, wo dieses verdammte Bild ist« –, und sich wortlos verabschiedet. Sein unversöhnlicher Blick verhieß nichts Gutes. Wie weit würde Maxim gehen? Wie würde seine Vergeltung aussehen? Sollte es weitere Tote geben? Immerhin hatte jemand in Kauf genommen, dass Laura bei dem Unfall ihr Leben verlor. Nicht, dass diese Verbrecher irgendeine Schonung verdient hätten, aber in Walters heiler Welt war es keine akzeptable Lösung, die Dinge in die eigene Hand zu nehmen. Bei Maxim sah das sicher anders aus.

Vor Walter lag eine lange Nacht. Er schnappte sich die Fotos der Spurensicherung und seine eigenen Aufnahmen aus der Scheune und versuchte, sich mit systematischen Vergleichsarbeiten etwas abzulenken.

Kaum war Maxim Kyrilenko in seinem gut getarnten Quartier angekommen, nahm er Kontakt zu seinem fernen Freund auf. Von der genauen Lage seines Unterschlupfes hatte er nicht einmal Laura etwas erzählt, obwohl er nur wenige Kilometer von Waldau entfernt in einem Kasernengelände eines aufgegebenen Stützpunktes der Sowjetarmee lag. Alles für seine Arbeit Nötige war hier vorhanden, gut geölt und bestens gewartet, in mehrfacher Ausführung und jederzeit einsatzbereit. Auch eine funktionierende Telefonleitung gehörte dazu.

Dimitri war ungehalten. »Mann, ich warte seit gestern Nachmittag auf deinen Anruf! Swetlana habe ich auch noch nicht erreichen können! Wie ist es gelaufen? Wo steckst du bloß?«

Maxim gab sich keinerlei Mühe, die Verzögerung zu rechtfertigen. »Wie es aussieht, wollte dir jemand das Bild vor der Nase wegschnappen, Dimitri. Und zwar nicht erst seit gestern. Weißt du, wer das gewesen sein könnte? Wer wollte das Bild noch haben? Hast du irgendeine Ahnung?«

Dimitri fluchte ärgerlich ins Telefon, antwortete jedoch nicht.

»Dein deutscher Verkäufer ist inzwischen tot, ermordet!«, schob Maxim eine nicht ganz unwichtige Information nach. Dass dieser Scharne vorhatte, zu betrügen und Dimitris Tochter eine Kopie verkaufen wollte, erwähnte Maxim nicht. Sie würde als Kunststudentin schon noch früh genug mitbekommen, dass sie kein gutes Geschäft gemacht hatte. Ihn interessierten ausschließlich die Attentäter. Wenn er bei der Suche nach diesen Männern den *Goldregen* fand – schön. Wenn nicht, auch gut.

Dimitri sagte immer noch nichts.

»Jedenfalls hat diese Konkurrenz gestern nach der Übergabe versucht, deiner Tochter und ihrer Freundin das Bild abzujagen. Dabei ließen die keine Zweifel aufkommen, dass ihnen das Bild mehr wert war, als das Leben deines Kindes. Also rede endlich mit mir! Wer könnte sich noch für das Bild interessiert haben?«

»Bei allen Heiligen – geht es Swetlana gut?«

»Sei unbesorgt, ihr ist, soweit ich weiß, nichts geschehen. Sie müsste längst wieder in Berlin sein.«

»Na, wollen wir das hoffen!«

»Dimitri, du bist mir noch eine Antwort schuldig!«, drängte Maxim. »Meine Frau ist bei der ganzen Aktion zwischen die Fronten geraten und da verstehe ich keinen Spaß mehr.«

Endlich reagierte Dimitri. »Das tut mir leid. Doch-«

In diesem Moment war Maxims Geduld am Ende. Seine Stimme wechselte von beharrlich zu bedrohlich: »Mir machst du nichts vor. Ich weiß, dass es Russen waren. Und ich bin mir absolut sicher, dass du mich nur geschickt hast, weil du wusstest, wer dort noch auftauchen würde. Ich will ein paar Namen von dir, mein Freund, und sei versichert, dass es nicht meine Art ist, nur zu drohen. Also, mach endlich den Mund auf!«

Stunden später trat Maxim aus dem Schatten und setzte sich zu Laura aufs Bett.

»Sie schläft seit Stunden tief und fest. Es geht ihr gut. Es war wohl richtig, sie nach Hause zu holen«, berichtete Walter im Flüsterton.

»Ja.«

»Hm.«

Maxim sah nicht auf, als er sagte: »Ich habe niemanden umgebracht, falls du das annehmen solltest. Ich habe nur ein paar Telefongespräche geführt.«

»Gut, und?« Maxims undurchdringlicher Miene war nichts zu entnehmen, doch sein Körper wirkte entspannt. Also gab es wohl gute Neuigkeiten.

Laura rollte sich zusammen und schmiegte sich wie ein Kätzchen an Maxims warmen Körper.

Walter stand auf; höchste Zeit, zu Judith ins Bett zu gehen.

Maxim begann leise zu berichten: »Ein Mann liegt in einem fernen Hospital, das nicht gerade gut ausgestattet ist. Er hat sich bei einem Sturz über scharfkantige Treppenabsätze ziemlich schlimm wehgetan. Mehrere Knochenbrüche, ein ausgerenkter Kiefer, Prellungen, ein Knie und ein Auge sind schwer verletzt – niemand kann sagen, ob er je wieder ganz gesund werden wird. Bis der Mann entlassen werden kann, geht sicher einige Zeit ins Land. Morgen weiß ich, was er wusste.«

Walter, der in der Tür stehen geblieben war, als Maxim flüsterte, drehte sich um und reichte ihm die Hand. »Danke.« Eine unendliche Erleichterung machte sich in ihm breit.

Maxim grinste nur. »Gute Nacht.«

»Dir auch!«

~ 53 ~

Die Augen noch halb geschlossen, beobachtete Walter regungslos vom Bett aus, wie Judith Kleidung aus dem alten Vertiko, in dem sie ihre Pullover und Shirts aufbewahrte, heraussuchte und sich für ein weich fallendes, lavendelfarbenes Oberteil entschied. Im Wandspiegel musterte sie sich dann, fand das Ensemble aus Bluejeans und Pulli durchaus akzeptabel für den Polizeialltag einer Mordermittlerin und sah sich dann nach ihrer Armbanduhr um. Sie hatte etwas besser geschlafen als in der Nacht zuvor. Aus dem Badezimmer brachte sie jeden Morgen einen ganz besonderen Duft mit, und Walter liebte es, mit dieser Mischung aus Zitrus, feuchter Luft und einem leichten Parfüm zu erwachen. Auch die leisen Geräusche, die Judith beim Anziehen verursachte, waren Musik in seinen Ohren, das behutsame Aufziehen der Schubfächer oder das Rascheln ihrer Kleider.

Als sie bemerkte, dass er wach war und ihren morgendlichen Gepflogenheiten folgte, kam sie lächelnd zu ihm. »Wie hast du geschlafen?« Zärtlich strich sie ihm die zerstrubbelten Haare aus dem Gesicht.

Walter nahm Judiths Hand und zog ihren Arm so an seine Lippen, dass er ihr einen Kuss auf die weiche Haut an der Innenseite ihres Handgelenkes drücken konnte. »Gar nicht«, gab er zu. »Mir geht zu viel durch den Kopf.« Er hielt ihre Hand weiter fest und legte sie sich auf die Brust, genau auf die Stelle über seinem Herzen.

Judith verstand ihn nur zu gut. Durchwachte Nächte, weil ein tragischer oder verzwickter Fall einen nicht losließ, kannte sie zur Genüge. Oh ja, Judith hatte eine ziemlich genaue Vorstellung davon, wie sich Walters Gedanken in der Nacht überschlagen hatten. Sie küsste ihn sanft auf die Schläfe. »Bleib liegen«, sagte sie im Aufstehen und ging in die Küche.

Er wehrte sich nicht. Immer noch in ihrem Duft schwelgend, hörte Walter sie mit den Tassen hantieren und freute sich schon auf das Koffein. Gerade war sein Glück wieder mal vollkommen. Judith. Seine Frau. Er setzte sich auf und blickte ihr zufrieden entgegen, als sie mit dem kleinen Tablett zurück an sein Bett kam.

Sie stellte es auf seinem Nachttisch ab und setze sich wieder zu ihm.

»Und, kam denn wenigstens etwas bei deinen Grübeleien heraus?«, erkundigte sie sich, während sie Walter seinen Kaffeebecher reichte.

Der schüttelte den Kopf. »Nicht viel. Aber so einen verzwickten Fall hatte ich ganz bestimmt noch nicht, weder früher als Ortspolizist noch jetzt als privater Ermittler. Es ist fast so, als wäre von allem etwas zu viel da: die Schatzsuche, die Totenliste, die Fälscherwerkstatt, das Mordopfer! Der Unfall. Und jetzt der Mordversuch … Irgendwie passt da vieles nicht zusammen oder ich finde keinen schlüssigen Zusammenhang! Warum die Totenkreuze? Warum die durchgestrichenen Namen? Und warum ausgerechnet jetzt?« Vorsichtig nahm Walter einen Schluck, und dann gleich noch einen. »Also bin ich in meinen Überlegungen noch mal zurück auf Los, zu diesem Bardenabend der Freimaurer. Alle Namen, alle Männer, ihren Hintergrund, ich habe mir jeden Einzelnen noch mal angesehen. Motiv. Mittel. Gelegenheit.« Walter zählte resigniert das Einmaleins der Ermittlungspraxis auf. »Aber: Nichts. Mir fällt irgendwie nichts auf. Keiner der bei dem Vortrag anwesenden Männer scheint mit dem verlorenen Zettel etwas zu tun zu haben.«

Judith zog einen Fuß auf das Bett und suchte eine bequemere Haltung. Walter war ein ausgesprochen gründlicher Mann, der bei seinen Ermittlungen jeden Hinweis gewissenhaft überprüfte und jede Spur unvoreingenommen würdigte. Er würde die Lösung finden, dessen war sie gewiss. Und wenn sie Glück hatte, würde sein Erfolg auch zur Lösung ihres Falles beitragen. Sie ließ sich seine Bemerkungen durch den Kopf gehen – und plötzlich spürte sie, wie ihr Herz zu rasen begann. Zur Sicherheit stellte sie ihre Tasse ab, bevor sie ihren Gedanken aussprach: »Walter! Was wäre, wenn Renz sich geirrt hätte, bei dem, was er uns letzte Woche berichtet hat. Und du die ganze Zeit von falschen Voraussetzungen ausgegangen bist!«

Walter spürte Judiths Aufregung, stellte seinen Becher ebenfalls beiseite und hielt sie an den Oberarmen fest. »Heraus damit!«

»Ich meine, was wäre, wenn der Zettel dort gar nicht verloren wurde, sondern er absichtlich in diesen Hausflur gelangte und von den Männern gefunden werden sollte?«

Walter blieb stumm, so sehr überraschte ihn Judiths Überlegung. Dann ließ er sich in sein Kissen fallen. »Ich Idiot! Wie konnte ich das nur übersehen? Auf die einfachsten Dinge kommt man nicht! Das ändert natürlich alles!«

»Nun, vielleicht nicht alles, aber nehmen wir mal an, es stimmt, was ergibt sich dann daraus für deine Ermittlungen? Ruf mich an, wenn dir dazu was eingefallen ist. Ich muss jetzt wirklich los.«

Walter lag noch volle zehn Minuten wie versteinert in seinem Bett, bevor er voller Tatendrang aufstand. Natürlich! Jemand konnte den Zettel absichtlich in den Eingangsflur vom Logenhaus geworfen haben. Und warum? Wer wollte die *Drei Tore zum Licht* anonym darauf aufmerksam machen, dass die wissenden Hüter ihres – verschwundenen – Schatzes, bis auf einen einzigen, bereits tot waren? Und das zu einem Zeitpunkt, als die Loge begonnen hatte, sich um das Vermögen zu kümmern? Wollte jemand die Freimaurer mit der Nase darauf stoßen, dass ihr Besitz in akuter Gefahr war? Und dann fiel es Walter ein. Oh Mann!

~ 54 ~

»Walter! Was ist passiert?« Judith beunruhigte sein promptes Erscheinen, unmittelbar, nachdem sie im Revier angekommen war. Noch nie war er ihr hinterhergefahren. »Habe ich etwas Wichtiges zu Hause vergessen?« Sie blickte erschrocken in ihre Tasche, doch dort waren sowohl die Fotos als auch die Kopien der alten Aufzeichnungen, die sie benötigte, wenn sich in einer halben Stunde die Ermittlergruppe zur morgendlichen Besprechung zusammenfand.

»Nein! Nichts, alles ist gut. Mir ist nur eingefallen, wer den Freimaurern diese Liste in die Hände gespielt hat.«

»Ach!«

»Wann sagtest du, wollte dieser Scharne in den Urlaub fahren?«

Judith dachte kurz nach. »Montagabend, zumindest hatte

er das seinem Nachbarn so gesagt. Aber ob er es wirklich vorhatte? Vielleicht wollte er sich für immer absetzen, ein finanzielles Polster hatte er ja ... Oh. Du meinst, der Scharne hat das Blatt den Logenbrüdern zugespielt? Wieso? Wie kommst du darauf?«

Walter holte tief Luft. »Nun, ich denke, nach allem was du mir so erzählt hast, ist klar, dass er sich mit Weigel heftig überworfen hatte. Sie waren sich uneins, was ihre Geschäftspraktiken betraf – er wollte die Originale behalten, Weigel nicht –, sie hatten mit derselben Frau ein Verhältnis, nehmen wir mal an, nacheinander, aber ändert das wirklich etwas? Wer weiß? Scharne wusste alles über das Depositum der Freimaurer im Museum und er hatte bestimmt über Ingrid Deutler ebenso Zugang zu den alten Aufzeichnungen bekommen. Aus dieser Quelle stammt auch der Zettel. Frag sie mal danach, wenn du wieder mit ihr redest!«

Judith machte sich eine Notiz.

Walter fuhr fort: »Scharne wollte zweifelsohne verhindern, dass der Freimaurerschatz von Weigel verhökert wurde. Also dachte er sich, präsentierst du denen das Problem auf dem Silbertablett.«

Judith ließ sich das Gesagte kurz durch den Kopf gehen. »Möglich. Dieser Teil seines Planes hat ja bestens funktioniert. Renz und Wiesel haben dich schon am nächsten Tag beauftragt. Auf diese Weise hoffte Scharne vielleicht, nicht nur sich, sondern auch das Museum raushalten zu können. Gleichzeitig brachte er Weigel zur Weißglut, indem er ihm künftige Geschäfte vermasselte. Auch dies tat Scharne besser anonym. Schließlich kannte er den Mann.«

Walter ergänzte: »Bestimmt spielt Ingrid Deutler auch eine größere Rolle, als wir bisher annahmen, das hab ich so im Gefühl. Eine Frau macht immer alles komplizierter. Die Deutler ist der Typ, für den manche Männer durchdrehen.«

»Oho, und auf dein Gefühl ist immer Verlass«, räumte Judith ein und Walter wusste einen Moment nicht, ob sie ihn wirklich ernst nahm. Doch dann griff sie seine Hand und zog ihn zu sich. »Hervorragende Ideen, und ich denke, die Zeitabläufe passen auch dazu. Du hast bestimmt mit allem Recht. Ich werde Ingrid Deutler die Totenliste zeigen und sie fragen, ob Scharne von seinem Vorhaben, den Freimaurern quasi einen Tipp zu geben, ihr gegenüber etwas erwähnt hat.«

»Für Scharne war das sicher ein ereignisreicher Urlaubsauftakt: gefälschtes Bild stehlen, Zettel den Freimaurern hinterlassen, seinen ehemaligen Chef verärgern … Tja, manches davon hätte er wohl besser gelassen.« Walters Mitgefühl für diesen Mann hielt sich in Grenzen.

Kaum war Judith allein, steckte Jurik Bellheim den Kopf in ihr Büro. »Haben Sie noch einen Moment, bevor die Besprechung losgeht?«

»Klar, was gibt's denn?«

»Mit dem ganzen Papierkram dauert es sicher noch, deswegen wollte ich Ihnen schon mal vorab was sagen. Mir ist nämlich gestern im Museum etwas aufgefallen; vielleicht hilft Ihnen das weiter. In dem Bücherregal hinter dem Arbeitsplatz vom Scharne fehlten circa 50 Zentimeter Inhalt. Man konnte das am Staub ganz gut erkennen. Also, ich würde vermuten, dass dort bis vor Kurzem etwas stand, das nun weg ist. Ich sehe rasch noch im Labor vorbei, vielleicht haben die schon die Fotos fertig. Bis gleich.«

»Danke!«, rief Judith ihm hinterher. Sie hatte zumindest von einem Buch, das dort gestanden haben könnte, eine ziemlich genaue Vorstellung: ein als Band 4 einer Naturgeschichte getarntes Konvolut von Papieren der Freimaurerloge *Drei Tore zum Licht*. Aber auch das musste überprüft werden. Sie wählte die Telefonnummer vom Museum und hoffte, jemanden zu erreichen. Dora Kisch hob ab und Judith bat: »Würden Sie mal bitte in das Büro von Scharne gehen und mir erzählen, was sich in dem Regal hinter seinem Sitzplatz am Schreibtisch befindet? Rufen Sie mich ruhig von seinem Apparat aus wieder an. Ich warte so lange.«

Fünf Minuten später hatte sie die Verwaltungsleiterin wieder am Apparat. »Also, im Regal steht zum größten Teil der Handapparat von Wolfgang Scharne. So nennen die das hier, wenn sie bestimmte Bücher aus unserer Bibliothek direkt am Arbeitsplatz haben möchten. Die wollen nicht jedes Mal, wenn sie einen Blick in ein häufig benötigtes Buch werfen müssen, ins Bibliotheksmagazin laufen.«

»Dann stehen also in diesem Regal die Bücher, die Wolfgang Scharne öfter bei seiner Arbeit genutzt hat?«, vergewisserte sich Judith, ob sie richtig verstanden hatte.

»Genau. Allerdings ist hier eine ziemliche Lücke im zweiten Fach von oben zu erkennen«, bestätigte Dora Kisch die Mitteilung von Jurik Bellheim.

»Sie sagten eben, zum größten Teil, als Sie vom Inhalt des Regals sprachen.«

»Nun, hier stehen auch noch andere Bücher, Reiseführer, Bildbände und so etwas, ein halbes Fach voll, ungefähr. Das gehört eher nicht zu der Fachliteratur, die die Museologen sonst hier brauchen, ist wohl was Privates. Ich kenne mich ein bisschen damit aus, denn schließlich laufen alle Buchbestellungen spätestens dann über meinen Schreibtisch, wenn sie bezahlt werden müssen.«

Judith kam ein Gedanke. »Sie sagten, dass dieser Handapparat eigentlich ein Teil Ihrer Bibliothek ist, nur dass diese Bücher in den Büros der Leute stehen und nicht im Magazin. Dann müsste doch herauszufinden sein, welche Literatur dort bei Scharne im Regal gestanden hat?«

Dora Kisch zögerte kurz, gab dann aber zu: »Bestimmt. Irgendwie. Ja.«

»Wer könnte das herausfinden?«

»Das sollte selbst mir gelingen, denn eigentlich brauche ich nur an den Regalen im Bibliotheksmagazin langzulaufen und mir die Ausleihzettel ansehen, die anstelle der Bücher in den Lücken stecken. Möglicherweise gibt es noch einen eleganteren Weg, aber so würde ich es machen.«

Judith war sich sicher, dass sie, wenn sie wüsste, welche Art Bücher bei dem Überfall auf Marianne Schneider entwendet wurden, sie dem Täter ein gewaltiges Stück näher kommen würde. Alles lief auf Weigel hinaus, und sie hätte einen Beweis mehr, mit dem sie ihn überführen konnte. »Ich wäre Ihnen sehr verbunden, Frau Kisch. Rufen Sie bitte wieder an, sobald Sie etwas haben.«

Auf dem Weg zur Besprechung wollte Judith gerade den Flur in der zweiten Etage betreten, als jemand zu ihr eilte und zuvorkommend die Tür aufhielt. Thomas Ritter! »Ich wünsche Ihnen einen wunderschönen guten Morgen«, begann er, ihrer ersten Begegnung nach seiner Aussöhnung mit Walter die Schwere zu nehmen, »zu Ihnen wollte ich. Ich dachte erst, wir laufen uns im Krankenhaus irgendwie über den Weg, aber das scheidet ja zum Glück aus.«

Sie betraten gemeinsam den kurzen Gang, an dessen Ende der hochtrabend »Konferenzsaal« genannte Raum lag, zu dem Judith wollte.

»Ich war ganz in der Nähe zu einem Tatort unterwegs und wollte die Gelegenheit nutzen, hier bei Ihnen vorbeizuschauen, um zu sagen, dass ich es begrüßen würde, wenn wir wieder enger zusammenarbeiten könnten. Ich freue mich richtig, Sie hier zu treffen!« Thomas Ritter sah ihr mit ehrlicher Sympathie in die Augen und streckte ihr seine Hand entgegen.

Er macht seinem Namen mal wieder alle Ehre, dachte Judith, als sie den freundschaftlichen Händedruck erwiderte. »Ich freue mich auch. Nicht nur, weil ich Sie wirklich sehr schätze und gern mit Ihnen arbeite. Sondern hauptsächlich, weil Sie Walter ein guter Freund waren und geblieben sind. Dafür haben Sie jederzeit etwas gut bei mir. Danke.«

Ritter lächelte verschmitzt. »Gut. Dann bin ich gleich so unverfroren und wünsche mir, dass Sie mich beim Vornamen nennen. Ich würde Sie meinerseits nämlich gerne mit Ihrem schönen Namen anreden.«

Judith konnte dieser Charmeoffensive nicht widerstehen. Sie lachte gelöst und sagte: »Einverstanden, Thomas. Den Sekt trinken wir später. Aber nun muss ich rein, die anderen warten schon auf mich«, blickte sie über seine Schulter in den Besprechungsraum.

»Na, dann. Ich drücke die Daumen. Nageln Sie den Kerl fest, Judith.«

~ 55 ~

Heute hatte Anton Sello sich entschieden, seinem Interesse für Farben mittels einer dunkelvioletten Hose, eines tannengrünen Hemdes und eines sandfarbenen Jacketts Ausdruck zu verleihen. Modische Freizeitschuhe nahmen dem Ensemble etwas von seiner übertriebenen Eleganz und alles zusammen wirkte umwerfend. Judith war beeindruckt; wo kaufte Sello bloß ein? Weder in Stendal noch in Salzwedel gab es einen entsprechenden Herrenausstatter. Gerüchteweise reiste der Mann mehrmals im Jahr nach Italien, was diese Garderobe erklären mochte. Auf jeden Fall war es Judith mehr als recht, den Arbeitstag mit einem gut gekleideten und, wie es aussah, auch gut gelaunten Ermittlungsleiter zu beginnen.

»Guten Morgen alle zusammen. Lassen Sie uns rasch gegenseitig auf den neuesten Stand bringen«, eröffnete Sello die Besprechung. »Ich denke, wir haben gute Chancen, diese Mordermittlungen heute zum Abschluss zu bringen. Zuerst die gute Nachricht: Frau Dr. Schneider ist bei Bewusstsein und die Ärzte meinen, sie wird wohl bald wieder auf den Beinen sein. Sie hat unserem Kollegen vor Ort bereits Withold Weigel als den Mann benannt, der sie am Sonnabend Abend im Museum überfallen hat.« Sello bestimmte einen Ermittler, der die Museumsdirektorin am Krankenbett besuchen sollte. Auch das offizielle Aussageprotokoll könne er bei dieser Gelegenheit anfertigen. »Mit dem Weigel werden Frau Brunner und ich gleich im Anschluss an diese Besprechung weitermachen. Da kommt uns diese Aussage natürlich wie gerufen. Was haben wir sonst?« fragte Sello euphorisch in die Runde und sah sich um.

Jurik Bellheim hob die Hand und berichtete dann, was er Judith schon kurz zuvor mitgeteilt hatte. Er verteilte ein paar Abzüge und Judith erläuterte, wie sie mit Dora Kischs Hilfe rekonstruieren wollte, was genau dort im Bücherregal gestanden hat.

»In Ordnung«, war Sello einverstanden. »Hat die Spurensicherung in Weigels Wohnung schon was Hilfreiches gefunden?«

Eine Frau von der Tatortgruppe aus Magdeburg konnte antworten: »Wir waren bis weit nach Mitternacht in der Wohnung und haben alles gründlich durchsucht. Das vermisste Gemälde haben wir nicht gefunden, bemerkenswerterweise auch kein anderes Bild. Die Wohnung ist zwar recht üppig mit allerhand Skulpturen, alten Teppichen und Bodenvasen ausgestattet, aber was davon diesem Weigel tatsächlich gehört und was geklaut ist?« Ein lakonisches Achselzucken deutete an, dass das nicht die Sache der Kriminaltechnik war. »Am Interessantesten war sicher eine schwarze, derbe Jacke, deren Fasern mit denen übereinstimmen könnten, die unter Scharnes Fingernägeln gefunden wurden. Das Labor sitzt schon dran, bald müssten wir das genau wissen.«

Dr. Withold Weigel schien seine Großspurigkeit etwas abgelegt zu haben. Doch dafür hatte er sich offenbar vorgenommen, heute den »harten Hund« zu geben; der lauernde Blick aus Weigels intelligenten Augen deutete nicht auf ein einfaches Gespräch hin. Jemand hatte ihm neue Klamotten gebracht – er trug nun enge Jeans und einen dünnen Pullover. Die sportliche Kleidung ließ allerdings seinen durchtrainierten Körper weitaus deutlicher erkennen, als der graublaue

Baumwollkittel es getan hatte, den er bei seiner Begegnung mit Judith im Museum trug.

Anton Sello setzte sich Weigel gegenüber, begrüßte ihn höflich und fragte: »Wie wollen wir anfangen? Ihnen muss klar sein, dass wir gestern mit unserem Gespräch nicht fertig geworden sind. Konnten Sie Ihr Gedächtnis über Nacht etwas auffrischen?« Sello gab ihm nochmals die Gelegenheit für ein freiwilliges Geständnis. Da nichts kam, setzte er fort: »Erinnern Sie sich, wo oder bei wem Sie sich aufgehalten hatten, bis Sie sich entschlossen, in Möhringen aufzutauchen? Nein? Oder ist Ihnen hinsichtlich der Beschuldigung von Irene Deutler, Sie hätten Wolfgang Scharne ermordet, eine glaubwürdigere Darstellung eingefallen? Ihre Geschichte vom Unfall brauchen Sie nicht weiter auszuschmücken. Ich will nur die Wahrheit hören.« Sello begann, Kaffee aus der bereitstehenden Kanne auszuschenken und schob Weigel eine Tasse über den Tisch. Er ließ dem Mann wirklich Zeit.

Judith bedankte sich für ihren Kaffee und bat zusätzlich um ein Glas Wasser. Ein subtiler Hinweis darauf, dass sie nicht von einem raschen Gesprächsende ausging.

Withold Weigel schwieg derweil, mit übergeschlagenen Beinen scheinbar entspannt auf seinem Stuhl sitzend, und nahm das Getränk ungerührt entgegen. Nur die konzentriert zusammengekniffenen Augen verrieten, dass er sehr wohl wusste, was hier für ihn auf dem Spiel stand.

»Nicht? Schade.« Sello ließ ihm noch einen Moment, es sich anders zu überlegen, doch als nichts passierte, begann er: »Wir haben Ihre Wohnung durchsucht.«

Weigel setzte sich auf.

»Die Kollegen von der Spurensicherung haben mir eine große Freude gemacht, als sie mir von einer schwarzen Jacke berichteten, die an Ihrer Garderobe gehangen hat und deren Fasern genau zu denen passen, die wir unter Wolfgang Scharnes Fingernägeln gefunden haben. Hat er sich heftig gegen Ihren Angriff gewehrt, Dr. Weigel?«

Dessen vorgegebener Gleichmut zersprang und schien in Wut umzuschlagen, denn seine Hände ballten sich zu Fäusten, die er auf seine Knie hieb. Aber den Mund machte er nicht auf.

Nun ging Sello aufs Ganze und überraschte Weigel mit einer Mitteilung: »Außerdem haben wir inzwischen mit Frau Dr. Schneider reden können. Und sie hat Sie eindeutig als den Mann identifiziert, der sie überfallen hat.«

»Die lebt?«, fragte er erschrocken. Dann spielte Weigel wieder den Emotionslosen. »Tja, das werde ich dann wohl nicht mehr ändern können.« Er kniff ärgerlich die Augen noch weiter zusammen und verschränkte die Arme vor der Brust.

»Was dachten Sie denn, von welchem Mordversuch ich gestern gesprochen habe? Haben Sie etwa noch mehr auf dem Kerbholz?«, wunderte sich Sello.

»Nein, nein!«, wehrte Weigel ab. »Ich hab Ihnen wohl bloß nicht richtig zugehört.«

»Sollten Sie aber, Mann. Hier geht es für Sie um einiges. Und wie Sie sehen, sind wir nicht darauf angewiesen, dass Sie mit uns reden. Wir können Ihnen die Taten auch so nachweisen. Allerdings macht sich ein Geständnis immer gut, wenn der Staatsanwalt überlegt, welches Strafmaß er fordern soll. Ich kann mich also nur wiederholen, wenn ich Sie auffordere, gut nachzudenken, und die richtige Entscheidung darüber zu treffen, ob Sie mit uns kooperieren wollen.«

Vor Anton Sellos Argumenten hatten schon ganz andere Männer kapituliert, wusste Judith und bemerkte innerlich amüsiert, dass Weigel glaubte, sich mit einem provozierenden Blick wehren zu können.

Sello blickte ihm gelassen ins Gesicht und lachte. »Was soll denn das, Herr Dr. Weigel? Sie sind doch ein intelligenter Mensch und wir wissen beide, dass die Sache für Sie gelaufen ist.«

Weigel gab auf. »Der Scharne war so ein Idiot! Der wollte

tatsächlich aussteigen. Hatte plötzlich so etwas wie ein Gewissen entdeckt. Seine neue Chefin wollte ihn befördern oder so, ihm irgendeinen wichtigen Posten bei der Restaurierung geben. Er meinte, mit unseren Geschäften müsse dann Schluss sein. Er wolle ›sein‹ Museum nicht weiter schädigen. Dass ich nicht lache! Wir hätten doch schon schönes Geld gemacht und niemand sei uns auf die Schliche gekommen. Wir alle kämen bestimmt davon und sollten es nun gut sein lassen.«

»Aber Ihnen reichte es nicht. Sie wollten noch mehr Geld.« Sello ließ beide Vermutungen absichtlich nicht wie Fragen klingen. »Haben Sie ihn deswegen umgebracht?«

Als wäre er selber ratlos, was sein Motiv anging, hob Weigel die Hände. »Unser Plan war gut, einfach perfekt. Doch dann, vor ungefähr drei, vier Wochen, kam der Scharne in meine Wohnung und fing an, mir wegen des *Goldregens* ins Gewissen zu reden; das Bild gehöre nicht einmal dem Museum, ich wisse doch, dass wir das Eigentum einer Loge verkaufen. Das sei nicht recht. Bla. Bla. Bla. Tag um Tag nervte er und drohte schließlich damit, uns auffliegen zu lassen. Ich musste ihn sogar daran erinnern, dass dann auch seine geliebte Ingrid für Jahre hinter Gittern verschwinden würde. Es nutzte nichts. Schließlich ging ich auf seine Bedenken ein; sollte er doch sein Glück mit der blöden Kopie versuchen. Offensichtlich hatte er schon länger daran gepinselt und sie war richtig gut geworden. Falls das schief ginge, hätten wir ja immer noch das Original für den Kunden, und wenn es funktionierte, könnte ich das Bild sogar zweimal verkaufen. Von meiner Warte aus sprach nichts dagegen. Scharne dachte sich den Diebstahl aus, wegen der Publicity; unser Kunde wäre bestimmt bereit, die Kopie als echt anzusehen, wenn er hörte, dass das Bild gestohlen worden war. Ich fand das übertrieben. Ob Diebesgut oder nicht – die Herkunft der Bilder interessierte unsere Art Kundschaft sowieso kaum. Montagabend wollte Scharne diesen Diebstahl fingieren. Wir trafen uns vorher bei mir, um noch einmal alles durchzusprechen. Er hatte im Museum verbreitet, auf Urlaubsreise zu sein, also mussten wir uns unauffällig verhalten. Wir hatten vereinbart, dass er loslegt, nachdem die erste Runde des Wachdienstes durch war, also irgendwann gegen halb neun. Alles war vorbereitet, die Alarmklingel hatte er bereits Tage vorher unbrauchbar gemacht und auch der Fensterrahmen war manipuliert. Nun, ich versuchte Scharne bei der Gelegenheit noch einmal zu überzeugen, dass wir weitermachen sollten; alles lief doch so prächtig! Aber der Kerl blieb stur. Mannomann, der wollte sogar die Sachen aus der Scheune wieder zurück in den Museumskeller schaffen!« Weigels Empörung über Scharnes wieder erwachtes Gewissen war echt. »Nun, da habe ich ihn auch ein bisschen verärgern wollen. Also habe ich ihm vorgemacht, ich schlafe immer noch mit seiner Ingrid und da ist er stinksauer abgezogen. Drohte mir, das würde ich noch bereuen. Na ja, da habe ich ihn dann lieber im Auge behalten, damit alles glattgeht und er keinen Mist baut.«

»Was soll das heißen?«, fragte Judith. »Sie sind ihm am Montagabend zum Museum gefolgt? Mit dem Wagen?«

»Klar. Aber das hat der Scharne gar nicht bemerkt. Beim Museum klappte alles bestens, wenn es auch ein wenig länger dauerte, als ich angenommen hatte. Scharne kam nach knapp zehn Minuten wieder raus, hatte diese Kopie unterm Arm und legte sie in seinen Kofferraum. Alles war gut, bis ich bemerkte, dass er nicht direkt nach Hause fuhr, wie wir es eigentlich vereinbart hatten, sondern rüber zur Bundesstraße machte. Wie gesagt, ich bin ihm nachgefahren, dachte, er will nach Stendal zu Ingrid, aber wir landeten in Gardelegen. In der Nähe vom Wall hielt er an, ließ den Motor laufen und stieg eilig aus, um zu einem erleuchteten Haus zu laufen. Scharne hatte einen Zettel in der Hand, den er durch einen Briefschlitz in den Hausflur fallen ließ. Ich konnte zwar alles gut beobachten, nur einen Reim konnte ich mir nicht auf sein Verhalten machen. Was trieb der Kerl da? Also habe ich gewartet, bis er weggefahren war, und bin dann hin zu dem Haus. Was glauben Sie, wie ich mich fühlte, als ich das Türschild sah: *Drei Tore zum Licht*! Mir war gleich klar: Das Arschloch hatte uns verpfiffen! Die Tür war von außen nicht zu öffnen und ich hatte keine Chance, an diesen Zettel heranzukommen. Was blieb mir übrig? Ich bin wieder nach Salzwedel gefahren, nur um festzustellen, dass er auch dieses Mal nicht den Weg nach Hause genommen hatte. Ich vermutete ihn bei unserer reizenden Ingrid, aber auch da erschien er nicht. Also konnte ich nichts weiter tun, als mich vor seiner Wohnung auf die Lauer zu legen und tatsächlich ist er am Mittwoch gegen Mitternacht dort wieder aufgetaucht. Ich habe ihn vor dem Haus aufgehalten und, naja, er nahm mich mit rein. Ich stellte ihn zur Rede und er meinte, er hätte nur dafür gesorgt, dass alle dieselben Chancen hätten. Weiß der Kuckuck, was er damit sagen wollte. Ich solle gefälligst meine Finger von der Ingrid lassen, sonst ginge er höchstpersönlich zur Polizei.« Weigel grinste unfroh. »Das ganze Gespräch verlief in einer Art Bühnenflüsterton, denn wir wollten in der nächtlichen Stille des Hauses niemanden auf uns aufmerksam machen. Es war unglaublich!«

»Und was passierte dann?«, fragte Sello.

Kalt presste Weigel hervor: »Die Ingrid war meine Geliebte, meine Frau! Sie gehörte mir! Nicht diesem Schwächling! Ich gebe gern zu, dass ich sie am Anfang nicht wegen ihrer schönen Augen umgarnt habe. Denn als sie vollkommen arglos mit dieser Liste zu mir kam, erkannte ich sofort, dass es sich um eine beachtliche Zahl der nicht inventarisierten Stücke in unserem Keller handelte. Was für Möglichkeiten barg das, um an viel Geld zu kommen! In meinem Museum lag so vieles, wovon niemand eine Ahnung hatte. Die Stadt wollte mir nach der Wende plötzlich nicht erlauben, noch ein paar Jahre länger als Direktor im Museum zu arbeiten. Irgendjemandem gefiel meine Vergangenheit nicht. Na, Sie wissen bestimmt, wie mickrig die Renten heutzutage sind. Ich bin noch jung, fühle mich fit, hatte noch einiges vor. Und Ingrid kam da wie gerufen. Attraktiv, intelligent, nicht so anstrengend wie eine junge Frau, ungebunden. Also fing ich an, sie gezielt für mich einzunehmen, denn ich musste verhindern, dass sie der Sache an anderer Stelle nachging und womöglich auf ein Mitglied dieser Loge stieß. Es funktionierte. Sie war eine allzuleichte Beute; eine einsame und leidenschaftliche Frau, die ihren Vater lange betreut und sich kaum Zeit für ihre eigenen Bedürfnisse genommen hatte. Ingrid verliebte sich in mich und machte nahezu widerspruchslos bei den Verkäufen aus dem Museumskeller mit. Vielleicht auch, weil sie mich nicht enttäuschen, mich nicht verlieren wollte oder ich ihr eine sorgenfreie, rauschende Zukunft in Aussicht stellte. Ihr Job war nahezu ideal geeignet, um an solvente Kunden zu kommen, die keine überflüssigen Fragen stellten. Ingrid hatte über ihr Reisebüro gute Kontakte in den Osten und wir hätten ein Vermögen machen können, wenn dieser Scharne nicht kalte Füße bekommen hätte! Ingrid ließ mich fallen und himmelte diesen moralisch daherkommenden Feigling an! Ich habe noch nicht einmal verstanden, was der von ihr wollte; immerhin war sie um einiges älter.« Die Kränkung, für einen jüngeren Mann verlassen worden zu sein, war Weigel ebenso ins Gesicht geschrieben, wie das Unverständnis für die Liebesbeziehung seiner Komplizen.

»Und Sie haben Wolfgang Scharne dann am vergangenen Mittwoch spätabends nach Ihrer Auseinandersetzung in seiner Wohnung ermordet«, stellte Judith fest.

»Mich liefert niemand ungestraft ans Messer!«, stellte Weigel die Tat nicht in Abrede. »Erst nimmt er mir die Frau weg und dann versaut er mir das Geschäft meines Lebens! Was glaubte dieser Kerl denn, mit wem er sich da angelegt hat?«

»Sie geben also den Mord zu, Herr Dr. Weigel«, vergewisserte sich Sello fürs Protokoll.

»Ja«, murrte Weigel und schien lediglich zu bedauern, dass

man ihn erwischt hatte.

~ 56 ~

»Soweit zu dem Mord an Wolfgang Scharne«, konstatierte Sello. Eifersucht und Gier, gepaart mit einer gehörigen Portion Wut hatten zu einem verhängnisvollen Aufeinandertreffen zweier Männer geführt. Sello nickte seiner Kollegin zu.

»Frau Dr. Schneider?«, lenkte Judith nun verabredungsgemäß zum nächsten Punkt über.

»Na ja. Das war so: Sonnabend, am späten Nachmittag, bekam ich einen Anruf. Ein Mann, der offenbar wusste, wovon er sprach, meinte, er gehöre nicht zu den Dummköpfen, die eine Fälschung für viel Geld kaufen würden; er wolle das echte Bild, und zwar am selben Abend! Sonst müsste er ausplaudern, was ich Mittwochnacht getan hätte, und für mein Leben und das meiner Geliebten könne er auch keine Garantie übernehmen.«

Da waren sie wieder, diese Männer im Hintergrund. Sie hatten also entdeckt, dass die beiden Russinnen mit der Kopie übers Ohr gehauen worden waren. Möglich, dass sie es noch geschafft hatten, den richtigen Wagen zu erwischen, nachdem sie bei Astrid und Laura weniger Glück hatten, dachte Judith grimmig. »Wissen Sie, wer Sie kontaktiert hat?«

»Ich habe keine Ahnung, wirklich, aber offenbar waren Ingrids Bekanntschaften aus dem Reisebüro alles andere als harmlos. Ich ging davon aus, dass sie Ingrid solange ausgequetscht haben, bis die ihnen alles verraten hat. Diese Leute verstanden keinen Spaß. Der Kerl am Telefon sprach mit einem leichten Akzent, slawisch. Mir war sofort klar, dass ich mich mit denen nicht anlegen durfte. Also bin ich ins Museum gefahren, um das Original zu holen. Ich sollte es dann auf einem Parkplatz an der B 71 übergeben.«

»Und im Museum ist Ihnen Dr. Schneider in die Quere gekommen?«

Weigel nickte. »Woher sollte ich denn wissen, dass die da auftaucht? Ich hatte mir – lange bevor sie mich rausgeschmissen hatten –, einen Generalschlüssel nachmachen lassen, kam also jederzeit problemlos ins Haus. Von Scharne wusste ich, dass er das echte Bild verborgen in seinem Büro aufbewahrte – seit die Kopie im Musikzimmer hing, durfte es ja niemand mehr sehen. Ich hatte es aber schnell entdeckt: In seinem Bücherregal lag es gut verpackt unter einigen großformatigen Kunstbildbänden. Den Rahmen hatte er entfernt, als er die Kopie anfertigte; die Leisten sind bestimmt noch in seinem Atelier. Gerade als ich das Bild aus dem Fach genommen hatte und mir ansah, stand die Schneider plötzlich in der Tür und wollte Alarm schlagen. Ich tischte ihr erst noch die Geschichte auf, dass es mir gelungen war, das Bild wieder aufzustöbern. Irgendwie blieb sie misstrauisch. Sie forderte immer mehr Erklärungen, bis es mir dann reichte. Soviel Zeit hatte ich einfach nicht und außerdem konnte ich das Bild ohnehin nicht im Museum lassen. Mein Leben hing davon ab! Was blieb mir anderes übrig? ... Und die hat das wirklich überstanden? Ist jetzt auch egal.«

Erleichterung darüber, dass wenigstens eines seiner Opfer lebte, war Weigel immer noch nicht anzumerken. Wie wollte dieser harte, einsame Mann wohl je seinen Seelenfrieden finden, huschte es Judith durch den Kopf, bevor sie konsequent weiter machte und fragte: »Sie haben den *Goldregen* also Sonnabendabend an diese unbekannten Leute übergeben?«

»Ja. Das hätten Sie an meiner Stelle auch getan!«

Judith hielt es für müßig, darauf einzugehen. »Woran erinnern Sie sich? Was für einen Wagen fuhren die, wie viele waren es? Können Sie die Männer beschreiben?«

»Ich bitte Sie! Abends auf einem finsteren Waldparkplatz! Dunkler großer Geländewagen; ich nehme an, es waren mindestens zwei. Als ich ankam, stieg jedenfalls einer auf der Beifahrerseite aus und kam mir ein paar Schritte entgegen. Normal groß, Freizeitklamotten, Schirmmütze tief ins Gesicht gezogen. Ha, Sonnenbrille! Er ist etwas steif gelaufen, wie Leute vom Militär. Das erkenne ich zuverlässig. Ich bin hin zu ihm, habe ihm das Bild übergeben und gemacht, dass ich dort weg kam. Wir haben kein Wort gewechselt.«

Judith spürte, wie sie den Aussagen Weigels Glauben schenkte, obwohl ihr schon klar war, dass sich das alles anhörte, als hätte es wieder einmal eine Fernsehszene in die Realität geschafft.

Sello schien es ähnlich zu gehen, denn er verzichtete darauf, weiter zu insistieren und sah Judith nur auf eine Weise an, als wollte er sagen, dass er schon seltsamere Dinge erleben durfte. Der Abzug der Besatzer in Richtung Osten brachte zuweilen bizarre Auswüchse mit sich.

»Die Übergabe war also vorbei. Was wollten Sie denn später am Abend überhaupt noch in Möhringen?«, fragte Judith.

Als läge das nicht auf der Hand, sah Weigel die beiden Beamten nachsichtig an: »Na, was wohl! Ich wollte ein Bild aus dem Atelier holen, war sowieso unterwegs. Wir hatten bereits ein weiteres Geschäft eingefädelt und der Käufer wartete schon. Nun, da mir mein lukrativster Deal durch die Lappen gegangen war, sollte der nächste wenigstens klappen. Leider hatte der Scharne nicht mehr alle Kopien von dem Bild beenden können, aber das erste Duplikat war ihm gut gelungen. Das suchte ich.«

Weigel hatte also tatsächlich vorgehabt, mit seinen Geschäften weiter zu machen. Der Mord an Wolfgang Scharne und die Tatsache, dass er von Verbrechern erpresst und bedroht wurde, waren für ihn keine Hinderungsgründe. Judith hatte sofort die Kopien auf den Staffeleien in der Scheune im Sinn. »Welches Bild?«, fragte sie trotzdem.

»Ach, das ist von einem eher unbekannten, einheimischen Maler, ein Blumenstillleben, frühes Barock. Aber in Menge produziert, kann es auch schon einiges einbringen. Sie haben es gesehn, als wir uns im Museum unterhielten.«

Sie hatte richtig getippt. »Wir brauchen den Namen des

Käufers.«

»Da müssen Sie die Deutler fragen.«

Judith tat, als notiere sie sich diesen Hinweis und fragte dann beiläufig: »Was hatten Sie eigentlich mit all diesen Büchern aus Scharnes Büro vor?«

Überrascht, dass die Polizei auch von diesem Teil seines Diebstahls wusste, kniff Weigel kurz die Augen zusammen. »Na was schon, ich wollte diese Logenpapiere mitnehmen. Ich dachte, wenn nur ein Buch fehlt, fällt das vielleicht eher auf, als wenn ich gleich alle vier mitnehme. Vielleicht hatte ich ja Glück und niemand sonst wüsste davon. Ich konnte zu diesem Zeitpunkt ja nicht ahnen, dass die Ingrid ihren Mund nicht halten kann.«

»Wie bitte? Sie ermorden den Mann, den sie liebt und Sie erwarten, dass Frau Deutler das auch noch deckt?« Judith fiel es zunehmend schwer, die Gegenwart dieses Mannes zu ertragen. Sie musste dringend an die frische Luft.

»Kommen Sie mir jetzt bloß nicht mit ethischen Grundsätzen, Frau Kriminalkommissarin. Ich sehe doch, wie Sie kaum noch atmen können«, höhnte Weigel.

Doch Judith war viel zu erfahren, um sich von solchen Mätzchen aus dem Konzept bringen zu lassen: »Sie irren sich. Ich sehe so aus, weil ich großen Hunger habe. Und mal ehrlich, dass Sie einen Begriff wie Ethik überhaupt kennen?«

Weigel schnaubte herablassend.

Judith setzte ihm weiter zu: »Ich denke, Sie waren eifersüchtig auf den jüngeren Mann, der Ihre Geliebte dazu brachte, Ihnen untreu zu werden. Das konnten Sie nicht verkraften, dass ein zwanzig Jahre jüngerer Mann-«

»Das ist doch lächerlich! Vollkommen lächerlich! Die Ingrid hätte ihn irgendwann wieder abserviert. Sie wäre bald zu mir zurückgekommen. Ha! Der Scharne konnte ihr doch überhaupt nichts bieten!«

»Das werden wir wohl jetzt nie mehr erfahren, nicht wahr, Herr Dr. Weigel? Ich denke, es ging Ihnen bei der Auseinandersetzung mit Wolfgang Scharne nicht um Ingrid Deutler, sondern es ging Ihnen um Ihr gekränktes Ego und um Geld. Verschonen Sie mich bitte mit irgendeinem Gefasel von Liebe und so«, warnte Judith, dass sie ihre Zeit nicht mit derartig unglaubwürdigen Begründungen vertun wollte.

Dr. Weigel presste die Lippen ärgerlich aufeinander, ein Zeichen dafür, dass er genau das vorgehabt hatte.

»Darf ich Walter Dreyer anrufen und ihm erzählen, dass das Bild verloren ist?« Judith hob ihren Kopf nicht von dem Foto des *Goldregens*, als sie ihre Bitte vorbrachte. Sie saß mit Sello in ihrem Büro. Bis eben hatten sie die Vernehmung ausgewertet, dann die Dinge besprochen, die zum vollständigen Abschluss der Ermittlungen noch nötig waren. Judith wollte noch einmal mit Ingrid Deutler reden und Sello würde es übernehmen, die Staatsanwaltschaft ins Bild zu setzen.

Ihre Frage klang so traurig, dass Sello einfühlsam zustimmte, nur um Judith mit der Erfüllung dieses Wunsches ein wenig Trost zu spenden. Zudem würde die Loge sowieso von dem Verlust erfahren, da konnte es dieser Privatdetektiv praktischerweise gleich übernehmen, die schlechten Nachrichten zu überbringen. Soweit er das einschätzen konnte, bestand kein Zweifel an der Eigentümerschaft der im Museum eingelagerten Stücke und spätestens dann, wenn nach Abschluss der Ermittlungen die Rückgabe zu klären war, mussten die *Drei Tore zum Licht* offiziell informiert werden. Anton Sello bat stumm gestikulierend um das Foto und Judith reichte es ihm über den Tisch. Und so groß seine Zufriedenheit auch war, einen Dieb und Mörder überführt zu haben, so heftig traf ihn beim Betrachten der Aufnahme die bittere Erkenntnis, dass dieses einzigartige Gemälde unwiederbringlich der Geldgier geopfert worden war.

~ 57 ~

Walter wusste, dass er nur lange genug auf Lauras Terrasse herumsitzen musste, bis sich Maxim wieder aus den Schatten lösen würde. Seine Uhr zeigte ihm an, dass es mittlerweile weit nach Mitternacht war. Was trieb dieser Kerl nur so lange?

Als er ihm vor Stunden, bei einem gemeinsamen Abendbrot, von Judiths Anruf aus dem Revier berichtet hatte, ließ Maxim nicht sofort erkennen, dass er mit diesen Informationen etwas anfangen konnte. Dann aber war er aufgesprungen, hatte knapp um Walters Wagenschlüssel gebeten, ihn angewiesen, bei den Frauen zu bleiben und war verschwunden.

Judith und Laura schlummerten schon lange in ihren Betten, während er im Freien hockte und sich ernsthafte Gedanken um Maxim machte. Mit einem Mal spürte er, dass jemand im Dunkel stand. Walter blieb sitzen. Ein, zwei weitere Minuten tat sich nichts.

Dann raunte Maxim: »Wartest du etwa auf mich?«

»Witzbold. Was denkst du denn?«

Doch er bekam keine Antwort. Maxim war geräuschlos ins Haus geglitten und sah erst einmal nach Laura. Dann hörte Walter den Wasserhahn in der Küche laufen und jemanden schlucken. Wenig später kam Maxim zurück.

»Sie schläft.«

»Ich weiß. Ich hab oft genug nachgesehen.«

»Und bei dir? Mit Judith alles in Ordnung?« Maxim machte es sich auf der Terrasse bequem.

»Ja. Erzählst du mir nun, was du in den letzten sechs Stunden getrieben hast oder nicht?« Walters Geduldsfaden drohte zu reißen, außerdem war er müde. Unwirsch sah er Maxim an. »Wieso hast du so gute Laune?«

Maxim hatte die Augen geschlossen und sah seltsam entspannt aus. »Das verrate ich dir, wenn du etwas Gutes aus deiner Bar geholt hast und wir beide einen ordentlichen Schluck genommen haben. Glaube mir, wir haben einen Grund zum Anstoßen.«

Walter machte sich widerspruchslos auf den Weg und tat wie geheißen. Er drückte Maxim zwei Gläser in die Hand, öffnete die noch versiegelte Flasche und schenkte großzügig ein. Dann stellte er sie beiseite, nahm sein Glas und hob es an. »Zum Wohl.«

»Twajó sdarówje!«, erwiderte Maxim und ließ sich den alten Tropfen schmecken. »Morgen Vormittag wird im Büro eines hiesigen Privatdetektivs ein Paket abgegeben werden. Anonym natürlich. Sorg nur dafür, dass du Zeugen hast, wenn du es entdeckst.«

Walter benötigte ein paar Sekunden, bis er verstand, was Maxim ihm da mitteilte. »Was!? Du hast es? Wie? Oh, Mann, Judith wird es überhaupt nicht glauben können!«

»Da wird dir schon was einfallen«, war Maxim sich sicher und lächelte immer noch spitzbübisch über die gelungene Überraschung. »Auf den *Goldregen*«, hob er nun seinerseits das Glas und prostete Walter zu.

In der nächsten halben Stunde berichtete Maxim von seinem Besuch auf einem nahe gelegenen Militärflugplatz, seiner lang währenden Bekanntschaft mit einem der dort stationierten Männer und dem einzigen Flug, der dieser Tage von dort starten würde. »Ich hatte mich schon vor dem Einsatz in Magdeburg danach erkundigt«, erklärte Maxim seine Kenntnis des Flugplans. »Ich kümmere mich immer rechtzeitig um meine Rückzugsmöglichkeiten, wenn ich einen Auftrag übernehme.«

Aha. Walter gefiel nicht, dass Maxim von seiner Abreise sprach. Laura würde wieder tagelang Tränen vergießen. Aber es stand ihm nicht zu, sich da einzumischen. Oder doch? »Wann fliegst du ab?«

»Nicht so bald. Ich will jetzt bei Laura sein«, offenbarte Maxim.

Minutenlang sagte keiner ein Wort und in einer mehr als freundschaftlichen Einmütigkeit hingen sie ihren Gedanken nach.

Walter murmelte irgendwann: »Das ist gut ... Für euch beide.«

»Ich weiß.«

Fragend hob Walter die Flasche und goss nach.

Maxim nippte nur an seinem Drink. »Das war knapp heute«, sagte er mit einem Blick auf seine Armbanduhr, »in diesem Moment hebt die Maschine ab. Aber ich hab's noch rechtzeitig geschafft, die wertvolle Fracht sicherzustellen. Der Patient in diesem fernen Hospital – du erinnerst dich – konnte meinem Mann ziemlich genau beschreiben, wonach ich suchen musste.« Dann verstummte er und trank in einem Zug aus.

Walter ließ ihn in Ruhe, er hatte selbst noch genügend Stoff zum Nachdenken.

Unvermittelt durchbrach Maxim die Stille: »Er plauderte sogar von weiteren Beteiligten, Lumpenhunde, ohne Ehre. Ich werde mich um sie kümmern müssen.« Seine Mitteilung klang nach einem unabänderlichen Vorhaben. »Die Frauen sollten davon nichts mitbekommen. Ich will nicht, dass Laura jemals wieder mit solchem Abschaum in Berührung kommt. Nie wieder.«

Nun, was Judith anging, sah Walter das nicht anders. »Einverstanden«, stimmte er überzeugt zu. »Dein Job scheint mir in dieser Hinsicht allerdings nicht der geeignetste zu sein«, wandte er dann ein. Die Art, wie Maxim sein Geld verdiente, brachte Menschen, die sie liebten, mit in Gefahr. In den letzten Tagen hatte er, aber vor allem Maxim, sich dieser bitteren Wahrheit stellen müssen.

Walter erwartete nach seinem leicht tadelnden Einwand nicht wirklich eine Antwort, umso überraschter war er, als Maxim ihm in die Augen sah und fragte: »Hast du noch einen Moment Zeit?«

Es folgte das intensivste, wahrhaftigste und wohl wichtigste Gespräch, das Walter je mit einem anderen Mann geführt hatte.

~ 58 ~

Walter lauerte nahezu beschwörend auf die Töne, die das Dienstrad von Lucie Merker seit einigen Tagen erzeugte, wenn sie nicht schnell genug in die Pedalen trat: raaatsch, raaatsch, schleiiif. Dieses Geräusch war sein Glück, denn es bot ihm den nachvollziehbaren Vorwand, ihr hilfsbereit ein paar Tropfen Fahrradöl anzubieten und sich somit ihrer völligen Aufmerksamkeit zu versichern. Er setzte auf die allgemein bekannte Neugier der Postfrau. Einen Moment überlegte er, ob sich sein schlechtes Gewissen melden würde, weil er sie so schamlos für seine Zwecke ausnutzte, doch es stellte sich nicht ein. Im Gegenteil, niemand im Dorf würde Neuigkeiten schneller verbreiten. Erwartungsfroh rieb er sich die Hände. Wo blieb sie nur? Achtsam, um nicht gesehen zu werden, spähte er immer wieder aus dem Fenster seines Wohnzimmers. Er musste kontrollieren, dass das Paket, das Maxim ihm noch in der Nacht ausgehändigt hatte, nach wie vor an seiner Haustür lehnte und keinen ungewollten Interessenten fand. Seine Obacht war total überflüssig, denn von nebenan wachte Maxim. Er würde jeden stoppen, der es wagte, nach dem unscheinbar verpackten Gegenstand vor Walters Haus zu greifen.

Ah, endlich! Raaatsch, raaatsch, schleiiif. Das hörte sich gut an. Walter warf einen kritischen Blick auf seine Gartenhände – ja, schön dreckig! Die Gartenschere lag auch bereit. Er lauschte, wie Lucie Merker anhielt, das Fahrrad an seinen Zaun lehnte und begann, in ihren Satteltaschen seine Post hervorzukramen. Energischen Schrittes kam sie dann auf seine Haustür zu – und hielt inne. »Nanu?«, hörte Walter sie murmeln, bevor sie die Türklingel betätigte. Er wartete ein paar Sekunden, schlich sich dann in den Flur und polterte in Richtung Haustür. »Moment, ich komme gleich!« Schwungvoll öffnete er für seine auserwählte Augenzeugin die Tür.

»Hier steht was auf Ihrer Schwelle, Herr Dreyer, ein Päckchen!« Lucie Merkers vorwurfsvoller Tonfall ließ vermuten, dass sie sich als die einzige Berechtigte sah, was die Verteilung von Päckchen in Waldau anbelangte.

»Wo mag das denn hergekommen sein? Haben Sie jemanden gesehen?«, mimte Walter den Ahnungslosen.

Lucie Merker verneinte und fügte hinzu: »Wie ein Geschenk ist es ja nicht gerade eingewickelt!« Interessiert beäugte sie das grobe, graue Packpapier, als könnte sie mit ihrem professionellen Blick erkennen, was sich im Innern verbarg.

»Da haben Sie vollkommen recht.« Walter Dreyer bückte sich, hakte seinen schmutzigen Zeigefinger unter den Bindfaden und nahm das Fundstück vorsichtig hoch. »Gar nicht so schwer ... Ob Sie wohl freundlicherweise mit hereinkommen würden? Dann kann ich mir die Hände waschen, den Einschreibebrief quittieren, den Sie da für mich in der Hand haben, und dann sehen wir mal nach, was ich für Ihr Fahrrad tun kann, damit Sie sich nicht noch Ihre Ohren ruinieren.«

»Ich habe aber nur wenig Zeit«, verkündete Lucie Merker wahrheitsgemäß, lugte dennoch unverdrossen auf Walters Paket und folgte ihm gespannt in seine Küche.

Ihre Bemerkung ignorierend, verschwand Walter im Badezimmer und trödelte sogar beim Händewaschen ein bisschen herum, damit sich Lucie Merkers Neugier noch steigerte. Als er wieder in seine Küche trat, meinte er jovial: »So, jetzt habe ich saubere Hände, da sollten wir gleich mal nachsehen, was mir da zugestellt wurde.«

Dagegen hatte die Postfrau nichts einzuwenden und beobachtete, was unter dem Packpapier zum Vorschein kommen würde.

Walter nahm ein scharfes, spitzes Messer und zerschnitt behutsam Schnur und Klebeband.

»Noch mehr Pappe«, kommentierte Lucie Merker die sichtbar werdende Innenverpackung.

Walter musste sich konzentrieren, um keinen Schaden an dem – wie Maxim ihm versichert hatte – äußerst wertvollen Inhalt zu verursachen, doch dann hatte er es geschafft und schlug die letzte Lage Polsterpapier auseinander. »Mein Gott!«, entfuhr es ihm ehrlichen Herzens, denn etwas Schöneres als dieses Gemälde hatte er lange nicht gesehen. Der *Goldregen* war einfach atemberaubend, von einer Faszination, die ihn sogar ein wenig erschütterte. Kein Vergleich zu dem Foto, das er gesehen hatte. Klar, fiel es ihm ein, es wird sich auch nur um die Fotografie der Kopie gehandelt haben. Walter tat, als suche er nach einem Brief oder einer anderen Nachricht, die erklären würde, warum er das Bild bekommen hatte, aber er fand natürlich nichts. »Vielleicht kommt ja noch was mit der Post?«, mutmaßte er mit einem Blick auf die Briefe, die seine in Ehrfurcht erstarrte Besucherin fest in der Hand hielt.

Lucie Merker konnte ihre Augen gar nicht von dem Gemälde lösen und Walter sah zufrieden, wie sehr sie beeindruckt war. »Wie es leuchtet«, flüsterte sie, »als würde die Sonne scheinen.« Dann drückte die Postfrau ihm den Stapel Briefe in die Hand und zückte ihre Quittungsliste.

Walter unterschrieb und versicherte: »Morgen weiß ich bestimmt mehr, dann erzähle ich Ihnen gerne, was es mit dieser Überraschung auf sich hat. Und nun« – er wühlte in einer Schublade an der schmalen Seite seines Küchentisches und beförderte ein kleines Fläschchen Maschinenöl zutage – »inspizieren wir mal Ihr Fahrrad. Das müssen Sie mir gestatten.«

~ 59 ~

Damit hatte sie nun überhaupt nicht gerechnet! Auf dem Tisch in Walters Arbeitszimmer lehnte der *Goldregen* an einer Flasche exquisiten Champagners und verzauberte den Raum.

»Ich kann es immer noch nicht glauben, dass das Bild wieder da ist!« Judith saß davor, die Unterarme verschränkt auf den Tisch gelegt und kroch fast in das Gemälde. »Die Farben sind fantastisch.« Dann rückte sie wieder ab und schwelgte in der ganzen Komposition.

Wilhelmina hatte sich ebenfalls eingefunden, setzte sich auf ihre Hinterpfoten und starrte auf die Leinwand. Sie musste etwas entdeckt haben, was Katzen gefiel, denn sie begann leise zu schnurren.

Judith erklärte ihr die Malweise der Präraffaeliten und Wilhelmina sah regelrecht verständig drein. »Für diese prächtigen Perspektiven im Hintergrund sind die Maler berühmt.« Wilhelmina schnurrte lauter. »Ich werde am Wochenende mal ein wenig in meinen Bildbänden stöbern. Bestimmt finde ich ein ähnliches Gemälde, auf dem auch Kätzchen zu sehen sind. Vielleicht gefällt dir das ja auch.« Wilhelmina legte ihren Schwanz anders herum um ihre Vorderpfoten und bannte Judith mit einem Blick, als wollte sie sie auf ihr Versprechen schwören lassen.

Entspannt an der Wand lehnend und vollkommen mit sich im Reinen, betrachtete Walter seine beiden Mitbewohnerinnen. Judith sah glücklich aus. Was war das für eine aufreibende Woche gewesen! Alles begann mit dem Besuch von Dr. Renz und seiner Sorge um einen alten Logenbruder, dessen Name auf einer unheimlichen Totenliste stand. Und am Ende stellte sich heraus, dass es genau dieser Mann gewesen war, der die Namen eigenhändig markiert hatte. Selber nicht mehr aktives Mitglied in den *Drei Toren zum Licht* hatte Emil Deutler die Namen seiner ehemaligen Brüder durchgestrichen und abgehakt, wenn ihn eine Nachricht von ihrem Tod erreichte. Vor geraumer Zeit waren diese Unterlagen dann über Deutlers Tochter in die Hände von Wolfgang Scharne gelangt, der alles in seinem Büro verwahrte. An diesem verhängnisvollen Montagabend stahl er nicht nur die Gemäldekopie aus seinem Museum, sondern nahm zugleich die Namensliste an sich und ergänzte die Totenkreuze. Offensichtlich wollte er dem Finder damit deutlich mitteilen, bei wem es noch Zweck hätte, nachzuforschen; denn die Zeit spielte aus seiner Sicht eine große Rolle, sonst hätte Weigel bald das gesamte Freimaurer-Depositum verschachert. Walter war von der Tatsache, dass Friedrich Renz und seine Brüder ihren Schatz zurückbekommen würden, absolut befriedigt. Wie Judiths Kunstexperte ihr mitgeteilt hatte, war das Bild in einem Verzeichnis der Weltausstellung von 1862 in London aufgetaucht. Seiner Einschätzung nach würde es heute bei einer Versteigerung mindestens zwei bis drei Millionen Dollar einbringen. Was die Freimaurer wohl damit anstellen würden? Das Logenhaus war ihm nicht gerade spärlich ausgestattet vorgekommen und er fände es schon ein wenig schade, wenn ein Bild wie der *Goldregen* hinter verschlossenen Türen verschwinden würde. Allerdings hatte Walter den Eindruck gewonnen, dass Wubbo Wiesel bei ihrem Telefongespräch sehr genau hingehört hatte, als er das Altmark-Museum und die Hintergründe des Gemäldediebstahls erwähnte. Wiesel hatte ihn gebeten, weiter für die Loge zu arbeiten, bis wirklich alles geklärt war. Gut. Das würde Walter natürlich machen. Aber für diesen Teil des Auftrages würde er den Brüdern eine Rechnung schicken, beschloss er selbstredend.

»Woran denkst du?«, holte Judith ihn aus seinen Gedanken.

Walter zog sie vom Stuhl, setzte sich und nahm sie auf den Schoß. »Nur an mein Glück.« Sein verschmitztes Lächeln ließ offen, was genau er damit meinte.

Sie lehnte sich an seine Schulter und seufzte: »Oh, Walter! Hoffentlich gelingt alles, wie ihr es euch überlegt habt. Ich würde mir das so für Laura und ihren Max wünschen.«

»Na hör mal! Immerhin haben wir die ganze Nacht darüber gebrütet. Zudem hatte ich den Eindruck, dass Maxim nicht das erste Mal über ein Ausstiegsszenario nachdachte. Und einige Zeit wird es wohl noch dauern, bis er seine Angelegenheiten erledigt hat. Sein Stellvertreter wird sein Team übernehmen, er vertraut ihm vollkommen. Auf Maxim wartet viel Arbeit.« Walter lachte fröhlich auf. »Auch wenn ihm der Gedanke, einmal in einer Privatdetektei in der Altmark als Partner eines abgehalfterten Ortspolizisten zu landen, selbst in seinen kühnsten Träumen nicht gekommen sein dürfte.« Amüsiert schob er Judith hoch und stand auf. Er nahm einen seiner gerahmten Stiche vom Waldauer Gutspark von der Wand und hängte den *Goldregen* an seine Stelle. »Ich muss an den Champagner«, begründete er sein Tun, als er Judiths enttäuschte Miene und Wilhelminas Verwirrung belächelte. »Es passt hervorragend in dieses Zimmer. Vielleicht sollten wir uns noch mal überlegen, ob wir das Bild wirklich zurückgeben wollen?«, neckte er Judith.

»Ist es nicht großartig, dass es Menschen gibt, die so etwas erschaffen können?«

Walter hatte geschickt die Flasche geöffnet und schenkte ein. »Allein für das Entzücken, das er in dein Gesicht zu zaubern vermag, hat der Maler meine größte Hochachtung verdient. Und ja – es ist wirklich wunderschön. Lass uns darauf trinken, dass es auf fantastische Weise wieder aufgetaucht ist.«

Judith küsste Walter und flüsterte: »Auf dich. Auf Maxim. Auf uns alle.«

~ ~ ~

Später am Abend war Wilhelmina unterwegs, um zu sehen, welche neuen Katzennachrichten es im Dorf gab. Zwei Kater waren zu Besuch gewesen und hatte ihre Duftmarken gesetzt. Die drei Nachbarskatzen schliefen und irgendwo am Dorfrand war im Heu über dem Stall das leise Miauen von neugeborenen Kätzchen zu hören. Die Welt war in Ordnung und Wilhelmina kehrte zurück, hüpfte aufs Fensterbrett und sah zufrieden Laura beim Schlafen zu, die in den Armen ihres Liebsten träumte.

Printed in Poland
by Amazon Fulfillment
Poland Sp. z o.o., Wrocław

12510450R00169